Story Gallery

Story Gallery

永遠的小說之王

The Best Short Stories of Premchand 3

Munshi Premchand

普列姆昌德—著　劉安武—譯

Story Gallery.5

永遠的小說之王

作　　者　普列姆昌德（Munshi Premchand）
譯　　者　劉安武
封面圖片　shutterstock：http://www.shutterstock.com/
　　　　　林許文二
美　　編　李緹瀅
主　　編　高煜婷
總 編 輯　林許文二

行銷業務　蘇翊豪

出　　版　柿子文化事業有限公司
地　　址　11677臺北市羅斯福路五段158號2樓
業務專線　（02）89314903#15
讀者專線　（02）89314903#9
傳　　真　（02）29319207
郵撥帳號　19822651柿子文化事業有限公司
投稿信箱　editor@persimmonbooks.com.tw
服務信箱　service@persimmonbooks.com.tw

初版一刷　2014年04月
　　二刷　2014年04月
定　　價　新臺幣320元
I S B N　978-986-6191-54-1

Printed in Taiwan 版權所有，翻印必究（如有缺頁或破損，請寄回更換）
歡迎走進柿子文化網　http://www.persimmonbooks.com.tw
粉絲團搜尋 柿子文化 — 小柿子波柿萌

～柿子在秋天火紅 文化在書中成熟～

國家圖書館出版品預行編目(CIP)資料

永遠的小說之王／普列姆昌德（Munshi Premchand）作；劉安武翻譯. -- 初版. -- 臺北市：柿子文化, 2014.04
面；　公分. --（Story Gallery；5）

ISBN　978-986-6191-54-1（平裝）

867.57　　　　　　　　　　　　　　103004936

佳評如潮 Praise

—名人推薦—

普列姆昌德作品的根本就是來自於他的正義感，而且這股正義感因為實際的生活體驗變得更加洗練；他的幽默之處像契訶夫，但又比契訶夫更加粗獷具有野性。

——**井伏鱒二，太宰治尊為終生之師的文學家**

藉由渲染力濃且戲劇性強的敘事，印度說故事大師——普列姆昌德帶領讀者思考印度種姓制度、女性權等諸多社會議題，無論為何，最終皆揭露了諸種情愛可能，直指生命核心，超越國族而具有普世價值。我尤其喜愛他筆下眾多充滿機智靈巧的眾女子，即便身處低賤階級或貧困村落，卻總能以智慧和真誠的心面對挑戰，其自由身影躍然紙上，久久盤桓於心。

——**李欣倫，作家**

如果印度泰戈爾是天堂來的詩篇，那普列姆昌德的文字就生自最土味的大地，他的每篇故事都雜織人間的悲喜，即使經過一世紀，仍會讓人忍不住一看再看！

——**林許文二，柿子文化總編輯**

普列姆昌德的敘事口吻……就像一個面無表情的護士，雖然你不喜歡他用尖利的針頭扎進你的肉裡，但事後，你仍然會忍不住讚美他的快、狠而且準（摘自《自由時報・四方集》，2003/12/25）。

——**袁哲生，知名作家**

普列姆昌德無疑是印度也是東方偉大的作家之一，他所描寫的不是歡唱的印度，而是嗚咽的印度，為我們揭去了那層紗似的暗影，而顯示出深沉的、澄明的印度靈魂。（摘自《普雷姜德小說集・序》）。

——**張秀亞，知名作家**

雖然這些文章是將近一百年前的作品，不過，即使換上今日的場景，必定依然絲絲入扣。普列姆昌德精準地寫下人心，用筆桿挑戰世人皆以為好或皆以為惡的價值。他的文章跨越了時空，帶給我們許多的感動與省思。

——**劉育志，醫師作家**

一個現實主義的作家，從社會生活中提取素材、剪裁故事、衍生情節、刻劃人物，創作出短篇小說，似乎不是一件很困難的事。然而，要將故事情節編寫得真實可信、人物性格生動活潑，從而使讀者產生共鳴，並感受到其中的某種意義和啟示，這就不那麼容易了——

普列姆昌德在這方面是很成功的小說家！

——**劉安武，北京大學東方語言文學系教授&本書譯者**

——讀者迴響——

我喜愛的原因不只是這些故事感動人心，更是因為作者僅用短短幾頁的篇章，卻周全的維護了世間幾項最為重要的東西，也許是一種讓人不慎唏噓的方式，但卻在悲劇中顯得無比明亮……

——小辣椒

本書共二十七個短篇，篇篇精彩寫出了人生本就是在不斷的歡喜、痛苦、抉擇、後悔、期望及失望中糾結拉扯裡走過的故事。故事的結局不一定是結局，驟斷結束的留白更留下讓人無限思考的空間……讀完本書就像走了一趟思辨之旅，不禁讓人思考起人生裡難題要如何解決呢？我突然想到一句話：人可以失望，但千萬不要絕望。

——娃娃茵

普列姆昌德用這些短篇小說將我們帶到那個年代，看令人唏噓不已、令人直呼遺憾或是令人感動流淚的，也許在印度某個角落發生過的真實故事。他用最平實的筆法將「人性」描寫得淋漓盡致，令人沉醉其中，這也是普列姆昌德的厲害之處吧……

——泉湧

無關乎抉擇對錯，也許結局不盡如人意，最令人感動值得學習的是書中人物們勇敢面對命運、堅持選擇及接受結果的態度。一系列讀下來，不管是喜劇收場或悲劇落幕也好，令人哭笑不得、沉重無言或悲憤感嘆也罷，在不斷反芻並與自我生命搭上線後，最終都能轉化成生命深層養分儲備正向能量，感謝普列姆昌德大師！

——湛藍

集結許多的短篇，但每一則都含有很深的寓意，他們不只是故事，而是人生——有痛苦，有快樂，有淚水，也有絕望。只要有人，就會有故事，人——就是故事。

——紫昀

濃郁的異國風情，於我們相差甚遠的生活細節，竟從文字上就能感同身受。讀著讀著，我好似一千零一夜裡的薩珊國王，被深深吸引後愛不釋手。我想，這一定就是說故事者的魔力。

——影山ウシヲ

普列姆昌德就是用入世的眼光，寫出人性最幽微、最細膩的自我對話和掙扎。我認為他證實了「文學是反映社會現況」、「小說是說出你我的故事」，甚至是——「心中最不能坦承的部分」！

——寶寶

普列姆昌德——印度當代最傑出的小說家。在我看來，他的故事比童年時所接觸的童話故事更能稱之為經典。百看不厭的小故事，刻畫著每個靈魂最真摯的情感，看見了印度最道地的生活。

——A.N.chi

一共二十七篇短篇故事，相信每個人都有特別喜歡的篇章，重新翻閱後又出現更多喜歡故事，真是一本迷人卻充滿爭議的小說之王。

——Amelia Yeh

筆觸裡有著濃厚現實主義的關懷與痛楚，透過具體淺顯的故事，嘲諷或批判社會的醜惡與人性的糾葛，這是屬於成人式的寓言，少了童話故事的單純，多了的是人生歷練的深沉……這些短篇故事都是曾經的歷史，甚而在現今的社會都還看得到類似的影子，流轉無常的生命、嚐盡百味的人生，不在於獨特，而是真實！如此黑暗，又是如此光明。

——jrue

每一篇都只要短短的十來分鐘就可以看完了，雖然每一篇都很短，但留下來的餘味卻很長，是很適合每天抽一點時間來閱讀，然後再細細反芻的作品……

——MRW

《永遠的小說之王》是一本主題多樣、內容繁複的作品，用平實的口吻敘述出情感力道，足以穿透人心，儘管作品背景多數指涉當時印度面臨的內部外部困難，在閱讀當下，卻依然十分熟悉——作者所處理的情感與處境，是一種永恆的、關於人、關於人對於其處境，所反映的情感、所做的抉擇，以及所必須要面臨的命運。

——nefelibata

「永遠的小說之王」這樣的書名是如此自負，但一旦開始閱讀這一篇篇精彩的短篇小說，就讓人不禁豎起大拇指，真的是王！

——tiger5678

每則故事都讓人驚訝，有時候我常猜不到這些角色接下來會採取怎樣的行動，走向會是悲還是喜，但每個轉折，又都合情入理，這就是人生，這也是普列姆昌德厲害之處！

——vernier

「不要以為這是杜撰的故事，這是活生生的現實！」的確，透過《永遠的小說之王》二十七篇短小說……我對印度的認識不再只是停留在史地上的骨幹，而是可以看見與之深刻連結的血肉、情感與靈魂。

——Wendy Yu

（更多心得迴響請上柿子文化網搜尋「《永遠的小說之王》試讀心得直擊」）

佳評如潮 Praise——003

永遠的 Premchand——012

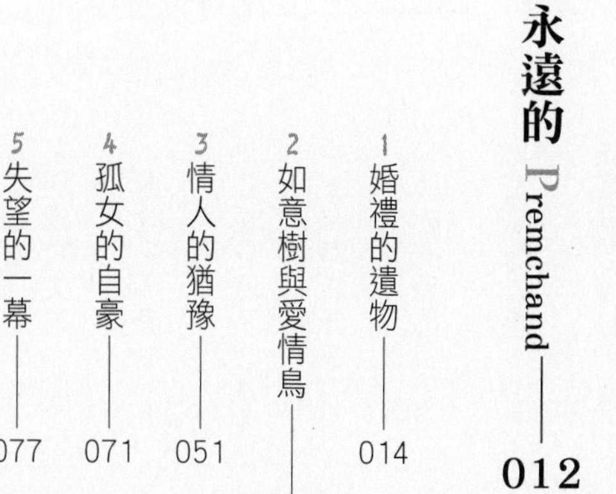

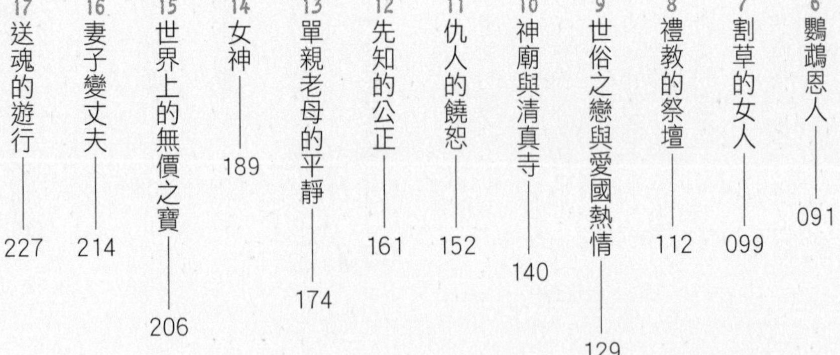

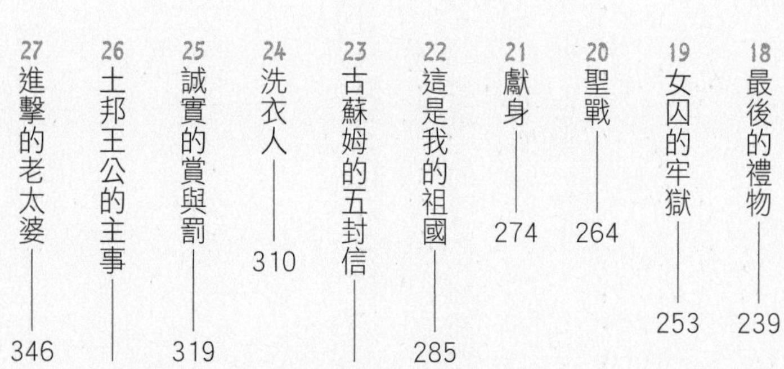

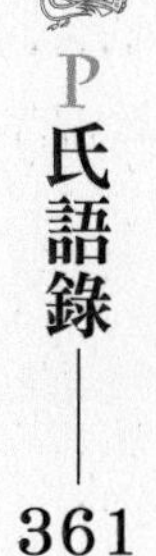

永遠的Premchand

人在「飢餓」的時候什麼都覺得有味，
現在吃飽了，
所以要「選擇」了！

婚禮的遺物

——一聽到格希沃的名字，
蘇帕德拉好像被蠍子螫了一口，整個人驚愕得呆住了。

1

在中央邦的一個山村裡，一個年輕人於黃昏的寂靜中坐在一家小小房舍的臺階上。朦朧的月光下，對面起伏的烏蒂山就像一幅無垠的夢境，深邃、神祕、美妙，並充滿著韻律感。山巒的腳下，有兩條銀白色的小河，群山的幽深、神祕和音樂感都和這銀白流水融為一體。從青年的穿著看來，家境並不很富有，但他的臉上卻泛出機敏和智慧的光芒。他沒有戴眼鏡，還沒長鬍子，頭髮也沒有理，手上沒戴錶，上衣口袋裡甚至沒有鋼筆——他似乎是一個忠於自己理想和原則的人，對修飾外表不感興趣。

年輕人正靜靜地沉思，兩眼直盯著起伏的山巒。此時，天空突然響起了比雷鳴還要可怕的聲音，小河清脆的歌唱消失在那恐怖的聲響裡，彷彿連起伏的山巒都被撼動了，又好像群山之中發生了一場激烈的戰鬥。原來，有一列火車正通過河上的鐵橋。

一個年輕姑娘從房裡走出來，停在臺階上說：「今天火車這麼早就來了，好像也要存心作對似的。」

青年抓住年輕姑娘的手說：「親愛的，我真的哪兒也不想去。我打定主意了！雖然之前順妳的心而答應了下來，但現在我無心離開——三年的時間要怎麼過啊？」

姑娘難過地說：「只要忍過三年的別離，就不會再有什麼妨礙我們倆時時刻刻在一起了。既然是決定好的事，就請堅持下去吧！在無限幸福的憧憬中，我能夠熬過一切痛苦的。」

一面這麼說一面藉口要拿茶點，姑娘又返回屋子裡，兩行熱淚終於忍不住潸潸而下。這是這對情侶結婚後的第一個年頭，年輕人格希沃取得了學士學位從孟買大學畢業後，到納格市的一所學院裡當教員。他對新時代的婚姻和其他社會變革完全無動於衷，卻對舊的傳統習俗懷著無比深厚的感情——也許連老一輩的人都望塵莫及呢！當了教員以後，他父母讓他和一位姑娘結婚。由於傳統習俗，他不是在婚禮前，而是在婚禮之後才和姑娘陷入愛河的。

放假時，格希沃總是乘第一班火車回家，收假時則坐末班車返校，像做美夢似的度過了一些週末。每次分別時，他們都像孩子一樣哭得難分難捨，妻子蘇帕德拉就站在這座房子的臺階上目送他，直到無情的山巒把他遮住為止。然而，時間還不到一年，他們就將要面對久別的痛苦了……

格希沃得到出國留學深造的獎學金，朋友們紛紛向他祝賀——未經申請就能碰上這種創造未來前途的好機會，誰能這樣幸運呢？可是格希沃卻不怎麼高興，反而抱著左右為難的心情回到家中。父母和親戚極力反對他出遠門，在學院裡得到的祝賀，遠遠抵不上在家裡所受到的阻撓。只有他的蘇帕德拉懷有極為遠大的抱負，希望格希沃能獲得很高的社會地位，同時，她仍抱著終身服侍丈夫的畢生志願。

就算丈夫飛黃騰達了，她仍會親手替他擦髮油、替他打理衣物、替他按摩雙腿、替他搧風。身為一個膜拜者，她渴盼的只會是膜拜的對象本身，即使他為她修建金碧輝煌的住宅、替她的座位鑲上珠寶，甚至為她從天堂採摘鮮花，她依舊會是原來的膜拜者模樣，不會一心追求把頭上的頭巾換成花冠，或脫去身上的沙麗改穿錦衣華服。當格希沃還沒有決定到英國留學時，蘇帕德拉總是放心不下。公公婆婆罵她是家門災星的次數早已數不清，不過，他們最後還是答應讓兒子去了。

一切都準備好了。火車站就在附近，火車在這個車站停留的時間也很長。對住在火車站附近村子裡的居民來說，火車的通行可不是災星的到來，而是朋友的光臨。火車已經來了！蘇帕德拉做好點心，打來了水讓丈夫洗手，但格希沃卻滿懷著愛戀和痛苦謝絕了她，讓蘇帕德拉的決心一度發生動搖。她心想：唉！誰知道三年的時間會發生什麼事？她的內心猶如翻江倒海，很不好受。她很想跟丈夫說：「親愛的，不如你就別走了。即使沒有好的吃、沒有好的穿，但總不至於會缺吃少穿過苦日子。」接著她又想起，過去格希沃偶爾半個月或一個月沒回來時，自己就非常不安，恨不得插翅一下子飛到他身邊去，那往後三年要怎麼熬啊？然而，她那堅定的決心仍然戰勝了消極的思緒。

她用顫抖的聲音說：「一想到三年的時間，就好比一個時代那麼長，但只要想到你在英國受到的尊敬和重視，這三年就變得像只有三天那麼短了！也許你一上船就會把我忘掉，那花花世界的一切會吸引你所有的目光；或許到了歐洲和一些有學問的人生活在一起後，你就不會再想家了……而我，除了墮淚以外，再也沒有其他的事好做了。到時候，對往事的回憶將成為我生活的全部。但是有什麼辦法呢？我不認為生活就是吃喝玩樂，況且長期的離別最終將帶來莫大的幸福，這樣的離別實際上是一種苦行，沒有苦行是不能成正果的。」

格希沃也終於明白了，陷於一時的兒女之情而斷送創造美好前途的時機是愚蠢的。他站了起來，說：「別哭了，要不，我到了那裡也放心不下。」

蘇帕德拉抓住他的手，抱在胸前，淚眼汪汪地注視著他的臉說：「請常寫信回來！」

「沒有問題，每週一定寫一封。」

蘇帕德拉含著淚花兒笑說：「可要注意，不要落進外國小姐的情網裡……」

格希沃又在床上坐了下來，回她說：「如果妳這樣懷疑，那我就不走了。」

蘇帕德拉用手臂圈著他的脖子，以信任的目光凝視著他說：「我不過是跟你開開玩笑而已。」

「即使仙女從天上下凡來，我也絕對不會抬頭望她一眼。除了妳以外，老天爺根本沒有為我創造第二個女子。」

「要是中間碰上了假期，就回來一次吧！」

「不，親愛的，中間也許沒有假期。不過，要是我聽說妳哭得死去活來、茶飯不思，那我一定會趕回來的——總不能讓花兒枯萎吧！」

兩人相擁了一陣子，終於分了開來，屋外一大群親友賓朋正等著。格希沃對長輩行了摸腳禮[1]，和同輩一一擁抱，然後向車站走去，親友們也一同前往為他送行。

不一會兒，列車帶著旅客開走了。

格希沃坐在車上呆看著山巒的風光，蘇帕德拉則倒在地上不停嗚咽著。

2

日子一天天過去了。蘇帕德拉正如一個病人熬日子那般，白天難熬，夜裡更要命。整夜都哀告著黎明趕快降臨，黎明來了，又開始央求白天早點過去。有時候，她會回娘家，想試試心情是否會好一些，環境改變後前八天、十天還不錯，但是情況卻愈來愈糟糕，於是她又趕快回婆家——病人翻一翻身，多少總會感到舒暢一些。

開頭幾個月，格希沃每隔半個來月就寄信回來，關於離別的痛苦寫得很少，描繪更多的是他的所見所聞和各種新奇風光。不過，蘇帕德拉依然感到滿足，只要有信來告訴她，他平安無事、心情愉快，對她來

1 晚輩摸長輩的腳是一種很鄭重的禮節，其尊敬的程度相當於中國舊時的磕頭。

說就足夠了。她的回信，除了傾訴離別之苦外，就想不到其他什麼好寫的了。每當她的心情偶爾變得異常憂鬱，就會懊悔不該讓他走。有時她會想，若自己就這樣痛苦地死去，就真的連他的面也見不著了。

半年之後，信慢慢地減少了。有幾個月，每月只寄來了一封，後來每月一封都沒了，要等蘇帕德拉寫了好幾封信之後，才有一封回信，而且內容沒有一點情感和思念存在。信中他總在抱怨事情太忙、沒有時間，讓她放心、給痛苦心靈安慰的話，卻連一句也沒有。啊！從信的開頭到結尾，連一句「親愛的」也見不到了。

蘇帕德拉再也無法繼續忍受下去了，她決定自己前往歐洲一趟。她可以忍受一切困難，不論遭遇到什麼，一定都能忍下來——無論如何，她都想親眼看看他。她不讓他知道這件事，不想增加他的困擾，而且她也不會跟他說什麼，只要能夠得到偶爾好好看他一眼的機會，她的心就可以得到平靜。蘇帕德拉怎麼會知道，如今，她的格希沃已經不再為她所有，他正在追求另一個美麗的姑娘呢！

幾天以來，蘇帕德拉一直在評估自己的計畫。沒啥好擔心的，她從報紙上了解到乘海船旅行的情況。一天，她在公婆面前表示了自己的決心，公婆一再勸她、竭力阻止她，蘇帕德拉都沒有改變決定。最後，當他們終於了解無論如何她都不會讓步時，也只好答應了。她娘家也勸阻過她，同樣沒成功。她自己平常積攢了一些錢，婆家給了她一些，父母也幫了她一些，旅費的問題就不用擔心了，但到了英國以後她能做什麼呢？只有這點她還無法確定，她只知道，能勞動的人到哪兒都不會餓肚子。

出發的那天，公婆也送她到車站。火車的汽笛響過以後，蘇帕德拉向公婆行了行合掌禮，說道：「請不要把我前往的消息告訴他，要不，他會著急、會沒辦法安心學習的。」

公公答應了她。

火車，開動了……

3

在繁華倫敦一角的貧民窟，蘇帕德拉坐在一幢二層樓房間裡的一把椅子上。她來到這裡已經過了一個月，出發時心頭上的一些疑懼逐漸煙消雲散。在孟買港口，想在海船上找到一個艙位的問題輕而易舉地解決了——她不是乘船前往歐洲的唯一女性，與她同行的還有好幾個。蘇帕德拉既沒有在尋找艙位方面遇到什麼困難，在整個旅途中也沒有碰上什麼問題。

抵達倫敦以後，其他女性和蘇帕德拉分了手，有的去上大學，有兩、三個去找比她們早來到倫敦的丈夫。她在這條街道上租了一個房間，維持生計對她來說並不困難，和她一起來倫敦的女子中，有幾個是高級官員的太太，她們和一些富有的英國家庭有來往，蘇帕德拉於是得到了教授兩位女性印度音樂和印地語的工作，其餘的時間她還替幾位印度太太縫紉衣服。

格希沃住的地方離她住所不遠，所以蘇帕德拉才會選中這條街道，她昨天就看見了格希沃。啊！看到他從公共汽車上走下來時，她的心都快跳出來了。她多想衝上前去緊緊抱住他的脖子，問他說：「怎麼你一來就變了？還記得你離開時許下的諾言嗎？」雖然很不容易，她還是克制住了自己。從那時起到現在，她整天都像喝醉酒似的。她離他有多麼近啊！只要願意，她每天都可以看到他、每天都能聽見他的談笑，當然，甚至還可以接近他。現在，他還能逃到哪裡去呢？她還用操心收不收得到他的信嗎？再隔幾天，如果可能的話，她可以到他住的旅館去向服務人員打聽他的情況。

天色已是黃昏，路燈在煙霧中像一只只淚汪汪的眼珠那樣濛濛的沒有光澤，男男女女在街道上散步。蘇帕德拉開始覺得：

這些人多麼愛好玩樂啊！好像每個人都沒有什麼要操心的事，個個都很富有似的。然而，就是因為如此，他們才能專心致志地做一切工作──他們工作的時候，就全神貫注地忙碌；休閒的時候，就拚命玩。可是我們印度人既不笑，也不哭，就只是安安靜靜地歹活著，一點兒熱情也沒有。看似成天工作，吃飯的時間也沒有，實際上花在工作上的時間卻連四分之一都不到，只不過把工作當藉口而已。看來，我們的民族喪失生命力了。

突然間，她看見格希沃走了過來。對，正是格希沃！她猛然從椅子站了起來，來到走廊上。她真想走過去摟住他的脖子──即便這是一樁罪過，也是因為他才引起的。如果他不斷寫信回家，她又何必飛奔到這裡來呢？

可是，和格希沃在一起的那個年輕姑娘是誰呢？哎呀！格希沃還拉著她的手呢！他們倆有說有笑地走在一塊兒……那個年輕姑娘是誰呢？

蘇帕德拉仔細地瞧了又瞧，年輕姑娘的膚色是麥褐色的，是個印度姑娘，穿著也是印度式的。除此之外，蘇帕德拉就再也看不清楚了。她馬上穿好鞋子，關上門，很快地跑到街上，但此時卻已看不見格希沃的身影了，她很快地朝他適才前進的方向跟去。那位年輕的姑娘是誰呢？她很想聽一聽他們倆的談話，很想看一看那位姑娘。她的腳步邁得飛快，簡直像在奔跑。他們倆鑽到哪裡去了呢？現在她早該走近他們身邊了，也許他們倆已經乘上某一路的公共汽車了吧？

走完那條街道，她來到了另一條大街上。兩邊是寬敞又閃閃發光的商店，裡頭陳列著全世界的珍寶。

蘇帕德拉小心地環顧左右，由於不認識路，她不知道自己走了多遠。

隨後她又想：我這樣走要到哪裡呢？誰知道他們去哪裡了？倒不如回到走廊裡望著，反正他們從那兒走過去，也一定會從那兒走回來。這樣一想後，她立刻轉過身子，和來時一樣，飛也似的奔回住處。回到住所時，已是深夜十二點了，在這樣長的時間裡奔來跑去，她竟一刻兒也沒有休息！

上了樓，女主人對她說：「飯早替妳準備好了！」

蘇帕德拉請對方把飯送到她房間裡，但是她哪裡有心思用餐呢？她站在原來的那個走廊裡，兩眼凝神注視著格希沃走去的方向。

過了一點，又到兩點了，格希沃仍然沒有回來。她心想：他一定是走另外一條路了，我老站在這裡也是白搭，不如回房間躺一會兒。然而，她念頭一轉，又想：要是他又來了呢？

連蘇帕德拉自己也不知道，她究竟是什麼時候回房間躺下睡著的。

4

第二天一大清早，蘇帕德拉正準備去教課時，來了一位身穿絲綢沙麗的年輕姑娘。她笑容可掬地說：「請原諒我一大清早跑來打擾妳，妳是準備上哪兒去嗎？」

蘇帕德拉拿來一張椅子，回答說：「是的，有點事想出門一趟。我能為妳做點什麼呢？」

蘇帕德拉一面說，一面用一般女性審視的眼光，從上到下打量了一下那位年輕姑娘。不管用什麼標準來看，她都不能算是很美的姑娘，皮膚是麥褐色的，臉有點寬，鼻子有點兒扁，個兒也小，而且身材有些胖，還戴著眼鏡。然而，儘管有這些不足，她仍然很引人注目。她的聲音是這樣優美、柔和且客氣，舉止也讓人覺得像是一位女神——她身上的每一部分都彰顯出自己的智慧，在她面前，蘇帕德拉就顯得無足輕重和渺小了。年輕姑娘在椅子上坐了下來，輕聲說：「如果我弄錯了，還請妳原諒。我聽說妳有在替人縫紉衣服，妳這兒放著縫紉機，好像也證明有這麼一回事。」

蘇帕德拉說：「我每天為兩位太太上語言課，其餘時間也替人縫點衣服。妳把布料帶來了嗎？」

「沒有，這次我沒帶。」姑娘回答時害羞地低下了頭，微微一笑後又說：「事情是這樣的，我快要結婚了，我希望自己的打扮能夠完全是印度式的，結婚的儀式也按印度古代吠陀的方式[2]舉行，而這樣的衣服只有妳才能做得好。」

蘇帕德拉笑了笑說：「有機會為妳做喜慶的衣服是我的榮幸。結婚的吉日是哪一天呢？」

姑娘不好意思地答道：「他一再說要在本週內結婚，不過我把時間往後推了一下。原本我想回印度以後再結婚，可是他急得不得了，怎麼也講不通，我是以衣服還沒有做好當藉口，才拖了下來。」

蘇帕德拉說：「好啦！我盡快替妳把喜慶的衣服做好就是囉！」

姑娘笑了笑說：「我倒希望妳能拖上幾個月呢！」

蘇帕德拉說：「哎呀！我為什麼要替你們的好事製造障礙呢？這個星期之內我就能做好喜服，而且我還要向他請賞呢！」

姑娘聽了，笑得合不攏嘴，房裡的氣氛也顯得更加熱絡。她說：「他會給妳獎賞的，還會高高興興地給妳，同時，他也會感激妳的。我曾經發誓絕對不要陷入婚姻的羅網，但他打破了我的誓言。我現在才真正明白，愛情的羅網多麼令人快樂啊！妳最近才來倫敦，丈夫也跟妳在一起吧？」

蘇帕德拉隨便找了一個藉口，回答說：「他現在在德國，他很愛音樂，到德國去研究音樂了。」

「妳也懂音樂嗎？」

「懂得很少。」

「格希沃非常愛好音樂。」

一聽到格希沃的名字，蘇帕德拉好比被蠍子螫了一口，整個人驚愕得呆住了。

姑娘問她：「怎麼那麼驚訝？妳認識格希沃嗎？」

2《吠陀》是印度上古的詩集，共有四部，裡面既有簡單的神話傳說，也有帶宗教色彩的經文、咒語等。這裡所說的「吠陀的方式」泛指印度的傳統方式，以區別歐洲人的結婚儀式。

蘇帕德拉假裝自己什麼也不知道，否認地說：「不，我不認識他，我從來沒聽過這個名字。他在這裡做什麼呢？」

同時，蘇帕德拉在心裡思忖著：難道格希沃就不可能是另外一個人的名字嗎？所以她才這樣問年輕姑娘，這個問題的答案將決定她一生的幸福。

姑娘說：「他在大學裡念書，印度政府派他來學習，至今還不到一年。妳一定會很高興看到他的，他簡直是智慧和天才的化身。這兒一些有名的教授都很器重他，他發表的精彩演說我從未自其他任何人的口中聽過。他的生命就代表了崇高的理想，為什麼這樣一個人會愛上我，連我自己都感到奇怪。我的相貌不美，性格也不溫柔……也許是我幸運吧！那麼，我傍晚就把布料拿來。」

壓抑著內心受到的劇烈衝擊，蘇帕德拉說：「好的。」

姑娘走了以後，蘇帕德拉號啕大哭了起來。她覺得自己全身的血液已經凝固，覺得自己的生命已經不復存在。她今天才感受到，自己是這麼的孤立無援，又是那樣的懦弱無能。她覺得自己在這世界上沒有任何親愛的人了，此生已毫無意義。對她來說，未來下半輩子，除了悲哀飲泣之外，還能有什麼辦法嗎？她所有的感官都起不了作用，好像從高高的樹上被摔了下來。啊！這就是她對他純真愛情和虔誠的回報嗎？她如此執拗地把格希沃送來這裡，難道就是為了讓他一踏上這塊土地就把她徹底毀掉？

往事一一掠上心頭，格希沃那雙無限深情的眼在她面前浮現，他那純樸又無畏的身影在她眼前閃動。從前，只要她有點頭痛腦熱，格希沃就著急得不得了，一次她患了季節性感冒，格希沃慌了，請了半個月的假待在家裡，他坐在床頭，手執扇子不分晝夜地替她搧風。然而，那個格希沃竟然這麼快就對她感到厭倦了！蘇帕德拉對他又有哪裡不周到呢？她一直把他當成自己的命根子，他是她這輩子的心肝寶貝、是她一切的一切。

不，這不能怪格希沃，全部罪過都在這個姑娘身上，是她用甜言蜜語征服了他，是她的學問、智慧和能說會道的本事擄獲了他的心。唉，她曾經多少次跟格希沃提過：「也讓我多受一點教育吧！」可是他總是回說：「妳原來是什麼樣子，我就喜歡妳這個樣子，我不希望妳因為受更多的教育而抹掉那種自然的純樸。」如今格希沃這樣對待她實在太不公平了，但這不是格希沃的錯，而是這個少女情竇初開的引誘。

在嫉恨和痛苦的刺激下，蘇帕德拉完全忘了要去教課，她在房間裡轉來轉去，好似有誰用強迫的手段把她禁閉在裡頭。她時而緊握兩個拳頭，時而咬緊牙關，時而死命咬著嘴脣……她的神經有點錯亂了，眼中噴射著怒火。愈是想到格希沃對她的這種無情打擊，愈想到自己為他忍受過的各種苦難，她的心裡就升起一種報復的情緒——如果他們倆之間曾發生過什麼不愉快，或是產生過什麼隔閡，她或許就不會像現在這樣難受。

她感覺到自己好像突然被一個笑容滿面的人掐住了脖子。如果她真的配不上他，當初他又何必和她結婚？結婚後何不立即拋棄她，為什麼還要播下愛情的種子？如今，愛情的種子已經出土發芽，長出翠綠的葉子，它的根也已深深地扎在她內心深處的每個角落了。她全部血液都用來澆灌這棵愛情的樹苗，她所有努力都用在使愛苗飛快地茁壯成長，現在他卻想把這棵樹苗連根拔掉，難道他能在不打碎她一顆心的狀況下把樹苗拔掉嗎？

突然間，她想到了一個辦法。她激動的面孔因為這個無情的報復計畫而變得更加扭曲——格希沃一定對這個姑娘隱瞞了他已婚的真相，蘇帕德拉要把這件事揭發開來，她要破壞他的所有陰謀！現在，蘇帕德拉生起自己的氣來了，為什麼沒有打聽一下那年輕姑娘的地址呢？要不，就可以寫信給她，揭露格希沃的卑鄙、無恥、自私自利和膽怯懦弱，讓他那什麼學問啦、天才啦和榮譽啦，統統見鬼去！但不打緊，反正年輕姑娘傍晚時還會送布料來，到時再向她揭發這個祕密。

5

蘇帕德拉一整天都在等待年輕姑娘的到來，她時而在走廊裡東張張西望望，時而看看街道，但是哪兒都沒有對方的影子。蘇帕德拉愈想愈氣，她為什麼不在當時就把全部真相說出來呢？

她知道格希沃的地址，甚至記得他住的街道和房子的門牌號碼，因為他過去是以那個地址寄信的。暮色西沉，那位姑娘卻遲遲未到，她的心就像有一股激流在奔騰，差點就要到格希沃那裡當面譴責他，讓那忘乎所以的頭腦清醒清醒，對他說：「原來你是這樣的心毒手辣，我以前從沒看清你是這麼一個大騙子。難道你是為了學這一套而到這裡來的？難道這是你全部學問所取得的成果？你怎能這樣欺騙一個為你獻出一切的弱女子？你連這一點人性都丟了嗎？你到底想把我怎麼辦？讓我一輩子在你的名下傷心落淚？」

然而，自尊心每次都拉住她的腳步。不，她為什麼要去見這樣一個欺騙、侮辱過她的人呢？一旦見到他，她能不能抑制住自己的眼淚都沒有把握，她不願意在格希沃面前落淚。如果格希沃憎恨她，那她也要憎恨格希沃。

傍晚了，年輕姑娘仍沒來；掌燈了，還是不見對方的影子。

此時，她突然察覺到自己的房門口有人走近，她迅速地走向門，只見那個年輕姑娘拿著一個包袱站在那邊。她一見到蘇帕德拉就說：「請妳原諒，我來晚了。事情是這樣的，格希沃有一件很要緊的事要到德國去，他會在那裡待上一個多月的時間，所以希望我也跟他一起去，他寫作論文時我可以幫忙，我能替他到柏林的圖書館查找資料，我答應他了。格希沃希望能在去德國前結婚，所以明天傍晚就會舉行婚禮，至於這衣服，就等我從德國回來之後再交給我吧！結婚時我們就只好穿一般的衣服了，還能怎麼辦？反正，除此之外已別無他法，格希沃到德國去的事是不能改變的！」

蘇帕德拉把布料放在桌子上，隨後說道：「妳上當受騙了。」

年輕姑娘詫異地問：「上當受騙？怎麼上當受騙？我完全不懂，妳指的是什麼？」

蘇帕德拉竭力想消除這一層表面的不自然，她說：「格希沃想騙妳和他結婚。」

「格希沃不是這樣的人，他不會欺騙任何人。妳認識格希沃嗎？」

「格希沃跟妳談過自己的一切嗎？」

「都談過。」

「什麼也沒有隱瞞？」

「依我看來，他對我一點兒也沒有隱瞞。」

「妳知道他已經結過婚了嗎？」

年輕姑娘的臉色瞬間黯淡了下來，她害羞地低下了頭，吞吞吐吐地說：「我知道，他曾經跟我提過這件事。」

蘇帕德拉失敗了，她用憎惡的眼光看著對方說：「妳知道他已經結了婚，還準備嫁給他？」

年輕姑娘自豪地看了看她，說：「妳見過格希沃嗎？」

「沒有，我從來沒有見過他。」

「那妳又怎麼知道他的事呢？」

「我有一個朋友跟我提過，他認識格希沃。」

「如果妳見過格希沃，或者同他談過一次話，就不會問我這個問題了。別說他結過一次婚，就是結過一百次婚，我也不會放棄嫁給他。我一看到他，就完全忘記了自己。如果不和他結婚，那我只得當一輩子的老處女。每一次他和我談話，我就覺得自己的心像花朵一樣綻放，我能直接地感受到他心地的光明磊落。不管人們怎麼笑話我，不管人們如何指責我，我都捨不下格希沃。他結過婚，這是事實，但是他和那個女人從來沒有過感情，所以實際上他稱不上結過婚。那個女人是一個非常普通又沒受多少教育的無知女子，妳想想，像格希沃這樣有學問、高尚而且聰穎的男子，和那樣一個女人在一起，能幸福快樂嗎？請妳明天一定要來參加我們的婚禮。」

蘇帕德拉的臉漲得通紅。格希沃竟把她說得這麼不像樣，一想到這她就怒不可遏，真想馬上找到他，痛罵他一頓，但是她心裡卻開始了另一種盤算。她用嚴肅又冷漠的口氣問：「格希沃就沒有談過要如何面對那個女人？沒有聊到她今後該怎麼辦？」

年輕姑娘胸有成竹地說：「格希沃回家以後，將會對她說：『今後我們無法繼續夫妻的關係了。』他會根據她的意願替她安排生活，不然他還能為她做什麼呢？根據印度教的習俗，夫妻是不能離婚的，但考慮到女方應該有完全的自由，他甚至準備脫離印度教而成為基督徒或穆斯林。關於這個問題，他本來準備寫一封信給她，但我沒有讓他寫，我很同情那位不幸的婦女，我甚至做了這樣的打算：要是她願意，她可以和我們生活在一起，我將視她為自己的姊姊……只是，格希沃不同意……」

蘇帕德拉語帶著諷刺地說：「既然已經準備給她飯吃、給她衣服穿，除此之外，一個女人還有什麼好要求的呢？」

年輕姑娘沒有理會她的譏諷，只是問道：「等我回來的時候，衣服可以縫好吧？」

蘇帕德拉說：「沒問題，能縫好。」

年輕姑娘接著又問：「那妳明天傍晚會來參加我們的婚禮嗎？」

蘇帕德拉說：「不，很遺憾，明天我沒有空。」

聽了她的回答，年輕姑娘沒再說什麼，告別之後就離去了。

蘇帕德拉多麼希望自己可以冷靜下來，好好思考這個問題，只不過她的心像一座火山噴吐著煙與火。過去為了格希沃，她把自己的生命看得一錢不值，現在他卻把她一腳踢開。這個打擊來得實在太突然、太嚴酷了，使她內心的一切柔情都化為烏有，整個身心都渴求著要向格希沃報復。的確，要是背叛的人是蘇帕德拉，她的脖子能不被刀子捅穿嗎？格希沃不會恨得要喝她的血？難道發生在男子身上的一切事情都可以理解，出在女子身上就無法被原諒嗎？不行，蘇帕德拉一顆反抗的心完全不能接受這樣的裁決，她再也無法去顧慮所謂女子的道德標準了。

那些就算成為男人腳上的破鞋仍感到幸福的女子也許毫無自尊心，但蘇帕德拉可不是這種人。只要她活著，就不能眼睜睜看著丈夫毀掉自己的一生後還快快活活地過日子，即使人們說她是凶手、說她是母夜叉，她也不管。就讓人們去說吧！她心中不時湧上一股可怕的衝動，想立刻衝到格希沃那裡，在他和那位年輕姑娘享受愛情的歡樂前就把他殺掉。

她想著格希沃的冷酷無情，並用它來刺激自己的心。難道她就那麼軟弱可欺？難道她連這樣一點勇氣也沒有？假設現在有一個流氓闖進房間，想要毀掉她的貞操，她真能毫不反抗？所幸為了自衛，她身邊帶著一支手槍。格希沃已經奪走了她現實生活的一切，他過去所表示的愛情只不過是一種欺騙，他只是出於滿足自己的獸欲才向她表演愛的滑稽劇，殺掉這種人不正是她的義務？

這最後的想像鼓動著蘇帕德拉，在實現可怕的決心時，這是完全必要的——女人恨不得要喝乾男人血的心情。

蘇帕德拉取下掛在牆上的手槍，仔細地審視了起來，好像她從來沒有見過似的。明天傍晚，當格希沃和他的情人在雅利安神廟中彼此相對而坐時，她將用這支手槍的子彈結束格希沃的愛情劇，然後用另一顆子彈射進自己的胸膛——難道她有辦法淚潸潸地度過可悲的一生嗎？

7

傍晚時分，在雅利安神廟的庭院中，新娘和新郎和幾個知心朋友坐在一起。婚禮正在進行，蘇帕德拉到了，她來到走廊下，站在一根柱子後面，正好是格希沃面對的方向。她眼前又浮現兩年前的一幕情景，當時她也是這樣偷偷看著坐在喜棚裡的格希沃，那時她的內心是多麼激動啊！心頭有種說不出的喜悅——那是多麼深厚的感情、多麼大的期待，好像迎來了生活的黎明，人生像一支甜蜜歌曲那樣幸福美滿，未來就像金色夢境那般美好。難道這就是兩年前的那個格希沃？蘇帕德拉突然有種錯覺，覺得他不是格希沃，是的，他不再是過去的格希沃，而只是相貌相同、名字相同的另外一個人。現在，他的微笑、他的目光，還有他的言談之中，再也沒有任何吸引她的東西了。

看到他，她還是那樣無動於衷地站在那裡，好像只是見到一個陌生人。於此之前，在蘇帕德拉的心目中，像格希沃這樣漂亮、英俊、聰明又品德高尚的男子，這世上再也找不到第二個了。但是，她現在卻覺得格希沃與坐在那裡的一些青年人沒什麼兩樣。那燒得她難忍的怒火、那帶她到現場去行凶的決心，好像已突然冷卻了下來。灰心喪氣比傷害人更可怕，蘇帕德拉原本打算行刺的決心中，還包含著一種深情——格希沃是她的，格希沃像她的生命一樣可貴，格希沃是她生命的一切，他不可能屬於其他人！但是，現在她沒有那種深情了，他不再屬於她，所以也沒有必要去管誰會擁有他。

婚禮結束了，朋友們向新人祝賀，女賓們唱起吉祥的歌曲。接著，他們都坐到桌子旁。宴會開始了，一直持續到深夜十二點。蘇帕德拉像座石雕般站在那裡，好像正做著一個奇怪的夢。的確，她心裡感覺到空虛，好像一棟房屋成了一片廢墟，好似一部樂曲已經演奏完畢，彷彿一盞明燈已經熄滅……

當人們走出雅利安神廟時，蘇帕德拉也跟著離開，但她已經記不清路了。原本認識的街道變得陌生，整個世界都變了樣，她在大街上徘徊了整整一個晚上，怎麼也找不到自己的住所。所有商店都關門了，大街上一片寂靜，她還在不停尋找。唉！難道她一輩子都得這樣徘徊在人生的道路上嗎？

突然，一個警察向她喊道：「太太，妳要到哪兒去？」

蘇帕德拉呆呆地停住腳步，回答說：「我哪兒也不去！」

「妳家在哪裡？」

「我家？」

「對，妳家在哪兒？我看妳已來回走了好長一段時間，住在哪條街上？」

蘇帕德拉記不得她住的街道名字。

「妳連妳住的街道名字都不記得嗎？」

「忘了，記不起來……」

突然，她的目光落到前面的一塊木牌上。啊！這就是她住的街道啊！她東張西望了一會兒，發現前面就是她住處。她就住在這條街上，她在自己的家門口不知轉了多少圈子哩！

8

還是一大清早，年輕姑娘就來到了蘇帕德拉的房間裡，蘇帕德拉正在替她縫衣服。她全部的心思都放在精心縫紉衣服上，也許任何一個年輕姑娘梳妝打扮自己也沒這麼一心一意，真不知道她是希望得到什麼獎賞？她專心到連年輕姑娘進來都沒有發覺。

年輕姑娘問道：「妳昨天沒有到雅利安神廟來？」

蘇帕德拉抬起頭來，一看見她，就彷彿感覺某位詩人幻想出來的迷人形象具體地呈現在她面前，年輕姑娘的容貌和氣色都無可挑剔，尤其是從她身上流露出來的愛情光輝。蘇帕德拉迎上前去和她擁抱，就像來的是她自己的親妹妹。她說：「不，我去了。」

「但我沒有看見妳。」

「那是因為我待在邊邊。」

「看到格希沃了嗎？」

「看到了。」

「那為什麼不爽爽快快地說呢？如何？我沒有跟妳說謊吧？」

蘇帕德拉由衷地笑了，她回答說：「我不是用妳的眼光，而是用我自己的眼光看他，我覺得他配不上妳，他欺騙了妳。」

年輕姑娘呵呵地笑說：「妳說得真妙！我認為，是我欺騙了他呢！」

蘇帕德拉嚴肅地說：「妳好好打扮自己一番，再照照鏡子，到時就會明白啦！」

「我難道還會變成另外一個模樣？」

「如果妳把地毯、窗簾、繪畫、吊燈和花瓶都搬出房間再瞧瞧，房裡還會有什麼光彩？」

年輕姑娘點點頭說：「妳說得對，但首飾又從哪兒來呢？不知得隔多少日子才能做好？」

「我的首飾給妳戴吧！」

「妳身邊有首飾？」

「不少。等等，現在我就去拿來幫妳戴上。」

年輕姑娘雖然口頭上一再謝絕，但心裡還是高興的。蘇帕德拉把全部首飾都戴到她的身上，沒為自己留下一點。年輕姑娘現在有了全新的感受，打扮成這副樣子走在街上肯定會不好意思，但是她的美貌卻毫無保留地顯露了出來。她走到鏡子前看了看自己的模樣，裡頭的她容光煥發、耀眼奪目，好像丈夫長期外出的女子得到了另一半要回來的信息，內心裡有一種說不出的喜悅。她是這樣的美麗，這是她以前想像不到的，要是格希沃能看到她這一身打扮，該有多好。這個願望浮上她的心頭，可是怎麼好啟齒呢？等了一會兒，她不好意思地低下頭，開口說：「格希沃看到我這副模樣一定會笑的。」

蘇帕德拉說：「他不會笑，而會愛撫妳。他一定會大開眼界，妳今天就這一身打扮去見他吧！」

年輕姑娘受寵若驚地說：「真的？妳答應我這麼做？」

蘇帕德拉說：「我很高興妳這樣做。」

「妳一點也不擔心？」

「一點也不。」

「要是我想戴幾天呢？」

「妳甚至可以戴幾個月，畢竟這些首飾白白地放在這裡也沒什麼用。」

「妳也跟我一起去好嗎？」

「不，我沒有時間。」

「好吧！那請把我家的住址記下來。」

「好，寫下來吧！說不定我偶爾也會去探望探望。」

不一會兒，年輕姑娘走了，蘇帕德拉站在窗口笑眯眯地望著她，好像在目送自己的親妹妹。在她的心裡，嫉妒或憎恨的影子一點兒也沒有了。

差不多過了一個小時，年輕姑娘又回來對她說：「蘇帕德拉，請原諒我耽誤妳這麼多時間。格希沃來了，他就站在門口，讓他進來好嗎？」

剎那間，僅僅是剎那間，蘇帕德拉覺得有點茫然不知所措。接著，她站起身來，把放在桌上的東西收拾了一下，整理好衣裳，梳了梳蓬亂的頭髮，然後淡淡地笑了一笑，才說：「為什麼要這樣麻煩他呢？不過，去吧，把他叫來吧！」

一分鐘過後，格希沃一跨進房間，馬上就吃驚地向後退去，彷彿他的腳踩在火上，嘴裡輕輕地發出一聲驚叫。蘇帕德拉嚴肅、沉靜又堅定地站在原來的地方，她伸出手，好像對一個陌生人說話似的開口道：「請進，格希沃先生，我祝賀你，祝賀你得到這樣一位品德好、長得美麗又有學問的姑娘。」

格希沃的臉色大變，像是迷了路般，失措地站在那裡，羞愧和痛苦使他的臉一陣紅、一陣白。這件事總有一天會發生，但像眼下這樣突然和蘇帕德拉會面，是他做夢也沒有想到的。該對蘇帕德拉說什麼，他早已想好了，也考慮過該如何回應她的責難——甚至連準備寫在信裡的話都已經牢牢記在心裡了。然而在這個當下，一切準備都變得徒然，因為和蘇帕德拉直接面對面了。她看到他，一點兒也不感到突然，臉上沒有流露出一絲驚異、焦慮或痛苦，她的樣子就像在同一個陌生人說話。她什麼時候來的？怎樣來的？為什麼到這裡來？如何過日子呢？格希沃急切地想問清這些事和其他許多類似的問題。

他曾經想過蘇帕德拉會責罵他，會撂下要服毒的威脅，會說他冷酷、怨他無情，還不知會指摘他一些什麼……他預想過可能遭受這樣的難堪，卻沒有應付這種突然會面以及她充滿自傲的蔑視的心理準備。忠於愛情的蘇帕德拉竟然會變得這麼嚴厲、這麼無情！她一定早就知道事情全部的真相了。對他最大的刺激是，蘇帕德拉把自己的首飾那樣慷慨大方地全拿了出來。誰知道，她也許就此不收回去了呢！他覺得自己失敗了，他面如土色地在一把椅子上坐了下來。他一個字也沒能夠說出口，只能無言地等待蘇帕德拉進一步的問話。

年輕姑娘表示了心裡的一番感激，隨後對格希沃說：「她的丈夫現在待在德國。」

格希沃睜大眼睛望向蘇帕德拉，一句話也沒有說。

年輕姑娘又說：「她好可憐，只靠著教音樂課和縫紉衣服來維持生活。她的那位先生要是來了，我一定得祝福他的幸運。」

格希沃對這些話也張不開口，但是蘇帕德拉笑著說：「他在生我的氣呢！要是收到祝福，那他一定會發更大的脾氣。」

年輕姑娘驚異地說：「正是因為愛他，妳才來到這裡。離鄉背井到這裡，靠自己付出勞力過活，他卻生妳的氣，這可太奇怪了！」

蘇帕德拉仍然是那樣滿臉笑容。「男人的本性本就是個奇怪的問號，儘管格希沃先生可能並不同意這一點。」

年輕姑娘又用鼓勵的眼光瞥了格希沃一眼，但他還是那樣面色蒼白地坐著——他的心又遭受到一次新的打擊。年輕姑娘看他一聲不吭，便替他解釋說：「格希沃希望賦予男女雙方同樣的權利。」

格希沃正陷於困境，得到支持後稍微有了一絲勇氣。他說：「我認為結婚是一種協議，在有必要的時候，雙方都有權利加以解除。」

年輕姑娘表示贊成地說：「文明的社會裡，正大力地開展這種運動。」

蘇帕德拉質疑地說：「解除一個協議總應該有個正當的理由。」

格希沃搬出感情問題作為依據，他說：「當我們感覺到從婚姻的束縛中解放出來能更加幸福時，就有了充分的理由，如果一個女人感到和另一個男子……」

蘇帕德拉打斷他的話說：「請原諒，格希沃先生，我沒有足夠的學問和你討論這個問題。我認為，一輩子結合在一起才算是理想的協議——我不是指在印度，在印度，女人是男子的奴僕。我指的是英國的狀況，我在這裡和許多女子談過話，看到日益增加的離婚事件，她們並不感到高興。婚姻最崇高的理想是它的純潔和堅定，男人經常破壞這種理想，而女子總是小心翼翼維護著它。現在男人的為所欲為將會把女子引向何處，還很難說。」

這個嚴肅而又節制的論斷讓爭辯告一段落，蘇帕德拉請人端了茶過來，三人一起喝了茶。格希沃想打聽蘇帕德拉還要在這裡待多久，可是沒能問出口。他又待了十多分鐘，但始終沒吭一聲。等到要離開時，他再也忍不住了，開口問說：「妳還要在這裡待多少日子？」

蘇帕德拉兩眼盯著地板回答說：「很難說。」

「如果有必要的話，還可以找我。」

「感謝你這番好意。」

格希沃整天都感覺到不安，蘇帕德拉的身影反覆出現在他眼前，她的話老是縈繞在他耳際。現在他已經毫不懷疑，蘇帕德拉是出於對他的感情才到這裡來的——他已經了解整個情況，一想到她付出的可怕犧牲就感到毛骨悚然。蘇帕德拉在倫敦所忍受的困難、痛苦，以及所遭受的一切，都是由於他的緣故。她不想成為他的負擔，所以連來到這裡的消息也沒有通知，如果早知道蘇帕德拉已經在這兒，他也許不會受到年輕姑娘的吸引——有看門的人在，小偷根本不敢鑽進家。

看到蘇帕德拉之後，他的責任感甦醒了，他的心急著想跪倒在她的腳前，請求她原諒。他要從她的口中聽一聽事情的始末，他不能忍受這種默然的蔑視。白天，格希沃好不容易打發過去了，但到了晚上十點時，他就再也忍不住。年輕姑娘問他說：「你要到哪兒去？」

格希沃一面繫鞋帶，一面說：「和一個教授碰面，我答應他這個時候過去。」

「早點回來。」

「很快就會回來的。」

格希沃走出門，內心百感交集，很不好受。要是蘇帕德拉拒絕見他怎麼辦？不會的，這是不可能的，她的心胸不會這麼狹窄，不過，關於她自己的事，她很可能什麼也不會說。為了使她心平氣和，他腦子裡編造了一個故事：他生了重病，簡直沒有活下來的希望了，烏爾米拉一心一意地服侍他，才讓他對她產生了愛情。這個故事會對蘇帕德拉起作用，這一點格希沃毫不懷疑。一旦知道當時的情況，她一定會原諒他的。但是後果會變得怎樣呢？他能夠同時愛著她們兩個人嗎？由於看過蘇帕德拉，烏爾米拉也許不會反對同她住在一起，怎麼好反對呢？事情又沒有瞞著她。當然，還是得看蘇帕德拉是否同意接受她。

從蘇帕德拉表現出來的蔑視態度看來，要她接受可能有點困難。不過，他會好言勸她、哀求她，倒在她的腳前，不達目的不罷休。想起過去他得到蘇帕德拉愛情的情景，猶如做了一場大夢。現在他感到，蘇帕德拉原本占據在他內心深處的那個位置，至今仍空在那裡，連烏爾米拉也沒能填補。現在他明白了，他對烏爾米拉的愛情只不過像看到好吃的東西後產生的一種嘴饞，不是真正的食欲，如今他再一次感覺到，自己需要的是普通而簡單的食物，貪圖享受的烏爾米拉能否做出這樣的犧牲，他倒是很懷疑。

來到蘇帕德拉住的地方後，格希沃又膽怯了起來，但他還是咬緊牙關走上樓梯，轉眼的工夫便來到蘇帕德拉的房門口。門是關著的，而且房裡沒有燈光。她一定是到哪兒去了，也許快回來了吧！他決定待在走廊等她回來。

忽然，女房東來了。格希沃走上前問她說：「妳能告訴我，這位女士到哪裡去了嗎？」

女主人將他從頭到腳打量了一番，才回答說：「她今天離開了。」

格希沃茫然地問道：「離開了？到哪兒去了？」

「她沒有告訴我。」

「什麼時候走的？」

「中午的時候。」

「她把行李也帶走了嗎？」

「不帶走又留給誰呢？不過，她倒是留下了一個小包裹給她的女性朋友，上面寫者格希沃太太收。她跟我說，如果她來了，就交給她，要是她沒來，就郵寄給她。」

格希沃感覺到自己的心像夕陽一樣沉了下去，他深深倒抽一口冷氣說：「那個小包裹能讓我看看嗎？我就是格希沃。」

女主人笑了笑說：「格希沃太太不會有不同的意見吧？」

「那我把她叫來，這樣行吧？」

「嗯，這樣做比較好。」

「那得走很遠的路哩！」

格希沃停了一下，便向樓梯走去。這時，女主人又開口說：「我看你就把小包裹拿去吧！何必讓你白白跑一趟呢？不過請你明天送一張收據來，也許以後用得著。」

她一面說，一面把小包裹拿來交給格希沃。格希沃接過小包裹後，就像一個小偷似的飛奔了起來。這個小包裹裡面放的是什麼東西？由於想搞清楚這一點，格希沃的心一刻也按捺不住。他等不及回到家，附近剛好有一個公園，於是他走進公園，在燈光下打開了小包裹。他的兩手緊張得直發抖，他的心撲通撲通直跳，好像在得知自己親人生病的消息後又收到電報一樣。

一打開小包裹，格希沃立刻流出兩行眼淚。小包裹裡面有一件黃色沙麗和一個裝紅粉的小盒子[3]，以及格希沃的一張照片，同時還有一封信。格希沃打開信，只見上面寫道：

妹妹，我走了，這是我的婚禮遺物，把它投進泰晤士河吧！這項儀式通過你們的手來完成，也是很有意思的。

妳的蘇帕德拉

格希沃手裡拿著信，傷心地撲倒在草地上，號啕大哭了起來。

3 裝紅粉或朱砂粉的小盒子是已婚婦女使用的東西，紅粉是要塗在頭頂髮線內的。失去了丈夫，也就表示失去了使用紅粉的權利。

如意樹與愛情鳥

——金達也笑了，她說：
「不。它是在說，現在這樣憐愛我，今後可別忘記我。」

1

德爾那特王公死後，他的仇人對他兒子拉傑那特公子多方進行威脅，迫使他不得不亡命投靠父親生前的一位侍從——一個小村莊的領主。拉傑那特本性是個愛好平靜的風流少年，比起戰場，他更愛在詩歌領域大顯身手；和其他騷人墨客一同坐在樹蔭下談詩所得到的樂趣，從游獵或處理朝政中是得不到的。

拉傑那特覺得，只要能擁有在這個四面環山的村子裡所感受到的平靜和樂趣，就算得再多犧牲幾份國土，他也在所不惜。山巒起伏的迷人景色、林木的青蔥、流水潺潺悅耳的奏鳴、清脆的鳥語、幼小野鹿的雀躍、牛群的嬉戲，還有村民的淳厚樸實、婦女們的靦腆天真，這一切的一切，對他來說都很新鮮。不過，比這些事物更吸引他的，是領主的年輕女兒——金達——的美貌。

金達親自動手操持一切家務，她從來沒有得到過母愛的溫暖，卻在服侍父親中獲得很大的安慰。她原本要在今年出嫁，然而就在此時，這位年輕公子的到來讓她對生活有了新的理想和希望——她內心的丈夫形像，似乎已在眼前具體化了；另一方面，拉傑那特理想的伴侶也通過金達的形象體現了出來——只是，他認為自己沒有那種福氣，金達也認為她配不上他。

五月的一天中午，泥瓦屋頂的草房正像火爐一樣悶烤著，住在掛了蘆葦簾子的房間裡，拉傑那特因為熱得受不了而出了門，走到草房對面園子的一棵大樹下坐著乘涼。突然間，他看見金達從河邊提著水罐走了過來。腳下是燙人的沙地，頭上是噴著烈火的太陽，熱浪烤著她的身體……在這種時候，就連渴得要死的人也沒有到河邊去的勇氣，金達為什麼去取水？家裡水缸裡有的是水，何必在這時候出來打水？

拉傑那特跑到她身邊，一面搶著要提她手裡的水罐，一面說：「把水罐給我，趕快到樹底下躲一躲，這時取水做什麼呢？」

金達沒有把水罐給他，她整了一整從頭上滑下的沙麗，然後說：「你為什麼在這時候出來？是不是屋子裡面熱得待不下去了？」

拉傑那特沒回答，只是說：「給我吧！要不我就動手搶了。」

金達笑著說：「一個公子提著水罐走，不是一件體面的事。」

拉傑那特抓住水罐口說：「我吃夠公子的苦頭了，金達，現在連聽到有人叫我公子都感到害臊。」

金達說：「你瞧，在這樣的大太陽底下繼續僵持下去，你自己不好受，也看得我不好受。鬆開手吧！說真的，這是敬神用的水。」

拉傑那特說：「難不成我拿會玷汙了敬神的水？」

金達說：「好，兄長，你要拿，就拿吧！不過……」

沒等她說完，拉傑那特便提過水罐走在前頭，金達連忙跟了上去，兩人一起走到園子裡。金達在一棵小樹苗旁邊停了下來，她說：「就是敬這位神，你把水罐放下吧！」

拉傑那特詫異地問道：「這裡有什麼神呢？金達，我什麼也沒有看見。」

金達一面替樹苗澆水一面說：「這就是我敬的神！」

被澆了水後，樹苗原本枯萎的葉子發綠了，好像睜開了眼睛一樣。

拉傑那特接著又問：「金達，這棵樹苗是妳種的嗎？」

金達一面將樹苗纏在一根直木棍上，一面說：「是我種的，我在你來的那天又『重新種的』。以前這兒是我玩泥娃娃的土屋，為了替泥娃娃遮蔭，我種了這棵芒果樹。後來，家務事一忙，我就把它忘了，之後也沒有再想起過。你到家裡來的那天，不知為什麼，我又想起了這棵樹苗，於是來這裡看一看，那時它早已經乾枯，我立刻替它澆水，總算是慢慢地活了過來。從那時開始，我便不間斷地澆灌它，你看，它已經長得青枝綠葉了。」

她這樣說著，抬頭望了望拉傑那特，又繼續講了下去。「自那時起，我什麼工作都可能忘記，就是不會忘記替它澆水。你是賦予它生命的人，是你來後救活了它，不然，它早就枯焦了，它是你光臨這裡的紀念。你看它，好像在笑呢！我能感覺到它在跟我說話，我是說真的，它有時哭，有時笑，有時還生氣呢！今天它得到了你拿來的水，整個心花怒放，每一片葉子都在向你致謝呢！」

拉傑那特深深覺得，這樹苗就好像一個天真活潑的孩子伸開自己的手臂——被大人親吻過後的孩子，為了想爬到大人的懷裡而張開雙臂——它的一枝一葉都散發著金達的愛與情意。

金達家裡有各式各樣的農具，拉傑那特拿來了一把鋤頭，圍著樹苗整理成一個大土窪，接著在周圍築成了高高的土埂，最後再拿剷子把裡面的土刨鬆，樹苗於是更顯得精神抖擻了。

金達說：「你沒有聽見它在說什麼嗎？」

拉傑那特笑了笑說：「聽見了。它在說，它要媽媽把它抱在懷裡。」

金達也笑了，她說：「不。它是在說，現在這樣憐愛我，今後可別忘記我。」

3

然而，拉傑那特身為王公之子所受的懲罰還沒有結束……他的仇人們不知從哪裡打聽到他的消息。另一方面，在村子裡，由於一些好心人的說媒撮合，古威爾・辛赫老頭兒也開始為金達和拉傑那特兩人的婚禮做準備了。

就在這時候，仇人的一支小隊伍殺到了。

拉傑那特已經在樹苗的周圍種上了其他花草，形成一個小小的花壇。替樹苗澆水早已成了他的日常工作，這天一大清早，他扛起扁擔到河裡去挑水，路途中突然有十多個漢子圍住了他。古威爾・辛赫提著劍跑了過來，但是那些人把他打倒了。手無寸鐵的拉傑那特沒有退路，他把扁擔放在肩上說：「為什麼現在還追著我不放呢？我已經放棄所有一切了。」

領頭的人說：「我們奉令把你捉拿回去。」

「你們的主人對我現在的處境還不能容忍嗎？好吧！如果你們還講一點公道，那就把古威爾・辛赫的劍給我，讓我為自己的自由跟你們戰個你死我活。」

不過，大漢們的回答卻是把他抓住反綁起來，扶他坐上馬之後，就速速急馳而去，只留扁擔無聲地躺在地上。

此時，金達正好從家裡走了出來，看見扁擔橫在地上，而人們正把拉傑那特馱在馬上帶走。她像受傷的鳥兒一樣向前奔跑了幾步，卻一個不穩撲倒在地，眼前一片漆黑。

突然，她的目光落在古威爾・辛赫的軀體上。她驚惶失措地爬了起來，奔到父親身邊。

古威爾・辛赫還沒有斷氣，但眼看著就快要撐不下去了。他看到了金達，張嘴用微弱的聲音說：「孩子……公子……」然後便無法再說一個字了。

古威爾・辛赫斷了氣，但「公子」二字已清楚表明了他的意思。

4

二十年過去了，公子還沒有獲釋。

這是一個建築在山上的城堡，從城堡上望去，到處是起伏的山巒。拉傑那特住在城堡裡倒沒有什麼不便，有僕人服侍，有吃有穿，可以散步，還能打獵。他不缺什麼，但與金達分離的痛苦總像火那樣不斷焦炙著他的心，怎麼也無法平息。生命對他來說，已經沒有任何希望、沒有一絲光明了。如果說他還有什麼願望的話，就是能再有一次機會重遊那愛情萌發的聖地。

在那裡，他曾經擁有過人類生活中所能得到的一切。因此，他心中唯一的願望就是去朝拜曾留下神聖紀念的土地，然後在那河畔結束自己的一生。那條河的岸邊、那個園子裡的樹叢、那個金達小而美麗的家園……都一一浮現眼前，而那棵他們兩人曾經共同澆灌的小樹，好像成了他生命的唯一寄託。

還有沒有再看到那棵青枝綠葉的小樹苗的一天呢？有誰知道，那棵樹苗是活著，還是枯萎了呢？現在還有誰替它澆水呢？金達不可能這麼久還沒有結婚吧？不可能。她現在也許已經忘記我了，當然，也許在她想家而回到娘家時，看到樹苗會想起我。但應該也僅止於此了吧？她還能為不幸的我做什麼呢？為了能再一次看看那個地方，他可以付出生命，可是這個願望遲遲無法實現。

啊！整整過了一個時代了，悲傷和失望摧殘掉他美好的青春。現在，他眼中失去了光芒，四肢失去了力量。人生是什麼？只不過是一場惡夢，在一片黑暗中，他已經感覺不到其他任何東西了。他生活的唯一依靠就只有這個理想──他生命裡曾有過一次的美夢。他還想再看一次那個夢境，然後他一切願望就會消失，任何欲望也將不復存在，整個沒有盡頭的未來、無窮無盡的憂傷都會融化在這個夢境裡。

監視他的人現在對他已經沒有任何疑心，還對他產生了同情。晚上往往只有一個人看管著他，其他的人統統睡覺去了。關於「拉傑那特還可能逃走」的這個問題，他們認為早已不存在，所以也不再擔心了。一天，一個看守的士兵甚至毫不在意地拿著槍躺下。睡意就像一頭猛獸般等待著時機，人一躺下，它就猛撲了過來。聽到士兵入睡的打鼾聲，拉傑那特的心猛烈地跳動起來。這可是千載難逢的機會啊！他站了起來，腳卻不停地發抖，一想到如果士兵驚醒該如何收場的問題，他就沒有勇氣走下臺階。雖然他可以借助暴力──士兵身邊就放著一把寶劍──但傷人的事本來就是他所厭惡的，於是拉傑那特叫醒了士兵，對方吃驚地坐了起來，這下子，士兵連最後僅剩的一點警惕性也完全喪失了──當他再一次躺下，鼾聲就立刻大作了起來。

第二天清晨，士兵一覺驚醒，急忙上前去張望拉傑那特的房間，卻早已不見人影。

此時，拉傑那特就像乘了風一樣，以想像不到的速度飛奔著，向那曾做過幸福美夢的地方奔去。城堡的周圍都在進行嚴密的搜索，首領也派騎兵追趕，依舊杳無蹤跡。

5

走山路是件吃力的事，何況他又不認識這個囚禁他的地方；死亡隨時都在威脅著他，要倖免是非常困難的。為了實現自己的夢想，拉傑那特花了幾個月的時間找出路，當他終於走完最後的路程時，除了內心一直懷抱著的理想外，其他什麼也不剩了。

經過長時間的艱苦跋涉，這天，他終於到達了目的地，但時間已經來到了傍晚。那裡早就成為一片沒有人煙的地方，只有幾間倒塌的破房子，作為過去的遺跡留了下來。那曾閃耀著愛情光輝的草屋，那個他曾在裡面度過一些幸福時光的故居，那曾是他一切理想的核心、他所頂禮膜拜的廟堂，如今也如同他的其他理想一樣，蕩然無存了。

草屋的殘跡用無聲的言語向拉傑那特傾訴悲傷的往事。他雙眼一看到，立刻一面喊著「金達」一面跑了過去，然後拾起地上的泥土虔誠地塗在前額上，彷彿這泥土是某一位天神留下的聖潔遺物。他靠著傾塌的牆哭泣了好久……「啊！我的理想啊！我不就是為了哭泣而從遙遠的地方來到這裡的嗎？」為了今天的哭泣，長久以來他一直坐臥不寧，哭泣使他獲得了一種不尋常的解脫和快感——這世上有什麼幸福能夠比得上這些眼淚？

後來，他離開了倒塌的草屋。前面的空地上，一棵枝葉非常繁茂的大樹佇立在那裡，像是在歡迎他。是二十年前他和金達兩人共同守護的那棵樹苗！拉傑那特瘋狂地衝上去撲在大樹上，好像是一個父親擁抱著自己失去了母親的孩子。這是逝去之愛的遺跡，是永不凋謝的愛情遺跡，二十年後的今天，它已經變得碩大無朋了。

拉傑那特好想要把這棵大樹摟在自己的懷裡，甚至不讓風吹著它，它的每一片葉子上都留有金達的痕跡。樹上鳥兒的叫聲是那樣悅耳，這是他從未聽過的。他手上一點力氣也沒有了，飢渴和疲乏使得他全身都要散了似的，但是他竟然爬上了那棵樹。他爬得這麼快，或許連猴子也比不上。他爬到最上邊的樹杈上坐了下來，驕傲地朝四下眺望。這個地方是他夢想的天堂，眼前的所有景色都有金達的影子：金達正坐在遠遠起伏的山巒上唱歌，金達正駕著紅色的彩霞在天空中飛翔，金達正笑嘻嘻地坐在金黃色的太陽光下……拉傑那特心想，如果他是一隻鳥，他會坐在這樹枝上度過他的餘生。

天黑了，拉傑那特從樹上爬了下來。他在樹下把葉子收集攏在一起，用它們做成一張簡單的褥子，然後躺在上面。這就是他夢寐以求的金色夢鄉哪！啊！這就是棄絕紅塵，今後他將永遠和這棵樹在一起。他哪兒也不會去，就算是德里的寶座，也不能使他離開這個地方。

6

在柔和又聖潔的月光下，突然間，有一隻小鳥飛到那棵樹上，並開始用淒涼的調子唱起歌來，就連樹也彷彿在無聲地誌哀——寂靜的夜被悲痛的歌聲震撼住了，拉傑那特的心難受得好像要被撕裂，那歌聲中充滿著悲憤和離別的哀愁。「啊，鳥兒啊！你一定也是失去了配偶，不然，你的歌怎麼會這樣痛苦、這樣悲哀、這樣沉痛呢？」歌聲像利箭一樣刺中了拉傑那特的心，他的心就要破成碎塊了。拉傑那特再也坐不下去了，他站起身來，不知不覺地又跑進那堆廢墟，然後再從那裡回到樹下。他思考著，要用什麼辦法才能捉住這隻鳥呢？哪兒也看不見牠。

鳥的歌聲停止了，而拉傑那特也入睡了。他做了一個夢，夢見那隻鳥來到他身邊，他仔細一瞧，那不是一隻鳥，而是金達——真的是金達！

拉傑那特問她說：「金達，那隻鳥到哪裡去了？」

金達回答說：「我就是那隻鳥。」

拉傑那特繼續問道：「妳就是那隻鳥？剛才就是妳在唱歌嗎？」

金達說：「是，親愛的，剛才就是我在唱歌。我就是這樣哭呀哭呀，哭過了整整一個時代。」

拉傑那特說：「妳的窩在哪裡呢？」

金達說：「就在那堆廢墟裡，在你從前睡覺的床旁邊，用床上的草搭成我的窩。」

拉傑那特說：「那妳的伴侶在哪裡？」

「只有我孤單一個人。」金達回憶起自己最親愛的人，為他而悲泣所得到的安慰和愉悅，是有伴侶時所享受不到的，「我今後仍然是孤單單的一個人，也會一個人孤獨地死去。」

拉傑那特說：「難道我不能變成鳥嗎？」

金達沒回答就走了，拉傑那特也在此刻醒來。天空中已經泛起了紅霞，而那隻鳥又落在他睡褥上方的枝頭開始唱歌了。現在，牠的歌聲中已經沒有悲哀、沒有痛苦，只有愉悅、歡欣和幸福，再也不是悲痛生離死別的哭泣哀鳴，而是團聚的歡樂之歌。

拉傑那特於是思考起他所做之夢的奧祕……

7

拉傑那特一爬起來，就做了一把掃帚，開始打掃廢墟。只要他活著一天，就不能讓這片土地如此破敗不堪。他要把牆砌起來，並蓋上茅草屋頂，把牆壁粉刷乾淨，因為這裡有他的金達住過的痕跡。在廢墟的一個角落裡，還放著她過去曾用來取水並澆灌樹苗的水罐，他提起水罐去取水。這兩天來，他沒有吃進一口飯，昨晚還感到極度飢餓，現在這個時候他卻什麼也不想吃。拉傑那特覺得身上有一股奇特的力量，讓他可以不停地來回奔走，從河裡取水來把土澆濕——他從來沒有擁過這樣使不完的力量。

短短一天內，他便砌起了牆。他的速度是那麼快，甚至好幾個工人一起砌也趕不上。牆被他砌得又直又光滑，連泥瓦工看到後都會自愧不如——愛情的力量多麼巨大無邊啊！

到了傍晚，鳥兒又進巢了，樹葉也垂下了頭，可是拉傑那特又怎麼肯歇下來呢？在朦朧的夜色中，一堆一堆的土堆起來的願望，把人折磨得好苦，難道一定要他至死方休嗎？

小鳥在樹上又唱起了清脆的歌。拉傑那特手裡的水罐掉了下來，他的手腳都沾滿了泥巴，還沒來得及洗，就在樹下坐了下來。這隻鳥的歌聲具有極大的魅力，是那樣的歡快，又是那樣的嘹亮！人間的音樂在牠面前都顯得相形失色，人間的音樂哪裡有這種神韻、甜蜜和生命的感受啊？愉悅的歌聲使人忘掉過去，這鳥兒的歌聲卻讓往事變得清晰！除了歌聲，世界上還有什麼力量能使過去的回憶，又一次色彩鮮明而活生生地呈現在眼前啊？拉傑那特的心上又浮現了金達從河中取水來澆灌樹苗的情景，「唉！這樣的日子還可能會到來嗎？」

驀地，有一個行人在樹下停了下來。像兩個萍水相逢的人，他開始詢問起拉傑那特來。拉傑那特問對方是什麼人，從哪裡來，準備到哪裡去？那個人說他自己以前也住在這個村子，村子落敗了以後，他就搬到鄰近的村落去了。現在他在這還種了點土地，為了保護莊稼晚上不被野獸糟蹋，他常到這裡過夜。

拉傑那特問他說：「你知道這裡有一個名叫古威爾・辛赫的人嗎？」

農民很感興趣地回答說：「知道，知道。兄弟，怎麼會不知道？可憐的古威爾・辛赫被人打死了，你也認識他嗎？」

拉傑那特說：「對，我認識他，那時我常到這裡來，我是為王公服務的公差。那麼，他家就沒有其他什麼人了？」

農民說：「唉，兄弟，你就別提了，那是一個很悲慘的故事。古威爾・辛赫的妻子很早就死了，只剩下一個女兒金達。啊！多麼端莊又漂亮的女孩子，看到她，人們的眼睛都會發亮哩！她完全是個仙女！古威爾・辛赫活著的時候，拉傑那特公子逃到這裡，並且在這裡住了下來。他和姑娘墜入了情網，但當仇人把公子抓走以後，就只剩金達孤零零的一個人了。村子裡的人都替她找婚事，兄弟，想要和她成婚的小伙子還會少嗎？有誰不把擁有她當成自己最大的福氣呢？只是她不願意跟任何人結婚。你看！這棵樹在那時還很小，是棵小樹苗，周圍還有幾壟花，她就在給小樹培土、除草和澆水中度日。總之，她老是說，她的拉傑那特會回來的。」

聽到這裡，公子的眼淚簌簌地往下落。

那個農民嘆了一口氣，又說：「日子一天天過去，兄弟，也許你不相信，十年的日子金達就這樣度過了，她簡直瘦到令人認不出來，但她還是一直抱著公子會回來的希望。終於某一天，有人發現她死在這棵樹底下……兄弟，有誰能這樣面對愛情啊！不知公子是死是活，也不知他是否還記得這個等待著他的人。不過，該怎樣對待愛情，金達以行動證明自己完全做到了！」

拉傑那特感到自己的心就要炸裂了，但他拚命壓抑著自己。

那個農民手裡拿著燒著的牛糞餅，裝了菸，點上火抽了幾口，接著又說：「她死了之後，她住的房屋也倒塌了。村子本來就落敗了，這麼一來，就更顯得淒涼啦！過去，偶爾還有幾個農民在這裡坐一坐，但是現在誰也不到這兒來了。她死後幾個月，就聽到這隻鳥在這棵樹上叫，打那時起，我就一直聽牠在這裡叫，但從來沒有看過牠的伴侶出現——看來牠是一隻獨身的鳥。牠成天待在那倒塌的房子裡，晚上就飛到這棵樹上來，不過，現在牠歌唱得已經不同啦！要不，每每聽到都讓人傷心落淚呢！那就好像有人在擰絞著心似的。我常常躺在這裡，聽著聽著就哭了起來。每一個人都說，這隻鳥就是金達，現在還在為她和公子的分離而悲痛哩！我看也是這樣，今天不知為什麼高興了。」

農民抽完菸後便睡了。拉傑那特木然地站在那好久好久，最後，他慢慢地說：「金達，難道真的是妳嗎？為什麼不到我身邊來呢？」

一隻鳥立刻飛來落在他的手上。拉傑那特在月光下凝視著鳥，他的雙眼亮了起來，彷彿他眼前的幃幕被拉了開來似的。雖然是一隻鳥，卻顯出金達的面貌……

第二天農民起來時，發現身邊躺著拉傑那特的屍體。

如今，公子不在了，但是那草屋的牆砌起來了，屋頂上面還蓋上了新草，甚至連草屋的門口都種上了幾壟花，除了這以外，附近村子裡的農民還能做些什麼呢？

現在，有一對鳥在草屋裡築了一個窩。兩隻鳥一同外出覓食，一同飛回來，晚上牠們就飛到那棵芒果樹上。在寂靜的夜裡，牠們清脆的叫聲可以傳到很遠很遠的地方，森林中的生靈都為牠們那非凡的歌聲所陶醉。

這一對鳥就是公子和金達——沒有任何人懷疑。

有一次，一個獵人想捉住這兩隻鳥，卻被村子裡的人給轟了出去……

情人的猶豫

——隨著吉日的來臨，
帕格德拉姆表面上裝出來的一點興奮也冷了下來。

1

在過了年輕時期出賣姿色的生活以後，戈姬拉正用淚水洗滌著過往汙穢生活的痕跡。一想起過去，她內心就無限悔恨，悲傷失望地不停嘆息。「唉！我為什麼要生在這世上啊？」她極力地通過施捨和還願心以求洗去那些恥辱，為此，她花掉許多自年輕時積蓄起來的錢財，卻還是枉然。

戈姬拉現在的醒悟是某一個聖人的恩賜，還是她自己祈禱的結果呢？都不是，這其實是一個新生嬰兒帶來的禮物。十五年來，孩子的出生第一次照亮了她空虛的懷抱。看到嬰兒的面孔，她憔悴的臉閃過一絲微弱又可憐的苦笑，但這短暫的一絲苦笑，很快地就化成長長的一聲嘆息。一種無力、微弱又淡淡的傷感改變了戈姬拉生活的方向——對她來說，母愛的光輝是生活的信息，也是無聲的教誨。

戈姬拉替這女娃兒取名叫謝爾塔[1]，她的出生讓她的內心升起了良知。她沒有把謝爾塔視為女兒，而是某一位女神的化身。妓院裡的一些女伴來向戈姬拉祝賀，但她不讓她們看孩子，她不願意讓她們罪過的目光落在謝爾塔身上。如今，這女娃兒成了她的財富、她的靈魂，是指引她生命旅程的明燈。

1 謝爾塔在印度語中指的是良心、良知。

有時候，戈姬拉會把女兒抱在懷裡，用滿懷期待的眼神看著她，心裡則擔心地想著：難道有朝一日，這聖潔的孩子也會成為情欲摧殘的對象嗎？我所做的努力會成為一場空嗎？唉！難道就沒有一種藥可以醫治出身帶來的影響嗎？

她常常請求天神，別讓她的謝爾塔陷進任何泥坑裡，她還用自己的言行和思想為孩子樹立一個崇高的榜樣。謝爾塔是這樣單純、天真和聰明伶俐，以至於戈姬拉有時因強烈的母愛而激動，竟用孩子的腳心擦著自己的額頭，一串懺悔和興奮的熱淚就這樣奪眶而出。

2

十六年過去了，以前天真單純的謝爾塔，如今已成了一個自信、沉靜而且嬌羞的少女。看到這樣的女兒，母親感到心滿意足。謝爾塔十分好學，但對社會一點也不感興趣，和她一同學習的女同學甚至沒跟她說過一句話。

在母愛包圍下成長的謝爾塔，有很強的自尊心。母愛的薰陶、女伴們對她的鄙棄、日夜刻苦的學習、成天埋頭於書本……這一切養成了謝爾塔孤芳自賞的性格。這其實沒什麼好奇怪的，因為她沒有權利跟任何人說話：在學校裡，出身清白的女孩子們覺得和她在一起是受了侮辱；大街上的人們會指著她說：「這是妓女戈姬拉的女兒。」此時她會低下頭，滿臉漲得通紅，接著又變得像石灰一樣蒼白。

謝爾塔愛好孤獨，她把婚姻視為天神的懲罰。每回戈姬拉同她談起這方面的事，她就會皺起眉頭，原本閃著紅光的臉蛋上會立刻出現一道陰影，兩眼開始簌簌地流淚不止，此時戈姬拉也只能沉默下來。她們母女倆在生活的理想上有些矛盾：戈姬拉崇拜社會上的一些大人物，謝爾塔卻討厭社會、討厭人，甚至討厭上帝。若要說世界上有她喜歡的東西，那就是書了。她希望在與那些不分高低貴賤、不講究種姓宗教、主張平等權利的學者們的來往中度過一生，謝爾塔的性格就像大詩人勒赫姆的兩句詩一樣——

「愛我的人叫我服毒，

即使死去我也甘心。」

也就是說，只要有人能親切地請她服毒，她就可以誠心誠意地把它喝下去，不過，如果是語帶侮辱，那麼即使是甘露，她也不可能會接受的。

有一天，戈姬拉兩眼含著淚對她說：「孩子，告訴我，身為我的女兒……妳為這一點感到可恥吧？要是妳出生在某個體面的人家裡，就不會感到恥辱了。妳心裡一定經常詛咒我……」

謝爾塔望著母親，用顫抖的聲音說：「媽，為什麼這樣問？我什麼時候侮辱過妳呢？」

戈姬拉感動地說：「沒有，孩子，我只是祈禱那個最仁慈的上帝，讓祂把像妳這樣好的女孩給所有的人。不過，有時我會忍不住想，妳一定會因為身為我的女兒而感到悔恨。」

謝爾塔以耐心的口吻安撫母親說：「媽，妳這種想法是沒有根據的。跟妳說真話，我對任何人都沒有像對妳那樣真誠和崇敬。對我來說，能出生成為妳的女兒，不是一種恥辱，而是一種光榮。人是環境的奴隸，妳過去在那種環境中長大，當然要受那種氣氛的影響，但陷進罪惡的泥坑裡後又能擺脫出來，當然是光榮的事——順水行舟簡單容易，能逆水行舟的人才算真正的水手。」

戈姬拉笑了，她接著問說：「那妳為什麼一提起婚姻的事就不高興呢？」

謝爾塔低下了頭說：「不結婚難道就不能生活下去嗎？我希望一輩子過獨身生活。中學畢業我就上大學，幾年後我們兩人就能夠自由自在地過日子了。我可以當醫生，可以當律師，對女人來說，現在條條道路都打開了！」

戈姬拉小心翼翼地問：「妳為什麼會這麼想？難道妳心裡沒有其他願望了嗎？妳沒有萌生過愛上某一個人的心情嗎？」

謝爾塔長嘆了一聲說：「在這失去愛的世界上，還有誰值得愛呢？愛情是人類美好生活的一部分，如果要說哪兒可以發現神性的話，那也只有在愛情裡了。要是能夠遇上一個不把娶我當成有損他榮譽和尊嚴的人，我將會一心一意敬奉他。但是，到誰的面前去乞求愛情呢？假若有人是出於一時改革社會的衝動才和我結婚，我根本不會高興！徹底放棄結婚的想法都比這要好太多了。」

3

就在那些日子裡，婦女協會組織了一次集會，學院裡大批有興趣的男學生也參加了，大廳裡擠得水洩不通。謝爾塔也來到其中，站到女子席位的最後一排。今天是她第一次參加這樣的集會，只覺得現場的一切都有點裝模作樣。

會議的議程開始了。主持大會的人在發言過後提出了決議案，接著是對決議案表示支持的人發言，但是發言的女性們不是忘記自己要講的話，就是因大會的場面而無法好好發揮原本的演說能力，所以結結巴巴地說了幾句就坐下來。整個大會進行得缺乏生氣和活力，還有幾位女士打扮得很引人注目，但一個個走到講臺上後，同樣說了兩、三句之後就再也接不下去了。這使得青年學生得到了取笑的機會，他們開始起哄、鼓掌、喝倒采。

看到她們所處的尷尬局面，謝爾塔覺得難過、渾身不安，於是她走上講臺，大大方方地開始演說，很快地就使會場肅靜了下來，人們也不再起哄，全都專心地凝視著她。謝爾塔以自己出色的口才流利地高談闊論著，她的每一句話都令人感到新穎、生動，並表現出一種堅定精神，同時，她的年輕美貌也讓整個大會的參加者個個目瞪口呆。

大會結束了，人們議論紛紛。

一個人問道：「老兄，這位姑娘是誰？」

另一個人回答說：「就是那個妓女戈姬拉的女兒。」

第三個人則說：「所以囉！講話才這麼乾脆俐落、這麼富有魔力嘛！大哥，這真的是一種魔力——當然啦！她母親當年就已經轟動一時了。自從她不當妓女後，全城都失去生氣了。現在看來，這個姑娘要取代她母親以前的地位了。」

這時候，一個穿著土布的黑膚青年說：「好哇，老兄！你真是善知過去與未來呀!?」

那個人回答道：「你對我的話有什麼不滿意？難不成你和她之間有曖昧？」

黑膚青年有點生氣地說：「虧你好意思說出這種話來！」

另一個人說：「有什麼好意思不好意思的？先生，妓女的女兒當妓女有什麼奇怪？」

黑膚青年用厭惡的口氣說：「像你們這樣聰明的人士看來也許是那樣，不過，一個嘴裡能講出那種理想的姑娘，是一位女神，不可能出賣姿色。」

此時，謝爾塔正準備要離開會場，聽到最後這兩句話，她驚異又興奮地停下腳步，用感激的目光看了看那黑膚青年，然後又加快腳步向前離去。一整夜，這兩句話不斷地在她耳際回響。

迄今為止，周遭盡是對她的鄙視和輕蔑，稱讚和鼓勵她的人只有母親戈姬拉。從那時起，一個陌生、黑皮膚卻有著一顆潔白之心的土布青年身影，便不斷地浮現在謝爾塔眼前，她的內心也開始不斷好奇著：他是誰？他是做什麼的？還能夠再見到他嗎？

到學院去的時候，謝爾塔用失望的目光搜尋著那個青年；在家裡，她每天都從門簾的縫裡看著路上來往的行人——但是，都沒有看見他。

幾天以後，婦女協會發出召開另一次大會的通告，離開會的日期還有四天。在接下來的四天當中，謝爾塔很認真地準備了自己的演講，往往為了推敲一句話，就苦苦思考了幾個小時。她一次又一次反覆念每個句子，她看了一些重要領袖們的演講，並努力按照他們的演說方式寫自己的發言。把發言稿寫完之後，她就走到自己的房間裡，對著桌子和椅子高聲朗誦起來。她的演說體現了各方面的才華，結論部分是這樣精彩，甚至連她自己聽了也感到著迷，其中包含有多麼前衛的革命精神、多麼誘人的力量，而整篇演講又是多麼近似美妙的音樂！

開會的日子到了，謝爾塔提心吊膽地走進會場。會場中已經擠滿了人，人數比上一次還要多。人們一看到謝爾塔就鼓掌歡迎，一片喧譁。所有的人同聲高喊，要求她開始發表演說。

謝爾塔走上講臺，用目光掃過臺下人群，她看到那位皮膚黝黑的青年，由於找不到地方而站在最後一排。謝爾塔心中一陣興奮，激動地開始自己的演講。在她眼中，整個會場裡的人不過是一些沒有生命的木偶，真要說有一個活人的話，就是那位站在最後一排、皮膚黝黑的青年。謝爾塔的臉面向著他，期待著他對她的演講做出公正的評價——想鑑別寶石，只能寄予希望於行家。

整整半個小時的時間內，謝爾塔發表了她精彩的講稿，人們很少有機會聽這樣出色的演說。

4

會議結束了。謝爾塔走向會場大門準備離開時，發現那個黑膚青年從她身後大步地跟了上來。謝爾塔知道人們對自己的演說是滿意的，但還沒有機會聽聽青年的想法，於是她放慢了自己的腳步。不一會兒，那個青年便來到了她身旁。

兩人一句話也沒說地走了幾步。

最後，青年有點拘束地開口對她說：「今天妳的演講很出色。」

謝爾塔極力壓抑自己興奮的心情，回說：「謝謝你的誇獎，這都是你的恩典。」

青年說：「我怎麼配得上妳用這種詞兒啊！的確，不僅是我，整個會場的人都為之感動！」

謝爾塔反問道：「你就在這學院裡嗎？」

青年回答她說：「對，我在這裡念三年級。真不知道這個崇尚高低貴賤的害人社會制度還要折磨我們到何時！不幸的是，我也是那些被人當成低賤之人中的一個，我出身皮匠種姓[2]。我父親曾是一位督學的聽差，承督學說情我才有機會上學。從那時起，我就一直在和命運搏鬥。以前，學校的老師是從來不接觸我的，現在那種現象沒有了，但即使到了現在，同學仍避我避得遠遠的。」

謝爾塔說：「我認為，一個人是否高尚，要看他的行為，而不是看他的出身。」

青年說：「這點從妳的演說裡就得到證明了，所以我才敢來和妳談幾句話，要不，我算得上老幾？」

謝爾塔低下頭說：「也許你不知道我的情況。」

青年說：「我很清楚。如果妳能帶我去拜見妳母親，我將會非常感激。」

「她見到你會很高興的，該怎麼稱呼你呢？」

「我叫做帕格德拉姆。」

從這一次對話開始，兩人慢慢地熟悉了，關係愈來愈密切，友誼愈來愈深厚。在謝爾塔的眼裡，帕格德拉姆是一位天神，而在帕格德拉姆面前，謝爾塔也是一位下凡的女神。

2 皮匠種姓在印度屬於最低的種姓，比一般的首陀羅還低，被認為是不可接觸者。

5

整整一年，帕格德拉姆每天都會去拜見他的女神，兩人坐下一談就是好幾個小時。謝爾塔每次發表演說，帕格德拉姆都放下所有的事去聽。他們倆的目標一致，生活理想一致，愛好相同，思想也相同。現在帕格德拉姆正深入細緻地思索著愛情的問題及其祕密，但在他的談話中，還沒有表示「愛慕」、「傾心」的內容。他善於用暗示來表達自己的心情，但每當謝爾塔的熾烈感情讓臉蛋激動得泛出紅暈時，帕格德拉姆總是會轉另一個話題，或是找個藉口從她身邊走開。每次他離開後，謝爾塔就會流下惋惜的眼淚，並且猜想著：難道帕格德拉姆心裡根本不愛我嗎？

一天，戈姬拉把帕格德拉姆叫到一邊，對他說：「孩子，如果你和謝爾塔能結婚該有多好！生命哪有一個準？要是哪天我死了，這心願該怎麼辦啊？」

帕格德拉姆搖了搖頭說：「媽，等我通過這次考試吧！有了維生的職業再結婚也光彩些。」

「我家的一切不都是你的？難道我會帶著它離開這個世界嗎？」

「這是妳的恩情，媽，但請別這樣使我難堪。我已經是妳家的人了，現在即使妳趕我走，我也不會離開這個家的大門。世界上還有誰像我這樣幸運？不過，在進女神的廟以前，總得帶點花果、祭品啊！」

又過了將近一年，帕格德拉姆取得了大學畢業的文憑，而且當了學院裡經濟學的教師，當天，戈姬拉還慷慨地做了施捨。當帕格德拉姆來向她磕頭時，戈姬拉把他擁抱在自己懷裡，她相信今天帕格德拉姆一定會提起結婚的事。謝爾塔像一尊塑像那樣靜靜地等待著，她的每一根毛髮都猶如電線似的在準備傳遞喜訊。她內心中滿溢著輕鬆和快樂，簡直像要飛起來一樣。一看到帕格德拉姆，她就對母親說：「媽，現在替我們買一輛小轎車吧！」

戈姬拉笑了笑說：「為什麼買小的？買大一些的吧！不過，要先買一棟好房子才是。」

謝爾塔把帕格德拉姆叫到自己的房間裡，兩人坐了下來，開始計畫著如何裝飾新房子，門簾、地毯、圖畫……都商量妥了。謝爾塔說：「跟媽要錢去吧！」

帕格德拉姆說：「我真不好意思向她要錢。」

謝爾塔笑著說：「畢竟她還要拿錢給我當陪嫁哩！」

兩人談了差不多一個小時，但謝爾塔迫不及待等著聽的那些激動人心的詞兒，始終沒有從帕格德拉姆口中說出來。就這樣，他告辭離開了。

帕格德拉姆離開之後，戈姬拉小心翼翼地問女兒說：「今天談了些什麼？」

謝爾塔懂母親的意思，她說：「若要成為這樣一個包袱，還不如妳早點把我扔到井裡去！」

說著說著，謝爾塔再也無法忍耐下去了。壓抑至今，一直讓她內心煩惱和痛苦的情緒一下子全爆發了出來，她傷心地大哭起來。

戈姬拉氣惱地說：「如果根本不談這方面的事，為什麼還天天到這裡？他又不是什麼出身高貴的人，更不是什麼大財主！」

謝爾塔擦著眼淚說：「媽，請別在我面前這樣說他。他心裡的事我知道，儘管他口頭上什麼也沒說，但他已經都考慮好了；儘管我的耳朵裡什麼都沒有聽到，但我的心聽見了。」

戈姬拉沒再對謝爾塔說什麼，但她在第二天問帕格德拉姆說：「孩子，現在你心裡是怎麼想的？」

帕格德拉姆一面搖著頭一面說：「媽，我倒沒有什麼，但家裡的人無論怎樣也不同意。如果有機會，我會回家去說服他們，畢竟讓父母生氣也不好。」

聽了這樣的回答，戈姬拉也無話可說了。

帕格德拉姆的父母住得離城很遠，他們就只有這一個兒子，所有的幸福都寄託在兒子的婚事上。他們幾次決定讓他完婚，但帕格德拉姆總是說不找到工作就不結婚。婚事就這樣拖了過去，現在他已經有了工作，所以兩位老人家在一月的一個寒冷早晨，帶著簡單的行李來到了兒子的住所。帕格德拉姆跑上前去恭恭敬敬地向他們行了禮、問了安後，問說：「在這樣的大冷天裡，為什麼還辛辛苦苦地跑這一趟？怎麼不叫我回去呢？」

老頭兒望了望自己的妻子說：「孩子他媽，妳聽見了嗎？我們一叫他回去，他就說有考試呀、有這有那呀！我們一來，他又說為什麼不叫他回去？現在你的婚事已經定下來了，請一個月的假跟我們回去吧！我們就是為這件事來的。」

老太婆說：「我早就說過，不親自來事情成不了。今天就提出申請吧！姑娘長得很漂亮，又是讀過書的，出身也很清白。」

帕格德拉姆不好意思地說：「我的婚事已經在這裡談妥了，只要你們同意，就可以結婚。」

老頭兒說：「孩子他媽，這城市裡哪家跟我們是同一個種姓呀？」

老太婆回說：「這裡沒有人家和我們同一個種姓呀！」

帕格德拉姆說：「有一對母女，家裡有錢，女兒你們一看就會喜歡的，結婚也不花錢。」

老頭兒說：「是不是女孩子的父親已經死了？生前叫什麼名字？哪裡人？什麼種姓？如果這些沒有弄清楚，怎麼可以結婚呢？是不是，孩子他媽？」

老太婆說：「是呀！這些不弄得一清二楚怎麼談婚事呢？」

帕格德拉姆沒有回答。

老頭兒說：「她們母女倆住在什麼地方？我們也曾在這城裡到處找過哩！以前我們也住過這個地方附近，有二十來年吧，孩子他媽？」

老太婆說：「比二十年還多啦！」

帕格德拉姆說：「她們的家就在納卡斯。」

老頭兒問兒子說：「在納卡斯哪個方向？」

帕格德拉姆回答父親說：「納卡斯前面的巷口第一棟房子就是她們的家，大街上就可以看見。」

老頭兒說：「第一棟房子是妓女戈姬拉的家，是那粉刷成淡紅色的房子嗎？」

帕格德拉姆不好意思地說：「是，就是那棟房子。」

老頭兒說：「妓女戈姬拉已經不住在裡面了，是吧？」

帕格德拉姆說：「怎麼沒住在裡面了呢？母女兩人都住在裡面。」

老頭兒說：「你是想和妓女戈姬拉的女兒結婚嗎？你準備要把臉都丟盡是吧？我們同種姓的人連我們的水都不會喝的。」

老太婆說：「我要撕了那不要臉的娼婦的嘴！孩子，你是看她女兒長得好看，被迷住了嗎？」

帕格德拉姆說：「她願意把女兒嫁給我，我把這件事當成天大的幸運哩！如果她願意，今天大可讓自己的女兒和最有錢人家的孩子結婚。」

老頭兒說：「有錢的人家不會和她結婚的，會把她收了當小老婆。如果老天爺讓你有很大出息，別說一個小老婆，就是幾個小老婆也是可以討的。這個社會對男人娶妾又有什麼限制？但談到正式結婚，還是得和自己同一種姓的結。」

老太婆說：「一個人讀書讀多了，就變得瘋瘋癲癲了。」

老頭兒說：「我們是鄉下土里土氣的人，不了解你怎麼有了這樣的心思。儘管妓女的女兒像天仙一樣美麗，可畢竟是妓女生的女兒啊！我們不會讓你和她結婚的，如果你和她結婚，那我們兩人就把老命送給你，你得好好想清楚。是不是，孩子他媽？」

老太婆說：「結婚的事哪能開玩笑！我要拿掃帚把她趕走，自己的女兒放在自己家裡就好了，為什麼還硬塞給人？」

帕格德拉姆說：「你們不允許，我就不結。不過，我也會不跟其他任何姑娘結婚的。」

老太婆說：「好，你一輩子打光棍也好，就這樣吧！和妓女家結親是不行的。」

聽到母親如此回答，帕格德拉姆生氣地反駁說：「你為什麼老說人家妓女妓女的呢！就算過去有一時期當過妓女，但現在她的作風多麼正大光明啊！也許其他的婦女還做不到呢！像她那種端莊的品行，我還未曾在別人身上看見過。」

然而，帕格德拉姆所有的努力還是失敗了。老太婆固執己見，絲毫不讓步。

晚上帕格德拉姆到謝爾塔那裡去的時候，整個人垂頭喪氣，全身上下都流露出失望的情緒。

在那之前，謝爾塔正焦急地等待著他：為什麼這麼晚還沒有過來呢？要是和朋友們在一起，他早就抽空來了。她哪裡知道帕格德拉姆這時是什麼樣的心情。

戈姬拉說：「我早就跟妳說過了，他已經不像原來的那種樣子，可妳就是不相信。畢竟，這種含含糊糊的態度也該有個限度吧！」

謝爾塔難過地說：「媽，我已經對妳說過千百次了。即使從形式上說，我還沒有和他結婚，但在我心裡，我跟他已經是夫妻了。如果連他都不能信任，那就不知道還有什麼人可以相信了。」

就在這時候，帕格德拉姆帶著無限失望的心情走進了房子。母女倆不約而同看向他，戈姬拉的眼中帶著埋怨，謝爾塔的眸裡則充滿著苦惱；戈姬拉的目光好像在說：「你這是什麼態度！」謝爾塔的目光好似在講：「你多麼無情！」

帕格德拉姆用一種緩慢又痛心的口吻說：「抱歉今天讓妳們等我等這麼晚，但我是不得已的，父親和母親從家裡來了，和他們一直在討論事情。」

戈姬拉說：「家裡的人都好吧？」

帕格德拉姆低著頭說：「是的，家裡的人都好。我提到了結婚的事，但他們怎麼也不同意——畢竟都是舊腦筋的人啊！」

戈姬拉的臉漲紅了，她說：「是呀！怎麼會同意呢？我們不是比他們還低賤嗎？但是，如果你的一切都以他們的意志為依歸，就應該先問過他們的意見再和我們家來往，你這樣侮辱我們又得到什麼好處？如果早知道你對你父母這樣百依百順，又怎麼會放任今天這種局面出現！」

看見帕格德拉姆在流淚，謝爾塔很溫和地說：「順從父母的意志不是什麼罪過，媽，如果我不聽妳的話，妳不會難過嗎？他們也許正好是這種情況。」

謝爾塔一邊說一邊向自己的房間走去，也暗示地把帕格德拉姆叫了過去。坐下來以後，有幾分鐘的時間，兩雙眼睛都盯著地板，誰也不敢打破沉默。

最後，還是帕格德拉姆鼓起了男人的勇氣，他開口說：「謝爾塔，現在我心裡掙扎得很厲害，實在是難以言喻，我真想服毒一死了事！離開妳我是活不下去的，只能痛苦一輩子。妳不知道，我跟他們說了多少好話、哭了多久、哀告了多少次，但他們仍然固執己見，一次又一次地說：『如果你這樣結婚了，那我們兩人就把老命送給你。』他們甚至同意我死，也不答應妳當我心愛的妻子。」

謝爾塔安慰他說：「親愛的，他們討厭我是合乎情理的，就是受過教育的人中，這樣的人也不少！這不是他們的錯。我明天早上就去拜訪他們，也許他們看到我以後會心軟。我會好好地服侍他們，替他們洗衣服、替他們揉腳，我會像他們滿意的媳婦一樣，什麼都替他們做，這沒有什麼不好意思的。我會跟他們說好話，會為他們唱頌神曲，還會唱好多民歌哩！我還會為媽媽挑頭上的白頭髮！我不只希望得到他們的同情和憐憫，我追求的是他們對我的愛。我為你可以做到一切——所有的一切！」

帕格德拉姆的眼中好像有了一線光明，或者說他原本失望的心已出現了希望——他全部的感情、全部的信念、全部的虔誠，好像都透過他的眼睛流露了出來，流向謝爾塔的腳跟前。離開的時候，他簡直就像一個紅臉蛋、穿著新衣、頭髮捲曲的孩子走出家門到外邊遊戲那樣的高興。

7

老頭兒和老太婆兩人到城裡來已經兩個星期了，他們每天都準備回去，卻每天都留了下來——謝爾塔不讓他們走。大清早，當他們睜開眼時，謝爾塔已經為他們準備好了洗澡的熱水，老頭兒甚至發現連水煙都裝好了；他們一起身去洗澡，謝爾塔就為他們整理圍褲……他們倆都因為她的殷勤服侍和不倦的打點而吃驚，這樣漂亮、說話如此和氣、笑容滿面又能幹的姑娘，老頭兒在督學老爺家也從來沒有見過。老頭兒覺得她是女神，老太婆覺得她是拉克修美[3]！兩人對謝爾塔的服侍和孝敬的心意都十分出乎意料，但感到恥辱的心情和種姓的問題仍然封著他們的嘴。第十五天，當謝爾塔晚上十點回家了以後，老頭兒對老太婆說：「姑娘真是一位拉克修美！」

老太婆說：「她替我整理圍褲時我真是羞得抬不起頭，說來我的樣子和她家的女僕大概差不多吧！」

3 拉克修美又名吉祥美女，是大神毗濕奴的妻子、管財富的女神。

老頭兒說：「那妳有什麼主意，反正在自己種姓裡，是找不到這樣好的姑娘。」

老太婆說：「那就稟告老天爺，把婚事辦了吧！最多請人吃頓飯，請幾十個人吃飯也花不了幾十個盧比。開頭的時候我很遲疑，誰知道妓女的女兒是好還是不好呢？現在我可一點也不懷疑了！」

老頭兒說：「她說的話那樣柔和，就好像不是在說話，而是吐出一朵朵的花。」

老太婆說：「我要恭賀姑娘的母親，這樣一位拉克修美是從她的肚子裡生下來的啊！」

老頭兒說：「那就明天吧？去找戈姬拉把事情談妥。」

老太婆說：「我到她家會感到難為情，她坐著像個王后，我卻像她的一個女僕。」

老頭兒說：「買點脂粉來擦擦臉就好啦！只要一擦，臉就會變白了。督學的夫人以前就天天擦粉，她的膚色本來很黝黑，擦一擦粉，臉就發亮了。」

老太婆說：「你這個糟老頭子再鬧我，我就要開罵啦！黑蓮花還能上顏色嗎？有必要搽粉嗎？只有你才真正像她家看門的哩！」

「明天天未亮就出門？要不，謝爾塔來了，又抽不開身了。也跟孩子說說，叫他找個婆羅門把吉日看好。」說到這裡，老頭兒笑了，接著又說，「反正這樣的事小倆口比我們還更著急呢！」

老太婆回憶起以往的日子，臉上也露出了微笑。

8

在得到帕格德拉姆父母的同意後，戈姬拉開始籌備起婚事。她請人做衣服，到商店購買家具器皿，通知金匠做首飾，但不知為何，帕格德拉姆的臉上一點高興的影子也沒有。他仍然像往常一樣到謝爾塔那裡去，不過總是垂頭喪氣、若有所失地坐在那裡，有時一連幾個鐘頭陷入沉思，有時用那失神的目光望著天花板或地板。謝爾塔向他展示自己貴重的衣服和鑲有寶石的首飾，她全身都散發出希望和興奮的光彩，陶醉在愛情裡的她沒能看到帕格德拉姆眼中壓抑的淚花。

帕格德拉姆的父親回鄉後也開始準備，一次一次地跑到城裡採買結婚用的東西。帕格德拉姆的朋友們都羨慕他的命運，既擁有天仙似的美麗姑娘，又將接收財神寶庫般的財產，誰能像他這樣兩者兼得呢？但是作為朋友們羨慕的對象、戈姬拉快樂的源泉、謝爾塔心願的寄託、自己父母滿意的根本，帕格德拉姆卻暗暗躲著哭泣。他為自己的一生而難過，這正像明燈下出現黑暗那樣反常，誰也無法理解激起他心煩意亂的暗藏風浪究竟是什麼。

隨著吉日的來臨，帕格德拉姆表面上裝出來的一點興奮也冷了下來。當離結婚之日就只剩下四天時，他有點發燒，不能到謝爾塔家去。此時，他的父母以及同種姓的其他一些人也來了，但所有的人都把全部精力集中在籌備結婚的大小事上，誰也沒有注意到帕格德拉姆的異常。

第二天他也未能出門，謝爾塔以為他是因為結婚的一些事務而無法脫身。第三天帕格德拉姆的母親去叫他，看見他恐懼地睜大眼睛，望著房間的一角，兩手伸在前面，不住地往後退，好像逃避某人的襲擊似的。母親著急地問他說：「孩子，你是怎麼了？怎麼這樣倒退走呢？前面沒有人呀！」

帕格德拉姆的臉呈現著神經失常般的痴呆，眼中滿溢著恐懼。他害怕地說：「不，媽，妳看，謝爾塔走來了。妳看她兩隻手裡拿著兩條黑色蟒蛇，她想讓那兩條蟒蛇來咬我。啊，媽呀！她已經離我很近了！謝爾塔，謝爾塔，妳為什麼會變成要我命的仇人呢？難道這就是我對妳無限的愛的結果嗎？我這一生有什麼價值啊？我一直準備獻身在妳腳前的，把這兩條蟒蛇扔得遠遠的吧！我就躺在妳腳前把生命獻給妳……唉，妳不答應嗎？」

說完，他便仰面倒在地上。老太婆連忙把老頭兒叫了過來，兩人把帕格德拉姆扶起之後，讓他躺在床上。老頭兒馬上想到是鬼作祟，立刻拿來香灰和龍格樹的花苞，開始施法驅鬼。他本人很精通咒語，此時帕格德拉姆全身冰涼，頭卻像燒紅了的鐵鍋一樣燙。

晚上，帕格德拉姆幾次驚醒過來，老頭兒每次都按自己的想法念咒語驅鬼。

老太婆說：「為什麼不請醫生來？也許吃點藥會好的。明天就要結婚了，今天竟然這個樣子！」

老頭兒頗有把握地說：「醫生來又有什麼用？不就是菩提樹的巴巴老祖顯靈嗎？吃藥治療會擴大和祂的糾紛。等天亮吧！天亮後，獻一隻羊和一瓶酒給祂就行了，沒必要再搞其他的了。醫生只能治病，治得了陰氣嗎？帕格德拉姆根本沒什麼病，只是因為與本種姓以外的人結婚，引起神靈生氣罷了。」

隔日大清早，老頭兒買了隻羊，他帶著羊跟著唱頌神曲的婦女們向女神的廟走去。人們回來後一看，帕格德拉姆的病情已經惡化，他的脈搏跳得愈來愈慢、愈來愈微弱，臉上出現瀕臨死亡的恐怖徵兆。眼淚從他的雙眼流出，滾到他的面頰上，好像在向無情的世界述說未滿足的願望——那兩顆大大的淚珠彷彿就是他這輩子最痛苦的一幕！

這會兒老頭兒慌了，馬上通知了戈姬拉，同時派了人去請帕格德拉姆一位醫生朋友。但人還沒有到，戈姬拉、謝爾塔卻隨著去請醫生的人一同來了。謝爾塔站到帕格德拉姆面前，止不住的熱淚一直落下。

隔了一會兒，帕格德拉姆睜開了眼睛。他看見謝爾塔後說：「妳來了，謝爾塔，我正等著妳哩！請接受我最後的愛吧！今天所有一切的猶豫不決就要結束了，而這種猶豫早在三年前就開始了，在這三年裡，我精神上的苦惱只有我自己知道。妳是忠貞的女神，但我總是有一種錯覺，我老是想：妳能消除血統的影響嗎？妳能一次徹底拋棄自己傳統的生活方式嗎？妳能打破妳出生所帶來的自然規律嗎？請不要因我這些錯誤的想法而傷心。我本來就配不上妳，我怎樣也不能、而且從來也沒有妳這麼偉大的胸懷。如今，由於受到錯覺的擺布，我未能實現自己的心願就要離開這個世界了，對妳那深厚、真摯和純潔的愛的記憶將永遠和我在一起。但是……唉……多麼遺憾……」

說著說著，帕格德拉姆的眼睛又閉上了。謝爾塔的臉一陣緋紅，她的眼淚乾了，她低垂的脖子仰了起來，雙眉緊鎖，眼中閃耀著自豪。她站了一會兒，然後很快走出屋子，坐回自己的馬車裡。戈姬拉從她的身後趕了上來，勸她說：「孩子，現在不是生氣的時候，人們心裡會怎麼說呢？他的病情愈來愈惡化了，妳在這裡，老人家還能得到一點安慰。」

謝爾塔什麼也沒有回答，她對馬車夫說：「回家！」戈姬拉拗不過她，也只好坐進車裡。

天氣異常寒冷，空中布滿了烏雲，冷風呼呼地刮著，樹木都冷得瑟縮起來。這是二月中旬的一天，已經是上午八點了，但人們還蜷縮在被褥裡，可是謝爾塔全身都因為汗水而濕透了，彷彿太陽所有的熱氣全鑽進她身體的每一部分。她的嘴脣乾裂了，不是由於口渴，而是她內心燃燒著的熊熊烈火，她整個身子都被那劇烈的火焰烤焦了。她的口中不斷呼出蒸散而出的熱氣，好像一個火爐在噴火苗。快到家時，她那如花朵般的臉蛋黯淡無光了下來，嘴脣發青，好像被毒蛇咬過一樣。戈姬拉一次又一次地用關心的目光看著她，但是說什麼好呢？該說什麼來勸解她呢？

到家以後，謝爾塔朝著樓上自己的房間走去，但是她連上樓梯的力氣也沒有了。她緊握著扶手，好不容易才走進自己的房間裡。唉，半個小時以前，這裡的每一件東西都被蓋上快樂、興奮和希望的印記，而現在，一切的一切卻都顯得那麼可悲。那些大箱子中全放著成雙成對的東西，看到這些，謝爾塔的心裡一陣劇痛，她癱倒在地上，就像一隻活蹦亂跳嬉戲的小鹿中箭之後倒了下來。

突然，她的目光落到一張三年來成了她生活依靠的照片上。她曾經多少次吻過它，曾經多少次把它緊貼在懷裡……她都一一回憶起來了，然而，她卻沒有回憶它的權利。

她內心又一陣劇痛，比以前要厲害、可怕得多。唉！她給那個將死之人造成多麼大的痛苦，她對帕格德拉姆的不信任做出的反應是多麼殘忍又令人傷心。唉！她怎麼變得這樣殘酷呢？親愛的人就快要在眼前斷氣，她竟沒有對他說出一句安慰的話，這就是血統的影響啊！除此以外還有什麼能解釋呢？這是謝爾塔第一次因為身為戈姬拉的女兒感到懊悔，她終於明白，自己是這樣自私、這樣殘酷無情！她為之感到驕傲的自我犧牲、服務精神、崇高理想，現在都在她的面前崩潰了。她開始感覺到自己的渺小，對那純潔愛情竟做出那樣令人絕望的反應，除了妓女的女兒以外，又有誰能做得出來呢？

謝爾塔連忙從房間裡走了出來，宛如一陣風似的從樓梯上跑下去，然後朝帕格德拉姆的住所狂奔。她希望能見他最後一面，她想在最後和他擁抱，她要維護那永恆愛情的牢固聯繫——她要在最後的時刻成為他的人。

一路上，她沒有遇到任何車子，所以只能精疲力竭地向前跑去。從頭到腳，汗水濕透了她的全身，她不知道多少次摔倒在地上，然後爬起來，又繼續向前跑。她的雙膝在流血，沙麗也有幾個地方撕破了，可是她一點也感覺不到身上的痛楚。她身上的毛孔化成了千百張喉嚨，不停向神明祈求，願那盞黎明的燈暫且不要熄滅。為了能從他的嘴裡再一次聽到「謝爾塔」，她是多麼心急如焚啊！只要聽到了這三個字，她再也沒有任何未滿足的心願了，她的全部希望都要實現了，她所有的目標都要達成了。

帕格德拉姆的母親一看到謝爾塔，就跑來抓住了她的手，哭著說：「孩子，妳到哪裡去了？他兩次喊著妳的名字啊！」

謝爾塔感到自己的心被撕裂了，她的眼神呆滯，像是落進了無邊無際、深不可測的大海漩渦之中。她一走進房間，就把頭埋在帕格德拉姆冰冷的腳邊，她想用自己那如湧泉的熱淚洗滌、溫暖他的腳，這就是她全部希望和全部理想的歸宿。

帕格德拉姆睜開了眼說：「是妳，謝爾塔。我知道妳會來的，所以一直撐著這一口氣。把妳的頭貼在我的胸膛上吧！好了，我現在相信妳已經原諒我了。我的心正沉入海底，我想向妳提點什麼要求，可是我有什麼臉向妳提出要求啊？活著的時候沒能說出口，現在說又能如何呢？」

在生命最後的時刻，人們內心總隱藏著沒有滿足的心願。死亡首先消除掉他們所有的嫉妒、隔閡及仇恨，他們平常厭惡某一個人，這時候也會熱切地想和他恢復往日的親密關係和情誼，也會懇切地想與他擁抱。能夠做到而沒有做到時，就留下未能滿足的心願，帕格德拉姆用微弱又沮喪的聲音向謝爾塔表示想重溫依戀之情。他本來可以為得到這種非凡的愛情而高興，他本來可以享受這種愛情生活，然而，唉，今天他要離開這個世界了。唉！可悲的心願啊！

謝爾塔正低著頭靠在他的胸前哭泣。帕格德拉姆抬起了頭，親吻了一下她那憔悴、被淚水洗淨的臉，這是他那未滿足的心願最後一次大爆發。

帕格德拉姆哽咽著說：「這就是我們兩人的婚禮。謝爾塔，這也是我最後的禮物。」說著說著，他的雙眼就永遠地閉上了，未滿足的心願也在瞬間化為烏有。

謝爾塔哭得兩眼通紅，她感覺到帕格德拉姆在她面前笑著示意要擁抱她。她忘了時間、忘了地點，也忘了周圍所有的一切。受傷了的士兵聽到勝利的消息會忘記自己的傷口和疼痛，霎時死亡也不在話下，謝爾塔的情形也是如此。正如萊拉和麥季儂、希琳和法爾哈德等[4]千千萬萬的人曾經為了愛情獻身一樣，她也準備把自己的一生獻到愛情殘忍的祭壇上。

她一面吻著他一面說：「親愛的，我是你的，我永遠都是屬於你的。」

[4] 皆是古代波斯傳說中生死不渝的情侶。

孤女的自豪

——穆妮問他：「你為什麼修這間草房呢？」
過路人說：「為了那個能讓我獲得忠誠的人……」

1

穆妮來到迪爾達爾鎮的時候，年紀還不到五歲。她獨自一人，父母不知是死了還是到遠方去了。穆妮只知道，一位女神般的人經常餵她吃東西，一個男神一樣的人經常把她背在肩上，在田野裡遊逛。不過，她提到這些事情時好像做夢似的，到底是夢境還是真有其事，連她自己也不清楚。

當有人問她父母到哪裡去了時，可憐的孩子不但回答不上來，反而哭了起來，有時候她會為了把問題支吾過去而舉起手說「天上」，有時指著天邊說「那兒」。她說的「天上」和「那兒」是什麼含義，誰也不曉得，也許連穆妮本人也不知道……總之，人們在某一天突然發現她在樹底下玩，至於她的背景，誰也無法知道更多了。

女孩長得很可愛，誰看了都喜歡。她不愁吃喝，反正誰把她叫過去，給了什麼東西她就吃什麼，吃完後就又在那裡玩。從她的模樣看來，應該曾是一戶體面人家的女孩子。於是，再窮的人家，也不缺少給她兩口吃的東西和睡覺的鋪蓋——她是大家的孩子，只是身邊一個親人也沒有。

這樣過了許多日子，如今穆妮可以幹一點兒活了。如果有人對她說：「妳把我這件衣服拿到池塘裡洗一洗吧？」她二話不說，拿起衣服就走。但是，半路上有人叫住她說：「孩子，替我從水井裡打兩罐水來吧？」她馬上就把衣服放下，拿起水罐向井臺走去。井臺上又有人對她說：「從田裡摘點菜來吧？」這會兒穆妮把小罐放在井臺上邊，到田裡摘菜去了。

坐著等水的老太婆等得睏了，走到井臺一看，水罐仍放在那裡，她罵穆妮說：「從今天起，我再也不把吃的東西給這個倒霉的小傢伙了！」坐著等她洗衣回來的老太婆，等得不耐煩了，生氣地向池塘走去，卻在半路上撿到自己的衣服，她生氣地罵穆妮說：「今後再也不給東西給妳吃了。」

因為這樣，穆妮有時真的得不到一點吃的東西，於是，她想起了自己的童年。那時候，她什麼事也不必做，人們就會把她叫到家裡，給她東西吃。她心裡是這樣想的：能拒絕誰的吩咐呢？如果拒絕了某一個人，那個人就會生氣。我自己有什麼親人呢？我是屬於大家的。

可憐的穆妮並不了解，凡是屬於大家的，就不是屬於某一個人的。那些不愁吃不愁喝，也不必擔心誰高不高興的日子多麼美好啊！她的不幸中，童年還算是快樂的。

又過了一些時候，穆妮已經成長為一名少女了。從前她是屬於村子裡的婦人們的，如今她成為男人們的了。她成了全村男子的情人，卻沒有自己的情人。大家都對她說：「我可以為妳而死，不見到妳我無法安眠，妳是我內心的希望。」但誰是她真正的情人，穆妮並不清楚。

沒有任何人對她這樣說：「和我患難與共吧！」大家都希望拿她來填滿空虛的心靈，大家都為她的一個眼神、一抹微笑而準備做出某些犧牲。然而，卻沒有一個人打算與她結婚、維護她的尊嚴。她是屬於大家的，她的愛情大門向所有人敞開著，但是沒有任何一個人來鎖住愛情的大門，從而讓眾人明白——這鎖住的大門是某一個人的家，而不是其他人的家。

去年，這個天真的小女孩不知從什麼地方流浪到了這個村子，現在她成了村裡的貴客。當她挺著豐滿的胸脯，因美貌而傲然昂起頭輕盈邁步時，風流少年無不神魂顛倒，對她頂禮膜拜。還有誰不隨她的意志而獻身？一個連擺弄玩具都沒有可能的孤女，如今卻擺弄起人們的心來了。她可以讓某一個人受苦受罪，可以讓某一個人快樂地過日子；她可以唾棄某一個人，也可以偏心某一個人；她有時對一個人生氣，有時卻又向另一個低頭傳情……在這樣的遊戲中，她得到一種冷酷的樂感。

和以前相比，現在的情形簡直完全顛倒了過來。在過去，她是屬於所有人的，沒有一個人屬於她；如今，大家都屬於她，而她不屬於任何一個人。然而，她所渴望和追求的東西，還是得不到——誰也沒勇氣對她說：「從今天起，妳就是我的人了。」向她表示獻出一顆心的人很多，真正的伴侶卻一個也沒有。實際上，她對那些飄飄然頭腦發昏的人一點也看不上眼，沒有一個值得她愛，她只不過是把這些喪失勇氣的人當成玩具罷了——讓他們死或讓他們活，就和一場遊戲差不多。

當一個青年一手托著裝滿糖果點心的盤子、一手拿著花環站到她面前時，她只想撕裂他的嘴，這些東西對她來說好比劇毒——她想要的不是這些，而是浸透了真正愛情的粗糙之餅。對她來說，成堆的首飾或金幣就像蠍子的毒鉤——她希望得到的不是這些，她想聽到出自內心、真摯又充滿愛的親密話語。她可以住進講究的房子、身穿絲綢的衣裳、吃盡各種美味——但她並不希望擁有這些，她希望自己住的是草房、穿的是粗布、吃的是粗糙的餅，比起那種對生命有害的幸福，她更喜歡那種對生命有益的禁錮。

關閉的籠子，比自由空氣的天地更可愛！

有一天，一個外地人來到村子裡，那是一個十分瘦弱又一無所有的人，他坐在一棵樹底下，吃完了乾炒麵就躺了下來。穆妮路過那棵樹，停下來看了看外地人後說：「你要到哪裡去？」

過路人態度冷硬地回答說：「到地獄去！」

穆妮笑了笑說：「為什麼？難道這世界上沒有你能待的地方？」

「也許有別人待的地方，可沒有我待的地方。」

「心靈上受了創傷嗎？」

過路人發出一陣獰笑，回說：「苦命人的命裡還有什麼呢？悲哀、哭泣、投水自盡，這就是他們一生的三段旅程。現在前面兩個階段度過了，只剩下第三階段了，總有一天，這最後一段旅程也會過去的。如果老天爺想要，這一天很快就會到來。」

這是一個心靈受創者的告白。毫無疑問地，他的胸膛裡有著一顆心，不然，這沉痛的感情又從何而來呢？許多日子以來，穆妮一直在尋找一顆心。她說：「為什麼不另外去尋求忠誠呢？」

過路人以絕望的口吻回答她說：「我沒有這樣的命，要不，我那好端端的窩巢又怎麼會傾覆呢？我沒有錢財，也沒有相貌，哪位忠誠的姑娘會垂青於我？我以前的想法是，忠誠是可以通過忠誠而獲得的，現在我明白了，就像其他東西那樣，忠誠也可以通過金錢買到！」

穆妮現在清楚了，她過去的看法是錯的。過路人的膚色不是太黑，是麥褐色的，他的面容吸引了她。她說：「不，不是這樣的，你以前的想法是對的。」

說完，穆妮便離開了，她內心的情感已經掙脫她的抑制，流露了出來。過路人陷入沉思，他反覆思索著年輕姑娘適才的話，難道他在這裡真的能得到忠誠嗎？難道在這裡命運就不會再捉弄人了嗎？

過路人在那個村子裡過了一夜，第二天他仍然沒有離開，第三天他修了一間草房。穆妮問他：「你為什麼修這間草房呢？」

過路人說：「為那個能讓我獲得忠誠的人修的。」

「你不會走掉吧？」

「至少草房會留下。」

「空蕩蕩的家裡，鬼會來築窩的。」

「自己親人化成的鬼也可親。」

當天，穆妮就住在那草房中，人們看到後都十分驚訝。他們以為穆妮不會待在那個草房裡，她一定會背棄那個天真單純的過路人，沒料到穆妮整個人心花怒放，她從來沒有這麼美麗過，也從來沒有這麼快樂過——現在，她有了一個胸膛裡長著心的人了！

2

不過，第二天，過路人卻害怕自己在這裡仍會碰上過去曾碰過的倒霉日子，美麗的姑娘怎麼會有忠誠的心呢？他想起以前也發生過同樣的事：也曾經這樣信誓旦旦，也曾經彼此海誓山盟、信守不渝，可是，那些並不牢固的細紗又哪裡能經久不散呢？現在，同樣的細紗難道再不會鬆散嗎？剎那間的歡喜很快就過去了，失望的情緒又迅速地蒙上他的心頭——現在的這種清涼藥膏還不足以治癒他心傷。

第三天，他一整天坐在那裡悶悶不樂、灰心喪氣。

第四天他消失得無影無蹤，唯一留下的紀念物就是他那間草房。

穆妮一整天都在等待他，相信他一定會回來，但幾個月的時間過去了，過路人卻沒有回來，也沒有來信。然而，穆妮仍然深信，他一定會回來的。

過了一年，樹上又萌發了新的嫩葉，接著開了花、結了果。雨季的烏雲滾滾而來，雷電轟鳴，冬季很快又過去了，過路人仍未出現，可是穆妮還是深信不移。她一點也不焦急，一點也不害怕，她成天替人工作，晚上就躺在草房裡。現在，那間草房已成了她安全的堅固堡壘，在那裡，那些風流公子哥兒要是輕舉妄動，就會碰得頭破血流。

有一天，她正頂著一捆柴走在路上，一個風流的青年故意逗她說：「穆妮，為什麼要這樣不公正地對待自己的纖弱之軀啊？為了妳含情目光的一瞥，我可以獻出和這捆柴同樣重的黃金……」

穆妮帶著非常憤恨的口氣說：「你的黃金，你自己享用吧！我們靠自己的勞動過活。」

「何必這樣目中無人？他再也不會回來了！」

穆妮指著自己的草房說：「他根本沒有到哪兒去，談什麼回來不回來啊？他成了我的人，難道還會走去哪兒嗎？他就在我的心底待著。」

又有一天，一個追求者對她說：「我的高樓深院為妳敞開著，這間破破爛爛的草房裡有什麼呢？」

穆妮自豪地說：「和這草房相比，成千上萬的高樓深院根本算不了什麼。在這草房裡，我得到了其他任何地方得不到也不可能得到的東西。這不是草房，而是我愛人的一顆心。」

穆妮在這間草房裡待了七十年，直到死的時候，她仍相信過路人會回來。就連死前最後的一瞥目光，仍然凝視著草房的門口。她的眾多追求者中，有些已經死了，有幾個還活著，可是自從她屬於一個人的那天起，她臉上煥發出來的光輝，使得那種出於情欲而貪婪望著她的人都不敢抬頭——自豪一旦甦醒過來，內心的脆弱是不敢走近它的。

失望的一幕

——蓋拉絲盡情地享受生活和各種娛樂，她從來沒有這樣幸福過日子過！

1

婆羅門赫利德耶・那特是阿約特亞地方一個有頭有臉的人，並不是很有錢，但不愁吃喝。他有幾棟房子，靠著租屋給人過日子。近來因為調漲了房租，讓他存夠錢添置了一輛馬車。他腦袋十分靈活，受過很好的教育，也有足夠的處世經驗，但不懂、也不具備積極主動的開創精神。在他眼裡，社會是一個可怕的怪物，應該時刻提防，要是惹它生氣，可就無法安身了。

他的妻子加格希瓦莉就像是他的影子。丈夫有什麼想法，她就有什麼想法——丈夫的意志就是她的意志，兩人之間從來沒出現過什麼分歧。加格希瓦莉崇拜濕婆大神[1]，赫利德耶・那特是毗濕奴大神的敬奉者，但兩人對施捨和祝福都同樣誠心誠意。他們倆都篤信宗教，虔誠度遠遠超過一般受過教育的人，這也許是因為——他們除了一個女兒蓋拉絲以外，就沒有別的孩子了。

他們的女兒十三歲時就結了婚，為人父母的都抱著一個願望，希望老天爺讓女兒早生貴子，好讓他們把自己的一份產業登記到外孫的名下。只是，老天爺的想法卻不是這樣，在蓋拉絲還沒和丈夫圓房、根本不懂得結婚的意義為何時，丈夫就死了——她成了一個寡婦，她此生一切理想的明燈熄滅了。

1 印度教三大神之一，司毀滅。另外一位是大梵天，司創造，還有一位是曾下凡為黑天的毗濕奴，司保護。

她的父母十分悲痛，家裡頭哭泣聲一片，只有蓋拉絲驚訝地望著大家。她無法理解這些人為什麼哭，她是父母的獨生女，在她眼裡，除了父母，任何第三者對她來說都是不必要的。直到今天，她的未來幸福藍圖中還沒出現丈夫的身影——她以為女人之所以會在丈夫死時哭泣，是因為丈夫是撫育她們和她們孩子的那個人。

她心想：家裡什麼都不缺，也沒有吃、穿的問題，又有什麼需要操心的呢？我需要什麼東西，父親會立刻替我買來；我向媽媽要什麼，她也會給我……那麼，為什麼還要哭泣呢？她看見母親落淚，有時也會跟著紅了眼眶，倒不是為丈夫的死而悲傷，而是對母親的愛和同情。

有時她會想：他們哭泣，恐怕是擔心我向他們要求他們給不起的東西，其實我哪會做這種事呢？到現在為止，我並沒有親口向他們要求過什麼，是他們自己每天一件一件地買來給我，難道今後我會變成另外一個樣子嗎？

現在，加格希瓦莉一見到女兒，眼淚就珠串似的往下掉。赫利德耶・那特的情形更可憐，他大門也不跨出一步，一個人成天待在房間裡，用手捂著頭沮喪地坐著。讓蓋拉絲特別難受的是，她一些女性朋友也不來和她一起玩了，每當她要求母親讓她到朋友家去時，母親就哭個不停。看到父母這個樣子，蓋拉絲愈來愈不願意到他們面前了，她總是找個角落坐下，獨自閱讀小說。做父母的看她變得如此孤僻，錯以為女兒悲傷到了絕望——這一幕猶如晴天霹靂，深深動搖了他們倆的心。

有一天，赫利德耶・那特對加格希瓦莉說：「真想離開家逃到什麼地方去，我實在不忍心繼續看她那麼難過了。」

加格希瓦莉說：「我呢，只求老天爺可以盡早把我從這個世界接走。唉！我心頭這塊大石頭要壓到什麼時候為止啊？」

赫利德耶・那特說：「不管怎麼樣，應該讓她開開心，減輕她的傷痛。看到我們難過和哭泣，她的心情只會變得更加沉重。」

加格希瓦莉說：「我的腦袋真沒用，連這點都沒有想到。」

赫利德耶・那特說：「我們老是這樣悲傷，會讓女兒活不下去的。從現在開始，不妨多帶她出去散散心，讓她看看表演，有時還可以在家裡開個音樂會，這樣她的心情才會舒暢起來。」

加格希瓦莉說：「雖然一見到她就想哭，但今後我一定會忍住。你的想法很對，不散散心，她的悲痛是止不了的。」

赫利德耶・那特說：「今後，我也經常跟她聊些愉快的話題吧！明天，就買臺照相機給她，這可以積累一些美好的風景照片。今天嘛……就先設法弄來一架留聲機吧！這樣一來，每時每刻總有一件事可以牽著她，一個人孤孤單單地待著，只會不斷加重她的悲傷。」

從那天起，加格希瓦莉就開始為蓋拉絲準備各種娛樂和消遣，而且當蓋拉絲來到母親身邊時，也不再看到積聚在眼中的淚水，而是母親臉上的微笑。加格希瓦莉笑著對她說：「孩子，今天劇院裡上演的戲碼很不錯，咱們去看一場吧？」有時候，母女倆會一起到恆河去沐浴[2]，然後順便坐船到河中去遊玩一番；有時候，兩人會在傍晚時一起逛逛公園。她的女性朋友們又逐漸來找她了，一起打打撲克牌，或者是唱唱歌、彈奏樂器……

赫利德耶・那特也替她弄來了一些消遣的玩意兒。他一看到蓋拉絲就高興地說：「孩子，妳來，今天來看看喀什米爾的風景。」或者是：「妳過來，我們來看看瑞士美麗湖泊、溪流的風光吧！」他有時還會放唱片給她聽。

就這樣，蓋拉絲盡情地享受生活和各種娛樂，她從來沒有這樣幸福過日子過。

[2] 印度教徒認為恆河是聖河，恆河水很清潔，故講究到恆河沐浴和飲恆河水。

2

這樣過了兩年，蓋拉絲已經非常習慣玩樂，以至於只要有一天不上劇院，就會感到很難受。愛好娛樂的人總是追求新穎，忌諱老一套，她對劇院感到膩了以後，又喜歡起電影來了；對電影厭煩之後，又對魔術和催眠等把戲感興趣了。留聲機的新唱片源源不斷，對於音樂，她也有了自己獨特的嗜好。更不用說同族中的喜慶節日，母女倆必定參與。

蓋拉絲每天都陶醉於歡樂之中——走路的時候，就連鼻孔也哼著歌曲；和人講話的時候，用的是劇院和電影中的臺詞……如今，她與現實世界已經脫節，完全生活在另一個世界，所以對人沒有什麼同情心，就連看到別人痛苦，也不會憐憫。

她的性格中，自由任性的一面愈來愈嚴重，還對自己的嗜好感到驕傲。她曾經向她的女伙伴們吹噓：「這裡的人都是土包子，怎麼懂賞識電影？賞識電影的只有西方人。在西方，娛樂的玩意兒就像空氣那樣必要，所以他們的生活才會那樣美滿和無憂無慮。我們這裡沒人懂那種情趣，即使老天爺給了財富，他們也只知道天一黑就蜷縮在一個角落裡！」即使蓋拉絲如此大張其詞，她的女伙伴們還是極力地捧她，漸漸地，她那旁若無人的態度，也讓自己變成了一個可笑的人物。

鄰居們開始議論她的玩樂和享受。輿論不饒人，有人歪戴帽子[3]，人們就會看不順眼；有人要是趾高氣揚，群眾就會加以諷刺。他們說：「寡婦的生活應該是拜神念經——到聖地朝拜，許願還願，吃得簡單一點，穿得樸素一些。身為一個寡婦，她憑什麼玩樂和享受，憑什麼去唱歌跳舞呢？老天爺已經把她的幸福大門關上了。」

「愛孩子是應該的，但是總得顧慮一下廉恥和臉面嘛！還不是當父母的太縱容，她本人有什麼錯呢？

3 把帽子戴歪，是年輕人表示快樂和自得的方式。

總有一天，她自己會清醒的。」婦女們七嘴八舌地說，「父親是男子漢，可母親怎樣？身為人母卻一點也不想想別人會說什麼，世界上又不單單只她才有嬌貴的女兒，讓孩子這樣隨心所欲可不好。」

剛開始一段時間，這種議論還只是在私底下傳。後來有一天，幾位婦女一起到加格希瓦莉家裡。她很客氣地接待了她們，起先大伙兒天南地北閒扯一陣，最後其中一個人說：「大姊，婦女們很習慣談一些隱私的事。妳的日子過得很優哉游哉，可我們的日子就難過了，沒有工作、沒有職業，真是一言難盡。」

另一人眨著眼說：「這都是命中注定的。要是大家都過得優哉游哉，該輪到誰累死累活呢？我成天不是推磨就是做飯，一分鐘也閒不著。不是這個孩子拉肚子，就是那個孩子發燒；不是這個孩子嚷著要糖，就是那個孩子吵著要錢……成天唉聲嘆氣過日子，像陀螺一樣忙得團團轉。」

第三個人則莫測高深地反駁第二位的說法道：「這可不是什麼命中注定，而是一個人心境的影響。如果現在妳有機會當女王，還會感到不滿意，成天唉聲嘆氣過日子？」

一個老年婦女對此發表了意見，她說：「心境什麼的，去它的吧！一個人不管家裡出了什麼問題，也不顧大家如何嘲笑，竟那麼優哉游哉，也算有一顆心？這到底是長了一顆心，還是長了一塊石頭？我們是家庭主婦，我們的工作就是主持家務，娛樂消遣可不是咱們分內的事。」

其他婦女對這無情的譏諷都感到有點不好意思，一個個低下了頭。她們原本都想好好嘲弄加格希瓦莉一番，想狠狠挖苦，想在她的傷口上再灑一把鹽，現下這個公開的抨擊卻讓她們的幸災樂禍消下去了，但加格希瓦莉早已看出她們的心思。婦女們告辭以後，她把她們的話都跟丈夫說了。赫利德耶・那特不是那種不分場合都我行我素的人，也不是以別人管不著為藉口來掩蓋自己固執性格的那種人，他深感不安地問妻子說：「那今後怎麼辦呢？」

加格希瓦莉說：「你得想想辦法！」

赫利德耶・那特說：「鄰居們的責難是完全合理的。我也發現蓋拉絲的個性中有種奇怪的變化——我自己有感覺到了，那些為了讓她開心而想出來的辦法，是有些不恰當。鄰居們說：『對寡婦來說，娛樂消遣是不允許的。』他們說得對。今後，我們得改變前一陣子的做法。」

加格希瓦莉說：「可是，沒了這些娛樂，蓋拉絲一天也活不了。」

赫利德耶・那特說：「那麼，我們得先改變她的心。」

3

由於受到了責難，貪圖享受的欲望被慢慢地抑制下來了。婆羅門先生傍晚不再放唱片了，而是拿著宗教經典念給蓋拉絲聽。母女兩人開始沉湎於學習宗教經書、克制欲望和禱告神明之中。他們找來一個教父為她正式傳授經文，同族的和左鄰右舍的婦女們都前來祝賀這一件事。

母女兩人現在到恆河邊不是為了划船遊玩，而是為了進行聖浴；她們也經常到神廟裡去，每逢初一、十五還進行連水也不喝的齋戒；教父每天傍晚來為蓋拉絲傳誦經文。對蓋拉絲來說，要轉變思想的開始階段是很痛苦的，不過，虔信宗教是女人與生俱來的本能，所以她很快就對宗教產生了興趣。

如今她已經知道自己逐漸成年，心裡自然地產生了情欲的觀念，開始懂得「丈夫」的實際含義——丈夫才是女人真正的朋友、真正的帶路人和真正的合作者，失去丈夫就是對某種嚴重罪惡的懲罰。「我前世可能造了很大的孽，如果丈夫活著，我就會再次陷入空幻的情網，哪會有贖罪的機會呢？教父的話一點也沒錯，他說上帝給了我懺悔前世罪孽的機會——寡居不是一種痛苦，而是求得解脫的手段。我的解脫將通過捨棄、寡欲、虔誠和膜拜上帝來實現。」

又過了一些日子，蓋拉絲的宗教信仰愈來愈強烈。她已不太和人生活在一起了——她不接觸任何人，遠遠避開女僕，也不和女伴擁抱；她一天要沐浴兩、三次，任何時候都捧著宗教經典誦讀。

她在服侍出家人和尊者中得到了精神上的愉悅，只要聽到某地來了一個聖僧，就急著想拜謁他，即使一再聽對方講經說法，仍然感到不滿足。她的心開始脫離現實世界，對宗教到了入迷的地步，她可以一連幾個小時閉目參禪。她厭惡世俗的束縛，嚮往著解脫，這樣過了三年之後，她甚至決定要出家。

父母聽到她要出家的想法，嚇得不知所措。加格希瓦莉說：「孩子，現在妳還這麼年輕，怎麼會想這種事情呢？」

蓋拉絲說：「擺脫空幻的紅塵愈快愈好。」

赫利德耶．那特說：「難道住在家裡就擺脫不了空幻的紅塵嗎？擺脫不擺脫得掉紅塵，主要看的是內心，而不是住不住在家裡。」

加格希瓦莉說：「而且妳想想，外人聽了，名聲多不好啊！」

蓋拉絲說：「我已經把自己獻給了上帝，管什麼名聲好不好！」

加格希瓦莉說：「孩子，妳不怕名聲不好，我們怕呀！妳是我們生活的依靠，要是妳出了家，那我們靠什麼活下去呀？」

蓋拉絲說：「上帝是所有的人的依靠，靠某一個人是錯誤的。」

第二天，這件事就傳到鄰居們的耳裡。人一旦碰到很格格不入的事，往往會加以冷嘲熱諷，所以鄰居們說開了：「早就料到會這樣，這不是什麼新鮮事兒。」「女孩子是不能這麼放任的。」「以前高興得不得了，以為女兒光耀了自己的門庭。既然讓女孩子讀《往世書》4、《奧義書》5，讀吠檀多6的宗教哲理，讓孩子在宗教問題上提出的一些論點，使得專家都無言以對，現在為什麼要懊悔？」

4 或稱《古事記》，大大小小有三十六種之多，皆為公元十世紀以前的著作，特別是十八部大的《往世書》，被認為是宗教經典。這些著作的內容屬於宗教哲理方面的固然不少，但更多的是神話傳說。

5 指產生於公元前八至六世紀的一些著作，後來續作數量很多，但最古的只有十幾部。其內容主要是關於靈魂和最高的神的關係，即神祕精神的論述。

6 吠檀多指以《奧義書》為主要經典的哲學學派，這種唯心哲學在印度長期居統治地位，至今仍如此。

開頭幾天，一些正派的鄰居都抱持著類似的批評觀點。不過，正如人看到自己的孩子跑著跑著突然摔倒之初會非常生氣地責罵，但不久就會把他抱進懷裡，替他擦眼淚，好言好語地哄著——同樣地，這些體面人物嘲諷了一陣子後，就開始討論解開這個癥結的辦法。一天，幾位先生來到赫利德耶・那特家裡，低著頭坐了下來，但話該從何說起呢？

幾分鐘過後，一位先生才開口說：「聽說考爾博士的提案今天通過了。」

另一位先生說：「這樣的人不毀滅印度教是不會罷休的。」

第三位先生接著發表高見說：「印度教現在不是正在毀滅嗎？還有什麼辦法！既然作為信仰支柱的出家人、聖哲們都已經墮落到毫無顧忌地讓天真無知的女孩誤入歧途，哪還有不毀滅的？」

赫利德耶・那特說：「這個災難已經落到我頭上了，你們大家都知道了吧？」

第一位先生說：「不單是落到你的頭上，是落到我們大家頭上！」

第二位先生說：「還不如說是落到整個印度教民族的頭上！」

赫利德耶・那特說：「請大家想個解決的辦法吧！」

第一位先生說：「你怎麼不好好說服說服她呢？」

赫利德耶・那特說：「早說過了，沒能成功，她根本不聽。」

第三位先生說：「開頭就錯了，當初不該把她引向這條路的。」

第一位先生說：「現在懊悔也沒有什麼用了。事情既然已經發生，就該想辦法解決。你也許從報紙上看到了，有些人主張應該讓寡婦從事教職，雖然我並不認為這是一個絕佳的辦法，但是比出家好太多了，至少女兒仍然待在身邊。我的意思是，應該要有一件能讓她定下心來的事情，一個人若沒有一個寄託，就始終有懸空的危險——沒有人住的房子，黃鼠狼一定會在裡面做窩的！」

第二位先生說：「這個建議倒不錯。我們這一段街區不是有十來個小姑娘嗎？叫她們來讀書，發給她們書本、布娃娃之類的，她們會很願意來的。如此一來，你家女兒的心也可以定下來。」

赫利德耶・那特說：「試試看，我會盡量說服她。」

客人們一走，他就到蓋拉絲那裡，告訴她這個想法。但蓋拉絲認為，和出家的崇高目標比起來，要她當教師簡直是種侮辱。那種和聖哲們朝夕相處的日子、那修行的山林洞府、那美麗的大自然景色、那喜馬拉雅山冰天雪地裡的深邃哲理、那雪山頂上的聖湖和吉羅娑山峰的潔白光芒、那自我悟道的美好理想……這是何等的境界啊！像鸚鵡學舌一樣教小姑娘讀書識字根本不可同日而語！

赫利德耶・那特不死心，接連著幾天不斷對她講解為社會服務的重大意義，希望能對她產生影響。他說：「為社會服務才是真正的出家！出家人只不過是追求個人的解脫，而懷著為社會服務的理想的人卻為了崇高目標而犧牲自己，所以為社會服務要光榮得多。你看修道士德克吉的美名[7]、赫利謝金德爾[8]的榮譽，有誰能比得上呢？出家修行是個人的目標，為社會服務才是自我犧牲精神的發揚。」他還引用了《奧義書》和《吠陀》經典來證實他的話。

如此下來，蓋拉絲的思想開始慢慢轉變了。婆羅門先生把左鄰右舍的小女孩召集了過來，簡單的學校於焉成立，他買來各式各樣的圖畫和玩具，和蓋拉絲兩人一起替小女孩們上課。她們都很高興地來上學，覺得這裡的課程就像遊戲一樣有趣。沒多久，這所學校便出了名，其他街區的女孩子也接踵而至。

4

蓋拉絲的服務精神一天強過一天，她成天帶領著女孩子們。有時替她們上課，有時和她們一起遊戲，

7 根據印度神話，德克吉曾將自己的骨骼貢獻給神王因陀羅做成箭以消滅妖魔。

8 傳說中的名王，以信守真理和天職聞名。他曾將自己所有一切，包括自己本人和妻兒施捨給修道士。

有時教她們針線活。孩子們在學校就像在家裡一樣，要是某一個女孩病了，她就馬上趕到她家，照顧她、唱歌或者講故事給她聽，使她心情愉快。

學校開辦了一年。一天，一個蓋拉絲很喜歡的女孩子得了天花，她想去看她，父母卻出聲勸阻，她不聽，說馬上就回來。那女孩病得嚴重，哭得舌頭都發乾了，但一看見蓋拉絲，卻好像什麼病痛都沒有了。蓋拉絲在她家待了一個小時，那個女孩子不停地和她談話，等她起身要離開時，那女孩子又哭了，蓋拉絲只得又坐了下來。再隔了一會兒，當蓋拉絲又站起來準備走的時候，女孩子又像前次一樣——她怎麼也離不了蓋拉絲。

一天過去了，即使到了晚上，女孩子也沒有讓她離開。赫利德耶・那特一次又一次地派人叫她回家，可是她扔不下小女孩，她懷疑要是自己一走，對方的小命就保不住了。小女孩的母親是繼母，蓋拉絲不相信她對孩子有真正的母愛。她就這樣在那孩子家裡待了三天，不分晝夜地坐在孩子的床頭替她搧風，疲倦了，就靠在牆上歇一會兒。直到第四天，孩子看起來比較好轉了，她這才回家。可是還沒來得及洗澡，就有人跑來叫她快過去，因為孩子正哭得死去活來。

赫利德耶・那特說：「跟她家裡的人說，叫他們從醫院請個護士就好了。」

蓋拉絲說：「爸爸，你不耐煩也沒有用。那個可憐的女孩子只要能得救，別說三天，就是三個月我也願意去照顧她，畢竟我這個身體要留到哪一天才發揮作用啊？」

赫利德耶・那特說：「那其他的女孩子怎麼上課呢？」

蓋拉絲說：「再等一、兩天，她就會好的，天花已經開始結痂了。這兩天，你就幫忙多照顧一下其餘的孩子吧！」

赫利德耶・那特說：「可……可是，天花是傳染病呀！」

蓋拉絲笑著說：「我死了，你肩上不就解除一個負擔了？」

說完，蓋拉絲就走了，替她盛好的飯也沒吃。於是，赫利德耶・那特對加格希瓦莉說：「看來我們得趕緊把學校關閉才好。」

加格希瓦莉說：「沒有舵手的船要靠岸是困難的，風往哪邊吹，船就會向哪邊漂。」

赫利德耶・那特說：「我每找出一條路來，這條路不久就把她引向泥坑。現在眼看著又要丟臉了，人家會說：『女兒家到別人家去，一待就是幾天！』我該怎麼辦呢？是不是對她說，今後就不要再教孩子們念書了？」

加格希瓦莉說：「除此以外，還能有什麼辦法啊？」

兩天以後，蓋拉絲回家了，赫利德耶・那特向她提出關閉學校的事。蓋拉絲激憤地說：「如果你這麼害怕名聲變差，就用毒藥毒死我好了！除了死亡，沒有其他任何逃避背黑鍋的辦法。」

赫利德耶・那特說：「孩子，生活在世界上，總得跟著世界的潮流走啊！」

蓋拉絲說：「總該了解一下，世上的人希望我做什麼。我有生命，我有意識，怎麼能夠成為一塊木頭呢？人們希望我把自己當成不幸的人、痛苦的人，吃上幾口飯，就那麼待著，這是不可能的。我為什麼一定要這樣？世界上的人想怎麼看我，就讓他們怎麼看吧！反正我不認為自己是不幸的人，我會維護自己的尊嚴。要是每走一步都懷疑我，每天都有一個人像牧牛般拿著鞭子在我後面跟著，好像防備著牛踏進某塊稻田裡，這對我真的是極大侮辱——我無法忍受。」

話一說完，她從父親眼前走開了，以免再吐出什麼不得體的話。最近這些日子，她的確已經慢慢感受到自己可悲的處境：女人受到男子多麼大的約束啊！好像上天創造女人的目的就是讓她們依附於男子。想到這裡，她開始對社會的殘酷無情咬牙切齒起來。

學校隔天起就關閉了，但也是從那天起，她開始憎恨男子。當命運剝奪我們享有某種幸福的權利時，我們往往就會產生對那種幸福的憎恨——窮人正是這樣才會對富人不滿，甚至是譴責財富。蓋拉絲愈來愈氣的是：女人為什麼要這樣依賴男子，男子憑什麼掌握婦女的命運！女人為什麼一定得依靠男子、看男子臉色行事，這不正是因為女人沒有自尊心、不懂得愛自己嗎？此時，她開始覺得女性的溫柔體貼不過是狗的搖尾乞憐，怎麼能算是愛情？全是裝模作樣，再再說明女性附屬於男子的角色。如果女人不奉承男子、不侍候男子，將會是一種什麼樣的生活呢？

有一天，她把自己的頭髮梳得整整齊齊，髮髻上還插了一朵玫瑰花。母親看了大吃一驚，女僕見了，也嚇一大跳。

還有一天，她穿了一件鮮豔的絲綢沙麗，左鄰右舍的婦女們看了之後起勁地議論紛紛。

現在，初一、十五時，她放棄了八年來從未間斷的齋戒。同時，她也不再認為梳子和鏡子是應該棄置不用的東西了。

結婚的喜慶日子一個接著一個到來，幾乎每天都有迎親隊從她家門口經過，左鄰右舍的婦女都站在自己家的陽臺上觀看，評論新郎的模樣、高矮，連加格希瓦莉也忍不住要瞧上一眼，但是蓋拉絲卻始終都沒有去湊熱鬧。有人談到迎親隊或結婚的事，她就把臉撇到一邊，在她眼裡，那不是結婚，而是獵取天真爛漫的小姑娘——她把迎親隊的人視為獵人的獵狗——這不是結婚，而是把女人當成犧牲品。

5

蒂傑日[9]到來了，家家戶戶都在打掃，已婚婦女都為這個還願心的日子做起各種準備。加格希瓦莉

[9] 已婚婦女為丈夫許願、祈求上天賜福給丈夫的節日，在這個日子裡，娘家還會送禮給女兒、女婿。

也準備了一些東西，買來了一些新的沙麗。蓋拉絲的婆家往年都會在這個日子送來衣服、糖果和一些小玩意兒，這一次也送來了。這是已婚婦女還願的日子，目的是為了丈夫的幸福；寡婦也會適當地履行這節日的訴求，她們和丈夫的關係不是肉體的契合，而是精神上的聯繫——這種關係並不會隨著生命的消逝而結束，它是永恆的。蓋拉絲一直遵守這個還願心的日子，但今天她決定放棄了。母親聽說了之後，急得不知如何是好。她說：「孩子，守這個日子是妳的天職呀！」

蓋拉絲說：「男人也為婦女守什麼日子嗎？」

加格希瓦莉說：「對男人沒有這種規定。」

蓋拉絲說：「是不是因為對男人來說，女人的命並沒有那麼可愛，而對女人來說，男人的命就更可愛一些呢？」

加格希瓦莉說：「女人怎麼能和男人一樣呢？已婚婦女的天職就是服侍自己的男人呀！」

蓋拉絲說：「我不認為這是我的天職。對我來說，除了維護自己的良心，沒有其他任何天職。」

加格希瓦莉說：「孩子，這太過分了，社會上會說什麼呢？」

蓋拉絲說：「妳又說那社會、社會！除了自己的良心以外，我什麼也不怕。」

赫利德耶・那特從加格希瓦莉嘴裡聽說了這件事後，覺得自己就像掉進了大海裡。女兒這些話是什麼含義？是自尊的精神甦醒過來，還是極端失望的一種反映？當一個窮人再也沒有辦法擺脫痛苦時，他會把廉恥拋到腦後——毫無疑問，這是極端失望的一種表現。一般來說，失望會帶來某種相應的反映，在高傲的人當中，往往會以更明朗的形式展現出來，此時它將排除內心的溫柔，而在行動上產生一種不自然的舉動，對自己的體面和人們的嘲笑漠不關心，道義的約束也就不再有任何作用了——這是失望發展到最後階段的表現。

赫利德耶・那特正在這樣想時，加格希瓦莉說：「現在該怎麼辦呢？」

赫利德耶・那特說：「這……該怎麼說呢？」

加格希瓦莉說：「有了什麼辦法嗎？」

赫利德耶・那特說：「有一個唯一的解決辦法，只是不好意思說出口來……」

鸚鵡恩人

——走到油燈旁邊，馬哈德瓦看到一個生鏽發黑的鐵罐，伸手一摸，竟然全是金幣！

1

在維多村裡，首飾匠馬哈德瓦是一個眾所周知的人物。他在自家的屋簷下，從早到晚坐在火爐前，叮叮噹噹敲個不停。當這種聲音因為某種緣由而停止時，聽習慣的人反而會覺得好像失去了什麼東西。每天一大清早，馬哈德瓦會提著鸚鵡籠子，哼著頌神詩到湖邊走一趟。在朦朧的晨光裡，看到他瘦骨嶙峋的身軀、乾癟無牙的嘴和弓著的腰，任何陌生人都可能懷疑他是一個妖怪。當人們的耳中傳來「師尊所授，與天賜同」的詩句時，就知道天已經亮了。

馬哈德瓦的家庭生活並不幸福。他有三個兒子、三個兒媳，還有孫子孫女一大群，但減輕他經濟重擔的人卻一個也沒有。他的兒子們老是說：「趁老頭子健在，得好好享受享受生活的樂趣，將來擔子可就要落在肩上了。」可憐的馬哈德瓦有時還不得不挨餓——吃飯時，他家三不五時就會響起抱怨分配不公的沖天喊叫，逼得他不得不餓著肚子起身離開，一邊吸著椰殼菸斗一邊睡覺。

馬哈德瓦的工作更讓他不得安寧，雖然他工藝純熟，對金銀的酸性處理比其他人都來得熟練許多，所進行的化學流程工藝也比其他人要難得多，可是近來他不得不聽那些多疑和急躁的人講難聽話，只能低著頭專心地聽下去。等到爭執平息了，他就會望著自己的鸚鵡呼喚起來：「師尊所授，與天賜同。」每念這一頌神詩句，他的心就會完全平靜下來。

2

某天，一個孩子偶然打開了鳥籠，鸚鵡飛了出去。在馬哈德瓦抬頭卻只見鳥籠空空如也的那個當下，整個人簡直嚇呆了。鸚鵡到哪裡去了呢？他定睛再看一看鳥籠。真的不見了！馬哈德瓦著急地站起身來，目光在屋頂的泥瓦上來回打量。如果這世界上還有他深愛的事物，就是這隻鸚鵡了。他對孫子孫女都很厭煩，他們的頑皮任性老是妨礙到他工作；他也不愛自己的兒子們，不是因為他們沒用，而是他們總是把他珍惜的那些小罐罐搞丟；他也對鄰居們很不爽，因為他們總是把火從他的火爐裡取走……對他來說，能讓他擺脫這些障礙和煩惱的，就只有這隻鸚鵡了——只有牠不會為他帶來麻煩！以他現在的年紀，正應該是享受寧靜、其他別無所求的時候啊！

最後，馬哈德瓦終於發現鸚鵡待在一片泥瓦上。他取下籠子秀給鸚鵡看，嘴裡說著：「來，來，師尊所授，與天賜同。」但是家中和村裡的孩子聚在一起，又是喊叫，又是拍手，天空中還有老鴉哇哇叫，於是鸚鵡拍起翅膀，飛到村外的一棵樹上停下來。馬哈德瓦提著空籠子在牠後面跑著，他的速度是如此的迅速，人們都對此驚訝無比，再也不能想像出有比這更精彩、更生動、更感人的迷戀了。

時間來到了中午，農民們都從田裡往回家的路上走，他們得到了尋開心的好機會。大家都藉由逗弄馬哈德瓦來取樂，有人扔石子，有人拍掌，結果鸚鵡又飛走了，在芒果園中一棵樹的枝頭落了下來。馬哈德瓦又提著空籠子，像青蛙一樣往前跳著跑著，他趕到芒果園時，腳心火辣辣地像冒著火星，頭暈又目眩。

稍微鎮靜之後，他舉起籠子，又念起：「師尊所授，與天賜同。」鸚鵡從樹枝頭飛到下面一點的小樹枝上頭，用懷疑的目光打量著馬哈德瓦。馬哈德瓦以為牠感到害怕，於是扔下籠子，躲藏到一棵樹身後。向四周打量一番後，鸚鵡放下了心，飛到了籠子上。馬哈德瓦一顆心高興得彷彿跳了出來，口中念著「師尊所授，與天賜同」，慢慢地走到鸚鵡的旁邊。他突然向前撲了過去，想要抓住牠，可惜他還是沒能抓到……牠，又飛到樹上去了。

鸚鵡有時飛到這個枝頭，有時飛到那個枝頭，有時又落到籠子上面，有時則是在籠子門口看看裝食物和水的小杯子，然後又飛走了……這戲碼就這樣重複上演，直到傍晚。如果說老人是體現迷戀者的形象，那鸚鵡就是體現被迷戀者的形象。

現在，連傍晚都過了，迷戀者和被迷戀者的角逐也消失在黑暗裡……

3

夜裡，四周漆黑一片，鸚鵡不知是藏在哪兒的樹葉裡了。雖然知道鸚鵡在夜裡不至於飛到哪兒去，也不會進到鳥籠，可是馬哈德瓦仍待在那裡一動也不動。一整天都沒吃到一點兒東西，一滴水也沒有進到喉嚨，現在連晚飯的時間也過了，可是他既不感到餓，也不覺得渴。沒有鸚鵡，他只覺得自己的生活沒有意義，枯燥而且空虛。鸚鵡是他的動力，所以過去他才能這樣日夜工作，當然生活中還有其他的事，但那只是出於習慣，他並不覺得有什麼活力與生氣。只有鸚鵡才能喚醒他的意識，失去鸚鵡就等於失去生命。

經過一整天的勞累和飢渴，馬哈德瓦不時地打起瞌睡，但很快地，他又會驚醒過來睜開眼睛，然後，廣闊的黑夜裡會響起他的聲音：「師尊所授，與天賜同。」

午夜也過去了，突然間，由於聽到什麼動靜，馬哈德瓦驚醒了。一看，發現另一棵樹下竟亮著黯淡的燈光，幾個人正坐在那裡彼此交談。他們都在吸旱菸，旱菸的味道使他失去了耐性，他一面高聲說著「師尊所授，與天賜同」，一面走到那些人那裡去抽菸。只是，就像野鹿聽到槍聲後就立即逃走那樣，那些人一聽到他的聲音，就起身逃跑了，有的人朝這邊，有的人朝那邊。馬哈德瓦開始喊著：「站住！站住！」一剎那間，他意識到了——這些人是小偷，於是他又大喊了起來：「抓住小偷！抓住小偷！」小偷們則頭也不回地全跑光了。

走到油燈旁邊，馬哈德瓦看到一個生鏽發黑的鐵罐，伸手一摸，竟然全是金幣，他高興得跳了起來，並取出一枚在燈光下看了看。啊！果真是金幣。他馬上拿起鐵罐，吹熄了燈，在樹下坐了下來。工匠似乎成了小偷。

他開始疑心疑鬼，要是小偷回來，發現自己單獨一個人而把金幣搶走，該如何是好？於是他拿出幾枚金幣，放在腰間纏好，然後又用一根乾木棍在地上挖了幾個洞，把金幣放了進去，再用土蓋好。

4

馬哈德瓦的內心出現了另一個世界，充滿擔心，又充滿幻想。雖然現在這筆錢財丟掉的危險還在，但夢想開始運轉了：建了一棟大瓦房；開設了一家大錢莊；和親戚們恢復了往來；享受的東西全有了；還可以去朝聖，從聖地回來後很熱鬧地舉行了祭祀，並宴請了婆羅門；然後再修一座濕婆神廟，開鑿一口井，建一座花園。而他本人，則可以每天聽《往世書》經典中的故事，並殷勤接待修行人和出家人。

突然他又想到，如果小偷回來了，該怎麼逃跑呢？為了演習，他提起鐵罐，拚命地跑了兩百來步——

他的腳上簡直就像插上了翅膀。他的擔心慢慢地平息了下來，並在幻想中度過了後半夜。朝霞開始出現，晨風吹拂，鳥兒們也開始歌唱……馬哈德瓦的耳邊忽然傳來了自己的聲音：

「師尊所授，與天賜同。羅摩[1]足前，一心盡忠。」

這頌神的詩句一直是馬哈德瓦的口頭禪，一天千百次地從他的口裡念出來，但是宗教情感卻從來沒有觸及到他內心深處，雖然頌神詩句就像樂器發出聲調那樣從他嘴裡說出來，但沒有什麼意義，也起不了什麼作用，因為過去他心裡的枯樹上沒有葉子，頌神詩句的純潔之風無法把它吹響。如今，那棵心樹上已長出了嫩葉和枝條，風把枝葉吹得搖晃起來，發出了聲響。

黎明時，大自然沉浸在一種可愛的晨光之中。這時鷴鵡收住了翅膀，從高高的枝頭落了下來，就像從天空撒下的星星那樣。牠鑽進了籠子，馬哈德瓦跑了過來，舉起籠子說：「你來啦，鷴鵡！你把我折磨得夠苦了，卻也讓我完成人生的夢想。現在，我要把你安放在銀製的籠子裡，還要替籠子鍍上金……」他的每個毛孔都在發出歌頌至高天神的聲音：主啊，祢是多麼仁慈！這是祢的無限的慈悲，要不然，像我這樣墮落的罪人，什麼時候配得到祢的恩典啊？

聖潔的情感使他的內心激動不已，他深情地唱了起來——

「師尊所授，與天賜同。羅摩足前，一心盡忠。」

他一手提著鳥籠，腋下夾著鐵罐，回家去了。

5

回家的路上，除了一隻狗，馬哈德瓦沒有遇上任何人，而狗對金幣是沒有什麼特殊好感的。到家時，

1 羅摩是大史詩《羅摩衍那》中的英雄，也是大神毗濕奴的化身。

天還沒有大亮，他把鐵罐裝在一個大土罐裡後，藏在自己的房間裡，並用煤蓋好。天大亮後，他便直奔祭司的家，祭司先生正坐著敬神，腦裡則想著：官司今天就要開庭了，手頭上卻一塊錢也沒有，施主們中誰也不讓他鬆一口氣。

就在此時，馬哈德瓦來向他施禮，婆羅門先生把頭一扭，心想：哪裡來的瘟神？說不定連糧食都沒有準備！他生氣地問：「什麼事？有什麼話要說嗎？你不知道這是我敬神的時間嗎？」

馬哈德瓦說：「祭司先生，今天我家要舉行毗濕奴大神的故事會。」

祭司先生十分驚訝，他不相信自己的耳朵——馬哈德瓦家裡舉辦毗濕奴大神的故事會，這種不尋常的事就像他自己對上門行乞的乞丐進行施捨那般稀罕。他問：「今天是什麼……？」

馬哈德瓦說：「是沒有什麼，但今天我想聽一聽大神的事蹟。」

他從早晨就開始做準備，維多村和附近村子裡的人都受到邀請，他甚至邀請他們在故事會先後留下來赴宴。聽說的人都覺得很奇怪——沙地怎麼長出了青草？

傍晚，所有的人都聚在一起了，婆羅門祭司先生也已經就坐，於是馬哈德瓦站起身來高聲說：「弟兄們，我到這把年紀多半是在行騙中度過的，我不知道矇騙過多少人，讓多少真的變成假的，但現在大神可憐我，想洗滌掉我臉上的汙點。我向現場所有的兄弟剖白，凡是我該還的欠款、凡是被我侵吞的錢財、凡是誰的真貨被換成了假貨，都可以找我結算取款。如果有人不能即時趕來，也拜託你們轉告對方，從明天起一個月內，什麼時候來都可以把帳目結算掉，完全不需要人證或物證。」

起初，所有人都無法開口說一句話。

過了一會兒，一個人動情地搖著頭說：「我沒有這種事。」

另一個人不相信地回說：「要賠，你以後吃什麼啊？總數要上千的盧比哩！」

一個村長開玩笑說：「如果那些人升天了呢？」

馬哈德瓦回答說：「他們家裡還會有人的。」

不過，人們此時的興趣其實不在於想要多少欠款，而是馬哈德瓦從哪兒得到了這麼多錢。誰也不敢到馬哈德瓦的身邊來——這些都是農村的老實人，哪裡知道算舊帳？何況一般說來，人們也早就不記得要向馬哈德瓦索取什麼了。此外，在這神聖的場合裡，怕犯罪的想法也促使他們緘口不言。

然而，這一切都不是重點，最重要的是，馬哈德瓦一顆善良的心征服了他們。

突然，祭司先生開了口說：「你還記不記得？我給你黃金讓你打一條項鏈，你在過秤的時候剋扣了幾克黃金。」

馬哈德瓦說：「對，我記得。那麼，你損失了多少？」

祭司回答道：「絕對不少於五十盧比。」

馬哈德瓦從腰間取出了兩枚金幣，放在祭司先生面前。

人們開始議論祭司先生的貪婪。「這就叫不老實，最多只損失三幾個盧比吧？他卻向可憐的馬哈德瓦敲詐了五十個盧比。」「也不怕毗濕奴大神，這傢伙身為婆羅門，心地卻這麼壞……老天啊！」

人們對馬哈德瓦肅然起敬。一個鐘頭過去了，那成百上千的人群裡，沒有一個人站起來說話。於是，馬哈德瓦又說：「看來你們是忘記自己的帳目了，如果這樣，今天先聽大神的故事吧！我等你們一個月，之後我會去朝聖。我向在場的所有兄弟請求，請你們讓我解脫吧！」

馬哈德瓦等了債主們一個月，夜晚還因為害怕小偷而無法入睡。現在，他什麼事情也不做了，酒也戒了。出家人、修行人到他家，他熱情地接待他們，他的名聲傳播得很遠。一個月過去了，沒有一個人來找他算帳。

如今馬哈德瓦明白了，這個世界多麼藝術公正，又是多麼道德高尚！

現在馬哈德瓦知道了，這個世界對壞人來說的確不好，對好人來說卻很不賴！

6

五十年過去了，現在你若到維多村，遠遠就可以看到金黃色的頂尖——這是毗濕奴大神神廟的頂尖。和神廟相連的是一個磚砌的池塘，池塘中開滿蓮花，池塘中有魚，但誰也不捉牠們。池塘的岸邊有一座大型的墳墓，那是鸚鵡的遺跡。關於鸚鵡，流傳著各式各樣的傳說。有人說，那鑲有寶石的籠子上天了；有人說，牠念著「師尊所授，與天賜同」不見了。然而，實際情況是：就像月亮被羅睺吞食[2]那樣，鸚鵡被貓吃掉啦！

不過，傳說就這樣被人們相傳了下來。

直到現在，深夜裡，還會從池塘邊傳來這樣的聲音——

「師尊所授，與天賜同。羅摩足前，一心盡忠。」

關於馬哈德瓦，也有很多傳說。被大家公認的是：為鸚鵡修建了墳墓之後，他和幾個修行人一起到喜馬拉雅山去，再也沒有回來了。他的名字，也因鸚鵡而遠播四方。

2 印度神話傳說，身為阿修羅的羅睺混在天神隊伍裡偷飲長生不死的甘露，被日神、月神告密，毗濕奴大神用神盤腰斬了羅睺。羅睺由於甘露入口，上身得以不死，旋轉遨遊於太空，為了報復，他經常吞食或咬嚙月亮和太陽。

割草的女人

——她今天打扮了一下自己，穿著一件玫瑰色的沙麗，在和馬車夫講價錢。

1

穆里婭頂著一捆青草走來時，她那麥褐色的臉蛋有點泛紅，又大又迷人的眸裡則帶著幾分憂慮。看到那通紅的臉後，馬哈維爾問她說：「穆里婭，什麼事？心裡不好受嗎？」

穆里婭沒有回答，兩眼頓時湧滿淚水。

他走到她身邊繼續問：「發生了什麼，為何不說？誰說了什麼？媽責怪妳了？怎麼如此不開心？」

穆里婭抽噎著說：「沒什麼，能發生什麼事呢？我很好。」

他從頭到腳端詳她過後說：「偷偷哭，卻不跟我說！」

她想把事情支吾過去，只是回說：「沒有什麼事，要跟你說什麼呢？」

穆里婭是這片不毛之地的一朵玫瑰，麥褐色的皮膚，像野鹿一樣的眼睛，微尖的下巴，臉頰上隱隱泛出的紅暈，秀氣的雙眼皮，眼中帶有一種動人的柔情，溫柔中又露出明顯的哀愁和無言的痛楚。不知道皮匠族的家庭從哪兒迎來這樣一位仙女，她那柔嫩如花般的身軀怎會適合頭頂草筐去賣草呢？

在那個村子裡，有不少人奉承她、討好她，渴望得到她的青睞，她若能和他們談上一句話，就會感到非常滿足。但近一年多來，誰也沒有見過穆里婭用眼瞟過任何一個年輕小伙子或同他們談話。她頂著草走出來時，就好像黎明的光芒點綴著金黃色的帷幕，散發光彩。有人對她唱歌，有人把手捂在胸口痴痴地望著她，但是穆里婭總是低著頭走自己的路。人們喪氣地說：「多麼驕傲啊！也瞧不出他是什麼了不得的傢伙，不知道她是怎樣和他在一起的？馬哈維爾真的長得那麼傻？」

可是，這天發生了一件事，即使對這一族的其他少女來說，也許只是一種象徵性的行動而已，但對穆里婭來說卻是心上的一根刺。清晨時，微風帶著芒果花的香味喝醉酒似的飄拂而過，天空向大地灑下金色的光輝。穆里婭頭上頂著草筐去割草，她麥褐色的肌膚因為早晨金黃色的陽光而像黃金一樣閃亮。突然，一個名叫傑那・辛赫的青年從前面走了過來，穆里婭想繞道走過去，他卻突然抓住她的手說：「穆里婭，妳就一點兒也不憐憫我？」

穆里婭那如盛開鮮花般的臉像火一樣燒了起來，她一點兒也不害怕、一點兒也不猶豫，把草筐用力摔在地上，說：「放開我，要不，我就嚷嚷了！」

就在今天，傑那・辛赫的人生有了全新的體會。外貌姣好的低等種姓女人，除了給高等種姓的人當玩物之外，還有什麼用？這樣的事他經歷得可不少，然而看到穆里婭的神色反應——她的憤怒與自傲之後，他手足失措了。他感覺到羞愧，連忙放開手。傑耶・辛赫一鬆手，穆里婭便迅速地向前跑離。

在奮戰的高潮時，人是感覺不到傷痛的，得等事過之後，才會感到疼痛。

穆里婭走了一段路，由於憤怒、害怕和孤立無援，她眼裡充滿了淚水，雖然忍了一會兒，終究是壓抑不住，抽抽噎噎地哭了起來。如果她不是這麼窮，誰有這麼大的膽子敢侮辱她？她一面哭，一面割草。她了解丈夫馬哈維爾的火性子，要是跟他說了，他就會成為這個少爺不共戴天的仇人，不知道會發生什麼！一想到這裡，她汗毛都豎起來了，所以才沒有回答馬哈維爾的問話。

第二天，穆里婭沒有去割草。婆婆問她說：「妳為什麼不去？大家都去了。」

穆里婭低下頭說：「我不想單獨一個人去。」

婆婆生氣地說：「不想單獨一人？怎麼？難道老虎會把妳拖走嗎？」

穆里婭把頭垂得更低了，輕聲地說：「他們都會調戲我。」

婆婆責備地說：「不和大家去，也不一個人去，到底想怎麼去？為什麼不乾脆說是妳不願意去呢？在我家裡，想當夫人太太是不行的。女人啊，不是因為皮膚好看就令人憐，是工作出色才逗人愛！妳長得很好看，我就能吃妳的美貌嗎？去，拿筐子割草去。」

馬哈維爾正站在門口的楝樹樹蔭下幫馬按摩，看到穆里婭哭喪著臉走出來，卻不能說什麼。如果他有能耐，他會把她像眼珠子一樣藏在眼皮裡，或直接藏在心窩裡。只是，馬的肚子非餵飽不可，假使買草來餵，每天至少要花十二個安那[1]，但他這個工作算什麼好工作？好不容易才能掙到一、兩個盧比，卻也是有時掙到、有時掙不到。自從要命的卡車開始通行以來，趕馬車的可吃虧了，不要錢也乏人問津。他向高利貸借了一百五十個盧比買馬車和馬，可是在卡車面前，還有誰會雇馬車？連高利貸的利息付不了，本金就更不用說了，但他還是跟妻子說：「若不想去，就算了，草的問題再說吧！」

這句安慰的話讓穆里婭開心了一些，她說：「那馬吃什麼呢？」

今天，她沒走昨天的那條路，而是從田中間的田坎走過去。她一次次地用警戒的目光左右打量，兩邊是種植著甘蔗的田。稍微有點動靜，她的心就緊張了起來：可別有人藏在甘蔗田裡。所幸，始終沒有發生什麼狀況。走過了甘蔗田，她又穿過了芒果園。

1 印度舊幣制：一盧比等於十六安那，一安那等於四拜沙。

前面已經可以看到正在灌溉的田了。在遠遠的井邊，人們正用水囊澆水。這兒的田坎上長滿了青草，穆里婭的心動了，在這裡半個小時所能割的草，在乾旱的平地上就算割到中午也沒那麼多。這裡又有誰看見呢？如果到時有人叫喊得厲害，再趕快溜就行了。於是，她坐下來開始割草，不到半小時，她筐子裡的草已經裝滿一半多了。她是這樣專心忙自己的事，以至於沒發覺傑那・辛赫的接近，當她突然覺得有什麼動靜而抬頭看時，傑那・辛赫已經站在面前了。

穆里婭嚇了一跳，想跑、想把草筐倒過來拿著空筐走掉，可是傑那・辛赫沒再靠近，他說：「別怕，別怕，老天爺知道，我不會跟妳說什麼。妳想割多少草，就割多少，這田是我的。」

穆里婭的手彷彿失去了知覺，割草刀就像貼在手上一樣。她看不見眼前的草，她希望大地裂開，好讓自己鑽進去。在她的眼前，大地彷彿在晃動。

傑那・辛赫安慰她說：「妳為什麼不割呢？我不會罵妳的，每天都到這兒來割吧？我讓妳割草。」

穆里婭還是像座石像一樣呆呆坐著。

傑那・辛赫向前走了一步，問說：「為什麼這樣怕我？難道是以為我今天還會折磨妳？老天爺知道，昨天我也不是為了折磨妳而抓住妳，而是看到妳後，我的手情不自禁伸了出去，當時我什麼都不知道了。妳離開了之後，我坐在那裡哭了幾個鐘頭。我真想砍掉自己的手，有時還想服毒，於是才又找妳。妳今天走了這條路，我到處都沒找到人，才到這裡來。現在，妳想怎麼懲罰我都行，就算想把我的頭砍下，我也不會搖頭拒絕。我的行為放蕩，是個流氓無賴，但自從見到妳，我內心的邪惡念頭完全消失了。如今，我只想成為妳的一隻狗，永遠跟在妳後面，或成為妳的一匹馬，能常吃到妳親手扔到我面前的草料。我心裡最大的願望，就是希望我這副身軀好歹對妳有點用處……如果我是出於某種不良意圖說這樣的話，就讓我的青春毀了吧！能得到像妳這樣的仙女，馬哈維爾真的是太幸運了。」

穆里婭一聲也不吭地聽著，然後低下頭天真地問：「那你到底希望我做什麼呢？」

傑那・辛赫更走近一步說：「我只希望得到妳的憐憫。」

穆里婭抬起頭看他，害羞的心情不知消失到什麼地方去了，她一針見血地問：「我想問一句話，你不會見怪吧？你，結了婚沒有？」

傑那・辛赫低聲說：「婚倒是結了，但那算什麼結婚啊？簡直是開玩笑！」

穆里婭嘴角上浮現一絲輕蔑的微笑，說：「就算是吧！如果我的男人對你的女人這樣說話，你的感受會如何？你準備不準備割下他的頭？難道你以為馬哈維爾是低等種姓皮匠族的人，他的身體裡就沒有血，就沒有羞恥，就不考慮自己的面子嗎？你覺得我長得漂亮，難道碼頭邊沒有比我更好看的女子？我連她們腳下的塵土都比不上，你為什麼不向她們其中某個人要求憐憫呢？難道她們沒有憐憫心嗎？可是，你不會去那裡，因為你不敢。你向我要求憐憫，只不過因為我是皮匠族的女子、是低等種姓的人，藉由一點兒威脅或利誘，低等種姓的女子就會落進你手裡，這是多麼便宜的交易呀！你不是一個少爺嗎？這樣便宜的交易當然是不會放過的！」

傑那・辛赫羞愧地說：「穆里婭，不是這麼一回事。我說真的，這又有什麼高低貴賤好分呢？所有的人都是一樣的，我打算把我的頭放在妳的腳前。」

穆里婭說：「難道這不是因為你知道我不能採取什麼行動嗎？你把自己的頭放在某一個剎帝利種姓的女子腳前試試看啊！到時你就會明白，把頭放在人家腳前會有什麼樣的後果——你的頭根本不會繼續待在你的脖子上！」

傑那・辛赫羞得真想鑽進地裡，他的臉色變了，好像病了幾個月才起床似的。他一句話也說不出來，穆里婭能夠講得這樣頭頭是道，是他想也沒有想過的。

穆里婭接著又說了：「我也每天到市場上去，知道一些大戶人家的情況，你能指出哪一大戶人家沒有馬夫、車夫、挑水的、做飯的，或者是婆羅門祭司鑽進去胡來的？這都是大戶人家的把戲。那些大戶人家的女人這麼做是對的，因為她們的男人愛上了皮匠族的女人、挑水夫的女人——有來有往，收支相抵了。對可憐的窮苦人來說，哪有這樣的事？對我的男人說來，世界上屬於他的一切，就是我，對任何其他的女人，他望也不會望一眼。湊巧我長得還不算醜，但就算我長得又黑又醜，我相信他還是會像現在這樣對待我。雖然出身低賤的皮匠族種姓，但我沒有低賤到用壞心眼來報答人家對我的忠實。當然，如果他要隨心所欲，要刺激我、折磨我，那我也會這樣對待他。你不是對我的姿色神魂顛倒了嗎？如果今天我出天花成了麻子，或者瞎了一隻眼，你會看我一眼嗎？你說，我有說錯嗎？」

傑那・辛赫無法否認。

穆里婭仍然用那充滿驕傲的口吻說：「不過，如果我壞的不是一隻眼，而是兩隻眼，我的男人仍然會像現在這樣對待我，他會背我、扶我、餵我吃東西。你希望我欺騙這樣的人嗎？滾開吧！今後別再調戲我了，不然，沒有好下場的。」

3

青年時期有熱情和力量，有同情心和自信心，有勇氣和光榮感，以及一切使人生變得神聖、光明和完美的東西。然而，青年時期的醉態，則是驕傲自負、尖刻無情、自私好色，以及一切把人生引向獸性、變態和墮落的東西。傑那・辛赫正處於這種醉態之中，而穆里婭的清涼水滴解除了他這樣的狀況。正如在煮沸的糖漿中灑下水滴，泡沫得以消失、雜質得以沉澱，乾淨純粹的糖漿於是大功告成，青春時期的醉態消失，剩下的就是青春年華——美人的話，可以輕易地破壞一個人的信念和忠誠，也同樣能輕而易舉地引導一個人走上正路。

從那天起，傑那・辛赫完全變成另外一個人了。本來他特別容易生氣，動不動就咒罵、斥責甚至毆打員工——這已成了他的習慣。佃農一見他就發抖，工人看見他馬上就積極工作，但當他一走，他們就坐下來開始抽菸。所有人心裡都對他感到很惱火，常私下咒罵他，所以，當他自那天起變得這樣仁慈、這樣謹慎、這樣有耐心之後，人們都覺得很奇怪。

又過了一些日子，一天下午，傑那・辛赫來到田裡，當時工人們正用水囊澆水。他看到一處小水溝的堤已經斷裂，水正白白地流走，而不是流到田地的小壟裡來，可是培田壟的老太婆卻安然地坐在那兒，對水為什麼沒來一點也不著急。過去，傑那・辛赫一看到這種情況就火冒三丈，會回掉那個老太婆當天的工錢，還會斥責用水囊澆水的人。不過，他今天沒有生氣，而是親手用土把小水溝的堤培好，然後到田裡對老太婆說：「妳坐在這兒，水全跑光了呢！」

老太婆慌了，連忙說：「也許是剛剛才裂開了口，少爺，我馬上去把它堵上。」

她一面說一面發抖，傑那・辛赫安慰她說：「別跑，別跑，我剛才已經堵上了。妳家老大爺有些天沒有看見了，到哪兒上工去了吧？」

老太婆感動地說：「近來只在家裡閒坐，小哥，哪兒也沒有找到工作。」

傑那・辛赫親切地說：「那到我這裡來吧！還有些麻，讓他來紡一紡吧？」

說完，他朝水井那邊走去了，那兒有四個水囊在澆水，但是他走過去的時候，有兩個人跑去摘棗子，另外兩個工人一看到傑那・辛赫就嚇壞了。如果少爺問其他兩個人到哪裡去了，該怎麼回答呢？大家鐵定會挨一頓臭罵。可憐的他們，一個個心裡直打鼓。傑那・辛赫問道：「那兩個人到哪裡去了？」

現場誰也沒有答話，突然，前面有兩個工人用圍裙的一角裝著棗子走了過來。兩人高高興興、有說有笑地走著，一看到傑那・辛赫，立刻嚇得要死，兩條腿像有千斤重一樣，欲進不得、欲退不能。工人明白今天肯定要挨罵，也許連工錢都要被扣掉了。他們慢吞吞地走著，傑那・辛赫出聲叫了他們：「快來，快來，棗子怎麼樣？也給我一些吧，還是我家棗樹上的呢！」

那兩個工人更害怕了，今天少爺不會讓他們生還的！看他說得多麼好聽，等一會兒該細細算帳了。預測到接下來的情況，兩人顫抖成一團。

傑那・辛赫又說：「快來，熟了的都算我的。是不是讓一個人從家裡取點鹽來？」他又對另外兩個工人說：「你們也來吃，那棵棗樹上的棗子很甜。先吃棗子，反正工作早做晚做都得做。」

聽到這裡，那兩個摘棗子的人稍微鬆了口氣。幾個人把棗子倒在傑那・辛赫的面前，將熟了的都挑給他，一個人回去取鹽。結果，有半個小時水囊沒有澆水。當他們把棗子吃完，傑那・辛赫準備離開時，那兩個摘棗子的人雙手合掌說：「小哥，今天就饒恕我們吧！我們兩人肚子很餓了，要不然，是不會溜去摘棗子的。」

傑那・辛赫很有禮貌地回說：「你們有什麼錯？我也吃了棗子，不就是耽誤半個小時的時間罷了！只要願意，一個小時的工作半個小時就可以做完；不願意，一整天也做不了一個小時的工作。」

傑那・辛赫離開了，於是四個人討論了起來。

頭一個說：「如果主人是這樣子，那我就有心工作啦！從前，他時時刻刻都好像騎在人的胸脯上。」

第二個說：「我原本以為他今天非生吃了我們不可。」

第三個說：「近幾天來，他脾氣溫和多了。」

第四個說：「等傍晚拿到了全部工錢時再說吧！」

頭一個又說：「你這個人真死心眼兒，辨別不了一個人態度的轉變。」

第二個又說：「現在好好專心地工作吧！」

第三個也說：「那還有什麼可講的。既然人家放心地把工作交給我們，那麼我們的職責就是不遺餘力地去拚啦！」

第四個說：「直到現在，我還不敢相信這位少爺……」

4

有一天，傑那・辛赫有事要到法院去。路途十幾里遠，一般他都是騎自己的馬去，但今天太陽很毒，他打算坐馬車前往。他請人傳話給馬哈維爾，請他用馬車載自己去法院。快九點鐘時，馬哈維爾來叫他，他已經準備好了，立刻坐上馬車，可是馬這麼瘦，車上的坐墊又髒又破，所有的東西都陳舊不堪，傑那・辛赫坐上去都很不好意思。他問：「馬哈維爾，這些東西怎麼這麼破爛？你的馬從來不是這麼瘦弱的，是不是近來過路的乘客少了？」

馬哈維爾說：「不，小主人，乘客不少，不過有了卡車，誰還問坐馬車呢？以前一天掙兩、三個盧比的工錢，現在二十個安那也掙不到，拿什麼東西餵牲口啊？我們自己又吃什麼呢？都陷入困境了！我本想把馬車和馬賣掉後去你那當工人，可是又找不到買主。先不說多，馬一天要十二個安那，草料還不算呢！當人的肚皮都填不飽時，哪顧慮得到馬啊？」

傑那・辛赫朝他穿的破爛襯衫看了一眼說：「為什麼不種幾畝地？」

馬哈維爾低下了頭，他回答說：「小主人，種地需要很大的勇氣才行。我的想法是，遇到了買主，我就是吃點虧也把馬車給賣出去，然後就割草到市場上去賣。近來婆媳兩人都在割草，好不容易才賣得十一、二個安那。」

傑那・辛赫問道：「是老太太到市場上去賣草吧！」

馬哈維爾不好意思地說：「不，小主人，她哪能走這麼遠的路，是我家的女人去。割草割到中午，下午到市場上去，從那裡回來，通常都已經晚上了。小主人，真令人擔心不是嗎？可是又有什麼辦法，命運總奈何不得。」

傑那・辛赫到了法院，馬哈維爾為了找乘客趕著馬車到處奔走，向城裡的方向去了。傑那・辛赫請他五點鐘再來。

大約快四點鐘時，傑那・辛赫從法院裡辦完事情走了出來。前面場院裡有一家賣檳榔包[2]的商店，再往前去是一棵大榕樹，樹蔭下停有單馬拉的馬車、雙馬拉的馬車，還有四輪敞篷馬車等共二十多輛；馬都卸下了軛套。這兒是律師、法官和官員們停車馬的地方，傑那・辛赫喝了水，吃了檳榔包，開始盤算：如果碰上了卡車，就到城裡轉一趟。此時，他的目光突然落到了一個頂著草筐的女人身上，她正在和馬夫討價還價。他的心跳了起來，是穆里婭！她今天打扮了一下自己，穿著一件玫瑰色的沙麗，正在和馬車夫講價錢。有幾個馬車夫圍在她的四周，有的人在笑，有的人在尋她開心，還有的人斜著眼瞟她。

一個皮膚黝黑的馬車夫說：「穆里婭，妳的草只值六個安那。」

穆里婭用媚眼掃了他一下說：「你若想買六個安那的草，就到前面那些坐著賣草的女人那裡去買吧！可以少給幾個拜沙，我的草要十二個安那才賣。」

一個中年的馬車夫在四輪敞篷馬車上說：「現在是妳的天下啦，為什麼只要十二個安那？要一個盧比吧！買草的人不得已，總是要買的。等律師們出來吧，現在快到時間了。」

2 檳榔包是用新鮮的蒟醬葉包上檳榔和很少量的石灰、豆蔻等而成，印度有不少人有咀嚼它的習慣。

一個頭上纏著玫瑰色頭巾的馬車夫則說：「連老頭子都流口水啦！穆里婭，妳為什麼還只凝視著那一個男人呢！」

傑那・辛赫氣得真想用鞋底打這些無賴一頓。大家是怎樣目不轉睛地盯著穆里婭，好像要把她吞下肚子似的，而穆里婭在這裡又是多麼快樂！既不害臊，也不生氣，但也不讓步。她和人講話時有說有笑，有時用含情的目光望著人，有時把沙麗的邊從頭上拉下來，有時還微偏著頭……然而，就是這個穆里婭，她曾經像母獅一樣對他咆哮過。

時間已是四點，一群官員、律師和法官從法院裡一湧而出。官員們向卡車的方向奔去，律師和法官們則奔向停馬車的地方。馬車夫也立即把軛套上好了，有幾位先生用多情的目光先打量了穆里婭一陣，然後才坐上馬車。

忽然，穆里婭頂著草筐朝那輛四輪敞篷馬車後面跑去。上面坐著一個穿英國服裝的年輕律師，他讓穆里婭把草放到踏板旁邊，從口袋裡掏出了錢給穆里婭，穆里婭笑了，兩人還談了話，但傑那・辛赫聽不見他們談了什麼。

不一會兒，穆里婭臉上帶著愉快的神色踏上回家的路。傑那・辛赫若有所失地一直站在賣檳榔包的商店門口。店老板停止了營業，穿了衣服，關了門，從臺階上走下來。此時，傑那・辛赫才從沉思中甦醒過來，他問道：「怎麼，商店關門了嗎？」

賣檳榔包的老板對他深表同情地說：「少爺，把病治一治吧？這個毛病可不好！」

傑那・辛赫奇怪地問道：「什麼毛病？」

店老板說：「什麼毛病！你在這裡一站就是半小時，像一具屍體那樣一動也不動。整個法院都空了，所有的商店都關了門，連清潔工都打掃完垃圾走了，你知道嗎？這是壞毛病，趕快治一治吧！」

傑那・辛赫拿好手杖，朝場院的大門走去，此時，馬哈維爾的馬車正從前面走了過來。

5

馬車走了一會兒後，傑那・辛赫問道：「馬哈維爾，今天掙了多少錢？」

馬哈維爾笑了笑說：「小主人，今天白站了一天，連拉差的人也沒有光顧我，這還不算，我反而抽了四個拜沙的土捲菸。」

過了一會兒，傑那・辛赫說：「我替你出一個主意，你每天從我這裡拿一個盧比，當我需要你時，你就把馬車趕來。這樣，你家女人就可以不必拿草到市場上去賣了。你同意嗎？」

馬哈維爾雙眼含淚地望著他說：「小主人，我吃的不就是你的嗎？我是你的僕人，你什麼時候願意，就叫我來好了。向你要錢……」

傑那・辛赫打斷了他的話說：「不，我不願意白白請你打差，你每天從我這裡取一個盧比，不要讓你的女人頂著草到市場上去。你的體面就是我的體面。還有什麼需要錢的時候，大大方方地來找我好了。不過，你要注意，千萬不要跟穆里婭談起這件事，沒有好處的。」

幾天以後的一個傍晚，穆里婭遇到了傑那・辛赫。當時，傑那・辛赫從佃戶那裡收了租，正急急忙忙地趕回家，經過他過去曾拉過穆里婭手的地方時，耳邊響起穆里婭的聲音。他停住腳步，回頭一看，只見穆里婭跑了過來。他說：「穆里婭，為什麼跑得這麼拚命，我不是停住了嗎？」

穆里婭喘著氣說：「幾天來一直想見見你，今天看到你走來，就跑來了。現在，我不去賣草了。」

傑那・辛赫說：「那很好。」

「你見過我賣草嗎？」

「是，有一天我見過。是不是馬哈維爾跟妳說了？我曾經叮囑他不要說的。」

「他什麼事也不瞞我。」

之後，兩人沒有說一句話地站了一會兒，誰也沒有想到要說什麼。突然，穆里婭笑著說：「這就是你拉過我手的地方。」

傑那・辛赫很難為情地說：「穆里婭，把它忘記吧！那時不知是什麼鬼迷住了我的心竅。」

穆里婭興奮地說：「為什麼要忘記？你不是正在維護我的體面嗎？窮困讓人什麼事都可以做得出來，你救了我。」接著，兩人又都沉默了下去。

隔了一會兒，穆里婭又說：「你以為我是高興那麼有說有笑的吧？」

傑那・辛赫用力地強調說：「不，穆里婭，我一秒也沒有那樣看妳。」

穆里婭笑了笑說：「這就是我過去對你的期望，也是現在對你的期望。」

微風在吹過澆灌的田地時漸漸止息了，太陽正投向夜晚的懷抱裡休息。在暮色蒼茫中，傑那・辛赫一直站在那裡，看著穆里婭逐漸消失了的背影。

禮教的祭壇

——王子又向前走近了一步，刻薄地說：

「跟著王公，妳倒是高高興興地來了，那時妳的刀子到哪裡去了？」

1

曾經有一段時期，總是將頌神詩唱得悠揚悅耳的米拉[1]，讓許多吉多爾城飢渴的心靈暢飲了大神慈悲的甘霖。在黑天[2]的神廟裡，每當她懷著虔誠萬分的心、用迷人嗓音唱出充滿甘霖般情感的詩句時，聽眾無不被那種純潔的愛所陶醉。為了享受這種非凡的樂趣，吉多爾城的百姓每天都會迫不及待地趕到神廟，彷彿一整天沒喝水的牛發現了湖水般那樣拚命奔跑。然而，不是只有吉多爾的百姓因這「愛雨」而得以解除飢渴，事實上，整個拉傑布達納的荒漠地區全都得到其滋潤。

有一次，卡拉瓦爾的土邦王公拉瓦和門達爾土邦的王子湊巧都帶著行裝來到了吉多爾。隨同王公拉瓦一同來的，還有他的女兒伯爾帕公主，她的美貌和品德都名聞遐邇。在黑天的神廟裡，門達爾土邦的王子和伯爾帕公主初次相遇，便一見鍾情陷入了愛河。

王子成天若有所失地在城裡的大街小巷徘徊，公主則懷著與情人分離的痛苦從住所的窗子不斷向外遠望，好不容易等到傍晚時分才到神廟裡會面，那私密的愛情就像百合花在晚上的月光下綻放。深深懂得愛情的米拉好幾次看到這對愛侶眉目傳情，早已猜透兩人的心思。有一天，在唱完頌詩、王

1 即十六世紀著名女詩人米拉．巴伊，專門寫詩歌讚頌黑天，但這篇小說裡的米拉與歷史中的人物有很大的不同。

2 大史詩《摩訶婆羅多》中的英雄，被認為是大神毗濕奴的化身。

公拉瓦要離開神廟時，米拉把門達爾土邦的王子叫了過來，讓他站在拉瓦王公面前。她說：「拉瓦王公，我替伯爾帕公主找來了一個好郎君，請你應允下來吧！」

伯爾帕羞得幾乎要鑽進地裡，拉瓦王公其實早就相當欽佩王子的品德，所以他立刻將王子擁在懷裡。就在此時，吉多爾的王公坡傑拉吉[3]恰巧也來到神廟，看到了伯爾帕的美貌，心頭妒恨不已。

2

卡拉瓦爾城裡熱鬧非凡，公主伯爾帕今天結婚，迎親隊伍將從門達爾前來。人們已經在進行迎接客人到來的準備。商店裝飾煥然一新，喜棚裡的歡笑聲分外震耳，大街上灑了香水，樓房上掛著光彩奪目的花環。這一切準備全都是為了伯爾帕，可是此時她卻獨自坐在花園裡的一棵樹下傷心哭泣。

宮院裡，歌女們正唱著節日的喜慶歌曲。有的地方，年輕姑娘們嬌聲細語；有的地方，婦女們身上戴的首飾正閃閃發亮；有的地方，笑語喧譁。理髮師的女人神氣得動不動就向人瞪眼；花匠的女人驕傲得忘乎所以；洗衣匠的女人對誰都是愛理不理；製陶師的女人嘴高興得合也合不攏……

彩棚中，祭司先生不時要求施給他金幣。拉瓦王公的夫人忙得頭髮散亂，又飢又渴地團團轉，卻心滿意足地聽著大家表面對她嗔怪、私下又暗自稱讚她的好福氣。她慷慨地施捨寶石和珍珠給大家——今天是女兒伯爾帕結婚的日子，聽到這樣的談論有多幸福啊！

所有的人都沉浸在興奮和歡樂裡，誰也沒有注意到獨自坐在樹下哭泣的伯爾帕。

突然，一個年輕女子走了過來，對負責梳頭的女子說：「別滔滔不絕說個不停了，妳有沒有想到公主呀？走，替她梳頭去！」

3 米拉的丈夫。

理髮師的太太這才停下了嘴不再閒聊，兩人一同來到花園裡找伯爾帕公主。一看到她們，伯爾帕連忙擦乾眼淚，梳頭的女人替她在頭頂上繫上珍珠線[4]，而伯爾帕卻低著頭淚如雨下。

年輕女子看了也含淚地問：「妹妹，別想不開啊！妳的願望就要實現了，為什麼這麼垂頭喪氣？」

伯爾帕看了看自己的女伴後說：「姊姊，不知為什麼，我的心情很沉重。」

女伴逗她說：「是等待和丈夫見面，等得不耐煩了吧？」

伯爾帕沮喪地回答道：「別笑話我！我總覺得內心好像有個聲音說，今後不能再見到他了。」

女伴也伸手替她梳理頭髮。「黎明前總會有一陣黑暗，情人的心在相會前難免會煩躁不安。」

伯爾帕說：「姊姊，不是這麼回事。我感到有點不祥，今天眼皮跳個不停，昨晚還做了一個惡夢，我擔心等一下會出現某種險阻，你不是知道坡傑拉吉王公嗎？」

天色已是黃昏，空中開始閃爍著幾顆星星，卡拉瓦爾城裡老老少少所有的人都準備好接待迎親隊的駕臨。男人們整理了頭巾，佩戴了武器；年輕的姑娘們打扮得漂漂亮亮，唱著歌向後宮走去；成千上萬的婦人坐在陽臺上愉快地等待著。

突然間一陣喧嚷，說迎親隊到了。人們整衣端坐，開始擂起大鼓、燃放禮炮。馬在飛奔，霎時一隊騎兵便來到了王公的宮門前面。看到這種情形，所有人都大為詫異，因為這不是從門達爾來的迎親隊，而是坡傑拉吉王公一支全副武裝的軍隊。

卡拉瓦爾人驚異得不知所措，一時不知道該怎麼辦，直到吉多爾人團團包圍住王宮，才使得他們警覺了起來。定了定神，卡拉瓦爾人抽出了寶劍，向進攻者們衝去。坡傑拉吉王公走進了王宮，後宮裡的人們都狼狽地亂竄逃跑。

伯爾帕盛裝坐在女伴旁邊，看到這一片混亂後驚惶不安了起來。這時候，拉瓦王公氣喘吁吁地趕了過

4 按印度教的風俗習慣，女子結婚時頭頂的頭髮中間要用朱砂畫一條線，珍珠線則是上頭的裝飾品。

來。「伯爾帕，我的孩子，王公坡傑拉吉包圍了我們的王宮，妳立刻上樓去，把門關好。如果我們還是剎帝利，就不會讓一個吉多爾人活著回去。」

拉瓦王公的話還沒有講完，坡傑拉吉已經帶領幾個勇士闖了進來。他說：「吉多爾人就是送命來的！不過，如果他們還是拉傑布德人[5]，就非把公主帶走不可。」

年老的拉瓦王公氣得雙眼直冒火星，他抽出寶劍直攻坡傑拉吉，但對方躲開了他的攻擊，還對伯爾帕說：「公主，願意跟我們走嗎？」

伯爾帕低著頭走到坡傑拉吉王公面前停了下來，說：「行，我跟你們走！」

此時，幾位勇士已經把拉瓦王公捉住了，他一面掙扎一面說：「伯爾帕，妳這樣還算是拉傑布德人的女兒嗎？」

伯爾帕兩眼含淚說：「坡傑拉吉也是拉傑布德人中的英雄呀！」

拉瓦一聽，怒聲道：「不要臉！」

就像躺在刀下準備被犧牲的牲口用無可奈何的目光看著人那樣，伯爾帕看著父親說：「我在卡拉瓦爾的懷抱裡長大，難道要因為我而讓血染紅她嗎？」

拉瓦王公氣得發抖，他說：「剎帝利的血沒有那麼寶貴，為尊嚴而死是我們的天職。」

聽到父親這樣說，伯爾帕的眼眶更紅了，臉蛋也漲得通紅。「身為一個拉傑布德人的女兒，她會自己維護自己的貞操，沒有必要讓國家為她流血。」

坡傑拉吉很快地把伯爾帕抱在懷裡，閃電般的向外邊衝了出去。在將伯爾帕扶上馬之後，他自己也跨了上去，接著便騎著馬飛奔急馳而去。其他的吉多爾人也跟著掉轉了馬頭，原本一百個勇士已經準備好要大戰一場的，結果誰也沒有動到刀槍。

5 坡傑拉吉王公和拉瓦王公都是拉傑布德族人，都屬剎帝利種姓，是印度驍勇善戰的民族。

夜晚十點鐘，門達爾人的迎親隊伍來了，聽到這個不幸的消息，也只能空手而回。門達爾的王子聞訊後絕望至極地昏了過去。

就像深夜的河岸那般寂靜無聲，卡拉瓦爾城整夜都籠罩著死亡般的沉寂……

3

伯爾帕坐在吉多爾王宮中，垂頭喪氣地數著前面一棵樹的葉子。黃昏時分，五顏六色的小鳥落在枝頭上唱個不停。此時，坡傑拉吉走進房門，伯爾帕立刻站起身來。

坡傑拉吉說：「伯爾帕，我是個罪人，我用武力把妳從妳父母的懷抱裡搶來。我如果告訴妳，是對妳的愛迫使我這麼做，妳心裡一定會覺得好笑，還會認為這是一種怪異、不尋常的愛。不過，實際上就是這麼一回事！自從在黑天的神廟裡看見妳，我就無時無刻不焦慮不安地思念著妳。我一次又一次地懇請拉瓦王公，可是他始終不理我——如果有其他任何可以得到妳的方式，我絕對不會採取這種野蠻的做法！當妳的結婚之日即將到來，一想到這天以後妳將成為別人的愛妻，屆時，對妳任何一個非分的想法於我的良心都將是一種損害，所以不得不如此興師動眾地先下手為強了。

我承認這樣做完全出自於私心，我重視自己的愛情，卻忽視妳的意願，但是愛情本來就是自私的——一個人除了自己最親愛的人以外，其他方面絕對是理也不理的。我深深地相信，我的謙遜精神和對妳的愛總有一天能夠讓妳成為我的人。伯爾帕，一個乾渴到快要死去的人把頭鑽進一個水坑裡去喝水，是不應該受到懲罰的……

我渴望得到愛情。米拉是我妻子，她的胸懷是愛的海洋，只要給我一個懷抱，就足以讓我沉醉，但她心裡只有大神，她的懷裡沒有我的位置。也許妳會說：『就算你真的想要愛情好了，難道整個拉傑布德族中的女人會少嗎？』毫無疑問地，拉傑布德族並不缺美女，與吉多爾王公聯姻也不可能是丟臉的事，所以這個問題的答案就是妳本身，這罪責就在妳身上，因為拉傑斯坦這片廣大地區只有一個吉多爾，只有一個吉多爾王公，也只有一個伯爾帕。或許是我命中注定享受不到愛情的幸福，這讓我極力地想要稍稍抵消它的力量——等待命運的支配總不像大丈夫所為！至於我是否能成功，就取決於妳了。」

伯爾帕兩眼直盯著地，心卻像撲騰衝動的小鳥那樣亂撞。她原是為了避免卡拉瓦爾染血才跟坡傑拉吉王公來的，內心對他懷著滿腔怒火。她早就想好了，對方來到她面前時一定要罵他是拉傑布德族的恥辱，罵他是暴徒、惡棍、歹徒、膽小鬼，打掉那驕傲的氣焰。她相信，他絕對忍受不了她的侮辱，一定會強迫她屈服，她也下了最大的決心好應付那最後的關頭，還把匕首磨得鋒銳無比。她決定拿著匕首向他刺去，然後再將之刺進自己的胸膛，以結束這罪惡的一幕，但坡傑拉吉的謙遜、令人同情的解釋，以及溫和的語氣卻讓伯爾帕平靜了下來——火遇到水，便熄滅了。

坡傑拉吉王公只坐了一會兒，然後就起身離開了。

4

伯爾帕待在吉多爾已經兩個月了，坡傑拉吉也沒有再來見她。在這段時間裡，他的心思有了很大的變化。關於他準備到卡拉瓦爾去搶親的事，妻子米拉完全不知情，他並沒有把這個主意告訴過她，因此，她得知後便經常責怪他這種蠻橫的行為。他也漸漸認知到，伯爾帕是不會輕易屈服的，他不遺餘力地替她弄來許多享受的玩意兒，但她望也沒望一眼。

坡傑拉吉王公經常向服侍伯爾帕的侍女們打聽消息，但每天聽到的都是讓他失望的答覆。枯萎的花苞怎樣也不會再開放了，因此有時他會對自己魯莽的行為感到懊悔——後悔自己徒勞無益地做出這樁暴行。然而，每每一這麼想，伯爾帕無比的美貌卻又隨之出現在他眼前，他忍不住再次說服自己：要轉變一個高傲美女的愛情不能性急，他溫柔的舉止肯定會產生作用的。

伯爾帕成天都感到煩躁和生氣。為了讓她開心，坡傑拉吉王公派來了幾個歌女，但她對唱歌跳舞不感興趣——她時時刻刻都淹沒在焦慮之中。

坡傑拉吉王公的彬彬有禮所產生的影響力如今已經消失了，他那野蠻的行徑再次清晰地呈現在眼前。能說會道並不能讓人真正的平靜下來，卻可以使人無言以對。伯爾帕對自己當時的沉默感到詫異，她不停思考該如何回答王公的話，有時候甚至會急切地想與王公起衝突，讓自己的命運早一點確定下來。

然而，就算現在大大辯論一場又有什麼用？她思緒紛亂地想著……

我是拉瓦王公的女兒，但在人們眼裡，我已經成了坡傑拉吉王公的夫人。即使能逃脫這個牢籠，我的安身之地又在哪裡呢？又有什麼臉見人？不僅我的家族，整個拉傑布德族的臉都被我丟盡了！門達爾的王子才是我真正的意中人，可是他還能接納我嗎？如果他不顧人家的恥笑而接納了我，他將永遠抬不起頭來，而且，總有一天他會對我變心、會把我當成家族的恥辱。我怎麼能從這裡逃走呢？就算要逃，又能逃到哪裡去？逃回父親的家嗎？現在那裡我進不去了。逃到門達爾王子那裡去嗎？這對他是一種侮辱，對我自己也是。難不成要去當個乞丐？但是這仍免不了人們的譏笑，而且還不知道命運要把我帶向哪裡呢！

啊！真是紅顏薄命！我的上帝，願我成為剎帝利之恥的日子不要到來。剎帝利為了榮譽和尊嚴曾使自己的血像水一樣地流過；剎帝利成千上萬的烈女因為害怕落入外人手裡，像乾柴一樣讓自己化為灰燼。天啊！但願拉傑布德人因為我而永遠抬不起頭來的時刻永遠別到來。沒錯，我應該死在這個牢籠裡，就在這牢籠裡忍受坡傑拉吉的虐待，讓自己烤焦在這裡、死在這裡。要結的婚，已經結了，心裡把他當成丈夫來崇拜，但口頭上絕對不提到他。

一天，伯爾帕公主怒氣沖沖地請人把王公叫了來。王公來了，他滿臉沮喪，並且顯得有點驚慌。伯爾帕原本想說什麼，一看到對方那副模樣，瞬間又覺得有些憐憫。

沒有給她機會開口，王公便主動開了腔說：「伯爾帕，今天妳叫我來，是我的福氣，至少妳還想到了我。不過，我絕對不是抱著聽順耳的話來的，我知道妳為什麼叫我來。現在罪人就站在妳面前，妳想如何懲罰他，就懲罰他吧！直到剛剛為止，我沒有再到妳這裡來的勇氣，就是害怕妳懲罰我。妳是剎帝利種姓的女子，這樣的女子是不知道寬恕人的。

當妳在卡拉瓦爾自願跟我回來時，我就看出妳的意圖了。我明白，妳的心剛毅堅強，充滿了信念，使它屈服並不容易。妳不知道，這兩個月的日子我是如何度過的——不安的情緒快把我折騰死了！一個獵人會害怕走到一個發怒的母獅跟前去，我的情況就像那樣。我來過幾次，每次看到妳滿臉怒容、難受地坐在這兒，就沒有膽量把腳邁進房間。

不過，今天我可不是不請自來的客人。妳既然請我來，就應該歡迎妳的客人，即使不是誠心的也罷。的確，在大火熊熊的地方，怎麼可能感覺得到涼爽？口頭上的歡迎、壓抑著情緒的歡迎都行，但總得歡迎自己的客人吧？世界上對仇人的尊敬，往往還超過對自己的朋友呢！

伯爾帕，請妳暫時平息怒火吧！想一想我的罪過，妳可以指責我把妳從妳父母懷抱裡搶來，但妳一定知道，黑天大神也曾搶過魯格米妮[6]——在拉傑布德族裡，這可不是什麼新鮮事！妳或許會說：『你這樣做，讓卡拉瓦爾人丟光了臉！』但這麼說是完全不正確的。

6 印度神話中，黑天的第一個妻子魯格米妮是他搶來的一個公主，當時她正準備和童護結婚。

卡拉瓦爾人當時的反應出於勇士的天職，他們的英雄氣概令我們大大吃了一驚，之所以沒有成功，並不是他們的錯——英雄並不會一直獲勝。我們之所以成功，全是因為人多勢眾，而且是做足準備突襲的，他們沒有提防，所以才會失敗。當時我們如果不迅速地從那裡逃回來，可能就會面臨拉瓦王公說的那種結局——一個吉多爾人都活不了。

請看在老天爺的面上，別誤會我想抹掉自己犯錯的事實。我的確犯了罪過，並且對此打從心裡感到羞愧，只是，該發生的事早就發生了，現在我只能把這一危局交給妳處理。若我能在妳的心中占有一席之地，那絕對會是天堂——快溺斃的人有一根稻草當依靠，已經很不錯了。不過，這可能嗎？」

伯爾帕說：「不。」

王公說：「妳想回卡拉瓦爾嗎？」

伯爾帕說：「不。」

王公說：「把妳送到門達爾王子那兒去？」

伯爾帕說：「絕不。」

王公說：「但妳一直這樣生氣，我已經看不下去了。」

伯爾帕說：「你很快就會從這種苦惱中解放了。」

王公用疑懼的目光看著她。「那……就隨妳吧！」說完，他就站起身離開了。

5

晚上十點鐘，黑天神廟裡的頌神詩會已經結束，毗濕奴教派的僧侶們正坐著分享供品。米拉親手把盛有食物的盤子一一放在他們面前，她在殷勤招待僧侶和拜渴者時感覺到精神上的極大愉悅。僧侶們是那樣心滿意足地享受著供品，令人不禁開始思考：比起虔誠的頌神詩，美味的食物是不是更讓人幸福？

事實證明，這些聖者認為不開口要供品反而是嚴重的罪過，何況善用天神賜予的食物是向天神祈禱的一種主要方式，何必放過這一良機？他們有時用手摸摸肚皮，有時換一下坐姿，悠然地享受著。另一個同樣公認的事實是，食物有助於陶冶我們的性情，所以聖者們也拚命地往肚子裡填酥油和奶酪。

然而，在他們當中，有一個聖者閉著眼一心參禪，看都不看盤子一眼，他的名字叫伯勒馬南德。他今天第一次來，臉上閃閃發光。最後，其他的僧侶都吃完且離開了，他仍然碰也不碰盤子。

米拉雙手合掌問道：「尊者，您對供品動也不動，是不是我這女僕有什麼罪過？」

僧侶說：「不，我只是不想吃。」

米拉接著說：「可是您得接受我的懇求。」

僧侶說：「若要我完成妳的心願，那麼妳也得接受我的要求。」

米拉說：「請說，您有什麼吩咐？」

僧侶說：「妳得先同意。」

米拉說：「我同意。」

僧侶說：「妳能許下諾言嗎？」

米拉說：「我許下諾言，請您吃供品吧！」

米拉原以為僧侶會請求修廟或幫他完成祭禮，這事經常有，而她的一切正是為了奉獻給這些僧侶。然而，對方卻沒提出這方面的要求，而是將嘴附在米拉耳邊說：「兩個小時後，請打開王宮後門。」

米拉驚異地問：「你是誰？」

僧侶說：「門達爾的王子。」

從頭到腳打量了一下王子，米拉眼中的尊敬瞬間被憎惡取代。「拉傑布德人可不會這樣欺騙人！」

王子說：「這個原則只適用於雙方力量相等的情況。」

米拉說：「這不行。」

王子說：「妳已經許下了諾言，必須履行。」

米拉說：「比起王公的命令，我的諾言算不了什麼。」

王子說：「這我不知道。如果妳還尊重自己的諾言，就請信守它。」

米拉想了一想，又問：「你進王宮裡要做什麼？」

王子說：「和新的王公夫人講幾句話。」

米拉立刻陷入兩難，一邊是王公的禁令，一邊是自己的許諾和履行諾言可能產生的後果。此時，她腦海裡閃過許多神話故事，像是十車王[7]為了履行諾言而把愛子流放森林：我已經許下諾言，履行它是我崇高的天職，但我怎能違反丈夫的命令？若不顧他的命令行事，今世和來世都不會有好下場。啊！我何不跟他把事情講清楚？他真的不會答應我的請求嗎？我從未向他請求過什麼，如今向他要求這點施捨，難道他不會維護我許過的諾言嗎？他的胸懷是那樣廣闊，不用懷疑，他不會讓我承受違背諾言的指責。

在心裡這樣決定之後，米拉說：「要什麼時候打開？」

王子興奮地說：「深夜十二點。」

米拉說：「我親自陪同你去。」

王子問說：「為什麼？」

米拉說：「你欺騙了我，所以我不信任你。」

7 印度史詩《羅摩衍那》中的十車王放逐羅摩去森林，原因也是為了履行對另一個妻子吉迦伊許下的諾言。

王子感到羞愧地說：「好吧，那就請妳站在門口。」

米拉說：「如果再欺騙我一次，那你就休想活了！」

王子說：「我準備承受一切。」

6

米拉來到了王公身邊，他一向很尊敬她，於是站起身來。不過，米拉會在這時候找他很不尋常，於是他開口問說：「米拉，有什麼事情嗎？」

米拉回答他說：「我是來向你乞討的，請別讓我失望。到今天為止，我從未向你提過什麼要求，但今天我卻陷入羅網，只有你才能讓我從中解脫出來。你認識門達爾的王子嗎？」

王公說：「當然，很熟悉。」

米拉說：「今天我上了他的大當！他裝扮成一個毗濕奴教派的聖者來到黑天的神廟裡，以欺騙的手段迫使我許下諾言，我真不敢將他鬼鬼祟祟的要求說給你聽。」

王公問說：「不會是要求和伯爾帕見面吧？」

米拉說：「正是！他就是要和伯爾帕會面，他希望我在半夜裡打開王宮後門。我盡力勸他、嚇唬他，但他怎樣都不答應。當時，我被迫要答應他的要求他才肯吃供品，現在，能否兌現我的諾言就全在你了，你可以為我履行諾言、維護我的榮譽，當然，你也可以讓我違背諾言、讓我損害自己的榮譽。你一直對我另眼相看，憑這一點我才敢來跟你說，如今，我能否從這羅網中被解救出來就全看你的決定了。」

王公思考了一會兒，回答說：「妳許下了諾言，履行它的確是我的職責——妳是女神，妳的話不能落空。打開後門吧！不過讓他獨自一人和伯爾帕見面是不適當的，請妳和他一同去。請為我辛苦一趟，我擔心他是為了弄死伯爾帕而來的——嫉妒，會讓一個人變得盲目！

米拉，我想對妳說說我心裡的話。我對把伯爾帕搶來的事感到非常難過，我原以為她在這裡待久了便會慢慢回心轉意，但事實證明我的想法是錯的！要是再多待一些日子，我怕她會活不下去，而我，則會犯下殺害一名女子的罪。我跟她提過，要讓她回卡拉瓦爾，但她不同意。今天妳聽聽他們倆的談話，如果她同意跟門達爾王子走，我會高興地允許她離開。我再也不忍看到她那生氣的模樣了，如果老天爺讓這位美女的心向著我，那我的夢想就實現了，但命裡若注定沒有這種幸福，又有什麼辦法？請原諒我對妳說這些話，妳那神聖的心靈哪能讓這些俗事占據呢？」

米拉不好意思地望了望天空，才問說：「那麼，你要下命令讓我打開後門了嗎？」

王公說：「妳是這裡的主人，沒有必要問我。」

米拉向王公行了個禮後，便離開了。

7

時間已經過了半夜，伯爾帕靜靜坐著，兩眼盯著燈火，心想：這盞燈為了發出光亮而煎熬，燈芯點燃後能帶給人們方便，我呢？這樣煎熬著對誰有好處？我為何要這樣過日子？我有什麼必要繼續活下去？

伯爾帕把頭探出窗外，望了望天空，昏暗的幃幕上有幾處閃耀著星光。她又想：在我昏暗的命運裡，閃亮的星星在哪裡呢？生活的幸福在哪裡呢？活著難道就是為了哭泣？這樣活著又有什麼好的？只不過是一場鬧劇！有誰會懂我的心情？世上的人們也許都在譴責我：卡拉瓦爾的婦女們可能正等著聽我死去的好消息；我親愛的母親或許因為羞愧而抬不起頭來，直到聽見我死去的消息才能驕傲地昂起首……這樣活著是可恥的，死要比活著好得多。

伯爾帕從枕頭底下抽出了一把明晃晃的匕首。雖然雙手顫抖著，但她的兩眼直直瞪著它，下定決心要把自己獻給它。她想舉起手，卻抬不起來——因為意志不夠堅強。她閉上眼睛，腦袋一陣發暈，匕首從她手中掉落到地上。

伯爾帕憤怒地想：我真的是不要臉的女人嗎？身為拉傑布德族的女子，難不成還怕死？只有無恥的人在失去榮譽和尊嚴以後還會苟且偷安。什麼樣的想法讓我的意志變得如此薄弱？是王公的甜言蜜語嗎？王公是我的仇人，他把我當成野獸，捕來之後關在籠子裡，要我聽憑他擺布；他把我的心當成試驗他花言巧語的場所，他講起話來是那樣轉彎抹角，還站在我的立場上自問自答，讓我開不了口……唉！這殘忍的傢伙毀了我一生，還這樣隨便擺布我，難道我要成為他試驗虛偽感情的工具繼續苟活嗎？

再說，我還能有什麼夢想？王子的愛情嗎？事到如今，對他的愛情幻想已經是嚴重的罪惡，我早已配不上那位神人。我最親愛的人啊！這麼多日子以來，我已經把你擠出我的心坎。除了一死，早就無路可走了，哪兒都沒有我的立足之地。老天爺，請賦予我薄弱的意志一些力量，請賜我履行職責的勇氣吧！

伯爾帕又拿起了匕首，這次，她意志堅決地舉起手……在匕首正要刺進悲憤之心的瞬間，她聽到有人走過來的腳步聲。她吃了一驚，驚恐的目光一望，只見門達爾王子一步一步地慢慢走進房裡。

伯爾帕一認出是門達爾王子，頓時大驚失色，迅速地將匕首藏了起來。好不容易看到王子，但她的心裡沒有高興，反而升起一股毛骨悚然的恐懼：如果有人稍有警覺，門達爾王子的性命就休想保住了，他應該立刻離開這裡；若讓他有開口的機會，就為時過晚了，他一定會陷入羅網，王公絕對不會放過他的。這些想法像一陣狂風、像一道閃電掠過腦海，於是她用嚴厲的口氣說：「不要進來！」

王子問道：「沒認出我來嗎？」

伯爾帕說：「清楚地認出來了，但現在不是說話的時候，王公正伺機找你，請快點離開。」

王子向前走近一步，毫無懼色地說：「伯爾帕，妳待我太狠心了。」

伯爾帕威脅他說：「你要是繼續待在這裡，我就要大叫囉！」

王子無所謂地說：「我不怕。我是冒著生命危險來的，今天我和王公兩人之間總有一個要死，不是他活，就是我活。妳要跟我走嗎？」

伯爾帕堅定地回答說：「不。」

王子諷刺地問道：「為什麼？難道妳對吉多爾城產生好感了嗎？」

伯爾帕輕蔑地看了王子一眼說：「世界上並不是所有的願望都能實現。我在這裡怎樣過日子，只有我自己知道，然而人言可畏，在人們心中，我已經是吉多爾王公的夫人了。今後王公怎樣安頓我，我就怎樣待下去。直到最後一口氣，我都要憎恨著他、惱怒著他、厭惡著他，當我再也熬不下去時，就服毒或將匕首刺進自己的胸膛而死……但是，要死就死在這王宮裡，絕對不向外邁出一步。」

此時，王子起了疑心，他以為伯爾帕被王公籠絡住了，所以這些話是在欺騙他，於是，嫉妒之心取代了愛慕之情。他依然無所謂地說：「要是我把妳從這裡搶走呢？」

伯爾帕怒氣沖沖地回答道：「一個剎帝利婦女在這種情況下應該如何，我就如何採取行動，不是用刀抹自己的脖子，就是抹你的脖子。」

王子又向前走近一步，刻薄地說：「跟著王公，妳倒高高興興地來了，那時妳的刀子到哪去了？」

伯爾帕像是中了一箭般顫了一下，臉蛋頓時變得通紅。她說：「那時動刀就要血流成河，我不願意我的兄弟和同胞因為我而喪命。除此之外，當時我是未婚的女子，不害怕名譽會遭到破壞，因為還沒有出現為丈夫堅守貞操的問題——至少人們是這樣看我的！如今，我雖然還是原本的我，但在人們心中，我已經不是原來的我了。社會的禮教已經使我成了王公的侍奉者，在我身上強迫套上為丈夫堅守貞操的鎖鏈。現在，維護貞操是我的天職，採取違背它的任何行動都是丟剎帝利名字的臉。你為什麼要徒勞地在我的傷口上灑鹽呢？這是一種什麼高尚的行為？我命中注定受苦受難，我不是正承受著嗎？就讓我受苦受難吧！求求你，請你快離開。」

王子再次向前邁了一步，強忍著難過的心情說：「伯爾帕，到這裡以後，妳已經精通了一套狡猾的手段。妳背叛了我，還拿維護天職當掩護；妳踐踏了我對你的愛情，卻仍尋找什麼名譽當藉口。我不可能眼睜睜看著王公成為在妳這樣一朵美麗鮮花上採蜜的蜜蜂！既然我的願望已經化為泡影，妳也得一起；既然我的一生要完蛋了，在這以前妳的一生也要跟著完蛋——這就是妳背信棄義該受的懲罰。妳說，妳決定如何？同我一起走，還是不同我一起走？我的一些人正等在城堡外邊。」

伯爾帕毫無懼色地說：「不。」

王子說：「妳好好想想，要不，妳會後悔的。」

伯爾帕說：「我已經想好了。」

聽到這裡，王子抽出寶劍撲向伯爾帕，伯爾帕嚇得閉上雙眼往後退一步，幾乎要昏了過去。

突然，坡傑拉吉王公提著劍迅速地衝了進來，王子鎮定了一下便站穩了。

王公像獅子一樣大吼道：「滾開，剎帝利是不傷害女人的！」

王子怒氣沖沖地回答說：「這是對無恥女人的懲罰！」

王公說：「我才是你的仇人，為什麼不直接找我？也讓我看看你寶劍的厲害嘛！」

王子轉身舉劍刺向王公，武藝精通的王公閃過以後立刻衝向王子。此時，靠牆站著處於半昏迷狀態的伯爾帕猶如電光一閃，飛快地撲到王子面前，王公已經刺出的劍，正好穿過伯爾帕的胸口，一股鮮血噴了出來。王公倒抽了一口冷氣，扔掉手上寶劍，一把扶住快要倒下去的伯爾帕。

伯爾帕的臉很快就失去了血色，眼皮，也闔上了——燈，熄滅了。門達爾王子的寶劍從手中滑落，眼中飽含著淚，雙膝一彎，跪在她的面前。

兩個有情人都淚眼汪汪，兩隻撲燈蛾都在為熄滅的燈而痛不欲生……

愛情是莫測高深的。剛才王子拿著寶劍撲向伯爾帕，因為她無論如何也不打算跟著他走——失掉體面的擔心、禮教的枷鎖和天職的高牆都是她前進道路上的障礙。然而，一看到王子處於被寶劍刺傷的危險關頭，她卻為他獻出了生命。她維護了愛情，卻按照她自己的諾言沒有邁出宮外一步。

愛情是莫測高深的。剛才王子拿著寶劍衝向伯爾帕，與她誓不兩立，因為嫉妒的烈火在他胸中熾烈地燃燒。如今，鮮血澆熄了怒火，他昏昏沉沉地坐著哭了一會兒，突然站起身來舉起寶劍，使勁地刺進了自己的胸膛，於是，又一股鮮血噴了出來。

兩股鮮血匯集在一起，彼此再也區分不開了。

伯爾帕不願跟著他走，卻未能斷絕和他的愛情；兩人沒有一道離開王宮，卻一同離開了這個世界……

世俗之戀與愛國熱情

——夕陽淡黃色的餘暉惋惜地照射在新墳上，
此時，一個面貌端莊、身穿結婚禮服的老婦，蹣跚地走了過來……

1

這家古老而破舊的倫敦旅店，每到傍晚，整間店就會黑茫茫的一片，時髦上層社會的男女，都認為來這個地方是一種罪過。在這兒，呈現在人們眼前的，經常是一幅賭博、酗酒和道德敗壞的可憎景象，而義大利著名愛國者——馬志尼．朱澤培，就在這樣一家旅店裡、在這道德墮落的淵藪中，沉默無言地坐著。他俊美的面孔發黃，嘴唇發乾，眼眸中流露出焦慮的神色。或許，他已經有好幾個月沒有刮鬍子了，身上的衣服也又髒又破，不認識他的人看到他這副模樣，大概都會不由自主地認為，這傢伙必定是個受情欲驅使而幹了下流勾當的可悲者。

馬志尼陷入沉思。唉，我那不幸的民族、我那受蹂躪的義大利！難道你的命運永遠不會有轉機了？難道你那千百個優秀兒子所流的鮮血一點都起不了作用？難道從你那裡被驅逐出來、成百上千位準備好獻身的志士們的嘆息無法產生什麼影響？難道你就永遠被束縛在非正義、受壓迫和受奴役的羅網中？也許，你現在還不具備進行變革和取得自由的能力；也許，你命中注定還要忍受一個時期的傷害和屈辱……

自由啊自由！為了你，我犧牲了一些十分可愛、比生命還可貴的朋友，那是一些多麼好、多麼有出息的年輕人！他們的母親和妻子至今還在他們的墓前流淚，還在為失去親人而悲痛，還受到各種災難和痛苦的困擾，還在詛咒倒霉、受折磨的我——馬志尼呢！他們是多麼勇敢的雄獅，站在敵人的面前從來不知道退縮。這一切的犧牲與代價，難道還不夠？自由，你竟然這樣的昂貴！

我，究竟是為了什麼而堅持活下去？為了親眼目睹親愛的民族、可愛的祖國被狡猾殘暴的敵人蹂躪，或是親眼看見親愛的兄弟、可愛的同胞成為壓迫者的犧牲品？不，我不想要活著只為了看見這些。

正當馬志尼陷於千思萬想之際，一位和他一起被放逐的朋友——勒非迪走進了房間，手中還拿著一包餅乾。勒非迪的年紀比馬志尼小兩、三歲，一張臉蛋很是文雅。他搖搖馬志尼的肩膀說：「朱澤培，來，吃點東西吧！」

馬志尼吃驚地抬起頭，看了看餅乾，問說：「你從哪兒買來的？你哪兒來的錢？」

勒非迪說：「先吃了再問吧！你從昨天下午起就沒有吃過東西了。」

馬志尼堅持說：「你先告訴我餅乾是從哪裡來的，你的口袋裡還有一盒菸葉，說，你是從哪裡生出這一筆錢的？」

勒非迪說：「你問這些做什麼呢？我母親不是寄給我一件新外衣嗎？我把它當了。」

馬志尼倒抽了一口冷氣，眼淚簌簌地落在地上。他哽咽著說：「你這是做什麼？聖誕節就要來了，到時你穿什麼呢？難道義大利百萬企業家的獨生子，連聖誕節都穿得這麼破破爛爛嗎？你說說看！」

勒非迪說：「為什麼？等到那個時候就又會有些錢了不是嗎？那時候我們倆可以各製一套新衣，穿上它為可愛祖國那即將到來的獨立而慶賀。」

馬志尼說：「我實在看不出我們有什機會可以賺到收入，跟雜誌投稿的幾篇文章，已經被退回來了，從家裡帶出來的一點錢，也早就花光了。現在還有什麼辦法？」

勒非迪說：「離聖誕節還有一個禮拜，何必現在就操心錢的事？就算在聖誕節穿上那件新外衣，又有什麼好處？難道我生病時，你沒為了支付我的醫藥費而賣掉麥格德琳的戒指嗎？我很快就會寫信告訴她，看你怎樣才能支吾得過去！」

2

聖誕節來了，倫敦到處都呈現出一片歡樂的景象。不論是小人物還是大角色，不管是窮人或富人，都在自己可愛的家裡團圓歡度佳節，然後再穿上自己最好的衣服，一一走向教堂——看不到一個愁眉苦臉的傢伙。此時此刻，馬志尼和勒非迪兩人卻仍然低頭不語地坐在又小又暗的房間裡。馬志尼唉聲嘆氣著，勒非迪則不時地走到房門口，看那些醉醺醺的酒徒比平時更加放肆的胡言亂語和瘋顛舉動，希望可排解自己因窮困潦倒而起的滿腹愁悶。

這是多麼令人痛心的事啊！一個振臂一呼就有成千上萬的人可以為之拋頭顱灑熱血的義大利英雄，如今卻窮困到無法糊口——今天一早到現在，他甚至連一支雪茄也未能抽到；就連他一直以來不能須臾離手的平凡菸草，如今也全都沒了。不過，馬志尼此時擔心的倒不是自己，令他感到心情沉重的是，勒非迪這個年輕人本來應該是幸福、英俊而有出息的。他問自己：我有什麼權利迫使這樣一個人跟著我忍受窮困的折磨呢？對那孩子來說，世界上的一切幸福正等待著他去享受呵！

就在這時候，一個郵差走了過來。他問說：「有一個名叫馬志尼．朱澤培的住在這兒嗎？來拿自己的信吧！」

勒非迪搶先取了信，高興得跳了起來。「看，朱澤培，是麥格德琳捎來的信。」

馬志尼驚訝地接過信，迫不及待地拆開信封。一打開，一小束頭髮便滑了出來，這是麥格德琳為他寄來的聖誕節禮物。馬志尼吻了吻這束柔髮，把它放進自己胸前的衣袋裡，才讀起信來。

信裡這樣寫著：

我親愛的朱澤培：

請接受這渺小的禮物，願上帝保佑你能過上一百個聖誕節。請你將這個紀念品永遠留在身邊，不要忘記可憐的麥格德琳。我寫什麼好呢？我的內心非常不安。唉……親愛的朱澤培，我的聖人啊！你要讓我熬到什麼時候呢？真的再也無法忍受了，我實在抑制不住自己的眼淚，我可以跟你一起忍受苦難，可以和你一起餓死……這一切我都能接受，但要和你各自東西，我真的沒辦法。請你發誓，以你的良心、以你的祖國來發誓，一定要回到我身邊來！我渴望能夠見到你，但什麼時候才見到呢？聖誕節來臨了，我身邊卻什麼都沒有，但只要我還活著，就永遠都是屬於你的……

你的麥格德琳

3

麥格德琳的家在瑞士，她是一個富商的寶貝女兒，容貌美到找不到一絲瑕疵可以挑剔，而她的內心更是美好到難以言述。多少有錢人家的子弟和貴族都瘋狂地追求著她，可是她誰也沒放在心上。

當馬志尼從義大利逃到瑞士避難時，麥格德琳還是一個天真爛漫的未成年少女。她早就聽過人們頌揚馬志尼的勇敢和自我犧牲精神，於是常常跟著母親去會見馬志尼。隨著一次又一次接觸，馬志尼心靈的美影響她愈來愈深，她內心對他的愛也愈來愈堅定，以至於有一天，她顧不得少女的羞怯，伏倒在馬志尼的腳前，對他說：「請答應讓我在你身邊服侍你吧！」

當時，馬志尼也正值青春年華，對祖國的憂憤未足以冷卻他澎湃的熱情，一顆心激動得不停翻騰，然而，最後他還是下定決心要為民族和國家獻出一生，並且將永遠堅持這份理想。從這樣一位美麗姑娘嬌滴滴的嘴裡聽到這種請求，還有辦法拒絕的，大概只有像馬志尼這樣絲毫不動搖決心、具有非凡勇氣的人才能做得到。

麥格德琳含著眼淚站了起來，但她沒有灰心，這次的失敗只在她的心中燃起更熾熱的愛情烈火。就算在馬志尼已經離開瑞士好幾年的今天，忠於愛情的麥格德琳仍然沒有忘記他，隨著時間的推移，她對馬志尼的愛只變得更加深厚，也更加真誠……

讀完信，馬志尼長長地嘆了一口氣，他對勒非迪說：「你要看看麥格德琳說了什麼嗎？」勒非迪說：「你啊！是不是得要了那可憐姑娘的命才會罷休？」

馬志尼又陷入沉思。唉！麥格德琳，妳年輕美麗，上帝還給了妳數不清的財富，何苦為了追隨一個貧困潦倒、一無所有、粗俗又受難流亡在異國他鄉的人而毀掉自己的一生呢？像我這樣一個被災難折磨到幾乎絕望的人，怎麼給得起幸福快樂呢？

不，不能，我不是那種自私自利的人。世界上有許多樂觀開朗的風流少年，他們有的是能力，可以讓妳過得幸福又快樂。他們一定會拜倒在妳的裙下，為什麼不在這些願意投奔於妳的人之中挑選一個呢？我尊重妳對我的愛情——那種純真、善良，而且沒有一丁點兒私心與私利的愛情，但是對於已經把身心都完全奉獻給國家民族的我來說，除了同情我的可愛妹妹之外，妳不可能成為我的其他什麼人。我有什麼優點和品德，讓妳這樣仙女般的姑娘為我忍受這種痛苦呢？

唉！麥格德琳，不幸的麥格德琳啊！現在，妳陷於困境之中了，決心為妳獻身的人在恨妳，而同情妳的人則認為妳在做夢。

想到這裡，馬志尼再也無法抑制住自己，他拿出筆和墨水，寫了封信給麥格德琳。

4

親愛的麥格德琳：

妳的信和珍貴的禮物都收到了，我完全地感受到妳的真心真意。像我這樣一個可憐而又孤立無援的傢伙，妳還把我當成有資格接受妳禮物的人，我將永遠尊敬並感謝妳的情意，它將成為一種純真、無私和不朽的感情的紀念，永遠留在我身邊。當我這一副泥土捏成的身軀回到墳裡頭時，我最後的遺言將是請人把這件紀念品隨同我一起安葬。或許，連我自己也無法預估當我想到以下事實所產生的力量，那就是——在世界上，當人們到處散布對我的懷疑和不信任之際，至少還有一個善良的女子對我純潔的良心和為了戰勝邪惡所付出的努力，懷抱著堅定不移的信心。也許，正是因為妳對我的感同身受產生作用，得以讓我在人生嚴峻的考驗中，不斷獲得成功。

親愛的妹妹，我沒有什麼痛苦，可別因為想到我的痛苦而使自己內心難過，我日子真的過得很愉快。如果在得到妳那如無窮盡寶藏般的愛情後，還為自己一點點肉體上的磨難而苦惱，那世界上像我這樣不幸的人還有誰呢？

聽說妳的健康狀況愈來愈差，我多麼真心地希望能見到妳。天哪！如果我是自由的人，如果我有能力贈送禮物給妳，該有多好！可是，我這顆凋謝枯萎的心無能為力……麥格德琳，看在上帝的面上，請留心自己的健康吧！或許，再也沒有其他的事，能比知道親愛的妳正在為我傷心這件事更讓我難過了。啊！妳那完美無瑕的面容現在正浮現在我眼前。麥格德琳，請別生我的氣，上帝可以作證，我配不上妳。今天是聖誕節，我送什麼禮物給妳呢？願上帝永遠以祂那無限的福祉庇佑妳。

請代我向妳母親問候。很想見到你們，不知要等到什麼時候，這個願望才會實現？

妳的朱澤培

5

這件事後，又過了許多日子，朱澤培・馬志尼再次回到義大利。羅馬第一次宣布建立民主共和國，選舉出三個人管理國家大事，馬志尼就是其中之一。然而，過沒多久，因為法國的蠻橫無理和波旁王朝國王的背叛，共和政權被推翻了，國家的部長和官員紛紛亡命避難。對於自己親信們的機會主義和背叛行為，馬志尼深感痛心，他又一次懷著痛苦不安的心來回奔走在羅馬的街頭巷尾——他那讓羅馬成為共和政權中心的夢想，好不容易實現後，很快地又破滅了……

正午時分，被陽光照得喘不過氣來的馬志尼，走到一棵樹的樹蔭下喘息。突然，一位女子走到他的面前，她臉色發黃，穿著一身普通的白色衣服，年紀約三十出頭。此時此刻的馬志尼，早就把過去的事忘在腦後了，但那女子卻情緒激動地摟住他的脖子，馬志尼這才難掩訝異地仔細一看。

「親愛的麥格德琳，原來是妳！」在他驚呼的同時，淚水也從眼裡滑了下來。

麥格德琳哭著喊了一聲「朱澤培」，接下來的話語，她怎麼也說不出口……

兩人相對無言，默默地哭泣了幾分鐘。後來，馬志尼先開了口：「妳什麼時候來的，麥格德琳？」

麥格德琳說：「我來幾個月了，可是沒有什麼辦法會見你。我看你成天埋首於工作，而且想到你現在不再需要像我這樣一名女子的愛情，便找不出會見你的理由。唉！朱澤培，人們經常說你的壞話，這是為什麼呢？難道他們全是瞎子？難道上帝沒有給他們眼睛？」

馬志尼說：「麥格德琳，也許他們說的是對的。近來我已失去過去自豪的那種品德；妳原先那天真、單純和神聖的感情所認同美德，在我身上已經找不到了——我一天天地認識到自己的缺陷。」

麥格德琳說：「即使這樣，你仍然是值得我崇拜的人。拿掉高位，開始感到自己有所不足，這樣的人是多麼了不起啊！朱澤培，看在上帝的面上，請別把我撇在一邊，我已經是屬於你的了，而且我相信，你仍然像耶穌那樣的純真和聖潔——這樣的想法，老早就深深銘刻在我的心上。就算真的有什麼缺陷，現在你如此坦率的告白，只是更加證明自己的高尚。請不要懷疑，你是天使啊！我唯一的遺憾是，為什麼世界上的人們這麼盲目又心地狹小——特別是那些我原本不認為是心地狹小的人，像是勒非迪、勒薩利諾、伯拉伊諾、伯爾納巴斯等，他們本來每一個都是你的朋友。你把他們當朋友，可是他們卻變成你的仇人，他們在我面前講了你數不勝數的壞話，但是我死也不相信！他們胡說八道、散布流言蜚語，而我親愛的朱澤培卻仍然是我原本了解的那個樣子，甚至是更好了！你把自己的仇人當成朋友，這不也是你其中一個真實的美德嗎？」

馬志尼再也抑制不住了，吻吻麥格德琳憔悴而發黃的手。「親愛的麥格德琳，我的朋友們是無辜的，所有的過錯都在我！」他哭著，繼續說了下去，「他們所說的，都是我教他們做的，我哄騙了妳。可是我親愛的妹妹啊，這一切都是為了讓妳疏遠，希望妳在僅剩的青春年華裡能活得快樂一些。我真的很慚愧，過去我未能了解妳，對於妳愛得如此深刻一無所知——沒想到，我為了讓妳遠離我所做的一切，卻得到相反的效果。麥格德琳，我希望妳能夠原諒我。」

麥格德琳說：「唉，朱澤培，你在請求我的原諒嗎？像你這樣比世界上所有人都更善良、真誠和有能力的人，竟然還請求我的原諒？但有一點你說對了，朱澤培。毫無疑問地，過去你的確完全不了解我，這是你的錯！更讓我驚訝的是，你的心為什麼像石頭那般硬？」

馬志尼說：「麥格德琳啊！天知道當安排好勒非迪並把他派到妳那裡時我是怎樣的心情啊！我把好名聲當成世界上最寶貴的東西，敵人對我的人身攻擊，我向來都是不罷休地全力批駁回去，然而我卻親口教人到妳面前說自己的壞話！這一切的用心，都在於讓妳好好考慮自己並把我忘卻啊！」

原來，感覺到麥格德琳的愛情日益加深，馬志尼想出了一個特別的法子。他深切地明白，在向麥格德琳求愛的人當中，許多人都長得比他英俊、家境比他富有，而且也比他更有才華，但麥格德琳卻誰也不理會，這表示他有某些特點特別吸引她。因此，若他某些也受到她尊敬的朋友，向她發洩對他的不滿，把他吸引她的特點從她的印象中排除，她就會自動把他忘掉。

剛開始，他的朋友們還不願意做這樣的事，但是後來他們害怕了，要是麥格德琳繼續這樣下去，終至鬱鬱寡歡而死，那麼馬志尼一輩子也不會寬恕他們，所以他們不得不同意接下這令人不快的燙手山芋。他們前往瑞士，能夠費多大的勁就使出了多大的力量，一張口就是在麥格德琳面前誹謗自己的好友。他們沒想到的是，麥格德琳對馬志尼的愛情竟是如此的深厚，他們的努力除了換來「她毅然投奔義大利」，根本沒有其他可能。

麥格德琳一直坐臥不寧，終於有一天，她離開了家，來到羅馬的一家旅店住了下來。在羅馬，避開馬志尼的目光而尾隨其後，成了她生活中的每天例行之事。只是，在看到他終於成功並且歡欣鼓舞時，她卻鼓不起勇氣去接觸他。直到馬志尼再次受到挫敗，又陷於同樣窮困潦倒和孤立無援的境地時，麥格德琳才感覺到他需要她的憐惜了，於是就像上面她自己敘述過的那樣現身到馬志尼面前。

之後，馬志尼從羅馬來到英國，並待了很長一段時間。一八七〇年，他得到消息——西西里的人民正準備起義。為了鼓動人民投入戰鬥，需要一個宣傳鼓動家，於是他很快地回到西西里，但在他到達以前，國王的軍隊已鎮壓住起義了。馬志尼一下船就遭到逮捕，被囚禁在監獄裡。不過，由於他年紀很大了，王朝當局害怕萬一他因受不了牢獄之苦而死去，人民會懷疑是國王指使人把他害死的，於是便釋放了他。

帶著一顆破碎而絕望的心，馬志尼再次向瑞士出發。他一生所有美好的夢想都已化為烏有——毫無疑問地，義大利統一的日子為期不遠了，可是其政權的狀況卻並不比奧地利和拿破崙統治時期好多少，唯一區別只在於：以前人民是在外來民族的暴政之下呻吟，現在則是在自己民族的統治暴政之下殘喘。一次又一次的挫敗，讓向來意志堅定的馬志尼的心產生了以下想法：也許，這是因為人民所受的政治教育程度，還未能達到足以為自己的國家奠定民主共和政體的基礎。

出於這種想法，他前往瑞士，希望能在那裡出版一份有權威性的民族報紙，因為義大利已經沒有他傳播自己思想的自由了。他改名換姓在羅馬待了一夜之後，便來到了他出生的故鄉——日內瓦，在自己善良母親的墳前獻上鮮花後，才出發前往瑞士。有一年的時間，他在幾個可信賴的朋友的資助下發行了報紙，可是積年累月的焦慮和苦惱早已損害了他的健康。

一八七二年，為了恢復自己的健康，他出發前往英國，卻在經過阿爾卑斯山山谷的時候，被肺炎奪去了生命，帶著一顆充滿各種理想的遺願奔向了天堂。直到臨死前，他嘴裡還念著義大利的名字。在阿爾卑斯山的谷地裡，也有很多他的支持者和同情者，他們為他舉行了隆重的葬禮，不少人加入了送葬的行列。在這美麗的曠野、在流著清泉的小溪旁，這位為民族而奮不顧身的勇者，就此長眠。

7

在馬志尼躺入墳墓裡三天後的傍晚，夕陽淡黃色的餘暉深懷惋惜地照射在這座新墳上。此時，一個面貌端莊的老婦，身上穿著結婚禮服，蹣跚地走了過來——是麥格德琳。她的面容完全被悲傷所浸染，憔悴得好像她的軀殼已經失去了靈魂。她在墳墓旁坐了下來，從胸口取下鮮花放在墳上，然後轉坐為跪，虔誠地為死者祝福。當天色已經完全黑了下來，並開始飄起雪花時，她默默地站起身子，靜靜地低著頭，走到附近的村子裡度過一個夜晚。第二天一大清早，她便朝自己的老家出發了。

如今，麥格德琳是她家的主人，她母親已經去世多年。她以馬志尼的名義建立了一座修道院，自己也穿著修女的服裝住在裡面。對她來說，馬志尼的名字就像一支極為美妙動人的歌；對馬志尼那些同情者和景仰者來說，她的家就是他們的家。馬志尼留下來的書信就是她的天使，他的名字就是她的上帝；對附近貧窮的婦女和孩子來說，這個充滿幸福的名字則成了他們謀生的手腕。

馬志尼離開人世後，麥格德琳只活了三年。當她也奔向了天堂，人們按照她最後的遺言，把遺體安葬在修道院裡。她的愛情並非一般世俗的愛情，是一種神聖、潔白無瑕的感情，這讓我們想起那些沉湎於愛情的牧女們，她們為了得到黑天的愛而在牧區的村莊和叢林中來回奔走，儘管會見了黑天，卻沒能夠在一起，在她們的內心裡，除了愛以外，沒有空間放其他東西[1]。

而今，馬志尼的修道院依然屹立不搖，窮苦人和出家人仍因馬志尼的名義在那裡享受著各種方便……

1 黑天的傳說很多，其中之一是：他託生在牧區牛莊，從小和牧女們一塊嬉戲，少年時代他和她們戀愛，他們之間的愛情帶著一種印度特有的神祕主義色彩。

神廟與清真寺

——帕金辛赫一面說一面從腰間抽出了短劍，他想把它刺進自己的胸膛……

1

焦特里．伊德爾德阿里是一個大封建領主，他的祖上在莫臥兒王朝時代曾為英國政府忠心效勞，換來了一個領主地位。焦特里十分善於經營管理，因而讓自己的領地更加擴大。現在，在他住的那個地區，再沒有人比他更有錢，也沒有人比他更有聲望。英國官員到這個地區來巡視時，總要到焦特里先生家裡拜訪問候，但焦特里本人卻不到任何英國官員那裡獻殷勤——即使對方身分極高。他發誓不出入法庭，也不出席什麼會議，他認為在官員面前拱手唯唯諾諾有失自己的尊嚴。他盡量避免訴訟的麻煩，就算因此而吃點虧也在所不惜——畢竟訴訟這種事情完全掌握在律師和辯護人手裡，他們說一是一，說二是二。

焦特里先生是波斯語和阿拉伯語的學者，不飲酒，每天做五次禱告，每年要齋戒三十天。他經常誦讀《古蘭經》，卻絲毫沒有沾染上狹隘教派主義的氣息。每天一大清早到恆河裡沐浴是焦特里的日常習慣，不管是下雨，還是刮風，他一定走上幾里路，準時五點到達恆河岸邊，回來時用自己的銀罐裝滿一罐恆河水——除了恆河水，他什麼水都不喝，就連修道的瑜伽行者也沒像他那樣敬重恆河。

焦特里的家，每星期都要用牛糞水從裡到外粉刷一遍[1]。不僅如此，在他的花園裡，還專門請了一

1 印度教徒認為水牛是神牛，牛糞是聖潔之物，用牛糞水粉刷牆壁是吉祥的行為。

個婆羅門，一年四季禱告杜爾迦女神。他十分慷慨和虔誠地接待出家人和修行人，這連印度教的王公們都感到吃驚——他那裡簡直就是一個布施會場！另一方面，他的廚房也為穆斯林的乞食者燒飯，經常有上百個人共同入席就餐。即使要應付這樣龐大的施捨，他仍不欠任何高利貸者的錢。他的良心善性替他招來了幸運，門庭日益興旺。

在他的領地裡，火化屍體、舉行祭祀或布施、婚姻嫁娶所需的木材，要多少都能到他的森林裡砍伐，不必徵得他的同意，這已經成了常態。他還派人參加印度教教徒農民的迎親隊，給迎親隊喜錢，送新娘家嫁女的禮盒；在這種喜慶場合，只要農民向他提出要求，便可毫無困難地借到大象、馬匹、帳篷、轎子、地毯、儀仗或遊藝會的各種用具。對這樣樂於施捨、慷慨大方且美名遠揚的領主，老百姓自然也時時刻刻準備好為他獻身。

2

焦特里有一個拉傑布德族的聽差，名叫帕金辛赫，身長六呎，寬胸脯，善於耍棍弄棒，能在幾百人的包圍中如入無人之境——從來不知什麼叫害怕。焦特里無限信任他，甚至他去麥加朝聖時也帶上他，畢竟焦特里也有不少仇人。附近所有的地主都眼紅焦特里的威信和聲望，由於忌憚他，他們不敢對自己的佃戶為所欲為，因為焦特里先生經常站在弱者那一邊。不過，只要有帕金辛赫在身旁，焦特里即使在仇人的大門口睡覺，也不會有任何危險。有好幾次，仇人們已經把他包圍住了，但帕金辛赫仍單獨一人冒著危險把他安然無恙地救了出來。這樣為主人赴湯蹈火的人，也很少見。

有時帕金辛赫外出到什麼地方去，只要他沒有安全地回家，焦特里就一直提心吊膽，怕他與別人發生衝突。總之，帕金辛赫就像被馴養的公羊，一擺脫鏈條就要和別的動物戰鬥，在他眼裡，除了焦特里先生以外，根本沒有其他任何人——稱君王也好，稱主人也好，稱天神也好，焦特里先生就是他的一切。

伊斯蘭教教徒們對焦特里十分感冒，他們認為他已經背棄了伊斯蘭。他們怎麼能理解他獨特的生活信條呢？一個伊斯蘭教教徒，一個真正的穆斯林，為什麼喝恆河水？為什麼殷勤地接待修行人和出家人？為什麼讓人禱告杜爾迦女神？毛拉們開始策劃起如何反對焦特里，並準備給印度教教徒一個難堪。最後，他們決定在黑天大神誕生的日子襲擊印度教神廟，要讓印度教教徒受屈辱，使他們明白——依仗焦特里的勢力而得意忘形將會是他們最大的錯誤。焦特里又能有什麼辦法？若他還是選擇支持印度教教徒，就給他點顏色看看，定要讓他的印度教本性完蛋！

3

黑夜裡，印度教的大神廟裡正慶祝黑天大神的誕生節。一個老年聖者正用他那沒牙的嘴，隨著冬不拉琴的琴聲吟著黑天事蹟的詩。一些信徒捧著鼓坐著，準備等他吟完詩後，就開始唱對黑天大神的頌歌。神廟的主持正準備著布施的禮物，現場有幾百人圍觀。

突然，一群伊斯蘭教教徒拿著棍子闖上門，他們開始向神廟裡扔石頭。裡頭的人嚷喊了起來，「石頭是從哪裡扔進來的？」「誰在扔石頭呀？」接著，幾個人走出神廟觀看動靜。伊斯蘭教教徒正等待著出手的機會，一見到有人出來，就揮動棍子向他們打去。

另一方面，印度教教徒的手裡除了手鼓以外什麼也沒有，有的躲進了神廟，有的朝別的地方跑了，頓時混亂成一片。

焦特里也得到了消息，他對帕金辛赫說：「你去看那裡在鬧什麼？勸勸那些鬧事的人一下吧？如果不聽，就給他們來個幾下，不過，要注意別發生流血事件。」

本來，帕金辛赫早就因為鬧嚷的聲音而十分氣憤，心頭上像是壓著一塊石頭。焦特里的吩咐簡直正中下懷，他扛起木棒就朝神廟飛奔而去。此時，伊斯蘭教教徒在那裡鬧得正起勁，幾個人為了追趕躲進廟裡的人而闖了進去，開始搗毀神廟裡的玻璃器皿。

帕金辛赫一見，頓時火冒三丈，他叫喊著衝進神廟，開始用木棒打那些流氓惡棍。即使獨自一人面對敵方幾十人，他仍是一頭猛獅，很快就把他們打得招架不住，撂倒了好幾個。由於正處於氣頭上，帕金辛赫早把理智拋在腦後，誰死誰活都不理會了。他也不知道自己為什麼突然有這麼大的力量，感覺似乎有神明在暗中幫助，好像是黑天大神親自保護著他——在宗教衝突中，人往往能做出不尋常的事情來。

派帕金辛赫前往神廟後，焦特里怕他會鬧出人命，所以隨後也趕了過去。他一到便看到帕金辛赫打得正凶，幾個流氓惡棍慌忙逃命，有的人則倒在地上呻吟呼號。正想出聲叫住帕金辛赫時，忽然有一個人跑了過來，但還沒有來到他面前就撲倒在地。焦特里認出這個人的那瞬間，眼前頓時一陣黑，原來這是他獨生女的丈夫、是他家產的繼承人——夏赫德．胡森。

焦特里跑上去扶起夏赫德，一面大聲叫道：「帕金辛赫，你來，拿燈來……啊，我的夏赫德呀！」

帕金辛赫當下有點不知所措，把燈拿過去一看，果然是夏赫德．胡森。他的頭被打破，血如泉湧。

焦特里用手拍了頭一下後說：「帕金辛赫，你滅了我家的種啊！」

帕金辛赫顫抖著說：「主人，老天爺可以作證，我不知道是他。」

焦特里說：「我並沒有責怪你。大神的廟裡，任何人也沒有權利非法闖進來。可悲的是我家的香火斷了，還是通過你的手。為了我，你一向出生入死，如今真主假你的手毀掉了我的一切！」

焦特里一面哭著一面這麼說，帕金辛赫悔恨得無地自容，就算死的是他自己的兒子，恐怕也不會這麼難過。啊！他的雙手毀了主人的一切，焦特里先生不僅是他的主人，更是他崇拜的神啊！他不僅可以為他流汗流血，還能為他赴湯蹈火，可是今天他卻斬斷了他家的根苗——他竟做了這樣人面獸心的事！

他哽咽著說：「主人，世上還有誰比我更不幸呢？我沒臉見人了！」帕金辛赫一面說一面從腰間抽出了短劍，他想把它刺進自己的胸膛，用鮮血來洗濯臉上的汙點。

不過，這時遲那時快，焦特里衝了上來，從他手裡奪過短劍，急說：「你這是做什麼？清醒一點！這是命運的捉弄，不是你的過錯，真主的意志實現了。如果是我自己受了壞人的唆使，非法地闖進神廟、侮辱天神，你知道是我，仍然殺了我，我也死而無怨。沒有任何罪過比侮辱一個人的宗教更嚴重的了！儘管這個時候我的心碎了，這個打擊最終將奪走我的命，但是真主可以作證，我一點也不怪你。如果我是你，也會這麼做，就算他是我主人的兒子！即使家裡的人會挖苦我、責備我，女兒會哭著要求報復，所有的伊斯蘭教教徒會把我恨入骨髓，說我是異教徒、叛教者，又或許有狂熱的青年宗教徒正準備要我的命，我還是不會違背自己的天職。趁著現在夜色正黑，你馬上逃！躲進我領地的軍營裡去吧！你看，已經有幾個伊斯蘭教教徒來了，其中還有我家裡的人。走，快逃！」

4

帕金辛赫躲在焦特里先生的領地裡，一晃眼就是七年。不只伊斯蘭教教徒在找他，警察也在搜索他，但是焦特里一直讓他藏著。

焦特里忍受了周遭的諷刺挖苦，忍受了家人的輕蔑和仇恨，忍受了警察的攻擊，也忍受了毛拉們的威脅，但他始終沒有讓任何人知道帕金辛赫的下落。只要他還活著，就不願意讓這樣一個真誠而效忠的僕人陷進殘酷無情的法律魔爪。

他領地的幾處軍營也被搜查過幾次，毛拉們找家裡的男女僕人和親戚來了解情況，但焦特里像保護自己恩人一樣地藏匿著帕金辛赫。

帕金辛赫看到主人為了保護自己的生命而陷入危險境地時，痛苦到無法忍受。他幾次想到主人那裡去說：「請把我交給警察吧！」但焦特里卻一再囑咐他，要他繼續躲藏下去。

時間來到冬天，焦特里正巡視著自己的領地，他現在已經很少住在家裡了——這是他躲開家裡人諷刺挖苦的最好辦法。一天晚上，他吃過飯正躺著休息時，帕金辛赫來到他面前，原本的忠實聽差如今已完全變了一副樣子，讓他大吃了一驚。

帕金辛赫問說：「主人您可好？」

焦特里說：「我很好，託真主保佑。你真叫人認不出來了，從哪裡來的？」

帕金辛赫回說：「主人，我不能再躲下去了。如果你同意，我就去法院自首——命裡注定要怎樣，就怎樣吧！因為我而讓你這樣擔心不安，真的過意不去。」

焦特里說：「不，帕金辛赫，只要我活著，就不可能讓你落進火坑。警察會隨心所欲編造證據，你一定會白白丟了一條命。你為我冒過多次大風險，如果我連這樣一點事也不能為你做到，還有誰比我更忘恩負義呢？關於這件事，你就別再提了。」

帕金辛赫說：「要是有誰對主人……」

焦特里說：「你別擔心，只要真主不同意，任何人也不能傷害我分毫。你快走，待在這裡很危險。」

帕金辛赫又說：「聽說，人們和你斷絕往來了。」

焦特里說：「敵人能夠離得遠遠的，是一件好事。」

話雖如此，帕金辛赫心裡的打算卻仍然沒有改變，這次的會面只不過更加堅定了他的決心。主人因為自己而到處奔波，他身邊有什麼親人呢？任何人都可能對他下手。唉……我這一生真是可悲！

第二天早晨，帕金辛赫來到了區執政官的官邸。

執政官問他：「你聽從了焦特里的主意，一直躲藏到今天？」

帕金辛赫說：「不，大人，我躲起來是因為害怕抵命。」

5

聽到了帕金辛赫自首的消息，焦特里要自己先冷靜下來。現在該怎麼辦？若不對這一案件進行辯護，帕金辛赫恐怕很難得救，但若進行辯護，伊斯蘭社會就會出亂子，按伊斯蘭法規懲處的要求會紛至沓來。

伊斯蘭教教徒們決心要判他處以絞刑而後快。他們進行了募捐，毛拉們在清真寺裡呼籲捐款，拿著一口袋子家家戶戶奔走，讓這個案件染上了民族糾紛的色彩。穆斯林律師得到了揚名的機會，不少人為了參加這一場聖戰，從附近的區裡趕了過來。

焦特里最後決定要替帕金辛赫辯護，儘管會迎來許多麻煩苦難也在所不惜。從他那公正的眼光來看，帕金辛赫是無罪的，為了保護無罪的人，他什麼也不害怕。他從家裡搬了出來，住到城裡去。

一連六個月，焦特里先生拚著命為這一案件進行辯護，錢像流水似的一把一把花，人像暴風那般到處奔波著。他的努力是那樣地空前絕後：他低聲下氣跟官員們說好話，忍受著律師們盛氣凌人的架子，他還向法官們送禮，終於讓帕金辛赫獲釋。

整個地區都受到了撼動，凡是聽說過的人都大為吃驚，這才叫做真正的高尚，把自己的僕人從絞架上救了下來！不過，懷著教派主義仇恨的人卻用另一種眼光看待焦特里做的「好事」——伊斯蘭教教徒們咬牙切齒，印度教徒們額手稱慶；伊斯蘭教教徒們認為，焦特里僅剩的一點點伊斯蘭本性也化為烏有了，印度教教徒們認為時機已到，該替焦特里進行加入印度教的洗禮了；毛拉們花了更大的力氣，大叫大嚷地傳教，印度教教徒們也舉起了組織起來的幡；伊斯蘭教教徒們復甦了伊斯蘭精神，而印度教教徒們復興了印度教精神……

帕金辛赫在這種衝擊下也沒有站穩自己的腳，他本是大無畏的勇士，現在成了印度教的頭頭。一生從來沒有為濕婆大神獻過一罐神水，今天卻借天神的名義準備展開廝殺了。印度教教徒們找不到一個伊斯蘭教教徒來進行加入印度教的洗禮，便找了幾個皮匠族的人頂替。這些行動也影響到焦特里家的其他僕人，他們中的伊斯蘭教教徒過去從未在清真寺前站過，可是現在一天要禱告五次，而從來不到神廟中看一眼的印度教教徒，現在早晚要兩次拜神。

城裡，印度教教徒本是多數，現在又有大家公認的舞弄棍棒高手——帕金辛赫來當他們的頭頭。以前伊斯蘭教教徒雖是少數，卻仍然占有優勢，因為印度教教徒並沒有像他們那樣組織團結起來，但現在印度教教徒也組織了起來，他們要看看那一小撮伊斯蘭教教徒如何在他們面前站住腳。

一年過去了，黑天大神的誕生節又將要來臨，印度教教徒至今仍無法忘記數年前遭到的襲擊和失敗，他們一直祕密地在做準備。這天一大清早，虔誠的教徒們就開始聚集在神廟裡，所有人手裡都拿著棍棒，還有很多人腰間暗暗地佩帶了短劍。他們準備挑起事端，好進行一場戰鬥。以前在這個日子，他們從來不遊行的，今天他們決定舉行聲勢浩大的遊行。

時間來到了點燈時分，一些清真寺裡，晚禱告正在進行中，此時遊行隊伍出發了。隊伍中還有大象、馬匹、大小各種旗幟，以及鑼鼓樂器等等，帕金辛赫領著摔跤場上的年輕力士們，威風凜凜地走在隊伍的最前面。

前面是大清真寺，年輕力士們握緊棍棒，戒備了起來。原來分散的人群都聚集攏了過來，耳語一陣之後，鑼鼓敲得更響了。勝利的歡呼聲此起彼落，遊行隊伍來到大清真寺前面。

突然，一個伊斯蘭教教徒從清真寺走了出來。「現在是禱告的時間，可不可以別敲鑼打鼓？」

帕金辛赫說：「鑼鼓聲不能停！」

伊斯蘭教教徒說：「鑼鼓非停不可。」

帕金辛赫說：「為什麼不是你們的禱告停止？」

伊斯蘭教教徒說：「別仗著焦特里，就認為自己了不起。給我清醒點！」

帕金辛赫回說：「你們才憑焦特里先生的力量而認為自己了不起呢！我們是靠自己的力量，何況這是宗教問題。」

這時，又有幾個伊斯蘭教教徒走了出來，他們堅持要求停止敲鑼打鼓，可是印度教教徒們把鑼鼓敲得更厲害了。事態逐漸擴大，一個毛拉說帕金辛赫是卑鄙的無神論者，帕金辛赫抓住了他的鬍子，於是青年勇士衝上前去，雙方於是交上了手。

帕金辛赫大吼了一聲之後，率先衝進清真寺。清真寺內，人們打了起來，誰勝誰負很難說。印度教教徒說，他們追趕著伊斯蘭教教徒，狠狠地揍了對方一頓；伊斯蘭教教徒說，他們把印度教教徒打得再也不敢來了。不過，在各執一詞之中，有一點卻是雙方都公認的，那就是帕金辛赫非凡的勇敢。伊斯蘭教教徒說，若不是有帕金辛赫在，他們根本不會讓任何一個印度教教徒生還；印度教教徒說，帕金辛赫真的是哈奴曼[2]下凡，光他一個人的棍棒就讓對方吃不消了。

2 印度史詩《羅摩衍那》中的一個神猴，力大無窮，曾為羅摩救回妻子，消滅妖魔起過很大作用。

節日過了，焦特里坐在客廳裡吸菸，他的臉漲得通紅，眉頭緊鎖，兩眼直冒火星。「真主的家」遭到玷汙了——這個想法不時地刺痛著他的心。

真主的家被玷汙了，暴徒們要打架，難道沒有足夠的平坦地方嗎？真主聖潔的家裡竟發生這種流血事件！他們竟然這樣侮辱清真寺！神廟是主宰的家，清真寺也是主宰的家，伊斯蘭教教徒玷汙了任何神廟得到了懲罰，玷汙了清真寺的印度教教徒難道不也應該得到同樣的懲罰嗎？

何況，這次的行動是帕金辛赫帶領的！他殺害了我的女婿，那是因為女婿犯了玷汙神廟的罪行，早知道今天他會做出這種事，應該讓他死在絞架上，何必還為他那樣不安、受那種惡名、承受那麼大的經濟損失？帕金辛赫是忠心耿耿的僕人，他曾一而再再而三地救過我的命，即使在只需要為我流汗的地方，也願意為我流血。不過，今天他玷汙了真主的家，他應該得到懲罰。是什麼懲罰？火獄！除了火獄之火以外，沒有其他的了——誰玷汙了真主的家，他就是侮辱了真主！

此時，帕金辛赫走了過來，站在他的面前。

焦特里用憤怒的目光瞪著帕金辛赫，問說：「你闖進了清真寺？」

帕金辛赫回答道：「主人，毛拉們撲向我們了。」

焦特里說：「回答我的話，你闖進了清真寺嗎？」

帕金辛赫說：「當他們從清真寺內向我們扔石頭時，為了抓住他們，我們衝進清真寺裡了。」

焦特里說：「你知道清真寺是真主的家嗎？」

帕金辛赫說：「知道，主人，怎麼可能連這一點都不曉得呢？」

焦特里說：「清真寺也是主宰聖潔的家，就像神廟一樣。」

對此，帕金辛赫沒有任何回應。

焦特里說：「如果任何伊斯蘭教教徒玷汙了神廟要殺頭，印度教教徒玷汙了清真寺也要殺頭！」

帕金辛赫還是沒能應聲，他從來沒見過焦特里如此怒氣沖沖。

焦特里說：「你殺害了我的女婿，我曾為你做過辯護，你知道這是為什麼嗎？這是因為我認為我的女婿應該受到那種懲罰，你不過正好是那個執行者罷了。就算是我兒子或我自己犯了那種罪過而被你殺死，我同樣不會向你報復。現在，你犯了同樣的罪過，假使當下就有某個伊斯蘭教教徒在清真寺內把你送進了火獄，我絕對會由衷地感到高興。但是，你卻像無恥之徒一樣從那裡逃出來了，難道你以為真主不會懲罰你這種行為？真主有令，凡是侮辱了祂的人，就該把他的頭砍下來，這是每一個伊斯蘭教教徒的職責。難道一個強盜沒有受到懲罰，他就不是強盜了？你說，承不承認自己侮辱了真主？」

帕金辛赫不能否認這種罪行，在和焦特里長期相處之下，他早已改掉了原本固執的毛病。「是的，主人，我犯了錯。」

焦特里說：「對此，你懲罰過別人，現在你準備接受同樣的懲罰嗎？」

帕金辛赫回答道：「我並不是故意打死你女婿的。」

焦特里說：「如果你不打死他，我也會親手打死他，懂嗎？現在我要對你侮辱真主的罪行進行報復，你說，你是想透過我的手，還是通過法庭？通過法庭，你將會在幾天以後得到懲罰；透過我的手，我現在就殺了你！你是我的朋友，我對你沒有一點兒仇恨，我內心有多麼痛苦，除了真主以外，任何人也不會明白。但是，我得殺你，這是我的宗教給我的命令！」

焦特里一面這麼說，一面拿著寶劍走到帕金辛赫的面前，然後停了下來。這是一幕奇怪的畫面，一位老者，頭髮已經斑白，彎著腰、提著寶劍站在一尊天神的面前，帕金辛赫只要揮動他的棍棒一擊，就能了結對方，但是他低下了頭。

對於焦特里，他的每根毛髮都感恩戴德。焦特里對自己的宗教是這樣堅定不移，他以前未曾想過，那或許是他的錯覺吧——以為焦特里從思想上說來是印度教教徒。一個曾經把他從絞架上救下來的主人，內心為什麼會萌生殺害他和報復他的心情呢？帕金辛赫是勇敢無畏的，也像其他英勇者一樣坦率和真誠，此時他並沒有憤怒，只有悔恨；沒有對死亡的恐懼，只有痛心。

焦特里站在帕金辛赫面前，宗教思想命令他舉劍砍去，而善良的感情又勸他把劍放下——宗教和善良正不斷地爭執。

看到焦特里如此左右為難，帕金辛赫激動地說：「主人，你的仁慈讓你無法舉手殺我，你對自己豢養的奴僕是下不了手的。我這顆頭顱是你的，你曾經救過它，現在你可以取下它，這不過是你放在我身上的寄存品，你會得到的，明天早晨派人到我家來取吧！如果在這裡給你，會引來混亂的，在家就不知道是誰做的了……我所犯的其他過錯，請你原諒。」

說完，帕金辛赫就轉身離開了……

仇人的饒恕

——各自抽出了寶劍和匕首，他們倆衝向對方……

1

穆斯林統治西班牙已經幾個世紀了，清真寺取代了教堂，領拜人的誦經聲取代了鐘聲。在格爾納達和阿勒赫默拉地方建築了一些經得起時間考驗的宮殿，直到今天，其廢墟還在向旅人們展示自己以往繁榮昌盛的景象。基督徒中那些受人尊重的男男女女拋棄了基督的庇護，加入穆斯林兄弟的行列，但至今仍讓歷史學家們好奇的是：為什麼那個地方的基督教痕跡還是保留了下來？

在穆斯林面前，那些不低頭的幾個基督教領袖中、那些夢想著在自己國家裡建立獨立政權的人裡，有一個叫達伍德的商人。達伍德不只很有學問，也十分勇敢，在他自己的地區內，絕對不讓伊斯蘭教立足。一些虔誠而且貧困的基督徒都從其他省分來這裡投靠他，而他，也很慷慨大方地供養他們。穆斯林對他很警戒，憑著宗教的力量無法取勝，就想用武器的力量打敗他，只是達伍德從來不正面和他們衝突。當然，一旦聽到什麼地方有基督徒要變成穆斯林，他就會一陣風似的趕了過去，禮貌地以理勸說，鼓勵他們堅持自己的信仰。

最後，為了圍住並捕拿達伍德，穆斯林派了軍隊包圍他住的那個地區。為了保全性命，達伍德不得不和自己的親屬一起逃離自己的地盤，流亡到了格爾納達地方。那時，格爾納達是穆斯林的京城——他在那裡離群索居，安靜地等待好日子到來。穆斯林的密探費盡了九牛二虎之力打聽他的下落，為了捉拿住他，還懸賞巨額的獎金，卻始終找不到人。

2

一天，達伍德深感獨自一人生活的寂寞，來到一座公園散心。此時已是傍晚，穆斯林一個個都穿著長衣，頭上纏著寬大的頭巾，腰裡佩戴著寶劍，在小路上散步。女人們一個個裹著帶著面罩的長袍，腳上穿著用金線刺繡的鞋子，坐在長凳或椅子上。

達伍德獨自一人躺在綠色草地上想著：祖國擺脫這些壓迫者魔爪的那一天什麼時候才會到來呢？他想像著過去：那些基督教男男女女大概都在這些小路上散步吧？曾經在這裡的基督徒應該都很高興地談笑風生吧？

忽然，一個穆斯林青年來到他身邊坐了下來，他用輕蔑的目光從上到下打量了達伍德後說：「怎麼？到現在，你的心還沒有被伊斯蘭的光輝照亮呀？」

達伍德嚴肅地說：「伊斯蘭的光輝能夠照亮頂峰，卻無法進入黑暗的谷地。」

那個阿拉伯穆斯林的名字叫賈馬爾，聽到這種責難後立刻厲聲問道：「你這是什麼意思？」

達伍德回答說：「我的意思是說，基督徒中那些上層人物貪圖領地和政府的權力，或者害怕刑罰而投靠伊斯蘭，但是對於弱小卻虔誠的基督徒來說，伊斯蘭又哪兒有投靠基督所能得到的那種天國呢？伊斯蘭是憑寶劍的力量傳播的，而不是靠奉獻的力量。」

聽到達伍德對自己宗教的輕視，賈馬爾焦躁了起來，他生氣地說：「這完全是錯誤的，伊斯蘭的力量在於它內部的兄弟情誼和平等，而不是寶劍。」

達伍德說：「伊斯蘭以宗教的名義流的血，可以淹沒所有的清真寺。」

賈馬爾說：「寶劍始終維護了真理。」

達伍德毫不動搖地說：「凡是不得不借助寶劍的，根本不是真理。」

賈馬爾因種族的傲氣而失去理智，他說：「只要還有對錯誤的東西虔誠膜拜的人，寶劍的必要性就依然存在。」

達伍德說：「要依靠寶劍才能維護的真理，根本就是錯誤的。」

阿拉伯的小伙子把手按在劍柄上說：「我向真主起誓，要不是你赤手空拳，我一定要你嚐嚐侮辱伊斯蘭的滋味。」

達伍德抽出藏在胸前的匕首說：「不，我不是赤手空拳。如果有一天，我會信任一個穆斯林，那我就再也不會是基督徒了。來吧！實現你的願望吧！」

各自抽出了寶劍和匕首，他們倆衝向對方。阿拉伯小伙子笨重的劍在達伍德的輕型匕首面前顯得有些招架不住。寶劍像一條巨蟒進攻，而匕首就像游龍飛舞；寶劍波濤般地向前猛衝，匕首就像水中的游魚閃光。兩位勇士互相攻擊良久，忽然，匕首游龍似的躍起，落到了阿拉伯小伙子的胸膛上，讓他倒了下去。

3

賈馬爾一倒下，人們就從四面八方跑了過來，想包圍住達伍德。一看到人們都拿著劍圍了上來，達伍德轉身便拚命跑，但不論他逃向哪裡，都被公園的圍牆堵住了出路。牆很高，要翻越過去很困難。這是生和死的搏鬥，哪兒都沒有受到保護的希望，哪兒都沒有可躲藏的地方。另一方面，那些阿拉伯人嗜血的心情愈來愈強烈，這不僅是對罪犯的懲罰，更是對民族受辱的報復。一個被征服的基督徒竟膽敢對一個阿拉伯人動手，真是大逆不道！

就像松鼠面對獵狗追逐時的東奔西跑，有時努力想爬上一棵樹，卻由於驚惶失措而一次次跌落下來，達伍德此時也是一樣。

跑著跑著他喘起氣來，兩隻腳變得愈來愈沉重。有幾次，他想衝向追趕他的人群——一條命能換取多大的代價就換取多大的代價——只是一看到敵人如此眾多，他又感到退卻。

「抓住呀！」「別讓人跑掉啦！」嚷嚷聲一片。有時追趕的人來得這麼近，好像這追殺的一幕就要結束，寶劍就要落到頭上，但是腳下一個跨越、一個拐彎或一個折回，他就又躲過嗜血的寶劍。

達伍德開始慢慢地在這場追逐中嚐到運動員擁有的樂趣了。他認定自己的性命即將不保——穆斯林不懂得寬容——所以對自己的手法和策略感到有趣。現在，每躲過一次，他高興的不是自己的命得救，而是他讓想要他命的人無可奈何。

突然，他發現公園右方的圍牆比較矮。就在這瞬間，他的腿湧出一股全新的力量，血管裡也開始流動著新血液。他像野鹿一樣向右方圍牆逃去，用力一躍，便跳到花園圍牆的外邊。生和死之間，只有一步之遙，後邊是死亡，前面則是生還的廣闊空間。放眼望去，前面是一片叢林，腳下是高低不平的多石土地，到處是巨大的岩石豎立著。達伍德躲到一塊岩石下，坐了下來。

不一會兒，追殺他的人也趕到了，他們開始在叢林中、樹上、洞裡和大岩石下面尋找。一個阿拉伯人來到了達伍德藏身的岩石上邊，他的心不由得突突直跳：這下子，這條小命完蛋了，只要阿拉伯人往下一瞧，他就沒有命了。現在，他的性命只能寄託在運氣上了。達伍德屏住呼吸，不發出一點聲響——他一條命就取決於一瞥目光，生和死竟如此接近！

不過，阿拉伯人又哪裡有那麼多空閒去仔細地察看每塊岩石的下面？他們太急於抓住凶手，東張西望一下過後，便繼續向前走——達伍德暫時避開了殺身之禍。

4

天已經黑了，夜空上的星星開始閃爍。達伍德從大岩石下走了出來，再向前走幾步，發現四周仍然喧嚷成一片。敵人拿著火把在叢林裡巡查，各處都設有崗哨，哪兒也沒有逃生之路。達伍德站在一棵樹下，思考應該如何逃命，他對自己的性命倒不是那麼關心，畢竟，這輩子苦和樂，他都飽嚐過了。如果說對生命還有什麼留戀，那也僅僅是為了看到這場宗教之爭的結局：他的同胞會意志消沉下去，還是以不可壓抑的韌性堅持奮戰？

當夜更深而敵人危險的行動始終沒有減弱，達伍德嘴裡念著上帝走出了叢林。他躡手躡腳地以樹木當掩護，避開追蹤者的目光朝一邊逃離，他想走出叢林到達居民區裡——無人之處不能找到掩護，而居民區的人群本身就是掩護。

走了一小段路，沒有遇到什麼障礙，叢林中的樹掩護了達伍德。不過，當他走出崎嶇不平的區域，來到缺少遮蔽物的平地時，一個阿拉伯人看見了他，並大喊出聲，達伍德拔腿就跑。

「凶手逃走了！」這叫聲響徹天空，頓時，從四面八方擁上的阿拉伯人又追趕起達伍德。前面很遠的地方杳無人煙，但遠處有一點黯淡的燈光在閃爍，無論如何也要到達那裡！他飛快地朝著有燈光的方向拚命跑，彷彿一到達那裡就能獲得安全，這絲希望拉著他不停奔跑。阿拉伯人落後了，火把的光亮也黯淡了下來，只有天上的星星跟著他飛奔。最後，他來到那盞希望之燈面前。那是一間草屋，一個年老的阿拉伯人坐在地上，木板上放著《古蘭經》，他在昏暗的燈光下讀著。達伍德未能走上前去，他的勇氣一瀉千里，只能癱倒在地，就好像到家以後，才感覺到路途上的困乏。

阿拉伯老者起身問說：「你是誰？」

達伍德回答道：「一個可憐的基督徒，眼下正陷入了危難之中。如果您能給予庇護，那我的命就可以得救。」

阿拉伯老者說：「神聖的真主會幫助你。你陷入了什麼危難呢？」

達伍德說：「我害怕說出來你會向我索命。」

阿拉伯老者接著說：「你向我尋求保護，就不應該對我有任何懷疑。我們是穆斯林，一旦保護了誰，就一輩子保護他。」

達伍德說：「我殺死了一個穆斯林青年。」

阿拉伯老者氣得臉都扭曲了，問說：「他的名字？」

達伍德：「他的名字叫賈馬爾。」

阿拉伯老者捂著頭原地坐了下來，他的兩眼發紅，脖子上的青筋爆出，臉上露出了非同尋常的激動神色。他的鼻翼顫動著——他內心正進行著可怕的掙扎，他正使盡理智的所有力量想壓抑自己的情緒。

有幾分鐘的時間，他都處於這種猛烈的情感中，兩眼瞪著地面。最後，他用哽咽的嗓音說：「不行，不行，我不得不保護避難者。唉，凶手啊，你知道我是誰嗎？我就是今天被你殘忍殺害的那個青年不幸的父親。你知道嗎？你毀滅了我的家族，斷絕了我祖上的香火。賈馬爾是我的獨生子，我所有的希望都寄託於他，他是我眼中的光，是我這種『盲人』的支柱，是我生活的依靠，是我這衰朽身體的生命，我卻讓他長眠在墳墓裡後才回來——啊！如今我的雄獅已睡臥在泥土裡，這麼勇敢、這麼虔誠、這麼英俊的青年，在我的國家裡，再也沒有第二個了。

凶手啊！你對他揮動匕首時竟一點兒慈悲之心也沒有，你那像石頭般冷硬的心一點也沒有動搖。你知道現在我對你有多憤怒嗎？我真想用自己的兩隻手掐住你的脖子，把你的舌頭擠出來、將你的眼球像珠子一樣壓出來。但是，我不能，你投靠了我的庇護，責任心束縛住了我的雙手。因為我們神聖的先知教導我們，凡是來求我們保護的，不要對他動手。我不願意違背先知的命令，和世上的人一起給自己造成更多不好的後果。

你得罪了世界上的人，難道我也跟著用我的手開罪於宗教？不。忍受雖是困難的，但我得忍下來，以免我以後在先知面前抬不起頭。你，你到我家裡來，追趕你的那些人很快就要到了，他們一旦發現了你，就算有我的哀告乞求也無法救你一命。你不知道，阿拉伯人絕對不會原諒殺人之罪。」

說完，阿拉伯老者便抓住達伍德的手，把他帶到一間小房子裡藏了起來。當他走出來時，一群阿拉伯人正好來到他的房子門口。

一個阿拉伯人問：「謝赫．哈森，你有看見什麼人從這兒逃過嗎？」

「有，我看到了。」

「你為什麼不抓住他？他是殺害賈馬爾的凶手啊！」

「我知道，不過，我還是放他走了。」

「哎呀！天大的怪事，你知道你做了什麼？賈馬爾在清算日[1]求我們時，該怎麼回答他啊？」

「你就說，你父親原諒了殺你的凶手。」

1 伊斯蘭教中，真主對人最終審判之日，又稱末日審判。在世界末日那天，真主會將所有死者復活，接受總清算，行善者入天堂，行惡者墜火獄。

「阿拉伯人從未原諒過殺人之罪！」

「這是你的職責，我為什麼要攬到自己頭上？」

阿拉伯人沒有和謝赫・哈森爭辯太多，又出發尋找凶手去了。謝赫・哈森重新坐下來讀《古蘭經》，但他的心靜不下來，「有仇必報」的情節在阿拉伯人心中扎了很深的根——血債要用血來還，他們為此曾血流成河，一個一個部族被毀滅，一座一座城市變成廢墟。對謝赫・哈森來說，要戰勝這種心理情節簡直是不可能，可愛兒子的面孔一次又一次在他眼前閃現，他的心一次又一次地湧上強烈的衝動，逼促他用達伍德的血來熄滅自己的怒火。

阿拉伯人個個是硬漢，對他們來說，讓人或自己死是很平常的事。他們為死者流了幾滴淚後就埋頭於自己的工作，他們對死者的記憶止於他們為他復仇的當下。最後，謝赫・哈森失去了耐心，他害怕他無法控制住自己。終於，他從劍鞘裡拔出寶劍，輕手輕腳地來到達伍德藏身之處的門口後停了下來，他把劍藏在衣角，慢慢地打開了門。達伍德正來回踱著步，看到阿拉伯老者的可怖表情後，便猜到了對方的心情。他很同情老者，這不是宗教的過錯，也不是民族的過錯，如果有人殺了我的兒子，我大概也會很想喝乾那個人的血，這是人類的天性。

阿拉伯老者問：「你知道，一個人對兒子的死有多麼傷心嗎？」

達伍德說：「我自己沒有這種感受，但我能想像得到。如果我的生命能夠減輕您的哀傷，請取下我的頭，我會高興地獻給您的。您聽過達伍德這個名字吧？」

阿拉伯老者問道：「彼得的兒子嗎？」

達伍德說：「是，我就是那個不幸的達伍德。我不僅是殺害你兒子的凶手，還是伊斯蘭的敵人。取了我的命不僅能為賈馬爾報仇，也是真正替自己的民族和宗教服務。」

謝赫・哈森嚴肅地說：「達伍德，我已原諒你了。我知道，穆斯林的雙手為基督徒帶來了許多危難，穆斯林對他們進行種種迫害，奪走他們的獨立，但這不是伊斯蘭的過錯，而是穆斯林的罪。勝利後的驕傲奪走了穆斯林的理智，我們神聖的先知並沒有教我們這麼做，他本人就是寬恕和仁慈的最高典範，我不能讓伊斯蘭受到羞辱。取走我的駱駝，趁著黑夜盡可能地逃遠一些，千萬別片刻停留，一旦讓阿拉伯人發現你，你的命就保不住了。走吧！願真主保佑你安然到家。願你經常向上帝為老者謝赫・哈森和他的兒子賈馬爾祝福。」

5

達伍德平安地回到了家，如今他已不是以前那個要徹底鏟除伊斯蘭的達伍德了。他的想法有了深刻的變化，現在，他尊重穆斯林，在提到伊斯蘭時，也十分地敬重。

先知的公正

——你的意思是把我的妻子當贖金？比這更好的辦法是乾脆把我殺了！

1

先知穆罕默德受到神的啟示還沒有太久，除了十來個鄰人和近親，還沒有人追隨他的宗教，就連他的女兒傑娜布和女婿阿布爾阿斯——他們在先知穆罕默德受神啟示前就已經結了婚——也沒有接受新宗教的洗禮。傑娜布回過幾次娘家，聽了自己父親幾次宣教，便打心底裡崇敬起伊斯蘭，卻因為害怕阿布爾阿斯而遲遲不敢接受洗禮。阿布爾阿斯擁護思想的自由，他是個精明的商人，從麥加販運椰棗、乾果等物品到各個港口。他是一個在金錢來往上光明磊落、為人誠實且勤勞的人。他在現世的事務中還得不到空閒，哪有時間去考慮來世？

傑娜布覺得自己陷入了兩難：她的天性向著宗教，心又向著丈夫；她捨不得宗教，卻拋不開伴侶。婆家的其他人是偶像的崇拜者，敵視這新教派，所以傑娜布一直把自己對信仰的熱情隱藏於心，甚至也沒把這樣的苦惱告訴丈夫。畢竟這不是個不同信仰彼此寬容的時代，往往會因為很小的宗教衝突就血流成河，整個整個家族被消滅掉。阿拉伯人的勇悍在衝突中一再地展現出來——當時沒有政治性的組織，償還血債用血，償還財產損失用血，償還受到的侮辱用血，總之，就用血來解決所有糾紛和爭端。

在這樣的情況下，公開表示自己的宗教信仰，就意味著讓阿布爾阿斯的強大家族與穆罕默德及其少數追隨者對立。此外，愛情的繩索也束縛著她的手腳，投入新宗教表示得和像自己生命般寶貴的丈夫永遠分離，古萊什族的人把這種不同信仰的婚姻關係當成家族的汙點和恥辱——在愛情和宗教之間進退兩難，傑娜布非常苦惱。

2

信仰的熱情是難能可貴的，一旦爆發，就會以非常猛烈的形式表現出來。正午時分，陽光這樣熾烈，以至於只要朝它一望，眼中就彷彿要冒出火星。先知穆罕默德在自己家裡陷入焦慮不安之中，失望的情緒使他覺得到處一片漆黑。妻子赫蒂徹坐在他身邊，正在縫一件破襯衫。家裡的錢全部花在信仰上了，異教徒的偏見日甚一日，伊斯蘭的追隨者正遭受各種迫害，連先知本人走出家門都很困難——有人會向他投擲石頭。不斷有消息傳來，說某一個伊斯蘭教教徒的家被搶了，某人又被打傷了，聽了這些消息，先知非常苦惱，他一次又一次向真主祈求賜予他耐心和寬恕。

先知說：「這些人不會讓我在這裡待下去，我可以忍受一切，卻不忍看到我的朋友遭受苦難。」

赫蒂徹說：「我們要是離開這裡，他們就更沒有依靠了。現在他們至少可以到你這裡來向你哭訴——在苦難中有人可以哭訴，已經不容易了！」

先知說：「我才不想自己一個人走！我打算把所有朋友都帶走。現在，我們在這裡是分散的，誰也幫不了誰，如果我們可以在一個地方像個家庭那樣生活，誰也不敢襲擊我們。憑借聯合起來的力量，至少可以聚成沙丘，沙丘是誰也不敢去踩的。」

突然，傑娜布走進了家裡。她是單獨一人回來，沒有任何人陪她，看來像是從哪兒跑來的。赫蒂徹摟著女兒的脖子說：「傑娜布，怎麼了？妳還好嗎？」

傑娜布把自己內心的矛盾講了出來，並請求父親進行加入伊斯蘭教的洗禮。先知穆罕默德眼中湧滿了淚水，他說：「傑娜布，對我來說，再也沒有比這更令人高興的事了，但我對妳的未來十分擔心。」

傑娜布說：「啊，先知，我已經決定在真主的道路上放棄自己的一切，我不想要為了現實世界而失去自己的未來。」

先知回她說：「傑娜布，真主的道路上有無數艱難險阻啊！」

傑娜布堅持說：「一個有信仰的人是不理會艱難險阻的。」

先知又道：「妳和婆家的關係也會破裂的。」

傑娜布回說：「但卻能和真主建立關係。」

先知再問道：「那阿布爾阿斯呢？」

此時，傑娜布的雙眼湧上了淚光，她痛苦地表示：「父親，就是這個鎖鏈把我束縛了這麼多日子，要不，我早就投到你的庇護之下了。我知道和他分開後我活不下去，他或許也無法忍受和我分離，但是我相信，他總有一天也會來的。當他信仰了伊斯蘭，我就會再度得到服侍他的機會。」

先知說：「孩子，阿布爾阿斯是一個真誠、仁慈且講真話的人，但他的驕傲也許永遠不會讓他轉向真主這一邊。他不相信命運、不相信靈魂，也不相信天堂和地獄，他總說何須由真主來管理宇宙和世界？為什麼要害怕祂呢？憑理智和智慧的指導就夠了。這樣的人是不可能信仰真主的，戰勝不信仰宗教的人本是容易的，然而一旦那種無神的思想形成了哲理，它就是不可戰勝的了！」

傑娜布堅決地說：「什麼對靈魂有好處，我就要它，我不允許任何人擋在我和真主之間。」

「孩子，願真主憐憫妳，妳的話讓我很高興。」說完，先知便愛憐地擁抱了傑娜布。

3

第二天，在大清真寺裡，傑娜布按照程序投奔了伊斯蘭教。

聽到這個消息後，古萊什人大為生氣。真是天大的災難！伊斯蘭已經向一些大家庭伸手了，如果這種情況繼續下去，他們的力量就會大為增長，到時就難以對付了。人們聚集到阿布爾阿斯家裡，伊斯蘭敵人中最有威望的阿布希非彥[1]對阿布爾阿斯說：「你得和你的妻子離婚！」

阿布爾阿斯說：「絕不。」

阿布希非彥問：「難道你也要成為伊斯蘭教教徒嗎？」

阿布爾阿斯說：「絕不。」

阿布希非彥說：「那她就得待在穆罕默德的家裡。」

阿布爾阿斯回道：「絕不，請你允許我把她接回來。」

阿布希非彥說：「絕不。」

阿布爾阿斯說：「她就住在我家裡，按她的信仰禱告真主，這也不行嗎？」

阿布希非彥說：「絕對不行。」

阿布爾阿斯說：「我的家族對我不能有這點包容？」

阿布希非彥說：「絕對不行。」

阿布爾阿斯說：「那麼，你們把我從你們的氏族驅逐出去吧！我會接受你們的驅逐，假使你們還想要

[1] 阿布希非彥後來也信仰了伊斯蘭教。

給什麼樣的懲罰，我也都欣然接受。我無法和妻子離婚，我不願意剝奪任何人宗教信仰的自由，何況對方還是我妻子。」

阿布希非彥說：「古萊什族裡難道沒有女孩子了嗎？」

阿布爾阿斯說：「像傑娜布那樣的，一個也沒有。」

阿布希非彥說：「我們可以介紹一些連月亮都自愧不如的女孩子。」

阿布爾阿斯說：「我不追求美貌。」

阿布希非彥說：「我能介紹一些女孩子，她們精於持家，說起話來猶如口吐鮮花；做的飯連病人都喜歡吃；縫衣刺繡的女工活方面是這樣手巧，可以整舊如新。」

阿布爾阿斯說：「我不追求這些才能中的任何一項，我追求的是愛情，僅僅是愛情。而我相信，像傑娜布那樣對我的愛情，我在這世界得不到第二個。」

阿布希非彥說：「如果對你真有愛情，她就不會拋開你、背棄你！」

阿布爾阿斯說：「我不希望任何人為愛情放棄自己的自由。」

阿布希非彥說：「這意思是說，你想以氏族反對者的身分生活繼續在族裡？我用自己寶貴的兩隻眼睛發誓，氏族絕不會允許這種強加在它頭上的專斷。我如此勸你，你還不聽，將來可是會後悔的。」

4

阿布希非彥和他的一伙人向阿布爾阿斯撂下威脅後便離開了，阿布爾阿斯拿著手杖來到岳父家，此時已是傍晚，先知正在和自己的信徒們一起做晚禱告。阿布爾阿斯向他們致了敬，在一旁用心地觀看他們進行晚禱告。他看到許多人一同坐下，一同站起來，一同磕頭行禮，這給了他很大的震撼，他也不知不覺地跟著他們坐下、低頭、站立起來。在這個當下，一點一滴都體現著一種非凡的光輝，有一會兒，阿布爾阿斯也沉浸在那虔誠的氣氛裡。

晚禱告結束了，阿布爾阿斯對先知說：「我是來接傑娜布回家的。」

先知驚訝地說：「你不知道她已經信仰真主，跟隨先知了嗎？」

阿布爾阿斯說：「是，我知道。」

先知說：「伊斯蘭是禁止這種關係的。」

阿布爾阿斯繼續問道：「難道這意味著傑娜布和我離婚了？」

先知說：「如果就是這個意思，那……」

阿布爾阿斯說：「那也沒有關係，願傑娜布在對真主和先知的禱告中幸福，只要讓我見她一次，我就會回家，以後再也不會讓你看到我的影子。不過，古萊什族的人要是在這種情況和你進行戰鬥，這個罪責就不在我身上。當然，如果傑娜布同我回家，古萊什人的怒火將會是發洩在我身上，你和你的信徒不會有任何不幸。」

先知問他說：「你不會受到壓力後迫使傑娜布背棄真主吧？」

阿布爾阿斯回答說：「我認為，妨礙一個人的宗教信仰是可恥的。」

先知又問道：「人們不會強迫你和傑娜布離婚吧？」

阿布爾阿斯說：「在我和傑娜布離婚以前，我會先結束自己的生命。」

聽了阿布爾阿斯的話後，先知放心了，阿布爾阿斯於是得到了在內室會見傑娜布的機會，他問她說：

「傑娜布，我是來接妳回家的，宗教信仰沒有讓妳的心對我產生變化吧？」

傑娜布哭著倒在丈夫的腳前，她說：「宗教可以一再得到，心卻只能得到一次。我是你的，不管是住在這裡，還是住在那裡。但是，社會允許我待下去服侍你嗎？」

阿布爾阿斯說：「如果氏族不允許，那我會脫離氏族——世界上可以待的地方很多。至於我，妳應該很了解我，干預或妨礙任何人的宗教信仰和我的原則相抵觸。」

傑娜布離開時，母親赫蒂徹給了她一串用葉門出產的紅寶石做成的珍貴項鏈作為送別之禮。

5

異教徒對伊斯蘭的迫害日甚一日，原來只是受到蔑視的伊斯蘭，現在遭到恐怖的攻擊——敵人打算徹底消滅它。他們向遠處的部族求援，伊斯蘭沒有能力通過武力制服敵人。先知穆罕默德最後放棄了麥加，來到了麥地那，他的許多信徒隨同他一起僑居在那裡。到達麥地那後，伊斯蘭教教徒中產生了全新的力量和精神，他們勇敢地維護教義，不必再迴避或屈從於周圍的居民。他們的自信心增強了，也開始做對付異教徒的準備。

有一天，阿布爾阿斯對妻子說：「傑娜布，我們的領袖已經宣布要對伊斯蘭進行聖戰。」

傑娜布吃驚地說：「現在他們已經離開了這裡，為什麼還要掀起聖戰？」

阿布爾阿斯說：「從麥加走了，卻沒有離開阿拉伯，他們過分的行為有增無減，除了進行聖戰，別無他法，而我參加聖戰，也是十分必要的。」

傑娜布說：「如果是你的心要你這麼做，就隨你的意去吧！不過，也請把我帶著。」

阿布爾阿斯訝異地問：「帶著妳？」

傑娜布說：「對，我在那裡可以照顧受傷的伊斯蘭信徒。」

阿布爾阿斯說：「那就依妳的意吧！」

6

殘酷的戰爭開始了，雙方都實現了自己的願望。兄弟之間，朋友之間，父子之間，都在戰鬥——這證明了，宗教的聯繫比起血緣的關係要牢固得多。

雙方都是勇士，區別在於：伊斯蘭信徒有一種新的宗教感情，抱有死後升入天堂的願望，所以內心有一股身為新生教派象徵的自信心，而異教徒中卻沒有這種犧牲精神。

戰鬥進行了幾天，伊斯蘭教教徒的人數雖不多，最後仍憑著宗教熱情取得了勝利。大部分的異教徒都戰死了，只剩一些傷者，還有一些人成了俘虜——阿布爾阿斯就是其中之一。

一聽到這個消息，傑娜布就向先知穆罕默德送了釋放阿布爾阿斯的贖金——她母親赫蒂徹送給她的那串貴重寶石項鏈，她不想讓自己的父親處於沒有贖金的為難境地。看到了項鏈，先知想起了赫蒂徹，甜蜜的回憶使他的心激動不安。如果赫蒂徹還活著，她說情的效果可能還遠不如這串項鏈產生的作用——看到這串項鏈好像見到了赫蒂徹，如果給了阿布爾阿斯懲罰，或是收了這項鏈，赫蒂徹在天之靈將會多麼難受啊！於是，他的心軟了下來。

為了處理俘虜問題，他委派了一個小組，雖然小組中的幾個人都是先知的親密朋友，但伊斯蘭教義還未能消除他們的舊習慣和積深已久的圖謀。他們之中大部分的人都和阿布爾阿斯家有世仇，所以想乘這個機會報新仇、洩舊恨。

儘管伊斯蘭沒有讓他們的內心萌發寬恕和非暴力的精神，卻已在他們每根毛髮中灌輸了平等思想。面對信仰，他們對誰也不採取寬容的態度——即使是先知的近親。阿布爾阿斯低著頭站在幾個頭頭面前，俘虜一個個被拖了上來，他們的贖金被審核了，人也一個個被釋放。雖然傑娜布那串項鏈被盛在一個盤子裡放在他們面前，但誰也沒有問起他，先知心中有好幾次想對他那幾個親信說那串項鏈非常珍貴，但他自己制定的教義束縛著他，使他吐不出一個字來。所有的俘虜都釋放完了，只剩下阿布爾阿斯一個人垂頭站在那裡——即使是先知穆罕默德的女婿，他們連讓他坐下來的情面也沒有賞給。突然，為首的吉德斜眼看了阿布爾阿斯一下，對他說：「你看到了嗎？真主是多麼支持伊斯蘭，你們的戰士比我們多四倍，但是真主還是讓你們可恥地打了敗仗。你看到了嗎？還是到現在還未睜開眼？」

阿布爾阿斯冷冷地答道：「既然你們認為真主是所有人的主人，那他就不會幫助一個僕人去砍另一個僕人的頭。伊斯蘭教教徒之所以取得勝利——先不管是正確的，還是錯誤的——在於他們有堅定的信念，認為死後可以升入天堂。你不要不公正地敗壞真主的名聲！」

吉德說：「你的贖金不夠。」

阿布爾阿斯說：「我認為這串項鏈比我的生命更寶貴，我家裡再也沒有任何東西比它更貴重了。」

吉德說：「你家裡還有傑娜布，在她面前，就算有成百條項鏈，都比不上。」

阿布爾阿斯說：「你的意思是把我的妻子當贖金？比這更好的辦法是乾脆把我殺了！如果我不想讓她當贖金呢？」

吉德回答說：「那麼，你就不得不終身像個奴隸般待在這裡。你是我們先知的女婿，由於這層關係，我們會對你講點情面，但是你還是會被認為是奴隸。」

先知穆罕默德就坐在旁邊聽他們的對話，他知道傑娜布和阿布爾阿斯彼此非常相愛，這樣的分離對他們雙方都是致命的，小倆口將會一天一天憔悴而死。不過，既然已經選了親信出來處理這件事，若再干預他們所做的決定，將與自己訂下的原則相抵觸，並且破壞伊斯蘭的尊嚴。他深深地感到內疚，再也坐不下去了，於是起身走進房裡。他覺得自己好像正用刀刃在割傑娜布的脖子，她那傷心可憐的身影似乎就站在他面前，但尊嚴──殘酷無情的尊嚴──正要求他做出這樣的犧牲。

阿布爾阿斯也面臨難題，一邊是當奴隸的恥辱，另一邊是生離死別難忍之痛。最後，他決定忍受和愛妻分離的痛苦，他無法容忍遭受侮辱，他要為尊嚴而犧牲愛情。「我接受你們的決定，傑娜布將成為我的贖金。」他這樣說道。

7

大伙兒決定由吉德跟阿布爾阿斯一同前往，在居民區外等待著。阿布爾阿斯回家後一定會馬上把傑娜布送交出來，人們相信他會履行自己的諾言。

阿布爾阿斯一回到家，傑娜布就迎上來要和他擁抱。他退到一邊，痛苦地說：「不行，傑娜布，我不能和妳擁抱，我已經把妳當贖金給人了，現在我和妳已經沒有任何關係。這是妳的項鏈，拿著吧！請立刻做好離家的準備，吉德來接妳了。」

傑娜布感到一陣天崩地裂，但她彷彿被捆綁住腳般無法移動，只能像一尊塑像站在原地。這突如其來的晴天霹靂烤乾了她的血，也蒸乾了她的淚。她幾乎失去了知覺，又怎麼知道哭號與悲泣？過了一會兒，她用手拍著前額，在殘酷的命運前低了頭，開始收拾起來。絕望並不如我們所想像的那樣痛苦，反而有一種乏味的平靜──在沒有幸福希望存在的地方，又哪裡會有痛苦難受呢？

在麥地那，先知的女兒該受到怎樣的尊重，她都擁有。她成了父親家的女主人，有錢，有威望，有光榮，有宗教，只是……沒有愛情——眼中什麼都有，只是沒有眼珠。她因為和丈夫的分離而哭泣，她是活著，只不過是活在墳墓裡。三年過去了，這三年就像三個時代那麼長。一小時，一天，一年，是一般人際交往所使用的時間概念，然而在愛情裡，標準卻完全是另一種。

另一方，阿布爾阿斯卻以雙倍的熱情埋頭賺錢。有時幾個月不回家，說笑都好像忘記了，錢財成了他生活的唯一基礎。他那顆被剝奪了愛情的心，渴望著有一種東西能讓他忘掉過去。酒經常可以使失望和愁苦平靜下來，而瘋狂可以忘卻愛情——阿布爾阿斯瘋狂地追逐財富，在財富的外衣下，隱藏著他和妻子不能團聚的痛苦，以及……對愛情的絕望。

冬季的日子裡，天冷得彷彿連血管裡的血液都凝固了。阿布爾阿斯從麥加運載著貨物，隨著商旅隊出發了，他們還帶有一隊保鏢同行。古萊什人曾經搶劫過幾支伊斯蘭商旅隊，阿布爾阿斯擔心伊斯蘭教教徒的襲擊，所以不走麥地那的那條路而選擇了另一條。然而，不幸的是伊斯蘭教教徒們已經發現了他們的蹤跡，吉德挑選了七十個戰士向商旅隊發動攻擊，金錢的信徒又怎麼敵得過宗教的信徒呢？七十人擊潰了七百人，有些死了，大部分逃了，有些則被活捉。伊斯蘭教教徒得到極大一筆財富，還獲得一些俘虜——阿布爾阿斯又是其中之一。

8

為了決定俘虜的命運，依照慣例選出了幾人小組。

傑娜布聽到這個消息，希望又甦醒了過來——希望本就是不死的，只是有時會睡著。她像關在籠中的小鳥急得拍打著翅膀，卻不知道該怎麼辦。該跟誰說呢？這次甚至連贖金也沒有！啊，真主，這將會是怎樣的結局呵？

這一次，幾人小組還選了先知穆罕默德作為主要仲裁人，他原本拒絕了，但由於其他人一再堅持，最後不得已還是答應了下來。

阿布爾阿斯垂著頭坐著。

先知用仁慈的目光將他從頭到腳看了一遍，也低下了頭。

幾人小組開始商議。其他被俘的人家裡都送來了贖金，然後一個個被釋放，可是阿布爾阿斯家裡沒有送來贖金。先知吩咐沒收其全部貨物和行裝，若沒有人來贖他，他就得被監禁起來。最後先知對阿布爾阿斯說：「阿布爾阿斯，根據伊斯蘭的戰爭規則，你是奴隸，本來應該在市場上把你賣掉，將得來的錢分配給伊斯蘭的信徒，但你是一個誠實的人，所以對你做了這樣的寬大處理。」

此時，傑娜布正坐在門口的門簾後，聽到先知的決定後哭了。她走了出來，拉著阿布爾阿斯的手說：「如果我的丈夫是奴隸，那我就是奴隸的奴隸，我們兩人將一起被賣掉，或者一起被監禁。」

先知勸她說：「傑娜布，別讓我難堪，我是在履行職責。一個要做出公正裁決的人，不只應該撇開愛的感情，也得擺脫仇恨的情緒。雖然這個原則是我確定的，但我現在不是它的主人，而是它的奴僕。我對阿布爾阿斯有多疼愛，除了真主誰也無法知道——我做出這個決定時，內心和感情上有多痛苦，每一個為人父的一定都可以想像，但是真主的先知不能以個人的感情來玷汙公正和原則。」

先知的親信們聽了先知如此公正的判決，都感動了。為首的阿布傑法爾求情道：「先知，你宣布了自己的裁決，但我們大家一致認為，對阿布爾阿斯這樣體面的人來說，如此處罰雖然公正，卻過分嚴厲。我們一致要求釋放他，並把他那被我們搶來的財富全部交還回去。」

阿布爾阿斯對先知的公正立場大為震驚，這是多麼崇高、公正的典範啊！在這樣的典範面前，尊嚴的意義，似乎顯得沒那麼重要了。啊！為了原則犧牲了對子女的慈愛——偉大的良心是崇高的，世界因為有這樣不顧感情的大丈夫而得到幸福；在這樣忠於原則的人手裡，民族得到復興，文明受到淨化。

阿布爾阿斯回到麥加後，清理了帳目，退還了人家的財物，清償了欠下的債款，放棄了家庭，投向穆罕默德門下。

傑娜布的心願實現了。

單親老母的平靜

——你根本不懂得這種事！你既沒有機會為人母，也沒有機會當人妻……

1

已故的德沃那特是我的密友，每次一想起他，他那歡快的神情仍會浮現眼前，常令我暗暗灑下幾滴眼淚。我住的地方和他相距幾百里，我在勒克瑙，他在德里，但我們每個月都見面。他喜好自由，個性幽默風趣，富有同情心且豪爽大方，為了朋友他可以犧牲一切，對人總是不分彼此。世上的人情世故，他從不花力氣去探求。有好幾次他本應該謹慎行事，卻因為一些朋友不恰當地利用了其坦率，使得他不得不受屈辱。不過，這位大好人卻從未因此而吸取教訓，他的作風依然如故，正是——江山易改，本性難移。

他生活的小天地是一個奇怪的世界，在那裡，不存在猜疑、花招和欺詐，每個人都是自己人，沒有一個外人。我一次又一次地提醒，他卻無動於衷。看到生命中的幻想一個個破滅，他深深地苦惱著，我常常替他感到擔心，如果再不小心一點，不知會發生什麼樣的事？令人惋惜的是，就連他的妻子戈巴，也幾乎和他是同一個模子裡鑄出來的。

大部分的女性都有一種本領，在大手大腳的男人太過放手一搏時擔任「關閘」或「剎車」的角色，戈巴卻沒有這種能力，甚至在添置衣服和首飾方面也沒多大興趣。所以，當我接到德沃那特去世的消息而趕到德里時，除了炊事用具和房子，他們家什麼財產都沒了。話又說回來，德沃那特還沒到攢錢的年紀，還不滿四十歲呢！他的性格中本來就有幼稚的地方，何況這年紀的人大都還在無憂無慮過生活呢！

德沃那特夫婦最開始生了個女兒，接著生了兩個兒子，但兩個兒子小時候都死了，只剩下一個女兒，這也正是悲劇最令人傷心的一幕：他們的生活開支——對這個小小的家庭來說——每個月需要兩百盧比，兩、三年後女兒還要結婚……

今後怎麼辦？憑我的腦袋，還真無法替她想出什麼辦法來。

在這種情況下，我有了非常難得的感受。那些抱著服務精神、不把個人利益當成人生目標的人……關懷這些人家庭的人其實不少。不過，這還無法成為一種真理，因為我也看過這樣的人：他們一生中殷勤接待過許多人，身後卻沒有任何人來過問他們的孩子。不管怎樣，德沃那特的朋友們表現了值得讚賞的慷慨胸襟，他們提出籌措常設基金來維持戈巴生計的建議。有一、兩個死了妻子的朋友甚至願意和戈巴再婚，只是戈巴此時表現出婦女同胞固有的自尊心，謝絕了這樣的建議。她的住房很大，於是分租一部分出去，每月可以賺得五十盧比，她就用這些錢來維持生計，而家裡的一切開支，都聽憑女兒蘇尼達的意志——對戈巴來說，生命已經沒有什麼值得留戀了。

2

德沃那特死後一個多月，由於事業的需要，我不得不出國，沒想到一去就是兩年。在這段時間裡，戈巴不時會捎信給我，從信的內容看來，她們生活得很好，沒什麼需要擔心的事。後來我才知道，戈巴也把我當外人，隱瞞了一些實情。

回國後，我直接來到了德里。一到戈巴家門口，我立刻難過了起來——這裡簡直一片死寂。過去朋友們在一起聚會的房間，此刻門窗緊閉，到處是蜘蛛網。隨著德沃那特的逝去，這兒原本的氣派也消失了。最初的一眼，我似乎看到德沃那特正站在門口望著我笑，我不是迷信的人，也不相信什麼靈魂，但是當下我的確吃了一驚，心兒怦怦直跳，定了定神後，那個影像便不見了。

門開了，開門的除了戈巴還會有誰？一看見她，我的心剎那間涼了半截。她知道我會來，為了迎接我還穿了一件新沙麗，也許還梳了梳頭。只是，這兩年時間帶來的打擊，她實在無法承受。身為女人，戈巴正該處於外貌的巔峰時期，是迷人、親切和風韻取代少女的天真、頑皮和高傲的階段，但是她的青春早就不存在了——她的臉長了皺紋，好似傷感的痕跡，這是她強顏歡笑也掩蓋不住的。她的頭髮已經花白，她的每一部分都顯得蒼老……

我難過地問：「戈巴，妳病了嗎？」

戈巴忍著眼淚說：「沒有，我連頭痛都從來沒有過呢！」

「那妳怎麼變成這副模樣？妳看起來……好老……」

「現在哪還需要青春呢？我已經過三十五歲了。」

「三十五歲還不算大啊！」

「當然，對那些要活很久的人來說是不大，但我希望能盡快結束這一輩子。現在我只擔心蘇尼達的婚事，要是這方面能放下心，我這一生就沒有什麼好牽掛的了。」

此時我才知道，原本那個租她房子的先生，住沒不久就因為工作調動搬走了，從那時候起，再也沒有人租她的房子。我的心像是被刺了一刀，一想到這段漫長的日子裡，她們母女倆究竟是怎麼撐過來的，就難受不已。

我有點不開心地說：「妳怎麼沒告訴我呢？難道我是外人嗎？」

戈巴不好意思地說：「不，不，不是這麼一回事！把你當外人，那把誰當自己人呢？我只是想，你人在國外，麻煩事情也很多，何必讓你煩惱？反正日子好歹還過得去，家裡雖然沒有其他什麼東西，多少還有點首飾，現在只是著急蘇尼達的婚事……

以前我還想，把這棟房子賣掉能賣得兩萬多盧比，除了用來替蘇尼達舉辦婚事，我也可以留下一些自己用，後來才知道，房子早就典當了出去，連同利息已經到了兩萬盧比。當鋪老板沒有把我攆出去，已經夠開恩了。所以，想用這房子換得什麼已經沒有希望了，也許說好話、苦苦哀求後，還可能從老板那裡再拿到兩千多盧比——但這點錢能辦什麼事呢？我擔心的就是這個。

你瞧，我只顧自己說卻忘了打水讓你洗手洗臉，也沒替你拿點什麼東西吃，就沒完沒了地吐苦水。你趕快脫下外衣，隨意坐吧！我替你拿點吃的來，吃點東西後再談。你家裡的人都好吧？」

我說：「我從孟買回來，就直接到這裡來了，怎麼回家？」

戈巴帶著不以為然的神色看看我，她這種抱怨的情緒背後，隱藏著親密無比的感情。我彷彿看到她臉上的皺紋消失，露出了淡淡的紅暈。她說：「那麼，後果可能是你夫人再也不讓你到這兒來了。」

「我可不是什麼人的僕從！」

「要把一個人變成僕從，自己得先成為那個人的僕從。」

冬季的白天短，眼看著就要點燈了。蘇尼達拿著燈走進房來，兩年前單純瘦小的姑娘，現在已經出落成一個美麗的少女了。她的每一個眼神、每一句話都展現出很強的自尊心。小時候，我還曾把她摟在懷裡親她，現在卻連抬眼望她都不好意思了；從前，她總是高興地摟著我的脖子，如今卻不願站在我面前，好像有什麼瞞著我似的，而我也給她方便，就讓她瞞著了。我問：「蘇尼達，妳現在幾年級了？」

她低著頭回答：「十年級。」

「也有做一些家事吧？」

「媽要肯讓我做的話……」

戈巴插嘴說：「是我不讓妳做，還是妳自己不願意做呢？」

蘇尼達撇過頭，笑著走出去了。這位母親寵女兒寵到要是哪天她做了家事，也許還會把自己的眼睛哭腫。她自己捨不得讓女兒做任何事情，卻向人抱怨說女兒自己什麼都不做。這種抱怨也是她寵愛女兒的一種方式——母親們這種習性，在現在的社會依然常見。

吃過飯後，我躺下來休息，戈巴又提起蘇尼達結婚的事。除此以外，她還有什麼話好談的呢？青年男子倒不少，但有點身分總是好一些。何必讓女兒去想，如果她父親在，也許會替她找到更合適的人家呢？接著戈巴小聲地談到了馬達利拉爾的兒子。

我驚異地望著她，馬達利拉爾以前是工程師，現在退休了，在職時就攢了幾十萬盧比，但至今他的貪心仍未滿足——戈巴竟挑選了這樣一戶難以打交道的人家！

我不以為然地說：「馬達利拉爾是一個很不好的人。」

戈巴用牙齒咬了咬嘴唇說：「不，兄弟，你大概對他不熟。他很憐憫我，有時還來向我問好。他兒子很有出息，我該怎麼跟你說才好？他們那裡會缺什麼？什麼也不缺。沒錯，馬達利拉爾以前的確貪汙受賄不擇手段，不過，不貪汙受賄的正人君子有誰呢？哪個人曾放過這種機會？馬達利拉爾甚至開口對我說，他不要我的嫁妝，只希望我的女兒能嫁過去，他很中意蘇尼達。」

此時，我可憐起戈巴的單純，但又想，何必讓她的心對某人產生不信任呢？也許馬達利拉爾已經不是原來那種人了，人心本就變化無常。

我有一半同意了，不過還是說：「但妳得想一想，妳和他之間有多大的差別啊！妳把所有的一切都獻給他，也許還無法讓他感到滿意。」

可是戈巴對此胸有成竹，她就希望蘇尼達嫁到這樣的人家去，讓她能像位貴夫人般在夫家被貢著。

第二天上午，我便到馬達利拉爾那裡去。和他交談過後，我對他說的話著迷了。也許他過去曾是一個貪婪的傢伙，但現在我發現，他是一個很富有同情心、慷慨大方，並且很謙虛和藹的人。他說：「老兄，我熟識德沃那特先生，他是一個難得的人。他女兒能嫁到我家，是我的幸運，請你跟她母親說，我馬達利拉爾不求從她那裡得到任何東西，老天爺給我們家的東西已經不少了，我不希望讓她負債累累。」

我心頭上的重擔卸了下來。人往往道聽塗說，就對別人有錯誤的看法——這就是我最新的領悟。我前往戈巴家裡，向她道了賀。

於是，婚禮將決定在夏天舉行。

3

這四個月，戈巴是在為女兒的婚事做準備中度過的。我每個月一定去和她見一次面，可是每次都很苦惱地回家。不知道戈巴在自己的面前樹立了一個多崇高的家族榮譽理想，這名近乎瘋狂的女人，錯誤地認為她的熱心張羅會在這座城市留下不可磨滅的印象。她不知道，這種鬧劇每天都有，過不久就會被人忘得一乾二淨。也許她是希望從社會上的人們那裡取得一種榮譽，那就是——在如此差的條件下，戈巴還能做出這麼大的努力！

她不時地回憶起德沃那特，想到如果他活著，事情就不會這樣草率、就會如何如何，於是又傷心地哭了。馬達利拉爾很大方，這是事實，但戈巴對自己的女兒也有一份責任，畢竟她並沒有八個十個女兒啊！她想要盡可能實現自己的心願，她替蘇尼達打的首飾、準備成雙成對的東西，我看到後都感到驚異。什麼時候都可以看到她在縫著什麼，一會兒坐在金匠的店裡，一會兒在準備迎接客人到來的東西。

附近街區裡比較富有的人家，她都向他們借過債，她自己把這當成債務，別人卻當成對她的施捨。整個街區都成了她的幫手，蘇尼達成了大家的女兒，戈巴的體面成了大家的體面。至於戈巴，現在她既不休息，也不大睡覺了——即使她的頭疼得要裂開了，即使半夜都過了，她還是坐在那裡縫呀縫呀，不停地縫著什麼東西，或者是像倒弄倉庫似的在倒弄著什麼。那充滿母愛的願望，使看到她的人都會不由得對她產生一種敬意。

一個孤單的女人，而且是一個半死不活的女人，究竟想完成什麼呢？如果把事情交給別人，她總擔心會出現差錯，而她有的是勇氣，怎麼也不肯服輸。

上一次看到戈巴那副樣子後，我終於忍不住了，對她說：「戈巴，如果妳想死，至少等蘇尼達出嫁後再死吧！我擔心妳在那之前就會累死。」

戈巴枯瘦的臉卻露出高興的表情，她說：「你別擔心，兄弟，寡婦的壽命是很長的。你沒有聽說『房子倒了也壓不死寡婦』這句俗語嗎？不過，我希望等蘇尼達有了落腳點後就死去，那時還活著做什麼呢？你想一想，我不做行嗎？如果中途出了什麼差錯，是誰要背這罵名啊？

這幾個月裡，我每天勉強只能睡上一個小時，因為根本就沒有睡意。不過，我心裡頭是高興的，不管是死是活，我感到自豪的是，蘇尼達父親能替她辦到的，我都替她辦到了。馬達利拉爾表現出自己的高尚品格，我也該維護自己的體面啊！」

這時，一位婦女走來對她說：「大姊，妳要不要來看一看糖熬好了沒？」戈巴先陪她一同去看糖熬得怎樣，過了一會兒才回來跟我說：「真想打破我這顆腦袋，和你談了一會兒話，卻把糖熬乾了，用牙幾乎都咬不動了，怎麼辦好？」

我生氣地說：「妳簡直是自找麻煩，這件事為什麼不讓甜食店的人包下來做呢？另外，妳家裡會有多少客人來，需要這樣大張旗鼓準備？有八個到十個人吃的甜食就夠多了！」

戈巴用痛苦的眼神望著我，很不高興我這樣批評她——在那些日子裡，她十分容易生氣。「兄弟，你不懂得這種事情，你既沒有機會為人母，也沒有機會當人妻。蘇尼達的父親有多麼好的名聲，有多少人曾靠他生活，這一點你不清楚嗎？如今，他的名聲只能靠我來維護。你大概不會相信，因為你是無神論者，可是我始終覺得他就在我心中，我現在所做的一切，都是他在做，像我這樣沒學問的女人，一個人能做出什麼？他是我的合作者，他是我的光明，你只看到這個身軀是我的，其實我這肉體中的靈魂是他的。現在做的一切準備，全按他意思。你是他的朋友，你花了自己幾百盧比，竟然這樣發怒了？我是他的伴侶，今世是他的伴侶，來世也是他的伴侶。」

聽到這裡，我羞慚不已。

4

六月，蘇尼達結婚了。戈巴給了對方很多陪嫁，按她的身分來說，算是超過許多了，但她仍不滿意。「如果蘇尼達的父親還活著，還不知會多做多少呢！」她經常因此而傷心哭泣。

冬天，我又到德里去了。我原以為，戈巴現在會幸福了，畢竟女兒的婆家和女婿都很理想，而對戈巴來說，除了這個，她還需要什麼？只是，她命中注定得不到幸福。

我還沒有來得及脫下外衣，戈巴就開始訴苦了。她說：「兄弟，婆家不錯，公婆也很好，但是女婿不好，可憐蘇尼達一直哭著過日子。你要是看到她，一定會認不出來，她現在瘦好多。幾天前她回來過，看到她那樣子，我的心都要碎了。她好像找不到生活的目標，既想不到吃什麼，也想不到穿什麼，我做夢也沒有想到，我的蘇尼達竟會這樣不幸！她總是不言不語，我問過她多少次說：『孩子，他為什麼不和妳說話？是生妳什麼氣嗎？』但她什麼也不回答，光兩眼不停掉淚……我的蘇尼達被推進深井裡了。」

我說：「妳沒有向對方家裡的人了解狀況嗎？」

「怎麼沒有？兄弟，我全了解了。對方希望不管他走什麼路，蘇尼達都要對他服服貼貼的。蘇尼達怎麼能忍受呢？你該知道她的自尊心有多強，她不是那種把丈夫當神來膜拜、乖乖忍受丈夫虐待的女子。她得到的一直是慈愛，父親愛她，我也把她當命根子，碰到一個丈夫卻是花花公子，深更半夜還到處尋花問柳。誰曉得兩人之間發生了什麼事？但有了隔閡是確定的，他既不理蘇尼達，蘇尼達也不理他。但是他再一直那樣放蕩下去，可就要蘇尼達的命了！對他來說，沒有蘇尼達還有其他的女人；對蘇尼達來說，卻是受到輕視，她只能哭泣……」

我說：「妳怎麼不勸一勸蘇尼達？這樣下去，對方不會有什麼損失，可蘇尼達一生就毀了！」

戈巴的眼中滿是淚水，她說：「兄弟，我要如何勸她啊？一看到蘇尼達，我的心都碎了，真想把她藏在我的心窩裡，別讓人用粗暴的眼光傷害她。如果蘇尼達輕浮、出言不遜或貪圖安樂，我當然會勸她。難道你要我勸她對那個到處丟臉的丈夫俯首貼耳嗎？連我自己都無法忍受這種侮辱。

男女結婚的首要條件就是，要完完全全把自己交給對方。看到妻子有一點偏離正道，很少有男子能保持冷靜，但認為丈夫完全有行動自由的女人卻很多。蘇尼達不是這種女子，她向丈夫獻身，也希望丈夫能為她獻身；如果丈夫做不到這一點，她也不願意維持任何關係——即使得痛苦孤單地度過這一生！」

說完，戈巴便走進房間裡，拿出首飾盒並從中拿出首飾給我看。「蘇尼達把這些東西放在家裡了，她就是為此而回來的，這就是我不知忍受多大痛苦打的那些首飾，為它們我奔忙了好幾個月，或者該說——這是我乞討來的，但蘇尼達現在連看也不看一眼。她為誰戴這些首飾，為誰打扮自己呢？我曾給她五口箱子的衣服，縫這些衣服幾乎把眼睛都熬瞎了，如今她也全都帶回來了，她討厭這些衣服。現在，她手上只戴一對手鐲，身上只穿一件乾淨的沙麗，這就是她全部的裝飾和打扮……」

我安慰戈巴說：「我去見一見格達爾那特，看他是一個什麼樣的人。」

戈巴卻雙手合掌求著我說：「別，別，兄弟，千萬別去！蘇尼達要是知道了，她會自盡的。你不知道她的自尊心有多高嗎？她寧死也不會低頭。若人家用腳把她踢開，她絕不可能再去撫摩那隻腳，但如果有人把她當自己人，她便可以是他的女僕。何況，她連我的高壓也不服，還能服別人的嗎？」

當下，我沒再對戈巴多說什麼，卻私下抽空去見馬達利拉爾了——我希望了解背後的真相。湊巧，他們父子倆我一起見到了。一看到我，格達爾那特就低下頭摸我的腳，我對他謙虛的態度很有好感。他很快地走進屋裡，端來了茶、果品及糕點，如此溫和、善良和謙遜的青年我過去從未見過。從他的態度來看，不可能是個表裡不一的人。他待在我身邊時，始終低著頭，一點放肆任性的影子也沒有。

等到他出門去打網球後，我立刻問馬達利拉爾說：「格達爾那特是個很正派的年輕人，那夫妻間怎麼會產生這麼大的隔閡呢？」

馬達利拉爾想了一想後，說：「我看原因不在其他，而在於他們倆都是自己父母的寵兒，父母的愛把子女慣得任性了。我的一生是在奮鬥中度過的，好不容易才有了一點平靜。我從來沒有享受的時間，整天勞累，到了傍晚就睡覺，健康狀況也不太好，所以經常急著要積攢一點錢財，以免孩子在我離開這個世界後到處乞討過日子。

結果反而讓這孩子白撿了家產，於是沾染上一些癖好，喝酒啦，演戲啦……家裡的錢不少，又是父母的獨生子，他的快樂就是我們生命最大的幸福之一。於是，讀書就不用提了，他愛享受的習性增長了，而且愈來愈嚴重，最後竟和女演員弄假成真！看到這種情況，我很著急，心想不如讓他結婚吧！結了婚就會好的。這時，正好傳來戈巴太太為女兒求親的消息，我當下就答應了。

我見過蘇尼達，兒子若得到這樣漂亮的妻子，心一定會安定下來。只是，蘇尼達也是一個被溺愛的女孩，任性、幼稚、愛幻想，她不懂得寬容人，不知道妥協的必要性，只會硬碰硬，她想用自尊心戰勝他，而他，卻想用蔑視來制服她——這就是其中的眉角。先生，我認為主要過錯在媳婦身上，青年男子一般都風流，而姑娘們的天性和善，也懂得自己的職責，她們得以服務精神、自我犧牲和愛為武器來贏得男子，但蘇尼達沒有這種品德，如此一來，船要怎麼靠岸，也只有天才知道了！」

忽然，蘇尼達從房內走了出來，現在的她，只是原來美麗身形的一個影子，或者說——像一首美妙歌曲的餘音。黃金被過度的磨鍊，已變成了粉末——她成了一幅失去色彩的圖畫。蘇尼達用抱怨的語氣說：

「你什麼時候就坐在這兒了？也沒告訴我！或許你只想在外邊待一會兒就離開。」

我抑制住自己的眼淚說：「不會的，蘇尼達，這怎麼可能呢？我本來要到裡面去見妳的，正好妳自己走了出來。」

馬達利拉爾則起身到房子外擦自己的汽車，也許是想為我和蘇尼達製造談話的機會。

蘇尼達問我說：「我媽還好嗎？」

「是的，她很好。妳怎麼搞成現在這副模樣？」

「我一切都很好。」

「怎麼一回事？你們之間有什麼爭執嗎？你媽快死了，妳也準備一死了之嗎？理智一點！」

蘇尼達皺了皺眉頭後，回說：「叔叔，你提的這個建議真是徒勞無益！我是不幸的人，也已經說服自己接受這個現實了，畢竟我無能為力消除這種不幸。我想用自己的忠誠換取人家的忠誠，除此之外，我不懂得其他生活模式——沒有體面的生活遠不如死了好，因此，任何形式的妥協對我來說都是不可能的，我才不管這會造成什麼後果！」

「但是……」

「不，叔叔，關於我們夫妻倆的事，你就別再說什麼了！要不，我現在就走開。」

「還是再想一想吧？」

「我都想過，而且也準備好了，想把畜生變成人，憑我的力量是辦不到的。」

聽到這裡，除了閉口不談之外，我還能有什麼辦法？

5

五月，我去了麥蘇利。後來，我接到戈巴發來的電報，上頭寫說：「有要緊事，請速來。」我覺得不安，但也沒有發生什麼不幸的把握。隔天，我便趕到德里。戈巴站在我面前，此刻的她，顯得有些遲鈍、沒有活力，她一言不發，好像一個得了肺病的人。

我問她：「還好吧？收到電報後我很不安。」

她用失了神的眼睛看著我說：「真的？」

「蘇尼達還好嗎？」

「是的，還好！」

「格達爾那特呢？」

「他也很好。」

「那有什麼事嗎？」

「沒什麼。」

「你打電報給我，現在又說沒什麼？」

「我有些擔心，才把你請來。無論如何，我都想說服蘇尼達回來，但我盡了所有努力卻沒成功。」

「是不是最近又有了什麼新的問題？」

「不算什麼新的，不過要這麼說也是可以的。格達爾那特和一個女演員私奔，已經一個星期沒有下落了。他對蘇尼達說，只要她在家，他就不回去，現在，那整個家都成了蘇尼達的死對頭，但她還是隻字也不提離開。聽說，格達爾那特模仿父親的筆跡，從銀行裡提走了幾千盧比。」

「妳去見過蘇尼達嗎？」

「見了，三天來我每天都去。」

「既然她不願回來，為什麼不讓她待在那兒？」

「繼續待在那裡，她會被折磨死的！」

我立即轉身，趕到馬達利拉爾家裡去。雖然知道蘇尼達無論如何都不會回來，我還是去了。才剛到，便見人們喧嚷成一團，我嚇了一大跳——那兒正在準備出殯。附近有幾百個人聚集在一塊兒，家裡傳出舉哀的聲音……原來，蘇尼達死了！

一看見我，馬達利拉爾就神經失常地抓住我說：「老兄，我完了，兒子沒有了，媳婦也沒有了……我的一生被毀了。」

我知道了事情的來龍去脈，格達爾那特失蹤後，蘇尼達更加憂鬱不安。她當天就砸碎了自己的手鐲，還抹去自己頭上的朱砂線[1]。婆婆對此很不滿，她也對婆婆說了一些難聽話；馬達利拉爾勸她，她就諷刺他幾句。也許是認為她已經神經不正常了，所以夫家的人都不再跟她說話。

今天大清早，她到葉木那河去洗澡。那時天還很暗，全家的人都還在睡覺，她沒有叫醒誰。等到太陽升得老高，家裡的人沒見到她，才出門去尋找。他們在中午的時候得知，蘇尼達可能是去葉木那河，人們趕到那裡，卻只見到她的屍體。他們叫來了警察，驗了屍，這才把屍身領回家。

聽到這，我強打著精神坐了下來。

唉！不久以前，她才坐著花轎來到這個家，今天，卻由兩個人用肩膀抬了出去[2]……

我加入送葬的行列，等儀式結束回來，已是晚上十點。我兩隻腳直發抖，不知道戈巴聽得這個消息後會怎樣，我害怕她會一口氣接不上來。蘇尼達是她的命根子、是她生活的核心。對她這個飽受痛苦的人來說，花園裡就只剩下這唯一一棵苗，她用自己的心血澆灌它、培育它，這棵苗的春天美夢就是她生命的目標。這棵苗將會抽出嫩葉、開出花朵，並且結出果實，鳥兒們會在它的枝頭上唱好聽的歌……但是，無情的命運把那棵苗連根拔起來扔掉了。如今，生命若干條線所交織成的那個核心已經消失了，她生命的基礎不復存在……

我振作起精神，敲了敲門。戈巴提著燈走了出來，她臉上詭異地泛著興奮的色彩。

看到我悲傷的神情後，她充滿慈愛地抓住我的手說：「今天我哭了一整天。送葬的人很多吧？我曾想去看一看蘇尼達最後的遺容，但我又想，蘇尼達已經不在了，看她的遺體有什麼用？所以就沒去了。」

我驚異地望著戈巴，沒想到她早已得知蘇尼達死去的消息，卻還能這樣平靜、這樣堅強。我說：「不去反而好，去了還不是哭一場。」

1 朱砂線象徵已婚的有夫之婦，只有丈夫死後才抹去，這裡指絕望後斷絕關係。

2 印度習俗，人死後送去火化。抬屍體的擔架很簡單，兩個人就可以輕而易舉地抬走。

「是，除了哭，還能做什麼？在這兒不也是只能哭？不過，跟你說真心話，雖然不曉得為什麼眼淚會這樣自己流出來，但我內心其實並沒有哭。我對蘇尼達的死感到高興，那可憐的孩子帶著尊嚴離開了這個世界，不然，還不知道要受到什麼折磨？所以，我更為她維護了自己的體面而高興。一個女人一生中得不到愛情，不如死了好。你有看到蘇尼達的面容嗎？人家說她好像在微笑……我的蘇尼達真是一位女神。

兄弟，人都不希望活著只有悲哀哭泣，當一個人體認到生活中除了痛苦沒有其他東西時，還活著做什麼呢？為誰而活呢？難道就是為了吃飯、穿衣和睡覺嗎？我不能說今後我不思念蘇尼達，也不能說想到她後我不流淚，但那將不是哀傷的眼淚，而是高興的淚水。勇士的母親會為兒子的壯烈犧牲而高興，蘇尼達的死難道不光榮嗎？我怎麼可以流哀傷之淚來藐視她的光榮呢！她知道，儘管社會上所有的人都譴責她，她母親仍會讚揚她，難道我要從她的靈魂那裡奪走這種快樂嗎？

不過，現在夜已很深了，請你到樓上睡一覺吧！我已經替你鋪好了床。請別獨自躺著哭泣，蘇尼達不過做了她本來應該做的事，如果她父親還活著，今天他一定會立碑膜拜她。」

我走上樓，躺了下來，心頭上的負擔減輕了許多，但我不時猜想，戈巴的這種平靜，是不是她那無限悲哀的另一種反映呢？

女神

——這時杜利婭的沙麗邊從頭上滑了下來，露出了裡面的紅色緊身胸衣。

1

人一到了老年，在某種程度上就像孩子那樣不害臊，但杜利婭還沒有到這個地步——雖然她的頭髮全白、兩頰陷得很深，連自己都說不準自己有多大年紀——人們猜測她已經超過一百歲——可是她出外時還是用面紗蒙住臉，低著頭，像個剛過門的新媳婦。她屬於皮匠種姓，但看見人家家裡做好吃的東西從不羨慕。村子裡有不少高等種姓的人家，杜利婭和他們都有來往。全村的人都尊重她，婦女們更是崇敬她，她們一再請她到家裡去，替她的頭髮抹髮油，替她的頭髮中間塗上紅粉。做了什麼好吃的東西，像牛奶粥、甜食或炸丸子，總想請她吃，但老太婆杜利婭愛護自己的尊嚴遠勝過食欲，從來不吃她們的東西。

她孤身獨居，左鄰右舍的人家，有的離開村子遷走了，有些死於鼠疫和瘧疾，遺留下來的斷瓦頹垣彷彿傷心懷念著往昔，只有杜利婭的草棚還立在那裡。杜利婭已經離人生的最終點愈來愈近，一般人在這個時候早就從宗教和社會的所有束縛中解脫出來了，所以高等種姓的人也不會因為她出身的種姓低賤而有所歧視，所有人都願意把她接到家裡來贍養，可是愛惜尊嚴的老太婆並不接受這樣的恩情，她不願意讓自己丈夫的尊嚴受損，雖然丈夫的面只在百年前見過一次——僅僅一次。

杜利婭嫁人的時候只有五歲，她丈夫是一個十八歲的健壯小伙子，結婚後就到東部去掙錢了。他想：女孩兒到成年還得過十多年，在這樣長的時間裡，何不掙些錢呢？掙錢回來之後，就可以安安心心的種地啦！只是，杜利婭成年，又變老了，他仍然沒回來。

有五十年的時間，他每一季寫一封信回來，信中還附有一個寫好的回郵信封和三十盧比的郵票一張。在信中，他總是傾訴自己的無能為力、不能自主和不幸。「杜利婭，叫我怎麼辦？我心中多麼想使我們的草屋人畜兩旺，和妳幸福地生活在一起，只是一切都掌握在命運的手中，個人無能為力。當老天爺願意送我回來，我就會回來，請耐心等待，只要我活著，絕不會讓妳受苦，我既然牽過妳的手[1]，到死我也不會放棄自己的責任。人一旦閉上眼睛，那時會是什麼樣，又有誰知道呢？」

每封信差不多都是大同小異的詞句和內容，當然，青春年華時離愁別恨那一團團烈火，已隨光陰化成失望的灰燼，但對杜利婭來說，信一封比一封可愛，全成了她心靈的一部分。她從未撕掉一封信，這種吉祥的信哪能撕掉？信已經積了厚厚一疊，信紙褪了色，字跡也已經模糊，但對杜利婭來說，這些信仍是那樣生動，滿含渴望且令人激動不已。信用紅線捆綁好放在盒子裡，像是她長期珍藏的婚禮吉物。

收到這些信時，杜利婭總高興得像要飛起來一樣，她一次又一次請人讀信，然後一次又一次地哭泣。收到信的那一天，她一定要在頭髮上抹上髮油，一定要在髮線中塗上朱砂紅粉，再穿上鮮豔的沙麗，向長輩行觸腳禮並接受他們的祝福，因為這是她婚禮再現的日子。對村子裡那些丈夫出了遠門的婦女來說，遠方的來信就是自己親愛丈夫的生命，比肉體還更寶貴。信裡面沒有肉體的具體實在，卻充滿靈魂的激動不安和依戀，杜利婭也許把信都當成了丈夫，因為她哪裡還記得丈夫的模樣呢？

年輕婦女笑著問她：「姑姑，妳還想姑父嗎？妳見過他吧？」

這時，杜利婭滿是皺紋的臉會煥發出青春的光澤，眼中閃耀光芒。她激動地說：「怎麼會不想呢，孩

1 指結婚儀式中新郎扶著新娘的手臂，表示承擔了丈夫的職責。

子？他的形象至今仍在我的眼前。孩子，他那大大的眼睛、紅潤又高高的前額、寬闊的胸脯，以及模子鑄出來般的身材，像他那樣的年輕人，現在這兒一個也沒有。他的牙齒一顆顆像珍珠，他穿著紅色襯衫，結婚時我跟他說：『可要替我打很多首飾啊！要不，我不住你家。』

孩子，那時我很幼稚，也不知道害臊。他聽了我的話後哈哈大笑起來，把我背在肩上說：『我要讓妳全身都戴上首飾，杜利婭，妳要戴多少首飾呢？我現在要出外掙錢去了，我會從那裡寄錢給妳，讓妳打好多首飾，當我從那裡回來的時候，還要替妳帶滿滿一箱子的首飾回來。』

孩子，那時我是坐轎子到婆家去的，我父母沒有能力接待迎親隊和新郎，所以是在婆家和他結婚的。才一天，我就和他很熟了，他要離開的時候，我摟著他的脖子哭了。『把我也帶去吧！我會替你做飯，我會幫你鋪床，我會替你洗衣。』那時，他身旁坐著幾個同他年齡不相上下的小伙子，他向他們笑了，接著附耳對我說：『不和我睡在一起嗎？』我聽了，立刻放開了他的脖子站到一邊，拾了一塊小石頭向他扔去後說：『你要罵人，可要小心點，我跟你有話在先！』」

這個新婚故事就是她日常回憶的內容，由於一再重複敘述，也成了她生活的意義。看她描述時有多高興啊！那張臉就像一朵開放的鮮花！她把面紗放了下來，流露出激情；把臉扭過一邊，笑得這樣甜蜜……好像生活中根本不存在著痛苦。她述說著自己生活中唯一聖潔的記憶，展現出內心這讓她百年來越過生命道路艱難險阻的一線光亮。多麼永恆的願望，生活的波折一點也未能使它褪色。

2

杜利婭也有過青春年華，那時她既年輕又美麗，好多小伙子像撲燈之蛾那樣醉心在她這盞美麗的燈周圍盤旋。如今，當她雙眼含淚用顫抖的聲音敘述當年他們的情意、痴心和自我奉獻的故事時，也許連那些在天之靈都會興奮得手舞足蹈起來，因為他們活在世界上時未能得到的東西，而今杜利婭攤開雙手向他們傾吐出來。

當她正青春煥發的時候，她走到哪裡，都使得意馬心猿的青年小伙子們望著她發呆。一個名叫本希·辛赫的婆羅門風流少年——村裡最風趣的人，他的歌聲在寂靜的夜裡能傳好幾里遠——每天都要圍著杜利婭的家轉好多次。在池塘的岸邊、田地裡、禾場上、水井旁……只要杜利婭去的地方，他就像影子一樣尾隨著她。他有時送一些牛奶到她家，有時則送些奶油。他說：「杜利婭，我對妳沒有什麼要求，只希望妳能接受我送給妳的東西。不願意跟我說話，那就不說；不願意見我，那就不見……但是別踢開我獻上的供品。只要這小小要求能得到妳的首肯，我就心滿意足了。」

杜利婭沒有那麼天真，她知道這是他的進身之計，但不知為何，有一次她中了他的圈套，不，不是中了圈套，而是對他說的話產生了同情。一天，他拿來了一籃接枝生長的熟芒果，杜利婭從來沒有吃過，她接受了。於是，芒果不斷地被送到她那。

有一天，當杜利婭正要把一籃芒果拿進屋裡時，本希·辛赫慢慢地把她的手拉過來放在自己胸脯前，並很快地跪在她腳邊說：「杜利婭，如果至今妳仍然不可憐可憐我，那現在就把我弄死好了。只要能死在妳手裡，就已滿足了我的心願。」

杜利婭摔了他一籃芒果，抽開自己的腳往後退了一步，用憤怒的眼光注視著他說：「好哇，你這個婆羅門，請從這兒滾開，否則，不是你死，就是我亡。讓你的芒果見鬼去吧！我怎麼說你好呢？我的男人在很遠很遠的地方，難道是為了讓我在這兒不忠於他？他是男子漢，能掙錢，難道他不能討個小老婆？難道世界上缺少女人？可是他仍守著我，身為男子卻仍然守著我，他不比你差，儘管他不像你這麼瀟灑。

你要看看他寫給我的信嗎？不管處於什麼樣的情況，我都不是盼望他寄錢來，可他仍不斷寄錢給我，難道他這樣做是為了讓我和別人在這裡玩樂享用？只要他把我當成他的人，只要他把自己當成我的人，我就永遠是他的——不僅出自內心，還會表現在行動上。和他結婚時，我還是一個五歲的幼稚小女孩，他和我享過什麼福？只不過是在維持結婚的尊嚴，他作為男子能忠於愛情，身為女人的我能背棄他嗎？」

說完她走進房內，把一盒信拿出來扔在婆羅門少年的面前。本希・辛赫只是兩眼不停地落淚，嘴角下垂，好像羞愧得要鑽進地裡似的。

過了一會兒，他雙手合掌對她說：「杜利婭，我犯了大罪，我沒有真正認識妳。現在，對我最好的處罰就是馬上弄死我，這是解脫我這個罪人最好的辦法了。」

杜利婭沒有憐憫對方，她認為這男人仍然在耍花招。她生氣地說：「你如果想死，就去死吧！難道世界上沒有水井和池塘？或者說你身邊沒有刀和劍？何必我動手殺人呢？」

本希・辛赫用失望的目光看了看她。

「這是妳的命令嗎？」

「為什麼需要我的命令？真要死的人，是不會向誰要求命令的。」

本希・辛赫走了，第二天，河裡浮出了他的屍體。人們以為他是大清早到河裡洗澡滑了腳才淹死的，還對這件事議論了幾個月，可是杜利婭從沒有開口，她也不再打那兒走了。

本希・辛赫一死，他的弟弟就霸占了財產，並開始折磨他的妻子和孩子。弟媳婦指桑罵槐，小叔子吹毛求疵，最後有一天，無依無靠的寡婦終於對這樣生活厭倦了，於是離家出走。當時村子裡的人都已進入夢鄉，杜利婭吃完飯，手裡提著燈，從家裡走出來替乳牛餵餅。燈光下，她看見婆羅門寡婦輕手輕腳向前走著，一面抽泣，一面用沙麗的邊邊擦淚，懷中還抱著一個三歲的孩子。

杜利婭問道：「嫂子，這麼晚了，妳到哪裡去？告訴我發生了什麼事？妳還哭了呢！」

婆羅門寡婦離家出走，卻也不清楚要上哪兒。她帶著恐懼的眼睛朝杜利婭望了望，沒有給任何回答，便繼續往前走。要怎麼回答呢？她的喉嚨哽咽了，眼中的淚水不知為何湧得更快了。

杜利婭走到她面前說：「妳若不告訴我，我一步也不讓妳往前走。」

婆羅門寡婦停了下來，她噙著淚的雙眸滿是怒火。「妳問這做什麼？和妳有什麼關係？」

「和我沒有任何關係嗎？難道我不住在你們的村子裡？住在同一個村子裡的人彼此不關心痛癢，那又有誰會關心？」

「杜利婭，在這個時代裡還有誰關心別人的痛癢啊？自己家的人都不給予幫助了。妳哥哥一死他們就成了我的仇人，我還能希望什麼人會給我幫助？我家裡的情況還能瞞過妳嗎？對我來說，那裡已經沒有我的容身之處了，過去我那樣愛護的小叔子和兄弟媳婦，現在都成了我的仇人，希望我在家只吃一口飯，像一個無依無靠的人那樣閒待著。我不是小老婆，也不是跟野男人跑來的女人，我是被明媒正娶進來的媳婦，附近村子裡的人全都有親眼見到，我不能放棄屬於我一絲一毫的財產。我是受苦人，今天不給就算了，不過即使面子會丟光，也要讓他們破產才罷休，我一定要取得屬於我的那一半財產。」

「妳哥哥」這幾個字使杜利婭感到這樣親切，她不由得把婆羅門寡婦摟抱進自己的懷裡，她拉著她的手說：「姊姊，妳到我家來住吧！不管其他人支不支持妳，杜利婭至死都會支持妳的。我的家不配妳住，但就算家裡什麼也沒有，至少還有平靜。不管我是多麼低賤，畢竟還是妳的妹妹。」

婆羅門寡婦用她充滿驚異的眼睛凝視著杜利婭的臉。

「可別因為我，讓我小叔子也成了妳的冤家對頭。」

「我不怕什麼冤家對頭。要不，我不會單獨住在村子的這個角落。」

「但是我不願意妳因為我遇到麻煩。」

「誰會對他們說呢？誰會知道妳在我家？」

婆羅門寡婦得到了安慰，有些拘謹地跟著杜利婭走進屋子。她心情很沉重，以前她是一個大房子的女主人，現在卻得待在這樣一間草棚裡。

杜利婭家裡只有一張床，婆羅門寡婦和孩子睡床上，杜利婭躺地上；她家裡只有一床被單，婆羅門寡婦蓋著它，杜利婭蓋麻布片過夜——怎樣招待客人，如何安置客人是杜利婭一直在思考的問題。

替婆羅門寡婦洗用過的餐具，替她洗衣，替她的孩子餵飯……這些工作她是這樣熱心地在做，好像她正侍候著一位女神。婆羅門寡婦在危難中依舊是婆羅門，仍然那樣高傲、愛好享受且缺乏理智，她待在杜利婭的家裡就像一個主人待在自己家一樣，總是對杜利婭比手畫腳、擺架子，好像杜利婭是她的女僕。然而，杜利婭履行的，卻是對一個不幸追求者所承擔的感情義務，因此，她心裡從未出現過一絲反感，也從來沒皺一皺眉頭。

有一天，婆羅門寡婦說：「杜利婭，妳照管一下孩子吧！我到外邊去幾天，若這樣下去一輩子，會讓妳無法生活的。更何況，我心中的怒火怎能平息？那個無恥之徒連面子也不在乎了，他不怕人說他的嫂子出走，反而打心底裡感到高興：他覺得這樣反而好，因為他道路上的一塊石頭被除掉了。只是，一旦知道我沒回娘家，而是到了另外的地方，他馬上就會敗壞我名譽的，那樣一來，整個社會都會站到他那邊。現在，我該考慮一下自己的事了。」

杜利婭問道：「妳想到哪裡去，姊姊？若沒什麼妨礙，我也跟妳去，妳一個人能去哪裡呢？」

「為了制服那條毒蛇，我要找一根棍子……」

杜利婭未能理解她所說的含義，於是沉默地凝視著她的臉。

婆羅門寡婦不害臊地說：「這樣簡單的事妳都不懂？想聽個明白嗎？無依無靠的婦女保衛自己的武器除了姿色還有什麼？現在我要使用這個武器了。妳知道姿色的代價是什麼嗎？是那匹狼的頭！不管這個地區的執政官是什麼人，我要對他使用我的魔法，又有哪一個男子能夠避開年輕婦女的魔法？就算他是一個修道士。婦德要完蛋，就讓它完蛋吧！我才不管，我無法眼睜睜看著自己到處流浪，而他卻神氣十足地為所欲為。」

杜利婭明白了，這個不幸的女人內心所受的傷痕是那樣的深！為了平息痛苦，她不僅冒生命危險，還把那比生命還寶貴的貞節也當兒戲了。本希・辛赫求愛的身影此時浮現在她眼前，他是一個力大的男人，用力氣強迫杜利婭是輕而易舉的一件事，在寂靜的夜晚裡，有誰能保護一個孤立無援的弱女子？但她那義正詞嚴的責難竟降服了本希・辛赫，正如一條可怕的黑蟒聽到蛇人吹出優美的笛聲後被馴服一樣。那個真正勇士的家族榮譽今天正陷於危急之中，難道她就任憑那榮譽毀掉卻不吭一聲？不，如果本希・辛赫把她的貞節看得比自己的生命可貴，她也要用自己的貞節去保護他的榮譽和體面。

她安慰著婆羅門寡婦說：「姊姊，現在妳哪兒也別去。先讓我試一試自己的力量，我的清白丟了，有誰會恥笑？可是妳的清白卻意味著一個家族的體面啊！」

婆羅門寡婦笑了一笑後看著她說：「杜利婭，妳又怎麼懂得什麼手段啊？」

「什麼手段？」

「愚弄男人的手段啊！」

「難道我不是女人嗎？」

「但男子的性格妳可不知道。」

「這可是妳我兩人打從娘胎裡就學來的！」

「妳跟我說說，妳打算怎麼行動？」

「還不是剛才妳說的那種打算？妳想對這個地區的執政者施展妳的魔法，而我，將會向妳的小叔子撒下羅網。」

「妳很老練？」

「等著瞧好了。」

3

杜利婭的後半夜是在思考計畫和行動方法中度過的，她像一個軍事統帥一樣，先構思了一個進攻和開戰的草圖。她完全相信自己會取得勝利，因為敵人絲毫不起疑，而且對這次進攻一無所知。

本希・辛赫的弟弟吉爾特爾肩上扛著一根大木頭，正得意地向前走著，杜利婭叫住他說：「婆羅門先生，請你幫我把這一捆草放在我頭上，我自己舉不起來。」

時間正是中午，農民們已經從田地裡回家，炙熱的旋風已經開始颳了起來，杜利婭正帶著一捆草站在樹底下，額上的汗珠往下淌著。

婆羅門吃了一驚，他看了看杜利婭。就在此時，杜利婭的沙麗邊從頭上滑了下來，露出裡面的紅色緊身胸衣。她馬上把沙麗邊從腰間拉到頭上，可是匆忙之間她頭上緊紮的辮子已像閃電一樣閃過他的眼。看到這一情景，吉爾特爾的心動了，眼裡出現一種迷醉的光采，臉上浮現紅暈，嘴上揚起了微笑，全身都像響起了歡快的音樂似的。

他曾帶著貪婪和羨慕的目光打量過杜利婭千百次，但因姿色和品德而驕傲的社利婭望也不望他一眼。

她的表情和態度流露出的那種冷硬和無情，使婆羅門吉爾特爾的膽量全都化為烏有，渾身熱血也冷卻了下來，他的羅網和誘餌對正在天空飛的鳥能有什麼作用？然而，今天那隻鳥卻落到了面前的樹枝上，而且看來已經餓壞了，他為什麼不拿起羅網和飼料迎上去？

他有點飄飄然地說：「杜利婭，我替妳把草送回去吧！何必自己用頭頂呢？」

「要是有人看見了，就會說：『吉爾特爾怎麼啦？』」

「我才不管狗叫呢！」

「但我可不能不理會呀！」

吉爾特爾不理會她的拒絕，他把那捆草頂在自己頭上，飛快地邁步走著，好像把三界的全部財富都搶到了手一樣。

4

接下來的一個月，杜利婭向吉爾特爾施展自己的魅力，如今他就像一條上了鉤的魚，她有時把魚鉤拉緊一些，有時又放鬆一些。吉爾特爾本來是想得到獵物的，卻反而陷入了羅網。他犧牲了自己的真誠、道德、名譽……一切的一切，仍然未能得到女神的恩典，杜利婭和他的距離還是和以前一樣遙遠。

一天，他對杜利婭說：「杜利婭，妳要讓我熬到什麼時候啊？我們一同逃到什麼地方去吧！」

杜利婭把魚鉤拉緊了，她說：「對，當然得逃走。不過一旦你翻臉不認人，我就會沒有容身之地，上不沾天，下不著地。」

吉爾特爾以抱怨的口氣說：「到現在妳還不信任我？」

「蜜蜂吸取了花汁是要飛走的！」

「撲燈之蛾難道怕自己化成灰？」

「怎麼能相信呢？」

「難道我沒有服從妳的命令？」

「難道你以為給杜利婭一件鮮豔的沙麗和一、兩件普普通通的首飾就能使她上鉤嗎？我可不是那麼天真的女人！」

杜利婭早就猜透了吉爾特爾的心事，這讓對方驚訝地望著她的臉。

杜利婭又說：「一個人要拋開自己的家，總得先在什麼地方看妥一個安身之地吧！」

吉爾特爾高興地說：「那妳到我家來當女主人，我不是跟妳提過很多次了嗎？」

杜利婭斜著眼說：「今天我成為女主人住下來，明天我就連當女僕也待不下去，是不是呢？」

「不然，妳想怎麼辦就怎麼辦，反正我是妳的奴僕。」

「你答應了，說話可要算數呵！」

「當然，我答應，我說話算話，我不僅答應一次，我可以答應千百次。」

「不會反悔嗎？」

「答應了又反悔，就不算男子漢大丈夫。」

「那麼，請把你財產的一半寫在我的名下。」

吉爾特爾願意把一棟房子、八畝十畝地、衣服首飾等獻到她腳前，但他還不敢把全部財產的一半寫在她的名下。如果有那麼一天，杜利婭因為什麼事與他反目，他不就要失去一半財產了？這樣的女人怎麼可信？他本來怎麼也沒想過，杜利婭會用這麼嚴厲的辦法考驗他的愛情忠誠度。他開始對杜利婭感到生氣，這個皮匠族的女人有了點姿色，就以為自己是仙女了？她的愛只不過是一種姿色的吸引，那種可以獻身或把獻身看成一生幸福的愛，杜利婭心中是沒有的。

他皺著眉頭說：「杜利婭，我從來不知道，妳愛的是我的財產，而不是愛我！」

杜利婭脫口而出地回答說：「難道我會不明白，你愛的是我的姿色和青春，而不是我？」

「妳認為愛情只是市場的交易嗎？」

「對，我認為是交易。對你來說，愛情是幾天新鮮的玩意兒，對我來說卻是一輩子的事。當我把自己的一切都交給你時，作為交換，我也希望從你這裡得到一切。如果你真的愛我，別說一半財產，就連全部財產都可以寫在我的名下，難道我會把財產頂在頭上逃走嗎？這下子，你的心思我倒是一清二楚了，這樣也好！不過，一個人的日子不會永遠一帆風順的。要是碰上了你不得不在我面前伸手的時候——唯願那個時刻別出現——到時杜利婭會讓你看到，女人的心是多麼慷慨大方！」

杜利婭生氣地走開了，但是她不失望，也不遺憾。今天所發生的一切，都是她計畫的一部分。今後將會如何發展，她同樣也勝券在握。

5

吉爾特爾的財產算是保住了，但是付出了很高的代價。他內心的平靜消失了，生活中好像什麼東西都沒有留下。財產就在他的眼前，杜利婭則深烙在他內心深處。過去，杜利婭三不五時就輕瞥他一下，向他施放愛情的箭，那曾是多麼真實的現實。如今，杜利婭只待在他的心裡，成了虛幻的夢境，卻比現實更令人沉醉，也更讓人心碎。

有時，杜利婭會像夢境那樣，模模糊糊出現在眼前，又模模糊糊地消失。吉爾特爾一直在尋找向她傾訴內心苦悶的機會，但是杜利婭一見到他的影子，就飛也似的迴避。

現在，吉爾特爾深深感覺到，為了讓自己的生活變幸福，真正需要的不是財產，而是杜利婭。他恨起自己的吝嗇，財產在杜利婭或是他的名下，有什麼值得計較的呢！杜利婭之所以想把我一部分財產寫在她的名下，是害怕一旦我背棄她，她會成為無依無靠的人。既然我是她無代價的奴僕，又怎麼會背叛她呢？對於她的一個眼神、一句話都十分渴望得到的人，難道會背棄她？之後，只要能在無人的地方碰見了杜利婭，他一定要這樣對她說：「杜利婭，我所有的一切都是妳的，妳想寫贈予的文書或是轉讓的契約，都可以。我所犯的罪過，使我感到可恥。對財產一種固有的貪戀，使我在那天說出那些話，這種積習已久的貪心把妳和我隔開了。不過，現在我終於明白了，世界上能夠使生活產生歡樂和愛的事物才是最寶貴的，如果在貧困和禁欲中還可以得到歡樂，那這種歡樂是最彌足珍貴的，人們為了取得它可以放棄田產和錢財等一切。今天也還有千千萬萬俠義之士，他們唾棄了世界上的幸福，醉心深山和峽谷……而我，卻連這樣簡單的道理都不懂。唉！真是不幸……」

6

有一天，杜利婭突然給吉爾特爾送來了口信，說：「我生病了，請來探望一眼吧！誰知道我還有沒有救呢？」

有好一陣子，吉爾特爾一直都沒有看見杜利婭，他曾經幾次圍在她家門口轉來轉去，但始終沒有見到她。現在得到這樣的信息，他的心彷彿從高山上摔落了下來。雖然已是晚上十點，但他連口信也沒有聽完就邁開大步跑了出門，他的心突突地跳，他的頭好像騰空了：杜利婭病了，怎麼辦？我的老天，祢為什麼不讓我生病呢？就算是要替她死，我也心甘情願。

他不停跑著，使得道路兩邊的黑色樹林也像死神的使者般奔馳著。他內心深處不時地發出一種充滿悲戚和痛苦的聲音：「杜利婭病了！杜利婭病了！」

他的杜利婭今天來呼喚他了，來叫他這個忘恩負義、卑鄙、下賤的凶手了：「請來探望一眼吧！誰知道我還有沒有救呢？」杜利婭啊，如果妳沒有救，那我也沒有救了。唉！我也活不下去了，我會撞牆而死，然後做一個既焚燒妳也焚燒我的柴堆，咱們倆的靈柩將一起出殯。

他加快了腳步，今天他要把自己所擁有的一切放在杜利婭腳前。杜利婭把他當成忘恩負義的人，現在他要表示出自己的忠誠。活著的日子裡，他沒能表現忠誠，那麼在死後，他一定要展現出來。在這短暫的一生中，凡是他未能做到的，在以後億萬斯年的世世生生中，他將不斷地做到，他忠於愛情的故事將家家戶戶傳誦。

突然，他心裡對自己產生了懷疑：「你能拋開對生命的留戀嗎？」他狠狠地捶著自己的胸脯，尖聲叫了起來。「對生命的留戀又是什麼？」他的生命不就是那個已經病著的人嗎？「我倒要親眼看一回：死神怎麼敢取走生命，又怎敢讓生命離開它的軀體！」

帶著一顆激烈跳動的心，吉爾特爾邁著踉踉蹌蹌的步子來到杜利婭的家。杜利婭正蓋著一條被單蜷縮在床上，在油燈昏暗的燈光下，她那發黃的面孔好像正在死神的懷抱裡安息一樣。

他把頭埋在杜利婭的腳下，流著淚，哭著對她說：「杜利婭，不幸的我正倒在妳的腳前，妳不睜開眼看看嗎？」

杜利婭睜開了眼睛，用淒楚的目光望了他一眼，呻吟說：「你是吉爾特爾・辛赫，你來了！現在我可以平平靜靜地走了，為了想見到你一面，我的心是那麼的焦急啊！請原諒我言行方面的過錯，請你不要為我悲痛，這個泥土做的身體又有哪裡好，吉爾特爾？終究還不是要返回泥土裡？但我永遠不會離開你，我會像影子一樣經常伴隨著你，你看不見我，聽不到我的聲音，不過杜利婭一天二十四小時，無論你是睡著還是醒著，都會和你在一起。吉爾特爾，別為我而使自己背罵名，在任何人面前也絕不要提到我的名字。當然，請你在焚燒我屍體的柴堆上灑幾滴水吧！這樣一來，我內心裡那熾烈的火焰就會平息。」

吉爾特爾號啕大哭了起來，此刻如果他手裡握有匕首，一定會把它刺進自己的胸膛，在她的面前痛苦地死去。

杜利婭抽了一口冷氣，又說：「吉爾特爾，我是沒有救了，我只有一個要求，你答應嗎？」

吉爾特爾捶著自己的胸脯說：「我的屍體也會隨著妳一起出殯的，杜利婭。我活著還能做什麼呢？又該怎麼活下去呢？妳就是我的生命，杜利婭！」

這時候，他察覺到杜利婭微笑了起來。

「不，千萬別做這樣的蠢事。你有孩子，好好撫養他們吧！如果你是真的愛我，就不要做出會讓別人看出我們倆愛情跡象的任何事情來，可別使你的杜利婭死後還背罵名啊！」

吉爾特爾哭著說：「都依妳吧！」

「我只有一個請求……」

「今後我若繼續活著，也是為了履行妳的命令，這將是我此生的目標。」

「我的請求是，請讓你嫂嫂體體面面地生活在家裡，就像本希．辛赫在世時那樣，請你把她的那一半財產給她吧！」

「可是嫂嫂已經回娘家三個月了，她說過絕對不會再回來了。」

「這就是你的不對了，吉爾特爾。你把事情搞砸了，現在我才明白，為什麼我一直在做惡夢。如果你還希望我活下去，就盡快立下字據，並把字據放在我這裡。就是你這種背信棄義的行為要了我的命，我終於明白，為什麼本希・辛赫老是讓我做惡夢——我並不是有病，而是本希・辛赫在折磨我啊！好，你現在就去吧！晚了，你就再也看不到活著的杜利婭了。因為你的不公道，本希・辛赫在懲罰我。」

吉爾特爾輕聲地說：「杜利婭，這樣的深夜裡怎樣立下字據呢？到哪兒找到印花稅票呢？誰寫？證人又在哪裡呢？」

「如果你在明天傍晚以前能夠立下字據，那我的命還有救。吉爾特爾，是本希・辛赫纏住了我，是他在折磨著我，因為他知道你愛我，因為你對我的愛，我快要死了，如果再誤了時間，那你肯定看不見我活在人世了。」

「好，我現在就走，杜利婭，我一定會實現妳的要求，如果妳早一點把這件事告訴我，怎麼會落至今天這種局面呢？但我很怕這一走就再也見不到妳，害怕內心的願望永遠無法成真。」

「不會，不會，我明天天黑以前是不會死的，你放心吧！」

吉爾特爾立刻從那裡離開，連夜走了百來里路。天快亮的時候，他來到了市區的中心，和律師們商議過後買了印花稅票，在嫂嫂的名下寫下一半財產的字據，並且登了記、註了冊。到快掌燈的時分，他已經上氣不接下氣，疲憊不堪，既沒有吃也沒有喝，在希望和失望之間惴惴不安地又跑到杜利婭跟前。昨夜離開的時候早已過了十點，既沒有火車，也沒有汽車，所以一直到今天傍晚，可憐的吉爾特爾實實在在地來回跑了兩百里艱難旅程，他疲憊得每邁出一步就像登山那樣困難，但是心裡還害怕，要是誤了時間，一切將不可挽回。

杜利婭帶著高興的心情問道：「吉爾特爾，你回來了？事情辦妥了嗎？」

吉爾特爾把字據放到她的面前，說：「是，杜利婭，事情辦妥了。如果妳現在還好不了，那我的命也會跟妳一起結束。世界上的人要笑，就隨他，要哭，也隨他，我全不理會了！我可以發誓，我連一口水也沒有喝過！」

杜利婭坐了起來，把字據放在自己的床頭說：「現在我好了，到明天早上我就會完全康復。你對我做的好事，我至死也不會忘記。但是，剛才我闔了一會兒眼睛時做了一個夢，夢見本希・辛赫就站在我的床頭，對我說：『杜利婭，妳是一個已經結了婚的女子，妳的男人在千里之外念叨著你呢！如果他願意，他可以另外結婚，但是他守著妳，而且要守妳一輩子。如果妳背棄了他，那我就成了妳的仇人，非要把妳置於死地不可。如果妳希望自己好，就堅守自己的職責，什麼時候欺騙了妳的男人，什麼時候我就要來掐死妳。』說完，他用那發紅的眼睛怒視著我一下，然後就離開了……」

有一會兒，吉爾特爾注視著杜利婭的臉，她的臉上這時正閃耀著神祕的光芒。突然間，好像有一道帷幕在他的眼前拉了開來，一切計謀他都明白了。他帶著純真的虔誠吻了吻杜利婭的腳，說：「杜利婭，我明白了，妳是女神！」

世界上的無價之寶

——鮮血像湧泉般從他胸口流出，
可是他的手裡仍握著豪光閃閃的大刀！

帝爾菲迦爾坐在一棵多刺的樹下，撕著衣角傷心地哭泣著。他是美如天仙的蒂爾帕勒芭公主的忠實情人，可以為她獻身。他並不是那種衣冠楚楚、通身沾染脂粉味，只知一味吹噓求取女性青睞的那種人，而是純樸、誠懇而且敢於赴湯蹈火的苦苦追求者。

蒂爾帕勒芭曾經對他說：「如果你真的愛我，就為我把世界上最寶貴的東西帶進宮來，屆時我將接受你的忠誠。如果找不到，那你可得當心了，千萬別再到這兒來，要不，我會把你吊上絞架！」帝爾菲迦爾並沒有得到任何機會表示自己的心意、敘述自己的委屈，甚或目睹一下情人的容顏，這個命令一宣布，蒂爾帕勒芭的僕人們馬上就把可憐的他推出了門外。

今天已經是第三天了，三天來，進退兩難的年輕人就這樣一直坐在可怕荒野裡的一棵多刺樹木底下思索著。「這下子該怎麼辦？我能得到世界上最寶貴的東西嗎？不可能！那到底是什麼？是金庫？是甘露？是皇冠？是神碟？是孔雀寶座？或是皇帝的財富？不，不是這種東西。世界上一定還有比這些更重要、更寶貴的東西，但那會是什麼呢？它在哪裡？怎樣才能得到？噢，老天！這個難題要怎樣才能克服？」

當帝爾菲迦爾陷入苦思——他的腦子已經不管用了——穆尼爾・夏米卻曾遇到哈丁姆那樣的幫手[1]。「唉，老天，如果我能有一個幫手，該有多好！唉，老天，若有人能告訴我世上最寶貴之物的名字，該有多好！即使得不到那個東西，那又有什麼要緊？至少我知道那是什麼。我可以去尋找水罐那麼大的寶石，可以準備去搜尋大海的樂曲、石頭的心、死亡的聲音，甚至比這些更為無形的東西……可是，世界上最寶貴的東西哪！已經超出我的想像了……」

天空中的星星開始閃爍，突然，帝爾菲迦爾念著真主的名字站了起來，向一邊走去。衣不蔽體的他強忍著飢渴——疲憊不堪地在人跡到不了之地或人煙稠密處奔波許久，他的腳掌早已被刺出許多傷痕，身子只剩下骨頭架子，可是那世界上最寶貴的東西，不只沒有找到，甚至連一點兒影子也沒有。

這一天，他跌跌撞撞來到一個廣場。廣場上，成百上千的人圍站成一個大圓圈，中間有幾個戴著長頭巾、穿著長袍的大鬍子伊斯蘭法師，像官員一樣威風凜凜地坐在那裡，交頭接耳地商量著什麼事。離人群不遠的地方，則豎立了一個絞架。由於早就全身無力，再加上也打算瞧瞧熱鬧，所以帝爾菲迦爾停下了腳步。他看到了什麼呢？他看到幾個手裡拿著明晃晃大刀的士兵，領著一個戴了腳鐐手銬的囚犯，走到絞架旁停了下來。接著，囚犯的腳鐐手銬被解了開來。

這個倒霉的傢伙身上沾染了百餘個無辜者的鮮血，他的心與善良無緣，聽不進哀哀央求的呼聲——人們管他叫黑賊。士兵們讓他站到絞刑架的臺上，用死亡的絞索套住他脖子。當行刑的人正打算要拉開臺子時，罪犯喊了起來：「看在真主的面上，拜託把我從絞架放下一會兒，讓我說說內心最後的請求。」聽到他這麼說，周圍的人沒吭一聲，只是吃驚地望著他。伊斯蘭的法師們認為，不理會一個臨死者的最後請求並不適當，於是罪犯黑賊被從絞架暫時放了下來。

人群中，一個天真可愛的男孩兒用一根木棍當馬，他騎在上面，並用兩隻跳著的腳催「馬」快跑。他

[1] 哈丁姆是古代阿拉伯一個最大的施主，曾給予穆尼爾・夏米極大的幫助。

是這樣地醉心於自己的小天地裡，就像真的騎著一匹阿拉伯種的高頭大馬那樣。他的笑容快樂得像一朵盛開的蓮花——在人的一生中，這種快樂只有短暫的孩提時代才可能出現，而且一輩子都無法忘記。這個孩子的心，至今仍未沾上任何罪過的灰塵和汙點，純潔的天性還在哺育他成長。

罪惡的黑賊走下絞架，數千隻眼睛盯視著他。他走到那孩子的身旁，把孩子抱了起來，摟在懷裡親吻著。此時，他回憶起自己的童年，當時他也是這樣的天真無邪、無憂無慮且純潔善良，未曾染上人世間的罪過。母親將他抱在懷裡哺餵，父親為他消除苦難，整個家庭不惜一切，就只為了他。啊！過去的回憶深深觸動了黑賊的心，他那看到快斷氣的死者時連眨也不眨的眼睛，這時候卻落下了淚珠。帝爾菲迦爾趕上前去，用手接住那寶貴如珍珠般的眼淚，心裡想著：毫無疑問，這一定是世界上最寶貴的東西了！在它面前，什麼孔雀寶座、神碟、甘露或是皇帝的財富，都不值一瞥。

想到這裡，帝爾菲迦爾萬分開心，他抱著成功的希望，向著情人蒂爾帕勒芭的城市米諾斯瓦德出發。只是，當他一程又一程地趕路時，卻變得愈來愈沒有信心。他心想：如果我所認為世上最寶貴的東西，在蒂爾帕勒芭的眼裡卻什麼也不值，那我就會被處以絞刑，到時候，我將會帶著未能滿足的心願離開這個世界……不過無論如何，我還是得試試自己的運氣。

穿過了大河和高山，帝爾菲迦爾終於來到米諾斯瓦德城，他走到蒂爾帕勒芭宮前的臺階上，請求說：「托真主的福，疲勞不堪的帝爾菲迦爾執行公主的命令後回來了，他想向公主致敬。」蒂爾帕勒芭馬上把他叫到面前，自己則坐在金黃色的帷幕後面吩咐道：「把那最寶貴的東西呈上來！」帝爾菲迦爾以一種既抱希望又懷恐懼的心情呈上了眼淚，而且以感人的調子詳細敘述了事情的始末。

蒂爾帕勒芭仔細地聽完全部故事，用手將他上呈的眼淚接了過去，細看了一會兒後說：「帝爾菲迦爾，毫無疑問地，你找到了世上一種寶貴的東西，我讚許你的勇氣和智慧，但這還不是世上最寶貴的東西，所以你還是離開這裡，再去努力吧！也許你下次會得到那種寶物，也許你命中注定只能做我的僕人。正如我之前曾對你說過的，我可以把你吊在絞架上，但我想饒你命，因為你有一種我希望我未來情人具有的優良品德，同時我也相信，總有一天你一定會成功。」

未能如願以償的帝爾菲迦爾原本十分失望，但聽到情人的恩典後，他大膽地問說：「啊！我的公主，經過漫長的時間，我才得到了在妳宮前頂禮膜拜的機會，天知道這樣的一天什麼時候還會再來！難道妳一點也不同情可以為妳獻出生命之人的可悲處境嗎？難道妳就不讓心似油煎的帝爾菲迦爾一睹容顏，鼓舞他去忍受未來嚴酷考驗的勇氣嗎？只要有妳迷人目光的一瞥，我將會無比陶醉，我將能做出至今任何人也做不出來的事業。」

聽到情人這種充滿熱切希望的話後，蒂爾帕勒芭卻生氣了，她下命令說：「把這個瘋瘋癲癲的傢伙從宮裡趕出去。」她的僕人馬上從一條暗道把可憐的帝爾菲迦爾攆了出去。

有一段時間，帝爾菲迦爾對自己狠心的情人這種無情感到痛心和悲傷。他想：現在要到哪裡去呢？經過了那麼多日子，奔跑了好多路程，周遊了多少森林高山，才得到那滴眼淚……現在，還有什麼東西的價值比那閃光的珍珠還寶貴？啊！先知赫傑[2]，你曾替亞歷山大大帝指明找「活命水」水井的近路，難道不能助我一臂之力嗎？唉！亞歷山大大帝是世界之主，而我不過是一個無家可歸的行人。你讓多少隻快沉沒的船安全到達彼岸，也讓我這個可憐人的船渡過去吧！啊，偉大的吉布利爾[3]，可憐可憐我這個痛苦得快要死的多情人吧！祢是真主面前特別的使者，難道不能減輕我的困難嗎？

帝爾菲迦爾苦苦哀求，助他一臂之力的人卻沒出現。他失望了，像個神經失常的人再次往一邊走去。從東走到西，從北走向南，穿過了多少森林和荒原，有時他就躺在冰山的山峰上，有時奔波於可怕的深山狹谷中，但他決心要尋找的東西依舊沒有找到——他的身體已經骨瘦如柴了。

2 伊斯蘭教中的一名先知，山林河流之主、迷途的指路者。

3 伊斯蘭教中的天使名。

一天傍晚，帝爾菲迦爾正有氣無力地躺在一條河的岸邊，突然間，他從失去知覺的狀態中驚醒過來。他看到什麼呢？他看到堆好了的一座檀香木柴堆，柴堆中坐著一個青年女子，穿著結婚時的服裝，打扮得整整齊齊，她死去的親愛丈夫則枕在她腿上。幾千人站著圍觀，並向她灑下陣陣花雨。忽然，柴堆上自動衝出一道火光，烈女聖潔的臉龐被照得閃閃發亮；柴堆上神聖的火舌包圍了她的頭頂，那如花似玉的女子轉眼間成了一堆灰燼。女子為自己的情郎獻身了，而這對有情人真誠、純潔和不朽的愛情也在眾人眼前拉上了最終之幕。

當所有人都走回家後，帝爾菲迦爾靜靜地爬了起來，用自己破爛的襯衫把灰燼包了起來，他認為這一捧骨灰就是世界上的最寶貴的東西。他帶著成功的喜悅往回走，這一次，當他走完一段又一段的路程，勇氣和信心也愈來愈大，好像有人在他的心裡對他說：「這一次你成功了！」種種想法在他內心製造了無數的美夢。

他又回到米諾斯瓦德城，走到蒂爾帕勒芭宮前高高的臺階上，向裡面傳話說：「帝爾菲迦爾滿面春風地凱旋歸來，他想到公主的面前。」蒂爾帕勒芭立刻把冒著生命危險前來的情人叫進來，並伸出手向他要那世上最寶貴的東西。帝爾菲迦爾壯起膽吻了那如月亮般潔白的手臂，同時把那一捧灰燼放在她手心，用感人的語調敘述了事情全部的經過，然後等待自己美麗情人嘴裡會吐出有利於自己命運的決定。

吻了吻那一撮灰燼後，蒂爾帕勒芭陷入好長一段時間的沉思，然後說：「啊！為我獻身的情人帝爾菲迦爾啊！不用懷疑，你所拿來的灰燼可以點石成金，它是世界上寶貴的東西。我衷心地感謝你為我帶來了這珍貴的禮物。但是，世界上還有比這更寶貴的東西……你走吧！把它找到後再到我這裡來，我誠心地祝福你，願真主讓你成功。」說完，她走出金黃色的帷幕，以多情的姿態來到外邊，讓帝爾菲迦爾親眼看看自己的花容月貌，但很快就又消失了——就像一道閃電閃光後又隱藏進雲層裡。帝爾菲迦爾還未能清醒過來，僕人便已客氣地拉著他的手，從暗道把他送了出去，他這個愛情的追求者第三次被打入失望的無底深淵之中。

帝爾菲迦爾失去了勇氣，他深深覺得，自己出生在世界上就是為了這樣絕望地死去。「事到如今，還有什麼辦法嗎？不如登上山崖向下縱身一跳，摔得粉身碎骨。」不再傾訴情人的無情，他像瘋子一樣跳了起來，跌跌撞撞地爬到一座高入雲霄的山峰頂尖——其他時候，他不可能有這種勇氣爬上這麼高的山峰，但現在他正處於獻出生命的狂熱之中，就算是如此高的山頂，在他眼裡也不會比小土丘高多少。

當他正要往下跳時，一個穿著綠衣、披著綠長袍的老者，一隻手拿著念珠、另一隻手拄著拐杖地出現在他面前。老者語帶鼓勵地想要激起他的勇氣，他說：「啊，帝爾菲迦爾，無知的帝爾菲迦爾，這是多麼怯弱的行為啊！你決心追求愛情，卻一點也不知道堅強的意志才是愛情征途中最重要的原點。你得像個男子漢，不要這樣失去勇氣。東方有一個叫做印度的國家，到那裡去，你的理想會實現的。」

說完，先知赫傑便不見了，帝爾菲迦爾向他做了表示感恩的禱告。他獲得了新的勇氣、熱情與非凡的天助，高高興興地走下山頭，向印度出發了。

他走過充滿荊棘的森林，穿過彷彿噴著火焰的沙漠，越過艱險的狹谷和高山，經過了很長的時間，終於來到印度的神聖國土。他在一處清涼的泉水中洗了澡，因為疲累，他在泉水岸邊躺了一會兒。傍晚時，他來到了一個空曠的廣場上，那裡躺著無數半死的人或已斷氣卻還未埋葬的屍體，兀鷹、烏鴉和其他凶猛的禽獸圍在那兒——整個廣場都被血染紅了！看到這樣一幅可怕的畫面，帝爾菲迦爾全身毛骨悚然。

「啊，真主，我陷入了多麼危難的境地啊！」臨死的人們嘆息、呻吟著，有人痛苦地僵直著腳斷氣；猛禽和野獸撕裂著屍體的皮肉，甚至撕掉一塊後便迅速逃走……帝爾菲迦爾從來沒見過這種恐怖的景象，剎那間他想起來了：這個廣場原本是一個戰場，這些屍骨正是英勇戰士的遺體。

此時，他旁邊傳來了一陣呻吟。帝爾菲迦爾轉過身子，看到一個個子十分高大的人耷拉著腦袋躺在地上。他那英勇無畏的面孔因接近死亡而變得死灰，鮮血像湧泉般從他胸口流出，可是他的手裡仍握著豪光閃閃的大刀。帝爾菲迦爾撕了一塊破布壓住他的傷口，想止住他的鮮血。

他問：「啊，年輕的壯士，你是誰？」年輕人聽到聲音後睜開雙眼，以豪邁的口氣說：「難道你不知道我是誰嗎？我是我母親的兒子，我是印度的兒子！」說著說著他眉毛直豎，原本死灰發黃的臉色因憤怒而漲紅，而那明晃晃的大刀為了大顯身手而再次閃耀著光芒。帝爾菲迦爾當下立刻明白，年輕壯士把他當成敵人了。他親切地解釋說：「啊！年輕的壯士，我不是你的敵人，我是從外國來的一個不幸旅行者。我勞碌奔波才來到這兒，請你把這裡發生的一切告訴我吧！」

聽了他的話，受傷的戰士態度變得很親切。「如果你是外國來的旅行者，那麼，你來，請你坐在我身旁被鮮血染紅的地方吧！只有這幾寸寬的空間算是我自己的土地——除了死亡以外，任何人也搶不走。很遺憾，你在這時候來到這裡，我們無法以客人之禮接待你。我們的祖先為我們留下來的國家，今天從我們的手中失去了，我成了無國可投的人。」他翻過身子繼續說，「但是，我們也向侵略者表明，為了自己的國家，拉傑布德人會如何英勇獻身。在你四周的屍體，就是那些犧牲在屠刀下的人。」

他笑了笑又說：「我已經失去了國家，唯一令我感到滿足的是，我在敵人的土地上奮戰至死。」

接著，他一面將破布從傷口上拿下，一面說：「這是你纏上的布嗎？讓血流出來吧！止住它又能怎樣呢？難道要我在自己的國家裡活著，卻受別人的奴役？沒有什麼會比在這當下死去更好了……」年輕壯士的聲音微弱了下去，四肢耷拉了下來。鮮血早已流得太多，現在已經不再大量出血，只偶爾滲出一滴。最後，他全身僵硬，心臟停止跳動，連眼睛都閉了起來。帝爾菲迦爾知道，對方的生命結束了，他對死者輕輕地喊著：「印度母親必勝。」此時，年輕壯士的胸口流出了最後一滴血。一個真正愛國、真正忠於祖國的人盡了他的天職，這一景象讓帝爾菲迦爾深深感動，他心想：毫無疑問，世界上再也沒有比這一滴血更寶貴的東西了。

他馬上把那滴血捧在手裡——在這一滴血的面前，連葉門的大紅寶石也顯得微不足道。

他一面驚嘆拉傑布德族的英勇獻身，一面向自己的國家出發。他風餐露宿許多時日，終於又來到了美麗公主蒂爾帕勒芭的宮門前。他請人傳話進去說：「帝爾菲迦爾成功地凱旋歸來了，他想面見公主。」

蒂爾帕勒芭立刻下令讓他進見，她自己則像平常一樣坐在金黃色帷幕的後面。「帝爾菲迦爾，這次你隔了很久才回來。呈上來吧！世界上最寶貴的東西在哪裡？」

帝爾菲迦爾吻了一下公主那用鳳仙花染過的手心，然後把那一滴血放在上面，才激動地把事情的始末說給她聽。他還沒有說完，金黃色的帷幕卻突然拉開了。帝爾菲迦爾面前出現了一座布置精緻的宮殿，宮殿裡，一個個宮女都勝過茱麗葉[4]，蒂爾帕勒芭正威儀非凡地坐在金黃色寶座上。看到這富麗堂皇到猶如魔術的景象，帝爾菲迦爾驚得目瞪口呆，只能像一尊塑像呆立在那裡。

此時，蒂爾帕勒芭從寶座上站了起來，向前走了幾步路和他擁抱在一起。歌者唱起了歡樂的歌曲，朝臣們向帝爾菲迦爾獻上禮物，這一對好似太陽和月亮般的情人被尊敬地扶上寶座。當喜慶的樂曲停下後，蒂爾帕勒芭起身雙手合掌跟帝爾菲迦爾說：「啊，決心獻出生命的情人帝爾菲迦爾，我的祈禱應驗了，真主聽到我的祈禱而使你獲得成功。你凱旋歸來了！從今天起，你是我的主人，我是你的女僕。」

說完，她要來了一個鑲了寶石的小盒子，從裡面取出一個小木牌，上面用金黃色的字跡寫著——

「為了保衛祖國而流盡的最後一滴血，是世界上最寶貴的東西。」

[4] 指的就是莎士比亞《羅密歐與茱麗葉》中的女主角。

妻子變丈夫

——他把棍子奪了過來，搶先一步狠狠地在長官臉上打了一下！

1

塞特討厭一切印度本國貨，而他美麗的妻子戈達瓦莉卻對所有舶來品很反感。然而，忍耐和馴服是印度婦女的美德，戈達瓦莉盡了最大的耐心使用丈夫買來的外國貨，雖然她內心深處對自己的從屬地位感到傷心。每當她站在家裡的陽臺向大街兩頭望去，看到許許多多女子穿著土布沙麗驕傲地昂首闊步時，內心深處的痛苦就會化成一口深深的嘆息。她覺得，世界上再也沒有比她更不幸的女人了，連在使用國貨這一點上，都無法跟本國同胞相比！

每個傍晚，在塞特一再堅持下，她得穿著外國布料做的衣服和他一起散步或參加娛樂活動時，一跨出家門，她就會羞愧得低下頭。她在報紙上讀到婦女們充滿激情的文章時，眼裡會放射出興奮的光芒，只有在這短暫的時間裡，她才能忘記自己所受的種種束縛。

灑紅節那天晚上八點，一支宣傳熱愛國貨的遊行隊伍在塞特住宅前的廣場上停了下來，準備燒毀外國布匹。戈達瓦莉站在自己房間的窗前看著熱鬧，心裡不怎麼好受。那些心情愉快、陶醉在獨立精神之中的人，驕傲地昂著頭，正準備燒外國的布匹。而自己呢？像隻關在籠中的小鳥，只能無可奈何地拍著翅膀。

要怎樣才能衝破這牢籠呢？她打量了房間四周一下，發現所有東西都是外國貨，連一根國產的線也沒有。外邊廣場上正在燒毀的東西，卻塞滿她家許多只箱子——彷彿象微著她內心深處積滿的痛苦。

她突然升起一個念頭：把這些東西都拿到廣場上，丟進火堆裡去吧！如此她全部的痛苦和軟弱也可以付之一炬。可是，她太害怕丈夫生氣，不敢動手。此時，塞特突然走進房來，說：「妳來看看那些瘋子，在燒布匹呢！這種瘋狂和神經錯亂不是叛亂行為又是什麼？有人說，印度人沒有頭腦，而且永遠也不會有頭腦，真是說對了。整個印度像是一架破機器，連裡面的零件都那樣的彆彆扭扭。」

戈達瓦莉回說：「你也是印度人啊！」

塞特有點不快地說：「對，我是印度人，但我始終感到遺憾，為什麼我會出生在這個倒霉的國家。我不希望人們稱呼或把我當印度人，至少在交遊的風度、穿著服裝、生活習慣和言語行為等方面，我沒有留下任何讓人把我當印度人的不光彩痕跡。我問妳，當我們用半個盧比能夠買一碼上等的布料時，為什麼還要買粗麻布？在這個問題上，每一個人都該有完全的自由！不知為什麼，政府竟容許這些流氓歹徒聚集在這裡？如果我手中握有權力，我要把他們一個個送到地獄去，到時候他們才會知道厲害！」

戈達瓦莉極其輕蔑地說：「你一點也不為自己的同胞著想。除了印度以外，世界上還有哪個國家遭受外來民族的統治呢？再小的國家也不願意當外來民族的奴隸！身為一個印度人，為了個人的一點利益就與政府合作來鎮壓自己的兄弟，難道不該覺得可恥嗎？」

塞特生氣地說：「我不把這些人當自己的兄弟！」

戈達瓦莉又說：「但是，政府給你的薪水，畢竟是從他們的口袋裡掏出來的呀！」

塞特說：「我的薪水是從誰的口袋裡來的，和我沒有什麼關係，反正誰給我薪水，誰就是我的主子。不知道這些流氓歹徒發了什麼瘋，說印度是一個精神文明的國家——精神文明難道意味著要抗拒上帝的安排？明明知道違背上帝的旨意就等於連一片樹葉也動彈不得，怎麼可能想不到，這麼大的一個國家被英國統治，其中會沒有上帝的旨意？這些瘋子連想通這一點的頭腦也沒有。如果沒有上帝的旨意，誰也動不了英國人的一根毫毛！」

戈達瓦莉說：「那你為什麼還要工作呢？上帝若有旨意，飯不也可以伸手白吃？你生病時又為何要跑到醫生那裡去？上帝只會幫助那些自己先付出努力的人。」

塞特說：「上帝無疑會這麼做的，但放火燒自己的房子、燒掉自己家裡的東西，這樣的事絕對不會讓上帝高興。」

戈達瓦莉說：「難道這裡的人應該默不吭聲地待著？」

塞特說：「不，應該哭，應該像吃奶的孩子向媽媽要奶吃那樣地哭！」

突然，火燒起來了，火舌衝天而起，好像獨立的女神穿著火焰做的衣裳飛向天空，好似與天神們擁抱在一起。

塞特關上了窗戶。對他來說，這副景象他完全無法忍受。

戈達瓦莉呆站著，好像屠夫面前一頭被綁在木樁上的牛。這時，傳來了不知什麼人的歌聲——

「看祖國的命運何時得改變！」

戈達瓦莉沮喪的心情受到了觸動，她打開窗子，往外邊看去，只見火還在燃燒，一個瞎眼的孩子敲著小手鼓唱著——

「看祖國的命運何時得改變！」

那個孩子來到窗前，戈達瓦莉叫住他：「喂，瞎子，等一等！」

瞎子停下腳步。戈達瓦莉打開箱子，可是只找到一個拜沙。鈔票和盧比倒有，但怎麼可以給瞎子乞丐那麼多呢？如果這時有三、五個拜沙，那她一定會給的，可是她只找到一個，而且是已經磨損了的拜沙，是僕人從市場上帶回來的、哪一個店鋪也不收的拜沙。要把這樣一個拜沙給瞎子，戈達瓦莉不由得感到有些難為情。她手裡拿著拜沙，站在那裡遲疑了一會兒，最後還是將瞎子叫了過來，把拜沙交給他。

瞎子說：「大嬸，拜託給點吃的吧！今天我一整天都沒有吃東西啦！」

戈達瓦莉說：「你整天乞討，連吃的也沒有討到？」

瞎子回答說：「大嬸，有什麼辦法，誰也不給吃的。」

戈達瓦莉說：「那你用這拜沙買點豆子吃吧！」

瞎子說：「好，我會買的。大嬸，老天爺保佑妳永遠高高興興。現在，我就在這裡睡下了。」

2

第二天大清早，國大黨要召開一個大會。

塞特用外國牙粉和牙刷漱了口，用外國肥皂洗了澡，用外國茶具喝了外國茶，吃了塗外國奶油的外國點心，喝了外國牛奶，然後穿上外國衣服，叼上外國雪茄走出家門，騎上摩托車去看花卉展覽。

戈達瓦莉一整晚沒有入睡，落空的希望和失敗的心情像鞭子在抽她的心，同時還有苦澀的東西卡在喉嚨裡的錯覺。身為一名有夫之婦，她想盡了一切辦法，企圖感化丈夫，但她那迷人的姿態、甜蜜的微笑和親切的話語卻一點也沒有發揮作用。別說讓他穿本國布做的衣服了，就連戈達瓦莉要買件土布沙麗他都不答應。於是，戈達瓦莉發誓以後再也不向他要任何東西了。

憤怒和怨恨使她的溫柔親昵起了變化，就像有什麼髒東西把乾淨的水弄髒了一樣。她想：既然連這一點點小事他都不能答應我，我又何必什麼都聽他的？為什麼還要當他意志的奴隸？我可沒有把自己的靈魂出賣給他。假使他今天偷了人家的東西或貪了汙，難道是我該得到懲罰嗎？他得自己承擔啊！罪惡是在他身上，他得對自己的言行負責，我只對我自己的言行負責。他要當英國政府的奴隸、在英國人的大門口低聲下氣，我有什麼必要亦步亦趨？對一個沒有自尊心、把自己出賣給利己主義者的人沒有敬意，絕對不是我的錯。這是當人家佣人還是奴隸的問題，佣人和奴隸是有區別的。佣人按照某些規定做交給他的工作，那些規定對主人和佣人雙方都適用，主人如果侮辱、辱罵佣人，佣人不一定要忍受。然而，奴隸卻是無條件的奴役——先是精神上的，然後是肉體上的。政府什麼時候對他說過不能買本國貨？政府發行的郵票上甚至還印有「請購國貨」的字樣哩！這就表明政府並不禁止國貨，可他卻因為急於得到別人的好感，甚至想比政府走得更遠！

昨晚，塞特有些難為情地問說：「明天的花卉展覽妳去不去？」

戈達瓦莉冷冷地回答說：「不去。」

「展覽很好看哩！」

「我要去參加國大黨的大會。」

對塞特來說，就算是屋頂落到他頭上或手不小心抓住了帶電的電線，也不會讓他這麼驚惶失措。他睜大眼睛說：「妳要去參加國大黨的大會？」

「對，我一定要去參加。」

「我不允許妳到那裡去。」

「如果你一點也沒考慮過我，我也沒有必要對你惟命是從。」

塞特惡狠狠地瞪著她說：「後果妳自己看著辦！」

好像敞開胸脯去迎接刺來的匕首一樣，戈達瓦莉說：「我不擔心這一點，反正你也不是誰的天神！」

塞特氣瘋了，他撂下種種威脅，最後扭頭躺下，一直到早晨出門去看花卉展覽，都沒有和戈達瓦莉再說一句話。

3

戈達瓦莉到達國大黨召開的大會會場時，那裡已經聚集了數千人，有男也有女。祕書長向大家呼籲捐款，有幾個人開始掏錢了。戈達瓦莉正和其他婦女站在一起，看別人在搞些什麼。大部分人都是捐幾個安那，因為沒有什麼很有錢的人。戈達瓦莉掏了掏口袋，拿出了一個盧比——她認為一個盧比夠多了，等著拿布包的人來到面前時把錢放上去。突然，那個戈達瓦莉昨天曾給了一個拜沙的瞎孩子，不知從什麼地方趕來了。當募捐的布包移到他的面前時，他在上面放了一個什麼東西。所有的人都直愣愣地望著他，都很好奇：這個瞎子捐了什麼東西？乞討一天只能討到半個、一個拜沙，還得唱整天，就算連喉嚨都破了，可憐的他仍可能得不到吃的東西——這樣的歌曲配上樂器在某個集會上演唱，是可以得到幾個錢，但在大街上說說唱唱的瞎子又有誰理會？

那個瞎眼的孩子把拜沙放在布包上之後，就轉身離開了，走沒多遠，他又開始唱道：「看祖國的命運何時得改變！」

會議的主席說：「朋友們！你們看，這是一個窮苦的瞎孩子放在布包上的一個拜沙。在我看來，這一個拜沙的價值並不低於任何有錢人的一千個盧比。也許，這一個拜沙是這個窮孩子的全部家當，連這樣窮苦的人都向著我們，我真的感覺到真理的勝利是無庸置疑的。印度為什麼有這麼多的乞丐？不是因為他們在社會上找不到任何工作，就是因為貧窮而生病使他們失去了工作能力，或者是行乞的生活使得他們變得無所作為。除了獨立以外，現在有誰能夠解放這些窮苦的人啊！請你們聽一聽，他正唱著：『看祖國的命運何時得改變！』這個被迫害者的心裡有著多大自我犧牲的精神啊！難道現在還有人懷疑我們代表了什麼人的心聲嗎？」

接著，他舉起那個拜沙又繼續說：「你們中間有誰要買這個珍貴的東西？」

戈達瓦莉心中很想知道，這個拜沙是不是昨天晚上她給瞎孩子的，他晚上真的什麼東西都沒吃？她走上前去，想看一看那個被放在桌子上的拜沙。一看，她心中便不由得一震——正是那個磨損了的拜沙哪！

想到瞎孩子的處境，想到他的犧牲精神，戈達瓦莉就對那個拜沙產生了熱愛的情感。她用顫抖的聲音說：「請你把那個拜沙讓給我吧！我出五個盧比。」

會議主席說：「有一個姊妹出了五個盧比。」

另一個人說：「我出十個盧比。」

第三個人說：「我出二十個盧比。」

戈達瓦莉看了最後那個人一眼，對方臉上閃耀著自豪的神色，好像在說：「這兒還有誰可以和我較量呢？」她心中突然產生了競爭的念頭。她心想：不管怎麼樣，不能讓這個拜沙落到別人手裡，那個人以為出了二十個盧比，就把整個世界都買到手了？

戈達瓦莉說：「四十個盧比。」

那個人馬上說：「五十個盧比。」

女人們的千百隻眼睛望著戈達瓦莉，好像在說：「現在就靠妳來維護我們女子的面子啦！」

戈達瓦莉看了看那個人，帶著一點威脅的口吻說：「一百個盧比。」

那個有錢人馬上說：「一百二十個盧比。」

眼看著這個人要勝了，大家都用擔心又失望的眼光盯著戈達瓦莉。當戈達瓦莉嘴中說出一百五十個盧比的數目時，周圍的人都熱烈地鼓起掌來，好像摔跤場裡的觀眾看到自己一邊的大力士取得勝利時那般狂歡不已。

那個人又說了：「一百七十五個盧比。」

戈達瓦莉說：「兩百個盧比。」

接著，周圍又一片掌聲。現在，對方認為從戰地裡撤退才是上策了。

戈達瓦莉站在那裡，用謙遜的態度掩飾她因勝利而感到的驕傲。成百上千的人向她致以誠心的祝福，就像朵朵鮮花灑向她一樣。

4

當人們知道戈達瓦莉就是塞特先生的妻子之後，除了對她抱著羨慕和高興的複雜心情之外，也對她產生了同情。

塞特還在欣賞花卉展覽，一個警官跑來告訴他這個駭人聽聞的消息。他整個人驚得目瞪口呆，好像全身都失去了知覺，接著他握緊拳頭，緊緊咬著牙齒和嘴唇，立刻動身回家——他的摩托車從來沒有跑得這麼快過！

腳一踏進門，他就用那噴著怒火的眼睛瞪向妻子。「妳就這麼希望抹黑我的臉嗎？」

戈達瓦莉心平氣和地回他說：「你是想好好說呢？還是要罵人？你的臉上抹了黑，難道我臉上就不會抹上黑？如果我真的挖了你的牆角，請問，我還有其他依靠嗎？」

塞特說：「現在已經鬧得滿城風雨了！妳為什麼把我的錢給人？」

戈達瓦莉仍然平心靜氣地說：「因為我把它也看成是我的錢。」

塞特把牙齒咬得直響，怒聲說：「絕對不是妳的，妳沒有任何權利花我的錢！」

戈達瓦莉說：「你完全說錯了，你有多大的權利花你的錢，我同樣有多大的權利花那些錢。當然，如果你讓離婚法案獲得通過，你我離了婚，到時我就沒有這種權利了。」

塞特把自己的禮帽死勁往桌子上一摔，禮帽滾下桌子掉到地上。他說：「對於妳的愚蠢，我真感到遺憾。妳知道這種放肆的行為會產生什麼後果嗎？我會受到盤問。妳說，我該怎麼回答？明擺著的事實是：國大黨在與政府作對，幫助國大黨不就是與政府作對嗎？」

「你又沒有幫助過國大黨。」

「但是妳幫了呀！」

「這該我受到懲罰，怎麼會是你？如果我偷了人家的東西，難不成是你進監牢？」

「偷人家的東西是一回事，這樣的事是另一回事。」

「難道幫助國大黨比偷竊和搶劫更壞？」

「沒錯。對政府工作人員來說，這要比偷竊和搶劫壞得多。」

「我可不知道。」

「如果妳不知道這一點，那是妳無知。妳每天看報，還用得著問我嗎？一個國大黨人站到講臺上發表演說，就有幾十個便衣警察來寫關於他的報告。每一個國大黨的頭頭背後都有幾個特工人員跟著，他們的任務就是嚴密地監視他們。他們對小偷從來沒有採用過這麼嚴厲的手段，所以就算每天都發生成千上萬起偷竊、搶劫和行凶殺人的案件，也沒有誰的案子破了——警察不大理會這種事。可是，如果警察嗅到某一事件中有點政治氣味，妳看著吧！那些警察會何等神經緊張，從監察長到普通警察都會忙得不可開交！政府並不害怕小偷，小偷不會傷害政府，但國大黨卻是向政府的權力進攻，為了保衛自己，政府一定得行使自己的權力，這是一種自然的規律。」

5

今天，塞特到辦公室的時候，腳步遲遲不前，不知道這天會發生什麼情況。他無法像往日那樣，走進辦公室就呵責聽差、向其他職員擺威風，而是一聲不吭地坐到自己辦公室的椅子上。他感到自己頭上似乎懸著一把刀，一聽到英國長官的汽車聲就嚇得要死。往常他都只坐在自己的房間裡，等長官坐下，隔半個小時就有人把文件的卷宗送來。今天他卻站在走廊，長官一下車，他就低著頭向他行禮，可是對方卻把頭扭了過去。

不過，他仍然沒有氣餒，走上前去替長官掀起了門簾。長官走進房間，塞特替他開了電扇，心中仍然忐忑不安，擔心頭上懸著的刀子什麼時候會落了下來。當長官在椅子上坐下來時，塞特趕上前去，把一盒雪茄和火柴放到桌子上。

突然間，天空裂開了——

長官大聲吼著說：「你是叛徒！」

塞特目不轉睛地望著長官，好像聽不懂得他的意思。

長官再次大聲吼道：「你是叛徒！」

塞特有些沉不住氣了，他說：「我認為在這個國家裡，再沒有比我更忠於政府的人了。」

長官說：「你是個忘恩負義的傢伙！」

塞特的臉漲紅了，回說：「你這是在搬弄口舌！」

長官繼續罵說：「你是大壞蛋！」

塞特連眼睛都紅了，他硬聲說：「請別這樣侮辱我，我可沒有習慣聽這種話。」

長官說：「住嘴，你這該死的傢伙！政府給你五百盧比，不是要你讓你老婆捐給國大黨，政府不是為了這給你錢的。」

這下子，塞特得到了為自己辯護的機會。他說：「我敢向你保證，我妻子捐款完全違背了我的意願。那時我已經去參觀花卉展覽了，在那裡，我還用五個盧比買下了弗蘭克小姐的花束。一直到從那裡回來，我才知道這件事。」

長官說：「哦？你還欺騙我！」

受騙的想法就像火焰一樣衝到這位英國長官的腦頂，火氣已達到沸騰。區區一個印度人，竟然有這樣的膽量敢欺騙他，他是印度人的皇帝，好多大地主都到他的身邊來向他請安，好多貴族甚至送禮給他的僕人。現在，居然有人欺騙他，這是他不能忍受的！

他拿了一根棍子撲了過來。

然而，塞特也是一個倔強的人。平常，他總是對對方說好話，但這種侮辱他無法忍受。他把棍子奪了過來，搶先一步狠狠地在長官臉上打了一下，打得他眼前發黑。長官根本沒有挨揍的心理準備，他有好幾次都覺得：印度人脾氣溫和，很容易屈服，還很能忍耐——特別是在他面前，連嘴也不敢張。他在椅子上坐了下來，擦擦鼻子裡流出來的血。現在，他不敢再和塞特糾纏了，但是他心中卻盤算著要如何使對方受到屈辱。

塞特也回到自己的房間裡，開始思考現在的局面。他一點也沒有感覺到遺憾，相反地，他對自己的勇敢十分滿意。看看這英國佬凶神惡煞的樣子，還拿棍子向我打來，愈是讓著他，他愈是壓你。他的女人帶著男朋友到處遊逛，他連個屁兒也不敢放，卻在我面前成了一頭獅子？現在，他會跑到專員那裡去，不辭退我是不會罷休的……這一切都是由於戈達瓦莉引起的！侮辱受過了，以後還是得考慮飯碗的問題，但誰也不會理會我的。

解除職務的命令很快就會下來了，他要向何處喊冤呢？祕書長是印度人，可是對方比英國人還要英國人；內務部長也是印度人，可是完全是英國人的奴僕，一聽到戈達瓦莉捐款的事就會嚇到發抖……不能抱有誰會主持正義的希望，立刻離開這裡才是上策。

塞特馬上寫了一封辭職信，送到了長官那裡，對方在上面批示：「辭退。」

6

中午，當塞特耷拉著腦袋回到家裡時，戈達瓦莉問他：「今天怎麼回來得這麼早？」

塞特用他那像噴著火的眼睛瞪了瞪她說：「妳盼望的事發生了，現在抱著頭去哭吧！」

戈達瓦莉追問說：「發生了什麼事？說清楚嘛！」

塞特說：「發生了什麼事？他向我瞪眼，我打了他一拳，辭職回來了。」

戈達瓦莉問說：「為什麼那麼急於辭職呢？」

塞特沒好氣地回道：「難道還要等著他來侮辱我？既然妳是這樣一種態度，不是今天，就是明天，總有一天要和他們分道揚鑣的。」

戈達瓦莉說：「好吧！事情既然發生了，也是好事。今後你也參加國大黨好了……」

塞特咬著嘴脣說：「妳自己不感到羞愧，反而在我的傷口上抹鹽！」

戈達瓦莉說：「我羞愧什麼？我是高興你身上的鎖鏈斷了。」

塞特說：「妳到底想過沒有，今後我們該怎麼辦？」

戈達瓦莉說：「一切我都想過了，你就看著吧！不過，我說什麼，你得照辦。到今天為止，我惟你的命是聽，今後得反過來了。從前，無論在哪方面我都沒有抱怨過你，你讓我吃什麼，我就吃什麼；你讓我穿什麼，我就穿什麼；你讓我住在公館裡，我就住在公館裡；你讓我住在草棚裡，我就住在草棚裡。同樣的，今後你也得如此，我叫你做什麼，你就做什麼。我看，沒有什麼不好辦的，高尚並不表現在西裝和打扮上，一個人的靈魂純潔，他就高尚。至今為止，你是我的丈夫，今後我是你的丈夫了。」

塞特用飽含深情的眼睛看著妻子，笑了。

送魂的遊行

——有十多萬人參加送葬儀式，每個人的眼睛都哭紅了。

1

要求完全獨立的遊行隊伍出發了。為數不多的青年、老頭，還有一些孩子，手裡拿著大大小小的旗幟，他們唱著《膜拜母親》從馬拉街前面經過。兩邊都站著看熱鬧的人牆，好像他們和遊行的目標毫無關係，好似這不過是一場戲，他們的任務就是站著觀賞。

辛甫納特站在商店前面的人行道上，對自己的鄰居丁德亞爾說：「這些人一個個都去送死，前面那隊騎兵鐵定會把他們打得七零八落。」

丁德亞爾說：「聖雄甘地先生也是老糊塗了，要是憑著遊行就可以獲得獨立，早就獨立了。你看看，遊行隊伍裡都是些什麼樣的人，小青年、流浪漢、瘋瘋癲癲的傢伙，城裡的大人物一個也沒有。」

墨古脖子上掛著一串各種拖鞋的樣品站在那裡，聽了兩位老板的對話，笑了出聲。

辛甫納特問道：「墨古，你笑什麼？今天你的生意好像很不錯。」

墨古說：「我是笑你們說遊行的隊伍中沒有一個城裡的大人物。大人物何必參加遊行呢？他們在現今的政權下有什麼不好過的？住在公館和洋房裡，坐著汽車東遊西逛，和老爺們一起赴宴，有什麼不愜意的？活不下去的，只有我們這些連飯也吃不到的人。眼下他們有的在打網球、有的在飲茶、有的在欣賞留聲機放的音樂、有的在逛公園……他們會來這裡挨警察的鞭子？別說笑了！」

辛甫納特說：「墨古，這些事情你懂得什麼？凡是有幾個大人物帶頭的事情，就可以對政府產生一點影響力。政府官員怎麼會把小青年、流浪漢的隊伍放在眼裡呢？」

墨古看了看他，眼神好像在說，不是只有你一個人懂得這個道理。他說：「大人物不是我們這些人抬出來的嗎？把他們慣壞的，還會有其他什麼人嗎？好多人先前連理都沒有人理，由於我們的努力，他們才變成了大人物，一旦出人頭地，就翻臉不認人。現在，他們坐小汽車出入，把我們看成下等人了。這只能算他們的運氣好！那些穿著短褲衩和赤著腳到處跑的人，那些為了改善我們的處境而冒著生命危險東奔西走的人，才真正是我們的大人物哩！我們也甭管什麼大人物不大人物，說實在的，就是這些大人物把我們毀了的。一旦政府給了他們個好差使，他們便對政府百依百順。」

丁德亞爾說：「那個新上任的警官算是一大劊子手，遊行隊伍一到十字街頭，他肯定會用鞭子抽人。到時看吧！看他們這些人怎樣夾著尾巴逃跑，很有意思的！」

遊行的人陶醉在獨立的理想中。他們來到了十字街頭，發現有一支騎兵和步兵組成的隊伍站在那裡，擋住了去路。

突然，警官比爾伯爾．森赫縱馬來到遊行隊伍的前面，開口說：「有命令，禁止你們再往前走。」

遊行隊伍的負責人易卜拉欣．阿里老頭兒走上前，善意地說：「我向你保證，絕對不會出任何亂子。我們不是來搶劫商店或搗毀汽車的，我們的目標比這崇高得多。」

比爾伯爾說：「我接到命令，不能讓遊行隊伍從這裡通過。」

易卜拉欣說：「請你再問問你們的長官吧！」

比爾伯爾回說：「我認為沒這個必要。」

易卜拉欣接著說：「那我們就坐在這裡，等你們走了以後，我們再走過去。」

比爾伯爾又說：「沒有准許你們待在這裡的命令，你們得回去！」

易卜拉欣嚴肅地表示道：「我們是不會回去的。你或者其他什麼人，都沒有權力阻止我們。如果你想憑著你的騎兵、刺刀和槍支的力量來阻擋我們，那就來吧！但你是無法把我們擋回去的。我們自己的同胞拒絕服從這個政權的命令的日子，什麼時候才會到來啊？這個政權的目的，就是要使我們的民族永遠束縛在受奴役的鎖鏈裡！」

比爾伯爾是個大學畢業生，父親曾當過警察局長，在長官的眼裡，他很有身分。身為一個白淨皮膚、藍眼睛、淡黃色頭髮又威風凜凜的男子，他傲氣十足，只要穿上西服、戴上禮帽，就會忘記自己也是一個印度人，更或許，他已經把自己當成統治這個國家的民族的一分子了。不過，剛才易卜拉欣那些語帶輕蔑的話，卻使他有那麼一會兒感到些許羞愧。只是，事情實在棘手：如果讓遊行隊伍過去，他會受到質問；如果讓人待在那裡，又不知道他們要待到什麼時候？

正在進退兩難的時候，他看見警察局副局長騎著馬來了。再也沒有左思右想的餘地了，這正是他表現自己能力的好時機。他從腰間抽出了警棍，用馬靴刺刺馬，向遊行的隊伍衝去，其他的騎警看到後，也騎著馬開始衝向遊行的隊伍。易卜拉欣原本就站在警官的馬前面，頭部挨了重重的一棍，被打得眼前直冒金星。他站不穩，手抱著頭跌坐了下去。此時，警官坐騎的兩隻前蹄已經騰空而起，接著，又重重地踩到躺在地上的易卜拉欣。

遊行隊伍本來還平靜地站著，看到易卜拉欣倒了下去，幾個人想衝上前扶他，可是沒有一個人衝得上去。騎警的警棍不斷地落在遊行的人們頭上，他們用手擋著警棍，仍然堅定地站著不動。對他們來說，不被暴力的衝動所支配已經愈來愈困難了。反正都要忍受打擊和侮辱，為什麼不努力衝垮這堵非暴力之牆呢？考慮到城裡千千萬萬人的目光都在盯著他們，要是從這兒打著旗幟回去，今後還有什麼臉大談獨立的事業呢？

他們中間沒有一個人考慮過要逃命，因為他們不是為了填飽肚皮或是受雇用而來的，他們是一些真正為獨立而奮鬥的志願者，是一支嚮往自由而有組織的隊伍，深深懂得自己的職責。他們中間有多少人頭上在流血，有多少人的手受了傷，只要發一聲喊，馬上就可以衝破騎警的隊形，但他們腳上有鎖鏈——這是一種原則、教義和理想的鎖鏈。

騎警們用警棍一個勁兒地毒打遊行的人十幾分鐘，但他們仍一動也不動地站著……

2

警察毆打遊行隊伍的消息很快地傳遍了市場和大街小巷。人們得知，易卜拉欣被馬踩了，有一些人受傷，還有一些人的手被打斷，但他們沒有往回走，警察也沒有讓他們再前進。

墨古激動地說：「老兄，現在已經忍無可忍，我也去參加遊行啦！」

丁德亞爾說：「我也去，看警察怎麼辦！」

辛甫納特一聲也不吭地站了一會兒，突然把店門一關，說道：「人總是要死的。要發生什麼不幸，就讓它發生吧！他們那些人畢竟也是為了大家在做犧牲啊！」轉眼間，大部分商店都關了門。前不久還在一旁看熱鬧的人們，從四面八方跑攏了起來，很快地組成了一支幾千人的龐大隊伍，隨後就向出事地點出發。這是失去了理智、胸懷殺機、不考慮原則和理想的人群集體，他們不僅準備獻身送死，也準備置對方於死地。隊伍中有許多人手裡拿著棍棒、許多人口袋裡裝滿石頭。他們誰都不向誰說什麼或問什麼，所有人心中只懷著一個堅強的意志——衝向前去。像一片烏雲般地，他們迅速捲向出事地點。

從遠處看到這支隊伍以後，騎警有點慌亂了。比爾伯爾・森赫的臉上露出了愁容，警察局副局長策馬向前，可是用警棍亂打一群信守和平與非暴力原則的人是一回事，要對付失去理智的群眾卻是另一回事，騎警和警察都向後退了。

被馬踩到背的易卜拉欣，躺在地上失去知覺，聽到大批人的喧嚷後，他的眼睛自然而然地睜開了。他向一個青年示意，請他來到面前說：「什麼事，蓋拉斯？有人從市中心來了嗎？」

蓋拉斯看了看那黑雲般湧來的人群說：「是，總共約有幾千人！」

易卜拉欣說：「大勢不好了！趕快搖旗往回撤，我們應該馬上返回去，要不，風暴就要來臨了。我們的目的不是和自己的同胞開戰，馬上往回撤！」

他一面這樣說一面想站起來，但卻無法如意。

很快地，人們像有組織的部隊一樣馬上後撤了。他們迅速地用旗杆、頭巾和手帕紮成一副擔架，把易卜拉欣放在擔架上抬著往回走。然而，這是他們的失敗了嗎？如果有些人高興把這當成他們的失敗，就隨他們去吧！實際上，他們取得了一個劃時代的勝利。他們知道自己是在和同胞戰鬥，這些同胞的利益在客觀條件上和他們的互相矛盾，但他們內心並不仇恨這些同胞。另一方面，他們也不願意城裡發生搶劫和騷亂，不願意看到聖戰的結果是留下一家家遭洗劫的商店和一個個血肉模糊的人頭。他們勝利的最光輝標誌是獲得人民的同情，那些以前譏笑他們的人，現在看到他們的毅力和勇氣後都趕來援助了。這種轉變就是他們真正的勝利——他們沒有必要和任何人開戰，他們的目的僅僅是獲得人民的同情、轉變人民的思想。他們達到目的的那天，就是獨立太陽升起的日子。

3

三天過去了。比爾伯爾・森赫坐在自己的房間裡喝茶，妻子米滕・巴伊懷裡抱著嬰兒站在他面前。

比爾伯爾說：「有什麼辦法？警察局副局長就站在後面，如果讓開了，連我的生命都有危險。」

米滕・巴伊搖搖頭說：「你至少可以做到不讓騎警拿警棍打他們，難不成用警棍打人是你的任務？你最多只能擋他們！如果明天下了要用棍棒拷打犯人的任務，你就痛快了，是不是？」

比爾伯爾有點不好意思地說：「妳根本什麼事也不了解。」

米滕・巴伊說：「我很清楚。後面站著警察局副局長，你也許在想，不知以後是否還可以碰上能表現一番的大好機會。你以為那遊行隊伍裡沒有好人嗎？他們中間有好多人能雇用像你這樣的人當佣人，在學問方面也許大多數人都還超過你，你卻用警棍毆打他們，讓馬踩他們。呵！多勇敢啊！」

比爾伯爾厚著臉皮笑了笑說：「真的，警察局副局長記住我的名字了。」

警官以為把這件事告訴米滕・巴伊，會讓她高興。他以為好心和善良等都只是表面的偽裝，不是出自內心，而是口頭說說；私利的考慮隱藏在內心的深處，私利才是應該嚴肅思考的問題。

可是，米滕・巴伊臉上沒有露出任何高興的神色，也許表面說說的事已經滲透到內心深處了。「他肯定記住了，說不定你會很快就會升官啦！可是，手上沾滿無辜者鮮血的提拔算什麼呢？這不是對你能力的獎賞，而是你背叛行為的代價。只有你抓到某一個殺人凶手，或是拯救某一個快要淹死的人，那時得到的獎賞才是對你能力的肯定。」

突然，一個警察來到走廊裡說：「先生，我帶來了一封信。」比爾伯爾走出房間拿了信並打了開來，取出裡面的官方通知看了看，然後把它放到桌子上。

米滕・巴伊問道：「是升官的通知來了吧？」

比爾伯爾・森赫不好意思地說：「妳光會挖苦人。今天又有人要遊行，這是叫我監視的命令。」

米滕・巴伊說：「哦？你的運氣又來了，好好準備吧！今天又會碰到上一次那種犧牲品的，好好使出你那一手吧！副局長也一定會來的，真的，這一次你一定會當上巡官的。」

比爾伯爾・森赫皺著眉頭說：「妳總是說些不三不四的話。假使我在那裡一聲不吭地待著，會有什麼結果？我會被認為是不中用的人，會馬上派另外一個人代替我。一旦被懷疑在同情鬧獨立的人，那我就沒有容身之地了；就算不被開除，那也得每次點名必到。一個人不論生活在什麼樣的社會上，總得跟著那個社會的潮流行事嘛！雖然我算不上聰明人，總還是知道這些人是在為國家和民族的解放而努力。我也知道政府想壓制思想，我沒蠢到像頭驢，對奴隸的生活感到驕傲，但形勢迫使我不得不這麼做。」

這時他聽到鼓樂的聲音，走出去一問，才知道要求獨立的遊行隊伍已經出發了。他迅速穿好制服，戴上頭巾，把槍放進口袋走了出去。不一會兒，馬也準備好了，警察們早就做好出發的準備，他們一齊向遊行隊伍行進的方向奔去了。

4

奔跑了十來分鐘，他們來到遊行隊伍的面前。一看到他們，人們的喉嚨裡就高聲唱出《膜拜母親》，響亮得像烏雲中發出的雷鳴，接下來則是一片沉寂。上次與今天的遊行隊伍是這麼大的不同！上次是為獨立而舉行的遊行，今天則是為了向烈士誌哀。

經過三天高燒的痛苦折磨，一個人的生命結束了。這個人從不貪求職位，從沒有向當局低過頭。他臨終的遺囑是，希望能在恆阿裡擦洗自己的遺體後再進行安葬，並在他的墓地上插上獨立的旗幟。他去世的消息一傳開，全城就被一片哀悼的氣氛所籠罩。聽到這個消息的人都極為震驚，好像遭到了槍擊，紛紛跑來瞻仰他的遺容。商店全都關了門，各種車輛連影兒也看不到，整個城市好像遭到了洗劫。不一會兒，全市的人個個情緒激昂，參加送葬儀式共有十幾萬人，每個人的眼睛都哭紅了。

比爾伯爾・森赫命令警察和騎警與遊行隊伍保持幾尺遠的距離尾隨著，他自己則走在後面，再後面幾丈遠的地方是婦女們的隊伍。警官朝她們打量了一下，看到妻子米滕・巴伊走在最前面一排。他開頭還不相信，又仔細地瞧了一眼——的確是米滕・巴伊。米滕・巴伊也朝他瞥了瞥，但馬上又把臉扭了過去。這一瞥充滿了鄙視、羞愧、痛心和厭惡，使得比爾伯爾・森赫從頭到腳像被電流竄過了一樣——他從來沒有像今天這樣，感覺到自己的卑下、渺小和軟弱無能。

忽然，有個年輕婦女朝警官先生看了一眼說：「長官大人，你可別用警棍打我們啊！我們一看到你就嚇壞了。」

另一個婦女說：「就是他的一個幫凶，那天在馬拉街的十字路口把我們的英雄打傷了……」

米滕・巴伊說：「不是他的幫凶，是他本人！」

幾十張嘴同時嚷道：「啊！就是這位先生啊？好哇，先生，這算是你賜予的恩典吧！我們今天也有機會來領教領教你警棍的滋味啦！」

比爾伯爾惡狠狠地朝米滕・巴伊瞪了一眼，嘴上卻沒有說任何一句話。

第三個婦女又說了：「我們要開一個大會，幫你戴花環，為你唱讚歌！」

第四個婦女說：「你長得這麼白，好像道道地地的英國人……」

一個老太太翻著白眼說：「要是我生下這樣的崽子，早把他掐死了。」

一位青年婦女輕蔑地說：「妳說得過分了，大媽。連狗都知道報答自己的主人，何況他還是人！」

老太太生氣地說：「奴才，奴才，為一碗飯當奴才。」

這時有幾個婦女對老太太打趣了幾句，老太太不好意思地說：「唉！我又說了什麼啦？不過，一個為私利而不顧一切的人，怎麼算得上是個人啊！」

比爾伯爾・森赫再也聽不下去了，他趕著馬走向遊行隊伍後面一、兩丈遠的地方。男人被男人恥笑時會感到生氣，但當他們被婦女恥笑時，卻會感到難過。比爾伯爾・森赫再也沒有勇氣走到婦女隊伍的前面去了。他在生長官們的氣——

為什麼一次又一次派我來執行這種任務呢？不是還有其他人嗎？為什麼不派他們呢？難道只有我最壞？只有我最無情？

米滕・巴伊把我看成多麼懦弱和卑下的人哪！就算現在有人把我打死了，她一定也不會站出來說一句話的，說不定心裡還很高興，認為幹得好哩！如果這時有人向老爺報告，說比爾伯爾・森赫的妻子參加了遊行，那我真沒有容身之地了。米滕・巴伊很清楚，她完全了解，仍然參加了遊行，問也不問我一聲。她一點顧忌也沒有，所以才會這樣。參加遊行的人都沒有什麼牽掛，他們都是大學生、中學生和工人，需要擔心什麼？受罪的還是我們這樣的人，我們有孩子，要考慮一家子的臉面。剛才那些婦女一個個都對我那樣橫眉怒目、諷刺挖苦，好像要把我吃掉一樣。

遊行的隊伍正經過主要的街道，兩邊的臺階上、陽臺上、欄杆後和樹上都站著密密麻麻的觀眾。比爾伯爾・森赫發現，他們臉上閃耀著一種嶄新的豐潤神采、熱情與自豪。具體說來，老年人的臉上閃耀著豐潤神采，年輕人的臉上閃耀著熱情，婦女們的臉上閃耀著自豪——這是一種走向獨立的豪邁精神。現在他們未來征途的目標已經明確了，再也不用像迷失方向的人一樣左右徘徊，再也不必再和遭受壓迫的人一樣低頭哭泣。獨立的金黃色頂峰正在遙遠的天際放射著光芒，人們好像不顧途中還有高山大河的障礙，都在為達到那金黃色的目標而熱情地等待著。

將近十一點時，遊行隊伍來到了恆河岸邊。人們放下死者的遺體並把它抬到恆河裡去擦洗。死者那冰涼、蒼白而又平靜的額上還可以清楚地看出被警棍毆打的傷痕，血已經凝固、發黑了，他的頭髮和血凝結在一起，看起來好像是畫家乾了的畫筆。

為了瞻仰烈士的遺容，幾千人分成若干長隊站在那裡。比爾伯爾騎著馬停在後面，同樣也看見了警棍毆打的傷痕，他的良心受到了很大的刺激，再也無法繼續看著死者的遺體。他轉過頭，心裡思忖著：千千萬萬的人為了瞻仰這個人的遺容，為了把他腳下聖潔的泥土抹在前額上而心急火燎地等待著，可我，竟然如此摧殘了這個人。

此時此刻，他的良心終於不得不承認，對老者那無情的打擊並非出自責任心，純粹是出於私心——一心想表現自己能耐並博得長官歡心。千萬隻眼睛忿怒地望著他，望得他不敢抬眼面對氣憤的人群。

一個警察來到他面前討好地說：「長官，你打得很有勁，現在頭還裂了個大口子呢！這下子每個人都該清醒了。」

比爾伯爾不以為然地說：「我認為這不是我的勇敢，而是我的卑鄙。」

警察又討好地說：「長官，他是一個很壞的傢伙！」

比爾伯爾厲聲地說：「住嘴，你究竟知道不知道誰是壞傢伙？那些搶人家東西的、偷人家東西的、殺人的，才是真正的壞傢伙。為了國家的利益，不惜冒自己生命危險的人，不能叫壞傢伙。他們本來是我們應該給予幫助的人，如今我們卻在反對他們。這既不是值得驕傲的事，也不是值得高興的事；這是可恥的事，也是可悲的事……」

洗過遺體，遊行隊伍又從那裡出發了。

5

等遺體安葬完畢人們往回走時，已經是兩點鐘了。米滕・巴伊隨著其他婦女走了一段路後，在王后公園裡停了下來，她不想回家，那一具衰老的、傷痕累累又血跡斑斑的屍體好像在她的心裡譴責她，她對丈夫是如此厭惡，以至於連譴責他的心思都沒有了。這種利欲薰心的人除了恐懼可以發揮作用外，她根本不相信還有什麼能夠對他產生影響。

她坐在公園的草地上想了好久好久，仍無法決定自己該履行什麼職責。她可以回娘家去，但是一、兩個月後她還是不得不再回來。不，我不能老想著依靠別人的庇護，難道我不能夠自己掙錢過日子嗎？她考慮過各式各樣的困難，然而，今天她內心不知從哪裡湧上了那麼巨大的力量，她覺得這些困難就是自己的懦弱。

突然，她想到了死者易卜拉欣・阿里年老的寡妻。她曾經聽說過他們沒有任何兒女，她忍不住想：可憐的老媽媽可能還在哭泣，也許身邊連一個安慰她的人都沒有。於是，她往老媽媽的家走去了，遊行時她早向其他婦女打聽過地址了。

米滕・巴伊一面走，一面尋思：我怎麼去見她呢？對她說什麼好呢？用些什麼話勸慰她呢？就這麼邊走邊思索著，她來到了易卜拉欣・阿里的家裡。

房子座落在一條巷子裡，乾乾淨淨的，但門口一片淒涼。她懷著一顆顫抖的心走進大門，前面走廊上的一張床上，坐著一位老婦人——今天，她丈夫易卜拉欣把她獻身在獨立的祭壇上了。

老媽媽面前站著一個穿普通衣服的年輕人，兩眼噙著淚水在和她談話，米滕・巴伊看到對方後吃了一驚，原來是比爾伯爾・森赫。

她又驚又氣地問：「你怎麼到這裡來了？」

比爾伯爾・森赫說：「和妳來這裡的目的一樣，我來請求寬恕自己的罪惡。」

當下，米滕・巴伊臉上所流露出來的愛、驕傲和愉悅，實在難以描述——她感覺到不只是這一生，甚至連來世的一切痛苦也都解除了，她已經從憂慮和惡夢中解脫出來了。

最後的禮物

——馬爾蒂生硬地說道：

「即使給我十萬盧比，我也不能給這件沙麗。」

1

全市只有一家商店可以買到英國製的絲綢沙麗，其餘所有店家的老板都在英國製的布匹上蓋上了國大黨的印記，不出售了，但阿馬爾那特的情人馬爾蒂偏偏指定要買英國沙麗，對他來說，滿足她的要求是第一要緊的。一連幾天，他來回跑了好多商店，準備出雙倍的價錢，卻哪兒也未能如願，而情人還在一直催促他——潑水節就要到了，若買不到，她在節日要穿什麼呢？要在情人面前承認自己無能為力，對大男人主義的阿馬爾那特來說，實在是太困難了。只要馬爾蒂示意，他可以上天為她摘星星。

最後，由於哪兒也達不到目標，他打算到那家「特殊的商店」去了。他知道，那家店的門口有志願者正在靜坐，從早到晚都有他們的人在那裡，周圍看熱鬧的群眾始終很多，要進去那家店也需要一種「特別的勇氣」——這正是阿馬爾那特所缺少的。他是讀過書、有學問的人，對民族主義精神並不陌生，盡量使用國貨，但並不固執。他的原則是：有國貨，最好用國貨，要不，用外國貨也無所謂，尤其事關情人提出的要求，他沒有任何迴避的理由。如果是自己的需要，那他也許可以拖延幾天，可是情人的要求就像是死亡那樣推拖不掉——怎麼可以從中脫身呢？

他決定今天一定要把洋沙麗買回來，誰敢阻攔？誰有阻攔別人的權力？就算使用國貨是好事，誰有權強迫別人使用呢？好一個為獨立而革命的旗號，這樣無情的扼殺個人自由！

就這樣，他替自己打氣，在傍晚時來到了商店門前。一看，有五個志願者設立了糾察線，正在進行靜坐，商店前面的馬路上，有成千的人站著看熱鬧。他想著該怎樣進去，幾次鼓足了勇氣邁開步子，可是快走到門口時又洩了氣。

忽然，他碰到了一個認識的婆羅門。他問對方說：「大哥，這是怎麼一回事？他們要靜坐到什麼時候啊？都快天黑了！」

婆羅門說：「這些頭腦發昏的人分什麼白天夜晚！只要商店不關門停止營業，他們是不會從這裡滾開的。你想買什麼東西？是不是絲綢沙麗呀？」

阿馬爾那特臉上露出不得已的神情。「我自己倒不想買，可是女人的要求怎好不理會啊？」

婆羅門笑了笑說：「啊！沒有比這更簡單的事了，難道你不能騙一騙她？藉口多的是。」

阿馬爾那特說：「那麼，請你替我想一個吧！」

婆羅門說：「還想什麼，這兒不是成天在靜坐嗎？還有好多現成的藉口。比如說，如果你女人叫你替她打項鍊，你便說今天就去打，幾天以後你再說金匠拿了錢跑得不知去向了——老兄，這樣的事天天都在發生。女人只管要這要那，男人呢？乾脆推得一乾二淨啦！」

阿馬爾那特說：「你好像是這方面的行家。」

婆羅門說：「老兄，這又有什麼辦法？總不能不顧點面子吧！要是直截了當地回絕，丟臉甭說了，她還會生氣呢！她會以為你根本沒有把她放在眼裡，這是涉及面子的問題啊！現在正在靜坐示威，這一點你也許跟她說過……」

阿馬爾那特立刻說：「當然，大哥，這個理由已經用過了，可是她根本不聽。她回我說：『難道世界上就沒有洋布了，只是一味騙我。』」

婆羅門說：「看來，是個說一不二的女人。那好，我告訴你一個辦法，你買個空箱子，裡面裝一絲布灰，然後你對她說：『我買了洋沙麗回來，但志願者搶去燒掉了。』這個辦法怎麼樣？」

阿馬爾那特說：「這不大妥當，大哥。她肯定會向他們提出抗議，事情一旦敗露，裡裡外外的臉面都丟光了。」

婆羅門說：「看來，你這個人沒什麼主見。現在有許多人找藉口都非常理直氣壯，以至於真的在他們面前都變成了假的，他們一輩子就是這樣找藉口度過的，從來沒有被揭穿過。我還有一個辦法，那就是你買一件差不多樣子的國產沙麗，告訴她說這是英國沙麗。」

阿馬爾那特說：「她識別國貨和英國貨的能力比你我都強得多，何況她對英國貨還不輕易相信呢！國貨就更甭提了。」

一個穿土布的先生正站在旁邊聽他們倆人談話，插嘴說道：「先生，最簡單的方法就是清清楚楚地對她說：『我不能買英國貨。』如果她執意不肯，你就一天不吃飯，她會乖乖回頭的。」

阿馬爾那特兩眼直直注視著他，好像在說，你根本不了解內情。他說：「這樣的事你才能做，我是不會做的。」

穿土布衣服的人說：「你也能做，你只是不願意做。你屬於即使從外國統治下得到了解放，也要把它唾棄的那種人。」

阿馬爾那特說：「你大概連在家裡也搞什麼靜坐示威吧？」

穿土布衣服的人說：「老兄，先在家裡搞，才能搞到社會上啊！」

說完話，那位先生便離開了。婆羅門說：「這位先生可真夠激烈的。不然你這樣做好了？這家商店後面還有另外一個門，等天黑了，你就從那個門進去，千萬不要左顧右盼，徑直進去就對了。」

阿馬爾那特向婆羅門道了謝，天黑以後，他來到商店的後門口。他心裡有點擔心，怕這裡也有人在靜坐，所幸什麼人都沒有，他迅速地走了進去，買了一件很貴的英國沙麗，走出來時卻發現有個穿番紅花顏色沙麗的女士站在那裡。他大吃一驚，不敢把腳邁出門外，只能在店門口躲藏一會兒。直到那位女士把頭轉向一位男生的瞬間，他才很快地衝出去。大約跑了百來步，好巧不巧的，一個老太婆拄著拐杖從前面走了過來，他和老太婆撞了個滿懷。老太婆被撞倒了，禁不住咒罵道：「該死的東西，你這種勁頭是長久不了的。你是瞎了眼嗎？連走路都撞人！」

阿馬爾那特賠不是地說：「老太太，請原諒，我的眼睛到了晚上就看不清楚，眼鏡又忘在家裡……」

老太婆的怒氣消了，她繼續往前走。阿馬爾那特也準備離開，就在此時，他突然聽到有人出聲叫他：「先生，請您停一下。」那位穿番紅花顏色沙麗的女士走了過來。

阿馬爾那特沒有逃，逞著勇氣站在原地，就像一個小學生站在老師的戒尺面前那樣。

女士來到他身邊說：「你跑得這麼快，好像我會咬你似的。你這樣一個念過書的人，都不理解自己的職責，真令人遺憾。我們國家現在都什麼狀況了？人們連土布都穿不上，你還買英國的絲綢沙麗！」

阿馬爾那特羞愧地說：「小姐，說真的，這不是為自己買的，是一位先生託我買的。」

女士從口袋裡取出一只手鐲來，遞給阿馬爾那特說：「這種藉口我每天都在聽！現在，要麼是你把沙麗退回去，要麼就讓我替你戴上手鐲。」

阿馬爾那特說：「妳若高興，請給我戴上吧！我將很驕傲地戴上它。手鐲是女子一生的特點，是自我犧牲的象徵，我並不認為它是什麼見不得人的東西。如果妳還想讓我戴什麼東西的話，也請妳一併給我戴上吧！女子是值得崇拜的對象，不是可輕視的人。既然孕育整個民族的女子把戴手鐲當成一件光榮的事，那麼，對男子來說，戴手鐲為什麼成了見不得人的事呢？」

女士雖然對他這種厚臉皮的話感到驚訝，不過，她也不是輕易就會放過阿馬爾那特的那種角色。她開口說：「看來你是一個能說會道的人，如果你真的打心底裡認為女子是值得崇拜的對象，為什麼不聽我對你的請求呢？」

阿馬爾那特說：「那是因為——買這件沙麗也是一位女性的吩咐呀！」

女士說：「那好吧！我和你一同去，看看你妻子是什麼性格的人。」

阿馬爾那特有點窘迫了，他現在還沒有結婚呢！也不是不能結婚，而是他把婚姻看成終身的囚禁。他是一個風流的人，擺脫婚姻的束縛卻仍享受著婚姻的樂趣。他需要一個人，一個他能呈獻出自己的愛、能在其溫存下使自己枯燥的人生變得富有生氣、能在其愛的樹蔭下享受涼意、能看到自己把青春激情播向對方的心後發芽滋長的人——他選擇了城裡有名的馬爾蒂小姐，這一、兩年來，他從馬爾蒂小姐那裡得到了愛情。現在，眼前這位女士的要求讓他一時陷入了左右為難之中，這種進退維谷的處境是他此生從未有過的。他說：「今天她應邀外出了，不在家裡。」

女士不大相信地笑了笑說：「我明白了，這不是你妻子的問題，是你自己的錯。」

阿馬爾那特不好意思地說：「我說的是真的，她今天不在家。」

女士問道：「那麼，明天能來吧？」

阿馬爾那特說：「是的，明天能來。」

女士說：「那麼，請你先把沙麗留給我吧！明天你到這裡來，我和你一起去，和我一同前往的，可能還有幾個姊妹……」

阿馬爾那特沒有表示反對，他把沙麗給了女士，並且說：「很好，我明天再來。不過，妳是不是不信任我，所以才把沙麗當抵押品？」

女士笑著說：「的的確確是這麼一回事，我不信任你。」

阿馬爾那特自豪地說：「好，妳就拿去吧！」

女士頓了一下，又說：「也許你覺得不妥當，如果你害怕弄丟沙麗，就把它拿回去吧！不過，明天請你一定要過來。」

出於自尊心，阿馬爾那特什麼也沒有說，轉身就朝家的方向走去，而那位女士，則在後面一直叫他把沙麗取走。

2

阿馬爾那特並沒有回家，他來到一家賣土布的店，買了可以做兩件上衣的土布，然後拿到一家裁縫店裡說：「克里法，請你連夜替我縫好，要多少手工錢我都給你。」

裁縫師克里法說：「先生，近來因為潑水節，接的案子很多，潑水節前是趕不出來的。」

阿馬爾那特一再要求說：「你要的手工錢，我一定如數給你，不過請務必在明天中午前做好，我明天要到一個地方去。如果明天中午拿不到，衣服就沒用了。」

克里法收了一半訂金，答應第二天中午以前做好。

阿馬爾那特放了心，從裁縫店裡出來後便去找馬爾蒂。他的腳步在向前邁進，心卻把他往後拉：「老天保佑，如果她能同意我的請求，明天在我那冷清的家裡待上兩個小時就好了。」但毫無疑問的，她若看到他兩手空空的到，一定會把頭扭一邊，連話也不好好跟他說，到他家去的事就甭提了——她是一個狠心腸的人。他又想：是不是明天等那個女士來後，我把自己丟臉之事的始末全都告訴她比較好？對方那純樸的臉上洋溢的無私激情使他內心很不平靜。她那雙眼睛裡飽含著多麼深厚的同情及嚴肅又純潔的精神，她那直率的言詞中充滿著職責的動力，這一切使得阿馬爾那特對自己貪圖聲色的生活感到羞愧。

至今，他一直把一塊玻璃碴子當寶石珍貴地揣在懷裡，現在他終於明白，什麼才是真正的寶石。在寶石面前，玻璃碴子是那麼渺小——馬爾蒂那充滿魅力的眼色、迷人的姿態、調皮和撒嬌的性子……一切都好像失去了表面鍍上的一層光澤，顯露出了實際的本質，讓阿馬爾那特的內心萌生一種憎惡感。他現在到馬爾蒂那裡去，不是為了和她幽會，而是為了從她的手裡奪回自己的一顆心。愛情的乞求者今天感到灰心和納悶，為什麼到現在為止他會這樣渾然不覺——馬爾蒂這一、兩年來用撒嬌和獻媚所編織的羅網，今天被某種真言咒語粉碎了。

馬爾蒂看見他空著手，眉毛直豎地說：「沙麗買來了沒有？」

阿馬爾冷冷地答道：「沒有。」

馬爾蒂驚異地看著他，他的答覆是「沒有」，從他的嘴裡，她從來沒有聽到這種回答的習慣。在這方面，他總是百依百順的，對阿馬爾那特來說，她的暗示就像命中注定一樣，絕對不可能更改。於是，她問他說：「為什麼？」

阿馬爾那特說：「不為什麼，沒有買。」

馬爾蒂說：「市場上沒有對嗎？要是有，你為什麼不替我買呢？」

阿馬爾那特說：「不，有沙麗，但沒有買回來。」

馬爾蒂說：「那麼究竟為什麼？是要我出錢……」

阿馬爾那特插嘴說：「為什麼無緣無故氣人呢？我不是一直準備為妳而死嗎？」

馬爾蒂說：「也許你愛錢更甚於性命。」

阿馬爾那特說：「妳還要不要讓我坐下？如果妳討厭我，我馬上就離開。」

馬爾蒂問：「究竟是怎麼了？你本來不是這麼暴躁的人。」

阿馬爾那特回說：「是妳先用這樣的口氣說話！」

馬爾蒂又回頭問道：「那你到底為什麼沒有把我要的東西買來？」

阿馬爾那特勇敢地看著她說：「我到商店裡去了，感到很受屈辱。買了沙麗出來，一個女人把沙麗拿走了。我說，這是我妻子叫我買的。她說，那我把沙麗直接給她，我明天到你家裡來。」

馬爾蒂用取笑的眼神看著阿馬爾那特說：「你不如這麼說，是你看到了一個女人，於是雙手捧著自己的一顆心，把它獻了上去。」

阿馬爾那特說：「她不是那種奪取男子心的女人。」

馬爾蒂說：「這麼說，她是位女神囉？」

阿馬爾那特說：「我認為她就是女神。」

馬爾蒂說：「那請你膜拜那位女神去吧！」

阿馬爾那特說：「面對像我這樣游手好閒的青年，她的神廟大門是關著的。」

馬爾蒂說：「她很漂亮吧？」

阿馬爾那特說：「她不漂亮，也沒有那麼多的嬌氣和甜言蜜語，更不會太弱不禁風，完全是一個普通的純樸女青年。然而，她要從我手裡拿走沙麗，能有什麼辦法？羞恥心逼得我無法從她的手裡把沙麗奪回來。請妳公正地評論，那樣一來，她心裡會怎麼想呢？」

馬爾蒂說：「你過分關心人家心裡怎麼想，卻一點也不關心我怎麼說？如果有某個男人從我手裡奪走什麼，瞧我會怎麼辦好了！我才不管是誰，即使是一個美麗的愛神也罷。」

阿馬爾那特說：「妳想把這看成是我膽怯、缺乏勇氣，還是講禮貌，都好，反正我未能從她手裡把沙麗奪回來是事實。」

馬爾蒂繼續問說：「明天她會把沙麗帶來，是不是？」

阿馬爾那特回答道：「一定會帶來。」

馬爾蒂說：「那你先去洗漱休息一下吧！我從不知道你這麼無知，竟把沙麗給了人，空著手回來，還說人家明天會把沙麗送來給你。你是不是喝醉酒，開始胡說八道了？」

阿馬爾那特說：「算了，反正明天會證明一切的。既然這個時候不相信人家，妳傍晚的時候到我家裡來坐一會兒吧！」

馬爾蒂說：「以便你說我是你妻子？」

阿馬爾那特說：「我哪裡知道她會要到家裡來？要不，我早就找其他的藉口了。」

馬爾蒂說：「唯願你的沙麗能到手，我不去。」

阿馬爾那特說：「我每天都到妳這兒來，妳連到我家一次也不能嗎？」

馬爾蒂無情地說：「如果有機會，你會高興說你是我丈夫嗎？捫心自問後再回答吧！」

阿馬爾那特心裡感到羞愧了，他扭轉話題說：「馬爾蒂，妳這是冤枉我。請別見怪，妳我之間，除了愛情這層關係以外，還有一道隔膜，我們彼此都知道，卻沒有努力去消除。事實上，這道隔膜成了我們維持關係一個不可少的條件，也成了我們彼此的一項協議，而我們都害怕深入這個問題。不，應該說，我害怕碰觸這個問題，而妳卻是故意不去理會。

如果我有了這樣的念頭，我能讓妳成為我的終身伴侶，也能從妳這裡得到我有權得到的一切，並向妳提出這方面的要求，但妳從未讓我的心裡產生這種念頭，而對於我，妳也有這種懷疑。我不敢說，我沒有做出造成妳懷疑我的行為，但我敢說我能當個稱職的丈夫，比妳能當個妻子要好得多。我只需要信任，但對妳來說，妳需要的是更大的虛榮與更多的物質財富。我的固定收入不超過五百盧比，妳不會滿足這一點兒錢的。對我來說，只要妳是屬於我的——僅僅屬於我的，我就放心了。妳能答應我嗎？」

馬爾蒂對阿馬爾那特產生了同情，他話中所包含的真理，她沒有辦法否認。同時，她也相信阿馬爾那特對她的一片忠心還沒有動搖。她相信，她能夠緊緊地鎖住他，只是她並不打算讓自己也被鎖住。她是在愛情的表演中度日的，像隻小鳥般，有時鳴囀在這個枝頭，有時啁啾在那個枝頭，不受束縛、自由自在、無所顧忌，這樣的小鳥待在籠子裡快樂得起來嗎？何況牠的嘴早已習慣要遍嚐各式各樣的滋味？她又想，難道自己真能滿足於粗茶淡飯的生活嗎？這實際的考量也使她的堅持軟化了下來。她說：「你今天可真是發表了長篇大論！」

阿馬爾那特說：「我只是講了實情。」

馬爾蒂說：「好，我明天去，不過最多只能待一個小時。」

阿馬爾那特的心充滿了感激。他說：「非常感激妳，馬爾蒂，我的體面能保住了，要不，我以後連出家門都很困難，一切就看妳是如何精彩的扮演好妳的角色了。」

馬爾蒂說：「關於這個問題，你放心好了。雖然沒有結過婚，總也看過迎親隊、見過人家結婚。我害怕的是你騙我，男人哪能靠得住？」

阿馬爾那特真摯地對她說：「不，馬爾蒂，妳的懷疑是沒有根據的。如果我願意在自己的腳上套上鎖鏈，那我早就套上了，像我這種追求享樂的人怎能那樣生活下去呢？」

第二天，阿馬爾那特十點就到了裁縫店裡，他守在那裡讓裁縫師克里法把衣服做好，然後回家把新衣服穿上，再去叫馬爾蒂。他在那裡耽擱了一些時間，馬爾蒂十分慎重地打扮著自己，好像要在一場比賽中取得勝利那樣。

阿馬爾那特說：「那位女士又不是什麼美人，需要妳這樣打扮。」

馬爾蒂一邊用梳子梳著頭髮一邊說：「這種事你根本不懂，在一旁待著就好了。」

阿馬爾那特提醒說：「不過時間晚了。」

馬爾蒂說：「那沒有什麼關係。」

一種女人特有的擔心害怕使馬爾蒂警覺起來。到現在為止，她從來沒有對阿馬爾那特有過什麼特別的禮遇，她對他一直相當冷淡，但昨天阿馬爾那特的態度讓她感受到一種危機訊號，她得全力以赴地應付才行——對女人來說，要她去藐視對手是困難的！看到阿馬爾那特快要從自己手中失去，她一定要加強掌控，如果所有東西都像這樣一個一個丟失，她的身分又可以維持多久？她的東西怎麼能夠允許別人打歪主意呢？即使是一國之君，只要是為了自己的每一寸土地，都可以付出生命。馬爾蒂希望能永遠排除這個新競爭者，希望破除對方撒下的魔網。

傍晚，她像仙女一樣帶著自己的男女僕人向阿馬爾那特的家走去。直到上午十點為止，阿馬爾那特都一直忙著讓家裡帶上住有女眷的色彩。他準備得這樣仔細，彷彿有什麼大官要來視察似的。馬爾蒂一走進阿馬爾那特的家，看到家裡非常整潔，擺設也不錯，心中很高興。住女眷的房間裡擺了幾把椅子，馬爾蒂說：「現在把那位女士請來吧！但請快一點，不然，我就要走了。」

阿馬爾那特急急忙忙地來到賣英國布的商店裡，今天那裡仍然有靜坐示威，他瞧見看熱鬧的人群，卻不見那位女士。他走到後門，見那位女士仍然是昨天那副裝束地站在那裡，身邊還有一個女青年。

阿馬爾那特說：「請原諒，我來晚了，我來提醒妳昨天的許諾。」

女士說：「我在等你呢！走吧！蘇米德拉，到他家去一趟。從這兒去有多遠？」

阿馬爾那特說：「不遠，不遠，我來叫輛馬車。」

不到十五分鐘，阿馬爾那特就把她們倆帶到了自己家。馬爾蒂看了看那位女士，那位女士也瞧了瞧馬爾蒂。一位就好像是富人的公館，很豪華；另一位就好像是乞丐的草棚，很簡陋。富人的公館裡講究外表和陳設；乞丐的草棚裡的特點則是樸素和單純。馬爾蒂一看，對方是一位老實的女青年，無論從哪一個角度來看，都不能說得上漂亮，但在她那誠實和樸素中所蘊藏著的吸引力，使她不能不緊張。那位女士看到的則是一個愛好裝飾打扮、任性又驕傲的婦人，在那個家裡——從某種程度上來說——她顯得有些陌生，就好像是森林裡的一頭野獸來到了籠子裡似的。

阿馬爾那特像一個罪犯般垂頭站著，他不斷在祈求上天，無論如何今天可別暴露了真相。

那位女士說：「大姊，妳現在從頭到腳還穿外國布呀？」

馬爾蒂望了阿馬爾那特一眼說：「本國的，外國的，我管不了那麼多，他買回了什麼，我就穿什麼。買衣服的是他，我很少上街的。」

那位女士埋怨地看著阿馬爾那特說：「你昨天不是說是她的吩咐嗎？現在看來是你的錯！」

馬爾蒂說：「請別在我面前這樣說他，妳在熱鬧的市場上也能和男子交談，當他在外邊時，妳要怎麼責怪他都可以，就是別讓我親耳聽見。」

女士說：「大姊，我又沒有說什麼，我能說什麼？又不是強迫人，我只不過是提出要求罷了。」

馬爾蒂說：「這意思是說，他一點也不考慮自己國家的幸福，妳卻把這事攬了下來。他是一個受過教育的人，受到人們的尊敬，他自己能夠分辨是非，妳竟敢教訓起他來了，難道這世界上妳最聰明？」

女士回答：「大姊，妳誤解我的意思了。」

馬爾蒂說：「對，我自然是誤解了，我又哪裡有理解妳話的聰明才智呢？穿上土布沙麗，掛了袋子，別上徽章，好了，有權了。想到哪兒，就到哪兒；想和誰說說笑笑，就和誰說說笑笑。既然家裡沒有人過問，那到牢裡去又有什麼可怕？我把這種給體面人家的母親、媳婦丟臉的行為叫胡鬧。」

聽到這裡，阿馬爾那特真感到無地自容，如果地上有洞，他肯定會鑽進去。不過，那位女士的臉上並沒有一點怒意，只是兩眼飽含著淚水。

阿馬爾那特有點生氣地對馬爾蒂說：「為什麼無緣無故讓別人傷心呢？她們都是放棄了舒適生活來參與這個運動，難道妳一點兒也不知道嗎？」

馬爾蒂說：「算了吧！你別那麼過分替人吹噓了。時代在變化，我能做什麼，你又能做什麼？你們男人們把女人禁錮在家裡，現在她們丟掉習俗、放棄廉恥，在外拋頭露面了。不久的將來，你們男人的統治權就要完蛋了。什麼外國貨、本國貨，都是裝裝樣子的東西，實際上是對你們男人獨有的自由嚮往！既然男人能結幾次婚、討幾個老婆，女人為什麼不行呢？真正的動機是在這！如果你有眼，就睜大眼睛看看。我可不要那種自由！人家不講廉恥，但我把臉面羞恥當不可少的寶物。」

「大姊，妳這是存心在侮辱女性。」那位女士說完，帶著申訴的目光望向阿馬爾那特，「我抱著很大的希望而來，可是也許不得不從這裡失望而去。」

阿馬爾那特一面把那件沙麗還給她一面說：「不，不會讓妳完全失望而去的，不過，妳原來所抱的那種成功的希望，看來是泡湯了。」

馬爾蒂厲聲地說：「那是我的沙麗，你不能把它給人。」

阿馬爾那特不好意思地說：「好，我不給人。小姐，在這種情況下，妳會原諒我吧？」

女士和同伴一起離開了，阿馬爾那特生氣地說：「妳今天在我臉上抹了黑，我不知道妳脾氣這麼壞、妳的嘴這麼刻薄！」

馬爾蒂用憤怒的語調說：「難道我應該把沙麗給她？我沒那麼愚蠢！現在我的脾氣這麼壞，我的嘴又這麼刻薄，當你低三下四奉承我的時候，我可沒有這樣的缺點。這個女人一施魔法，就是另一個樣子，真是有什麼心，就有什麼樣的天使來臨。好吧，祝你們幸福！」

她一面這麼說，一邊走到了外邊，她原來以為用三寸不爛之舌和姿色的力量就可以輕易地擊倒對方，但是當她看到阿馬爾那特並不那麼容易受控制時，忍不住爆發出來了。如果用這個代價能夠得到阿馬爾那特，那倒不壞，但她不可能付出比這更高的代價。

阿馬爾那特送她走到門口，當她坐上馬車時，他求她說：「馬爾蒂，把沙麗給我吧！我明天買比這更好的給妳。」

馬爾蒂生硬地回說：「即使給我十萬盧比，我也不會讓出這件沙麗。」

阿馬爾那特生氣地道：「好，拿去吧！可是妳要明白，這是我最後的禮物了！」

馬爾蒂咬著脣說：「不稀罕！沒有你，我也不會死，請不要懷疑這一點。」

女囚的牢獄

——不知從何處飛來一顆子彈打中了我寶寶的胸膛，他就地倒下，當場斷了氣……

1

默里杜拉從縣官的法庭回到女牢房時，表情顯得頗為高興，獲釋的一線希望使她的面頰多了些光澤。一看到她，幾個女政治犯就把她圍了起來，問她判了多久的刑期。

默里杜拉帶著勝利的傲氣說：「我明明白白地告訴他們，我沒有參加靜坐示威。我說：『如果你們這麼不講道理，那你們想做出什麼判決，就放手做好了。我既沒有擋住也沒有拉住任何一個人；我既沒有推誰，也沒有求告誰。當然，我的確是站在商店門口，但沒有任何顧客到我身邊來。那個地方有幾個參加靜坐示威的志願者被逮捕了，所以聚集了一群人看熱鬧，我只不過是其中一個罷了。就因為這樣，警察局長將我逮捕了。』」

恰馬德薇懂得一點法律，她說：「縣長會按警察的報告做出判決，這樣的案子我見多了。」

默里杜拉反駁說：「我給警察的難堪，他們大概是忘不了了。本來我不想在審訊過程中插嘴的，但是當我看到幾個證人徹頭徹尾地撒謊，就再也忍不下去了！我開始質問他們——我多少懂點法律，可不是白白長這麼大的！警察原以為我會一言不發，他們想怎麼說就可以怎麼說。

我一開口質問，那些傢伙就都不知所措了。我證實了三個證人全都做假證，那時連我自己也不知道怎麼會想到這一招。警察局長拐彎抹角地回答我的問題時，縣官好幾次都指責他。縣官說：『你就針對她所提的問題進行答覆，為什麼要多說廢話呢？』當下警察局長那傢伙就變得非常狼狽啦！我封住了他們那伙人的嘴，使他們一個個都無言可對。剛才縣官老爺還沒有做出判決，不過我相信，我會被釋放的。我不是害怕坐牢，我只是不想被當傻瓜。法庭上的聽眾中有我們的祕書長，還有很多的姊妹們，她們都表示，我會被釋放。」

其他女犯人用厭惡的眼光看了看她，然後都走了開來。她們之間有的刑期是一年，有的是半年，她們在法庭上都未曾開過口。在她們眼中，在法庭上開口是不得體的。默里杜拉甚至還出聲向警察質問，這在她們的眼裡無疑有失身分。如果判了刑，她的行為或許還可以原諒，但要是釋放了，那就連讓她對在法庭上辯護這種不體面行為懺悔也沒了。

走遠之後，一個婦女說：「若我們像她那樣在法庭上鬧，當然也可以被釋放，但是我們的目標是想表明意志，我們對官僚主義根本沒有抱什麼受到公正待遇的期待。」

另一個婦女說：「她那樣做等於低頭請求寬恕。本來去就是為了靜坐示威，要不，有什麼必要到商店裡呢？志願人員被捕了，怎麼可能與她沒有什麼關係？不然她到那裡去做什麼呢？現在卻說根本不是去參加靜坐示威，這明擺著是請求寬恕！」

第三個婦女忿忿地說：「坐牢需要很大的勇氣。早先，為了贏得人們的喝采而參加，現在又懊悔，這樣的女人根本不應該來沾民族事業的事，簡直在給運動抹黑！」

現在，只有恰馬德薇仍然站在默里杜拉身邊，她正陷入沉思之中。她的罪是發表偏激演說，被判一年徒刑。她在另外一個縣的監獄裡待了一個月後才轉到了這裡，還有八個月才期滿。在這裡的十五名女政治犯中，她的心無法和誰靠在一起。她不爽她們總為一點雞毛蒜皮的事而彼此吵鬧，為了買梳妝打扮的東西而向女獄卒們說好話，還因為要和家裡來探監的人見面而顯得那麼迫不及待。這樣令人作嘔的事和背後的說三道四在獄中經常發生，她認為，她們誰都沒有一個政治犯應具備的自尊心。

恰馬德薇盡量遠離她們。她無限熱愛自己的民族，渾身充滿了對民族的深厚感情，但其他女政治犯認為她很驕傲，因此以冷硬的態度來回應她的淡漠。默里杜拉被拘留已經好幾天了，在這些日子裡，恰馬德薇對她產生了特別的好感。默里杜拉沒有那種褊狹和嫉妒心理，她不習慣說人家的壞話，不迷戀於裝飾打扮，對那種使人難堪的玩笑也不感興趣——她內心有服務的精神、對人的憐憫和對國家的熱愛。恰馬德薇曾想過，她將和默里杜拉在監獄裡愉快地度過半年光陰。不過，倒楣的運氣在這一點上也沒放過她，明天默里杜拉就要離開了，而她，又將是孤零零地一個人。在這裡，有誰可以同她坐下來談上一個鐘頭的國家大事或個人苦衷呢？她們一個個都很高傲。

默里杜拉問道：「大姊，妳還得待八個月嗎？」

恰馬德薇惋惜地說：「反正日子總會過去的，但是以後一想到妳，大妹子，就會使我感到難過。這一個星期來，不知妳是用什麼魔術，把我給迷住了，自從妳來了以後，我就覺得監獄再也不是監獄了。以後，請經常來與我會會面吧！」

默里杜拉看見恰馬德薇的兩眼滿是淚水，安慰她道：「大姊，我一定會來看妳的，不見妳，我自己也會忍受不了啊！我還會把我的孩子帕納也帶來，我會告訴他說：『咱們去吧，你的大姨來了，她叫你去哩！』他一定會很快跑來的。大姊，我跟妳說，在這裡我誰也不想，只想念帕納。可憐的孩子一定哭得很傷心，他看到了我會生氣的，他會說：『妳到哪裡去了？為什麼把我丟下？妳走，我不跟妳說話，別到我家裡來。』大姊，他是個小淘氣哩！一會兒也坐不住。大清早一起來，就唱著『高舉我們的旗幟』、『心中想著神聖的自由』，當他背上背著小旗子，就說：『喝酒是罪過。』看了還真使人發笑。他還對他爸爸說：『你是奴隸。』

他爸爸在一家英國公司工作，好多次都考慮要辭職，但為了糊口還是得努力打拼，怎麼好辭掉呢？如果不是飯碗問題，他早就辭了。說真的，他是討厭當奴隸的，要不是我一再勸他，現在不知他上不上班，也不知道他怎麼管帕納？帕納不想待在祖母身邊，可憐的祖母怎麼有體力跟他到處跑呢？她總希望小孫子能老老實實地讓她抱在懷裡，但小傢伙偏偏對被抱很反感。

婆婆非常生我的氣，現在我就是害怕這一點，她一次也沒有來看過我。昨天在法庭上，孩子他爸對我說：『媽媽生妳的氣，三天不吃也不喝，說妳這個丫頭敗壞了家庭名譽，給家族的祖先抹了黑，說妳是丟臉、敗壞家風的女人，還不知嘮叨一些什麼？』我不怪她罵這些話，她是舊時代的人。如果有人想讓她加入我們的行列，這要求確實過分了。我回去後還得給她賠話，好好哀告一陣，她也許才會平息怒氣。妳看吧，她明天還會請人念經，請婆羅門吃飯；同族的人會聚在一起，我還得做坐過牢的懺悔。大姊，妳釋放後一定要到我家住幾天再走，到時候我會來接妳。」

恰馬德薇早失去了說這種天倫之樂的權利。她是寡婦，單獨一個人。在傑利亞公園慘案中[1]，她失去了一切，丈夫和兒子都犧牲了，她沒有一個可以稱為親人的人——她的心胸至今還未能開闊到把整個人類都當自己的親人。

這十年來，她一顆痛苦的心一直希望從為民族服務的事業中尋求安慰和平靜。她的幸福家庭為什麼會被毀掉，她兒子的生命為什麼被奪走……為了徹底消滅產生這種問題的根源，她全心全意參與革命。她早就做出了最大的犧牲，現下除了一顆心以外，還剩下什麼可以貢獻出來？對其他的人來說，為民族服務是一種文明傳統或出風頭的手段，但對恰馬德薇來說卻是一種苦行，她把自己身為一個女性的全部力量連同

[1] 英國殖民主義當局製造的大屠殺，在這一慘案中，許多愛國者遭槍殺。

一片赤誠的心都投入到其中。只不過，即使是天上的飛鳥，也會想念自己的舊巢，而她恰馬德薇的安身之地又在哪兒呢？這就是她在痛苦不安時經常想到的問題，所以遇到默里杜拉後她才會為自己感到慶幸，然而，這樣一個依靠也快沒有了……

恰馬德薇哽咽著說：「一離開這裡，妳就會把我忘掉的。默里杜拉，對妳來說，我就像在火車上認識的旅人一樣，妳的諾言也像在車廂認識的過客所許的。一旦在某個地方重新碰了面，要麼根本不相認，要麼簡單地笑笑，問一聲好就各走各的路——這就是人類啊！為自己的事操心都忙不過來了，誰還會為別人操心？對妳來說，我根本算不了什麼；對我來說，妳卻是一個知己。不過，當妳生活在妳家人之間時，請一定要想到我這個不幸的人。對一個乞丐說來，一把米就很不少啦！」

第二天，縣官宣判默里杜拉無罪釋放。傍晚時，她和姊妹們擁抱後流著眼淚離開了，簡直像要離開娘家一樣。

2

三個月過去了，默里杜拉一次也沒有來過。其他女犯的家人陸續前來探望，有的人家裡還送來了吃喝的東西和禮物，但是又有誰問起恰馬德薇呢？每個月的最後一個星期日，她從早上開始等默里杜拉一直等到探監時間結束，然後哭泣一會兒，自己開導自己：這就是人類啊！

一天傍晚，當恰馬德薇做完禱告起了身，看到默里杜拉朝她走來。默里杜拉完全變了樣，容貌變了，氣色變了，再也沒有一點光澤。恰馬德薇跑上前和她緊緊擁抱在一起，難過地問道：「默里杜拉，妳怎麼成了這副模樣？妳的面貌完全變了，生病了嗎？」

默里杜拉眼中的淚珠不斷湧出。她說：「我沒有生病，大姊，災難把我壓垮了。妳一定在狠狠地罵我吧？我是來懺悔我過去的無情。這次來，我已經從一切苦惱中解脫了。」

恰馬德薇顫抖了起來，內心深處捲起一陣波濤，而她過去的生活就像隻破船在波濤裡沉浮。她哽咽著說：「大妹子，家裡都還好嗎？怎麼這麼快又來了？連三個月都不到哩！」

默里杜拉微微地笑了笑，但笑容裡卻隱藏著悲哀。「現在都好，大姊，永遠徹底地好了，不再有任何苦惱。現在我打算在這裡過一輩子，我懂得妳恩情的價值了。」她深深地抽了一口冷氣，淚眼汪汪地說，「妳怎麼聽得到外邊的消息呢？前天，城裡開槍了。農村裡現在正利用刺刀在徵收土地稅，農民根本沒有錢，用什麼來交稅呢？糧價一天天在下跌，一滿[2]糧食還賣不到兩個盧比。別說我這樣年紀的人，我婆婆也說，糧食從來沒有這麼賤價過。田裡收割的糧食連種子的錢都撈不回來，勞動力和灌溉的開銷就更不用提了。

窮苦的農民怎麼交得出土地稅？對此，政府卻下了命令要強迫徵收，農民們只得答應拍賣家產、房屋充公，讓人家收回他們的土地。當地的官員們迫不及待地要表現自己的威風和厲害，根本不考慮農民的死活。政府也不禁止他們胡作非為——我聽說，政府甚至縱容他們那樣做，政府只考慮自己的土地稅，人民是死是活與它沒有任何關係。

就算是地主，有時也不敢收地租，可是現在警察卻來幫助他們了。帕格耿傑地區的農民全被搶了！瀕臨死亡的人還有什麼做不出來的呢？農民紛紛背井離鄉逃往外地。還曾發生過這樣一件事——

有幾個警察闖進一個農民的家裡打他，這個可憐人就坐在那裡讓他們打，他的妻子看不下去，開始罵警察，但她這麼一鬧，其中一個警察就把這不幸婦女的衣裳脫光了！

大姊，真叫人不好意思說出口。我們的同胞竟做出這樣殘酷無情的事！還有什麼比這更令人痛心和感

2 一滿相當四十公斤。

到恥辱的呢？這時那個農民再也受不了了！本來，窮苦的農民平常飯吃不飽，加上沉重的勞動，身上沒有力量、心裡沒有膽量，但是，人總有一顆心，可憐的農民被打得倒在地上，半死不活的，但一聽到妻子的叫喚，就猛地坐起身，狠狠地把那流氓警察推倒在地，兩個人就在地上扭打起來。屈屈一個農民竟對一個警察這麼無理，其他警察豈能忍受，於是一起把那個窮苦農民活活打死了。」

恰馬德薇說：「村子裡的人難道都在一邊看熱鬧？」

默里杜拉情緒激昂地說：「大姊，如果有十個、二十個人聚集在一起，警察就會說他們打算跟警察鬧事，這一來他們就可以理所當然大揮警棍了；要是有人氣不過，就算只扔了一星半點石頭，警察還是會開槍的，一傢伙就能撂倒十幾個……所以人們是不聚集在一起的。

但是，剛才說的那個農民一被打死，村子裡的人都氣極了，反正老百姓橫豎也是一死，就拿了棍棒紛紛趕來把警察包圍起來，很可能有幾個人還動了棍棒，於是警察開了槍。有兩、三個警察受了點輕傷，可村子裡的人卻死了十二個，還有許多人被打斷手腳——連警察這些小人物都能這樣濫用權力！警察血洗了半個村子以後，威風凜凜地回去了。

有誰聽農民們的控告呢？他們窮，又沒有力量，孤立無援的，人家想打死他們多少，就打死多少。他們對法庭和官吏已經不抱任何希望，畢竟政府是為了鎮壓他們才派警察去的，又怎麼會聽農民的申訴呢？可他們不甘心，於是決定向城市裡的兄弟們申訴。

一般民眾在其他方面是起不了什麼作用，至少可以表示同情；聽了他們的不幸遭遇，至少還能灑下同情之淚——受苦的人對同情之淚是很珍惜的。如果附近村子的人聚集起來和他們一起誌哀，那他們的心也許可以平靜些，然而警察卻封鎖了村子，在村子周圍布置了崗哨……這一來更是火上加油！他們想：你弄死我們，還不允許我們哭！最後，他們抬上屍體，去向城裡的人敘說遭受苦難的真相了。

出了亂子的消息早就傳到城裡，城裡的人們看到被抬著的屍體，都被激怒了。當警察局長發出了不允許抬屍體遊行的命令，大家更是火冒三丈。許許多多的人聚集了起來，我丈夫赫利德希也是其中之一。我本來阻止他說：『你別去，今天的形勢不大好。』可是他卻回說：『我又不是去和誰打架。』農民們不顧政府的命令，仍然抬著屍體遊行，全城有五萬名群眾支持他們。對方則派出五百名武裝警察擋住隊伍，有騎兵、有步兵，還有警官，完全是一支武裝的部隊。在手無寸鐵的群眾面前，這些人面獸心的傢伙揮動武器，耀武揚威，一點也不覺得可恥。

當警察一再威脅也驅散不了群眾時，就奉令開槍了。整整一個小時的槍擊，究竟死了多少人、傷了多少人，誰也不知道。我家就在那條街上，我站在陽臺上，兩手捂著胸口發抖。一聽到開槍，群眾的隊伍就跑開了，成千上萬的人上氣不接下氣地亂竄。大姊，這一場面現在還清晰地映在我眼前，那是多麼可怕、多麼令人毛骨悚然，又多麼可恥啊！令人感到人的生命好像轉眼之間就會消失似的。不過，在許多逃命的人背後，還有一支有堅定信念的英雄隊伍，像山一樣屹立不動，雖然他們的胸膛挨了子彈的掃射，但誰都沒有後退一步。

槍聲清脆地響著，然而每一陣槍聲過後，就有成千上萬張喉嚨發出響徹雲霄的勝利歡呼聲。那聲音多麼誘人、多麼振奮人心，又多麼使人陶醉啊！當時，我多想出去、站到警察的槍口面前，含笑地死去。在那個當下，我彷彿感覺到死亡是一件輕鬆的事。婆婆抱著帕納，從房裡一次又一次地叫我進屋，見我始終沒有進去，就抱著帕納來到陽臺上。就在此時，十來個人用擔架抬著赫利德希的屍體來到了大門口。是婆婆先看到的，她立刻明白了是怎麼一回事。我，全身像癱瘓了一樣……

婆婆迎上前去看了看自己的兒子，把他摟在懷裡，親親他，給他祝福，然後搖搖晃晃地向十字街頭走去，而當時，那裡仍不斷傳來槍聲和勝利的歡呼聲。我失去知覺似的站在那裡，有時望望丈夫的屍體，有時望望婆婆。我沒有說話、沒有哭泣，也沒有驚惶失措，只是一動也不動地站著。我失去了所有活力，連意識都好像都不復存在。」

恰馬德薇說：「妳婆婆也到開槍的地方去了嗎？」

默里杜拉說：「對，大姊，就是這裡很奇怪。婆婆平常聽到槍聲都要用手捂住耳朵，看到鮮血都會昏過去，但就是這樣的婆婆穿過堅持真理的人的行列，站到了最前面。然後，很快地她就被子彈打中，倒在地上了。看到她倒下，戰士們再也不能忍受了，原本信守不向警察回手的諾言再也無法約束他們了。要向警察討還血債的心驅使著他們每一個人，他們手裡沒有武器，不夠強而有力，但每個人都感到內心有著無限的力量——他們向警察反擊了！

警察看到潮水般的人群向他們湧來，嚇得魂不附體，一個個逃命要緊，但他們在逃走的同時還是不斷開槍，我的帕納正站在陽臺上，不知從何處飛來一顆子彈打中了他的胸膛，我的寶寶就地倒下，當場斷了氣。連這時候，我眼睛仍沒有湧上一滴眼淚，我把我可愛的帕納抱在懷裡，鮮血正從他的胸口流出來，我曾抱著他讓他吮吸奶汁，而現在，他付出的卻是他的鮮血……

我穿著被寶寶鮮血浸濕了的衣裳，感到萬分陶醉，這種心情，也許孩子結婚時我穿上被喜慶的紅色水浸濕的絲綢衣裳也不會有。童年、青年和老年，這三個階段就這樣在一陣抽泣中全部完結。我把孩子放在他爸爸懷裡，就在這時候，幾個志願者將婆婆也抬來了，她的模樣彷彿在微笑——她原本還一再阻止我，她自己卻投入了戰鬥的烈火，好像那是一條升入天堂的大道。她活著就是為了兒子，怎麼能讓兒子獨自一人離開這個世界呢？

當三具屍體被同時放在一堆燒屍的柴堆上時，我恢復知覺，清醒了過來。我真想坐到柴堆上去，乾脆全家四口一同進入天堂，但是接著我又想，我做了什麼了不起的大事，有資格得到如此崇高的獎賞？大姊，在那熊熊燃燒的火焰之中，我好像真的看到婆婆抱著帕納坐在那裡微笑哩！而丈夫也好像站在那裡對我說：『回去吧！安心從事妳的事業吧！』他臉上煥發著那樣耀眼的光彩——人就是在流血和烈火的考驗中變得不朽的。

我抬起頭來一看，河岸邊還不知有多少堆燒屍柴堆在燃燒呢！從遠處看那些柴堆，我似乎感覺到天神為了創造印度的未來而燃起一座座的熔爐。

當柴堆化成了一片灰燼時，我們回來了，但是我不敢回自己的家，那已經不是我的家了！對我來說，我的家不是現在我坐的這個地方，就是燒屍的柴堆。我連大門也沒有打開，就到婦女院去了。在昨天開槍的事件中，國大黨委員會早已被摧毀，這個組織被當成叛亂集團，警察襲擊了它的辦事處，把它封了。警察也襲擊了婦女院，並把婦女院封閉。我們就在一棵樹的樹蔭下成立了新辦事處，很自在地開始接下來的工作。圍牆幽禁不住我們，我們像風那樣自由！

傍晚，我們決定組織一次示威遊行。為了紀念前一天的流血、為了表示我們的高興和祝賀，遊行是必要的。人們問遊行有什麼好處？我們說遊行可以證明我們還活著。我們是堅定的，沒有從戰場上退卻。我們要證明，我們是不承認失敗而且有自豪感的人；我們要表明，我們不是那種害怕槍彈和壓迫而改變目標的人——不結束這種以利己主義和暴虐為基礎的制度，我們誓不罷休。

警察那方，也認為有必要通過阻止遊行來證明自己的勝利以及力量。他們認為人民似乎產生了一種錯覺，錯覺前一天的慘案已經使官僚主義者的道義、理智醒悟過來，還認為消除這種錯覺是他們的職責。警察想表明：是他們在統治人民，而且會繼續統治下去，不管你是高興還是憤怒。

於是，警察發布了禁止遊行的命令，向人民提出警告：不准參加遊行，否則沒有好下場。

或許，人民對這種警告的答覆能讓當局稍稍睜開眼睛。傍晚時，有五萬人集合了起來，領導遊行的任務交給了我。我感到內心有一股奇特的力量和熱情：一名懦弱女子，對世界一無所知，從來沒見過世面，今天由於親人的犧牲使她得到了這樣崇高的地位，這是再大的官員或王公也得不到的。

當時，我受到人民出自心底的擁護。警察之所以會做當局的奴僕，是因為他們可以得到工資——挨餓的威脅使他們願意為當局做任何事；人們之所以服從王公的命令，是因為抱有獲得好處的希望，並且害怕受到損失。這一望無際的人海，難道抱有要從我這裡獲得什麼利益的願望嗎？難道害怕我會讓他們受到什麼損失嗎？都沒有，可他們仍然準備接受我最嚴格的命令。這是因為人民尊重我所做出的犧牲，是因為他們有一種要求獨立的迫切心情，以及要求粉碎奴隸枷鎖的強烈願望，而他們認為我是最能夠代表他們的那種迫切心情和強烈願望的人。

遊行的隊伍根據原定的時刻出發了，就在那時，警察發出了逮捕我的傳票。一看到傳票，我就想起了妳，以前是妳需要我，現在是我需要妳。那時妳渴望得到我的同情，而今我卻在向妳乞求憐憫。不過，我現在一點也不軟弱了，我已經從一切顧慮中解脫出來，即使縣官給以最嚴厲的懲罰，我也甘之如飴。

今後我對警察任何捏造的指控或言說都不再反駁，因為我知道，我待在監獄裡能做的，要比在監獄外面更多。在監獄外邊可能犯錯，擔心迷失方向，受到妥協的引誘，害怕人家的競爭，而監獄是受人尊敬和崇拜的一條分界線，壞蛋是不可能越過這條分界線的。在空曠的廣場上燃燒著的火堆，會讓自己的熱能白白消失在空氣裡，但如果它是封閉在內燃機裡，就會成為巨大的動力。」

其他的女犯人也來了，默里杜拉一一擁抱了她們。接著，「印度母親萬歲」的口號聲透過監獄的牆壁衝向了無垠的天空。

聖戰

——四個伯坦人都從腰間抽出寶劍，高舉在赫江金德頭上，好像只要「不」字一出口，寶劍就要落到他的脖子上。

1

這是很久以前的事了，一大群印度教教徒為了維護自己的宗教，從印度西北山區逃向內地。

長久以來，印度教教徒和伊斯蘭教教徒一直共同相處，沒有一點宗教的仇恨。不過，伯坦人的一些部落卻常常發生爭鬥，為了很小的事，他們就會一伙一伙地組織起來。他們的寶劍從來沒有入鞘的時候——每一部落或氏族的制度都不相同，但解決彼此糾紛的辦法，除了寶劍以外別無其他。血要用血來還，命要用命來抵償，這已經成了從無例外的鐵則，同時也是他們的教義和信條。不過，就算是在這種可怕的流血事件中，印度教教徒還是平靜地過著日子，因為伯坦人對信仰沒什麼執著。

然而，這一個月以來，這種情況完全變了。一位不知何方來的伊斯蘭教毛拉上了門，在沒有文化、沒有信仰的伯坦人中煽動起宗教狂熱。他的布道有一種神祕魅力，吸引著男女老少。他像獅子一樣吼著說：「真主生下你們，就是要你們讓伊斯蘭的光輝照亮世界，就是要你們把一切非伊斯蘭的痕跡消滅掉。用伊斯蘭的光輝照亮每一個異教徒或無神論者的心，這種功德比一輩子把齋、念經和繳稅要大得多。天堂裡的仙女們會為你們消災，天使會把你們腳下的泥土塗抹在自己的額上，真主會吻你們的前額。」

聽到這樣的宗教號召後，人們變得神魂不定，並在伊斯蘭和非伊斯蘭之間築起了一道鴻溝：為了享受天堂的幸福，伯坦人開始迫不及待地襲擊起千百年來與他們和平相處的印度教教徒——在某些地方毀掉他們的神廟、在某些地方咒罵他們的天神，又在某些地方強迫他們接受伊斯蘭教的洗禮。印度教教徒人口稀少，住得分散，沒有組織，對這種新狀況完全沒有心理準備，他們手足無措，有很多人因此拋棄財產和積蓄逃往他鄉，有些人則焦慮地等待這場風暴哪天會過去。

這群印度教教徒就是其中一群逃往他鄉的人。中午時分，天空好像在向地面噴吐著火焰，山頂好像在冒煙，四周一棵樹也沒有。他們撇開大路，改走坎坷不平的小道，由於時刻都有被捉住的危險，再加上飢渴和炎熱，他們被折磨得狼狽不堪。最後，他們終於找到了一塊凸出的懸崖下邊陰影處，可以坐下來稍事休息。忽然，他們看到不遠處有一口井，連忙到井邊用繩子繫著水罐打起水來。他們提心吊膽，怕那些進行聖戰的人從後面趕來，所以派了兩位青年背著上了膛的槍在周圍巡邏。老年人鋪了毯子躺在地上休息，婦女們從懷裡放下孩子，擦一擦臉上的汗珠、理一理蓬亂的頭髮。人人臉色憔悴，忍受著恐懼的折騰，甚至連孩子們也噤若寒蟬。

巡邏的兩位青年，一個身材高大、體格勻稱，英俊的面容上流露著傲慢，好像誰都不放在眼裡，彷彿天上的神都在為他的每一個行動喝采；另一位個子矮小、身材瘦削，不只貌不驚人，還一臉寒傖相，對他來說，這世界好像不存在任何希望，似乎他生來就像一支蠟燭，一面流淚、一面熬著日子。前者名叫特爾姆達斯，後者則是赫江金德。

特爾姆達斯放下槍，坐在懸崖的一處說：「你對未來是怎麼想的？你有十幾萬盧比左右的財產吧？」

赫江金德淡淡地回答道：「沒到十幾萬那麼多，但曾有過三萬左右的現金。」

「那現在怎麼辦？」

「碰到了困難，就忍受唄！我在拉瓦爾品第有幾個親戚，他們也許會給我一點幫助。你呢？你又是怎麼打算的呢？」

「天啊！我又有什麼打算？我只有兩隻手，以前靠這兩隻手，往後也將靠這兩隻手。」

「要是能平安無事地度過今天，那就沒有什麼可怕的了。」

「我倒希望有『買賣』送上門來哩！即使來上十幾個人，我也要一個一個地把他們撂倒。」

這時，來了一個姑娘，只見她手裡拿著水罐和繩子，向前面的水井走去。她，就像早晨金黃色的朝霞那樣美麗動人。

兩個青年都走上前去，但赫江金德只走了幾步就停了下來。特爾姆達斯從姑娘手中拿過水罐和繩子，神氣活現地瞥了赫江金德一眼，然後向井邊走去。

赫江金德又拿起了槍，為了擺脫窘境，他翹首望起天空來。類似情況，他已多次敗在特爾姆達斯的手裡，因此也比較習慣這樣的困窘了。現在，他已經毫不懷疑希亞瑪鍾情於特爾姆達斯了——赫江金德的財產在特爾姆達斯的容貌面前根本微不足道。希亞瑪不僅間接地，有幾次更是直接地讓他心冷，但即使感到失望，不知為什麼，可憐的赫江金德還是那樣愛著她。

他們三人原來住在同一個地方。希亞瑪的父母很早就去世了，是她姑姑把她撫養成人的，現在她仍和姑姑生活在一起。她姑姑一心一意希望赫江金德能夠成為她的侄女婿，這樣一來，希亞瑪就可以過著幸福的生活，而她自己的晚年也將有所依靠。然而，希亞瑪卻鍾情於特爾姆達斯，她哪裡知道，她想踢開的人正是她唯一的依靠。赫江金德既是希亞瑪姑姑的會計，也是她的出納，還是她的代理人，總之，一切都是他在幫忙——即使知道自己一輩子也得不到希亞瑪。要不是財產在某些方面還有點用處的話，他早就把它散盡，當乞丐去了！

特爾姆達斯打了水正要往回走時，西邊有幾個人騎著馬奔馳過來了。等對方更靠近一些的時候，他才看清總共來了五個人，只見他們的槍身在太陽底下閃閃發光。特爾姆達斯提著水奔跑了起來，他怕這些人在路上把他抓住。無奈他肩上背著槍，一隻手又提著水罐和繩子，無法跑得很快。雙方距離縮短到兩百碼了——路上有許多大大小小的石頭，他怕被石頭絆倒，也怕腳下打滑，而騎馬的人正在逐漸接近……他怎麼跑得過阿拉伯種的快馬呢？何況他之前才走過很長一段路。

最多只跑了幾十步遠，騎馬的人便搶到了他的面前，很快地把他圍困住。特爾姆達斯本來很勇敢，但在死亡臨頭之際，還是眼前一陣發黑。槍，從他手中掉到地上。

這五個人都是他村子裡的伯坦人。

一個伯坦人說：「砍掉這個卑鄙傢伙的頭。叛徒！異教徒！」

第二個人說：「不，不，等一等。如果他現在承認伊斯蘭，我們還是能原諒他的。喂，特爾姆達斯，該怎麼懲罰你這次的叛變呢？為了讓你做出決定，我們給了你一整夜的時間，你卻背叛我們逃走了。對這種叛變行為的懲罰，原本是該立刻讓你進地獄的，但我們再給你第二次機會，這是最後一次了，假使你現在還不接受伊斯蘭，你就再也見不到陽光啦！」

特爾姆達斯猶豫不決地說：「理智不想承認的事，怎麼……」

第一個騎馬的人怒氣沖沖地說：「宗教和理智沒有任何關係。」

第三個騎馬的人說：「異教徒！無神論者！」

第一個騎馬的人又說：「砍下他的頭算了，把屍體扔在這兒。」

第二個人說：「等一等，等一等，弄死他不難，再要他活就難了。特爾姆達斯，你其他同伴呢？」

特爾姆達斯回答說：「都和我在一起。」

第三個人說：「我們以《古蘭經》起誓，若你們都信仰真主和先知，誰都不敢拿你們怎麼樣。」

特爾姆達斯說：「你們就不給人考慮考慮的機會嗎？」

這時，四個騎馬的人一起嚷了起來：「不行，不行，我們是不會放過你的，這是最後一次機會。」

這樣說的同時，第一個騎馬的人端起槍，槍口對準了特爾姆達斯的胸口。「說，同意嗎？」

特爾姆達斯渾身發抖地問說：「只要接受了伊斯蘭，你們就不會折磨我的同伴們了？」

第二個人說：「如果你能擔保他們也接受伊斯蘭的話……」

第一個人插話說：「我們不會這麼容易答應這個條件，我們會自己應付你的同伴。你只要回答你的就行了，是？還是不是？」

特爾姆達斯忍氣吞聲地說：「我相信真主。」

五個人齊聲說道：「祈求真主！」說完，他們一個個和特爾姆達斯擁抱。

3

希亞瑪提心吊膽地看著眼前的一幕，心中懊悔不已：為什麼讓他去打水？早知道命運這樣捉弄人，我寧可渴死也不會讓他去。赫江金德站在離希亞瑪不遠的地方，她用煩躁不安的眼神望了望他說：「看來他的命保不住了。」

赫江金德說：「槍也掉到地上了。」

希亞瑪說：「不知道在談些什麼？啊！糟了，壞蛋朝他舉起槍來了。」

赫江金德說：「等他們再走近點，我才有辦法開槍，我的槍打不到這麼遠。」

希亞瑪說：「啊！你看，他們都在擁抱特爾姆達斯哩！這是怎麼一回事？」

赫江金德回答說：「我也看不清楚。」

希亞瑪說：「難不成他接受了伊斯蘭？」

赫江金德說：「不，怎麼會那樣呢？我不敢相信特爾姆達斯會這樣。」

希亞瑪說：「我懂了，正是這麼一回事。你開槍吧！」

赫江金德說：「特爾姆達斯站在中間，可能會打中他。」

希亞瑪說：「沒有關係，我希望第一顆子彈就打中他。膽小鬼！卑鄙無恥的傢伙！為了活命而放棄自己的宗教，與其這樣無恥地活著，不如死了好。你在猶豫什麼呢？難道你也心慌意亂、手足無措了？把槍給我吧！我親手打死這個膽小鬼。」

赫江金德說：「我不相信特爾姆達斯會……」

希亞瑪說：「你是不會相信的。把槍給我吧！你站著看就好。難道要讓他們來到眼前再開槍嗎？難道你也同意為了保住性命而當穆斯林？好吧！你走你的，希亞瑪自己能保護自己，以後你別再見她。」

赫江金德開槍了，打落了一個騎士的頭巾。聖戰者喊著「真主偉大」，策馬衝了過來。第二槍打中了一匹馬的胸脯，馬倒下了。聖戰者又喊著「真主偉大」，繼續策馬疾馳。第三顆子彈打中了一個伯坦人，但他還沒來得及打出第四顆子彈，伯坦人已經來到他的身邊，奪走他手中的槍。

一個騎馬的人把槍對準赫江金德說：「殺掉這個卑鄙的傢伙，也算報了仇！」

第二個騎馬的人看起來是他們的頭目，他說：「不，不，這是一個勇敢的人。赫江金德，你有三條罪，一是背叛，二是殺人，三是你是異教徒。殺掉你完全是一種功德，但我們還是想給你一個機會，如果你現在信仰真主和先知，我們仍然會和你擁抱，除此之外，你的一切過失也用不著懺悔——這是我們最後的裁決。你說，答應不答應？」

四個伯坦人都從腰間抽出寶劍，把它高舉在赫江金德的頭上。好像只要一個「不」字出口，四把寶劍就要應聲落到他的脖子上。

赫江金德的臉上閃耀著神奇的光輝，他的雙眼露出非凡的神采。他堅定地說：「你們是在向一個印度教教徒問這個問題嗎？難道你們認為他為了活命會出賣自己的信仰嗎？就算印度教教徒要接近天神，也根本不需要任何先知或使者！」

四個伯坦人異口同聲地說：「無神論者！異教徒！」

赫江金德說：「與其把我當無神論者，不如乾脆把我看成天神論者！我認為我比你們更像有神論者。我信仰的是建立在理智基礎上的宗教——人的理智才代表神的光輝，我們的信仰和我們的理智……」

四個伯坦人齊聲說道：「無神論者！異教徒！」四把寶劍一齊落到了赫江金德的脖子上，即將斷氣的軀體抽搐著。特爾姆達斯低著頭站在那裡，心裡很高興，認為赫江金德的全部財產將歸他所有，而他和希亞瑪將會舒舒服服地過他們的小日子。可惜，造物主的意志卻不是這樣！希亞瑪一直站在那裡注視著眼前發生的情景，當赫江金德的身軀倒了下去，她立刻衝上前把他抱在懷裡，竭力地用沙麗堵住血流如注的傷口。她身上的衣服全被鮮血染紅了，她曾穿過很美麗的繡花沙麗，但這用血染紅的沙麗，光輝更是無與倫比——繡花的沙麗只能增加形式的美，這血染的沙麗卻表現出靈魂之光。

赫江金德一雙失了神的眼睛，剎那間似乎正放射出非凡的光芒。那雙眼睛裡含有多麼滿足、遂心和宿願得償的心情啊！他生前沒有獲得愛情，死後卻成了自覺自願的寶貴愛情的所有者。

特爾姆達斯拉著希亞瑪的手說：「希亞瑪，理智點，妳全身的衣服都被血浸濕了。現在哭又能如何？這些人是我們的朋友，不會給我們添任何麻煩的。我們將重返自己的家，再次享受人生的歡樂。」

希亞瑪用鄙視的眼光看了看他說：「你那麼愛你的家，就回去吧！別為我擔心，我不走。當然，如果你現在對我還有點感情，就叫他們用劍把我了結吧！」

特爾姆達斯聽了傷心地說：「希亞瑪，妳說的是什麼話啊！妳難道忘了我們對彼此說過的話嗎？赫江金德的死我也很傷心，但誰又能改變這必然的結局呢？」

希亞瑪說：「如果說這是必然的結局，那麼還有另一個必然的結局，那就是——我要在哀悼那聖潔的靈魂中度過我渺小的一生，我對自己過去曾怠慢過那聖潔的靈魂感到抱歉。」

說著說著，希亞瑪被憤怒和憎恨所蓋過的悲哀爆發了，她把赫江金德那已經一動也不動的手搭到自己的脖子上，號啕大哭起來。

四個伯坦人看到這人間少有的愛情和自我獻身的精神，都為之感動。為首的人對特爾姆達斯說：「你告訴這個無辜女子，請她跟我們一起走。我們不會給她帶來任何麻煩，我們會打心底兒尊重她。」

特爾姆達斯心中燃燒起嫉妒的怒火，一個他一直認為已經屬於自己的姑娘，此時竟不屑看他一眼。他說：「希亞瑪，妳即使淚流成河，也不可能讓這具屍體起死回生。準備好從這裡往回走吧！我去勸說同我一起來的其他人。他們這些人已經對我們的安全負起責任，我們的財產、土地、金錢統統會歸還給我們，赫江金德的財產也會為我們所有。別延誤時間，現在哭也沒用了。」

希亞瑪用噴著怒火的眼睛瞪向特爾姆達斯說：「還要為回去付出什麼代價？和你一樣的代價嗎？」

特爾姆達斯沒聽懂她對他的諷刺，他說：「我沒有付出任何代價，我又有什麼呢？」

希亞馬說：「你沒資格這麼說。你有若干萬年以前修道士、仙人們留下的寶藏，那寶藏曾由羅怙和摩奴、羅摩和黑天、佛祖和濕婆、西瓦言和戈溫德・森赫[1]維護過的，今天你卻為了保住渺小的生命而把那無價之寶喪失了。祝你幸福，你高高興興地走吧！那了結赫江金德英勇生命的幾把寶劍，也對我的愛情做出了裁決。我這一生中曾使這位英雄受到了怠慢和侮辱，我對他冷酷無情，我要在他死後進行懺悔。他是為宗教而死的英雄，而不是出賣信仰的懦夫！如果你還有點廉恥或感到羞愧的話，就幫我安葬他，要是你的主人們不高興這麼做，那就算了，我一個人來。」

特爾姆達斯痛心地低著頭坐著，伯坦人的心也感到痛苦和不安——宗教的狂熱平靜了下來。四個伯坦人很快地弄來了木柴迅速地劈了，接著架起燒屍體的柴堆。那幾雙了結赫江金德生命的無情之手，把他的屍體放到了柴堆上。

烈火燃燒起來了，火神通過自己的火舌歌頌著那為宗教獻身的英雄。

5

伯坦人把赫江金德的全部財產都交給了希亞瑪，希亞瑪就在那裡修了一間小屋。為了敬奉英雄赫江金德，她準備在那裡度過自己的一生。她的老姑姑跟她一起留了下來，其餘的人都跟伯坦人回去了，因為現在他們已不再被要求當穆斯林。赫江金德的犧牲戰勝了宗教的魔鬼，不過伯坦人還是強迫特爾姆達斯接受伊斯蘭的洗禮。他們定了一個日子，清真寺裡的毛拉都到齊了。人們到特爾姆達斯的家裡去叫他，卻沒有看見他，找遍了各處，也沒有發現他的蹤影。

1 這些都是印度神話、傳說或歷史上的人物，以倡導、維護印度教或印度傳統為其共同特色。

整整一年的時間過去了。一天傍晚，希亞瑪坐在自己小屋前幻想著美好的未來。對她來說，過去充滿了痛苦，當前是一場使人失望的夢。她的全部希望寄託於未來，而那個未來又是和她這一生沒有任何關係的未來。天空一片晚霞，對面起伏的山巒被一層文風不動、金黃色的薄紗覆蓋著。抖動的樹葉發出沙沙的聲音，好像一顆與情人永別的心靈在樹枝上啜泣。

這時，一個衣衫襤褸的乞丐出現在小屋門前。狗兒猛叫一聲，讓希亞瑪吃了一驚。她抬頭一看，不由得脫口喊道：「特爾姆達斯！」

特爾姆達斯就地坐了下來。「是的，希亞瑪，我就是不幸的特爾姆達斯，我已整整流浪了一年。那些人為了找我，還公布了懸賞，整個地區的人都不放過我。現在我活膩了，卻還沒有死……」停了一會兒，他接著又說：「希亞瑪，難道妳到現在還恨我嗎？還沒有寬恕我的罪過嗎？」

希亞瑪冷冷地說：「我不懂你說的是什麼意思。」

「我現在仍然是印度教教徒，我沒有接受伊斯蘭。」

「我知道。」

「妳知道了還不可憐我？」

希亞瑪嚴厲地望著他，激動地說：「你還好意思說出這種話來？我是那個為宗教獻身的英雄的已婚妻子，這位英雄曾為印度教民族增了光。你以為他死了嗎？那是你的錯覺。他是永生的，我現在還看見他坐在天堂裡。你使印度教民族蒙上了恥辱，請從我面前遠遠地滾開吧！」

特爾姆達斯再也沒有說什麼。他不聲不響地站了起來，深深嘆了一口氣，向一邊走去。

隔天一早，希亞瑪去打水時，在路上看見一具屍體，幾隻兀鷹正低低地盤旋在屍體的上空。她的心急速地跳動起來，走近一看，認出躺在路上的是——特爾姆達斯！

獻身

——火車來了，旅客們開始上上下下。
魯布馬妮含著眼淚說：「你不帶我去？」

1

阿南德坐在搖椅上，一面抽著雪茄，一面說：「今天維辛帕爾做了好大的蠢事！考試將近，他卻去當志願者。要是被抓到，試考不成，我看獎學金也會吹了。」

魯布馬妮坐在對面的凳子上看報，她的眼睛盯著報紙，耳朵卻在聽阿南德說話。她回話說：「這真的不大好，你為什麼不勸勸他呢？」

阿南德撇著嘴說：「人一旦把自己當成了甘地第二，要勸他是十分困難的事。相反地，他還開導起我來了哩！」

魯布馬妮把報紙折好放在一邊，一面用手理了理頭髮，一面說：「你怎麼不告訴我一聲，要不，我本來是可以攔住他的。」

阿南德有點生氣地說：「也還不晚嘛！現在也許還在國大黨辦事處，妳去攔他吧！」

阿南德和維辛帕爾兩人是大學同班同學。阿南德有學問，家裡又有錢，而維辛帕爾卻兩手空空地來到學校。一些教授可憐他，給他一點獎學金，他就靠此維持生活。

一年以前，魯布馬妮也和他們同班，但這年她休學了，因為身體不好。兩個青年經常來她這裡，阿南德來是想了解她的內心，維辛帕爾來卻沒有什麼目的，讀書安不下心或心情急躁時，他就來她這裡坐一會兒。也許對她訴說自己的苦惱，心情就可以平靜一些吧！他不敢在阿南德面前說什麼，因為從阿南德那裡得不到一句同情的話，就算阿南德責備他、蔑視他、愚弄他，維辛帕爾也沒有與之辯論的能力。

在太陽光面前，燈光算得了什麼呢？總之，阿南德在精神上對他處於支配地位，維辛帕爾恰恰在今天第一次否定了他的支配，阿南德因此帶著不滿的情緒來找魯布馬妮。幾個月以來，維辛帕爾盡量讓自己的意志服從阿南德的道理，但即使表面上被說服了，他的心仍在反抗。阿南德認為，毫無疑問，維辛帕爾這一年時間要糟蹋了，很可能連學生生活也會從此結束，十多年的刻苦學習將付之東流，上不著天，下不著地，啥也撈不到。往火裡跳有什麼好處？待在大學裡還是可以為國家做很多工作。

阿南德自己每個月多少都可以募捐到一些錢，還可以動員其他學生為獨立效力。阿南德也是這樣建議維辛帕爾的，這樣的道理說服了他的理智，卻沒有說服他的心。今天，當阿南德去上課後，維辛帕爾到獨立廳去了。等他上課回來，只剩一封維辛帕爾留下的信擺在桌上，信中寫道：

親愛的阿南德：

我知道，我現在採取的行動對我個人來說沒有什麼好處，但不知道是股什麼力量在推著我走，我不想去，卻仍然去了，正如一個人不想死卻仍然死了、不想哭卻仍然哭了。當我們所崇敬的一些人都在忍受著苦難時，對我來說，也沒有其他道路可走了。現在，我再也不能欺騙自己的良心，我不能為了上大學而昧著良心，這是一個人的尊嚴問題，在尊嚴的問題面前，是不能做任何妥協的。

你的維辛帕爾

讀過信後，阿南德真想勸維辛帕爾回來，但他對這傢伙的愚蠢很生氣，於是帶著這樣一股情緒到魯布馬妮這裡來。如果魯布馬妮奉承他、對他說好話，要他把維辛帕爾勸回來，也許他會去，但她卻說她可以攔住維辛帕爾，這使他有點受不了，所以他的回答既生硬又有氣，也許還帶點醋意。

魯布馬妮帶著幾分驕傲的神色看了看他後說：「好吧，那我去！」但隔了一會兒，她又小心地問他：「你為什麼不去？」

這又犯了她剛才犯的錯！如果魯布馬妮奉承他，說好話請他去，阿南德一定會跟她一起去，但她的問話中早就帶有阿南德不願意去的意味，驕傲的阿南德當然不能這樣去。他冷冷地說：「我去也白搭，妳的話當然更能產生作用。他留了一封信放在我桌上，當他在考慮有關良心、職責和理想等大問題，把自己也看做是什麼了不起的大人物時，我對他就絲毫沒有影響力了。」

他從口袋裡拿出信放在魯布馬妮面前。阿南德的話中包含的暗示和諷刺意味，逼得魯布馬妮不願抬頭看他，對方生硬的態度讓她覺得有點受傷。突然間，似乎有一種反抗的火星從她心底噴發出來，為了對阿南德的攻擊做出反應，她順手拿起信來看，但看過信後，她的臉色卻嚴肅起來。她昂起頭，眼中露出了對自我犧牲精神的敬意。

魯布馬妮把信放到桌子上說：「現在我去也是沒有意義的。」

阿南德對自己占了上風感到高興，他說：「我早就跟妳說了，眼下他已經是鬼迷心竅了，不論誰勸，也不會有什麼用的。只有在監牢裡關上一年，受盡折磨、得了肺結核出來，或是說被警察的警棍打斷手腳和頭破血流時，才會清醒過來。至於現在，他們正做著受到歡呼和鼓掌歡迎的美夢呢！」

魯布馬妮望著對面的天空，藍天下好像出現了一個人影：骨瘦如柴，身子乾癟，上身裸露，齊膝蓋的圍褲，光著頭，沒有牙齒的嘴，一個修苦行、自我犧牲、代表真理的活生生的形象[1]。

1 這裡描述的是印度民族獨立運動的領袖——甘地的形象。

阿南德又說：「如果能確定我的血能使國家獲得解放，我今天一定也會獻出自己的鮮血。但事實是，就算有我這樣百十來個人，又能產生什麼作用呢？除了送命之外看不到任何直接的效果。」

魯布馬妮現在還注視著那個笑瞇瞇的形象——那樸實的迷人微笑曾經征服世界……

阿南德又說：「那些忙於準備考試的同學們也曾想過要解放自己的國家。請問，一個連自己都解放不了的人，又怎麼能解放國家？一則要留級，二則挨的警棍也不會輕。」

魯布馬妮的雙眼仍然望著天空，那個人影的臉色彷彿變得嚴竣起來。

突然，阿南德好像想起了什麼似的說：「對了！今天要上演一部非常有趣的電影呢！妳去不去？我們可以看第一場。」

魯布馬妮覺得自己好像從空中落到了地面，她回答說：「不，我不想去。」

阿南德慢慢地牽住她的手，擔心地說：「身體還好吧？」

魯布馬妮沒有掙脫，回說：「身體有什麼不好？」

「那為什麼不看電影？」

「今天不想去。」

「那我也不去。」

「太好了，可以把買電影票的錢捐給國大黨。」

「這是一個難辨的條件，不過我接受。」

「那麼，明天請把捐款的收據給我看。」

「妳連這一點也不相信我？」

阿南德回宿舍去了。過了一會兒，魯布馬妮向獨立廳走去。

2

當魯布馬妮到達獨立廳時，一隊志願服務人員正準備去監視外國布匹的倉庫，維辛帕爾沒有在裡面。另外一隊志願服務人員則準備要到酒店去，裡面也沒有維辛帕爾。

魯布馬妮走到祕書長身邊問說：「能告訴我維辛帕爾在哪裡嗎？」

祕書長反問道：「就是今天參加進來的那位嗎？」

「對了，就是他。」

「他是一個十分勇敢的人。他承擔了到農村去進行工作的任務，現在也許已經到車站了，他坐七點鐘的車離開。」

「現在還在車站？」

祕書長看了看錶，回答道：「沒錯，現在應該還在車站，妳還可以見到他。」

魯布馬妮走了出來，騎上自行車，加快速度趕到車站。一看，維辛帕爾果然還站在月臺上。他一看到魯布馬妮就迎了上來，走到她身邊說：「怎麼到這兒來？今天和阿南德見過面了嗎？」

魯布馬妮把他從頭到腳打量了一番後才說：「你這是把自己打扮成什麼樣子？難道腳上穿雙鞋子也是叛國行為嗎？」

維辛帕爾小心地問說：「阿南德先生沒有跟妳說什麼嗎？」

魯布馬妮的口氣變得嚴厲了起來，她說：「對啦！他跟我說了。你這是什麼心血來潮？這一去不會少於兩年吧？」

維辛帕爾露出失望的神色說：「既然知道，妳難道沒有幾句鼓勵我的話嗎？」

魯布馬妮心裡有點難受，卻仍未改變表面的輕蔑。「你把我當成敵人還是朋友？」

維辛帕爾兩眼含著淚說：「為什麼問這樣的問題，魯布馬妮？就算沒從我的嘴裡聽到回答，難道妳真的不明白嗎？」

魯布馬妮說：「我希望你別去了。」

維辛帕爾說：「魯布馬妮，這不是朋友的勸告，我相信，這也不是妳的心裡話。我的生命有什麼價值呢？想想，大學畢業後找到一個拿一百盧比的工作，將來最多拿到三、四百盧比。與此相反，這兒能得到什麼？妳知道嗎？是整個國家的獨立。為了這樣偉大的目標赴死，也比前面說的那種生活要高尚得多。妳回去吧！火車快到了。請跟阿南德先生說，別生我的氣。」

至今為止，魯布馬妮一直憐憫這個頭腦遲鈍的年輕人，但現在他卻成了她崇敬的對象。自我犧牲那種吸引人心的力量，很快地把魯布馬妮吸引到維辛帕爾這一邊，使得他們之間的所有差別都消失了。維辛帕爾的一些缺點和不足，如今都成了他的美德而放射出異彩。魯布馬妮像隻小鳥一樣，在他廣闊胸懷的天地裡飛翔並開始找尋歸宿。

魯布馬妮帶著痛苦的眼神望著他說：「把我也帶去吧！」

聽她這麼說，維辛帕爾像喝了幾杯美酒那般陶醉。「把妳也帶去？阿南德會要我的命的。」

「我並沒有把自己的心交給阿南德。」

「可阿南德已經把他自己交給妳啦！」

魯布馬妮的雙眼透露著一種反感，她望了望他，嘴裡卻沒有說什麼。此時，她才感受到各種條件所造成的阻礙。她為什麼不能像維辛帕爾那樣自由？她是富有人家的獨生女，從小在享受中長大，但現在，她覺得自己不過是個囚犯——她的心正為了掙脫各種束縛而開始掙扎。

火車來了，旅客們開始上上下下。

魯布馬妮含著眼淚說：「你不帶我去？」

維辛帕爾堅決地說：「不，不帶。」

「為什麼？」

「我不想回答這個問題。」

「你是不是認為我是個貪圖享受的人，在農村裡待不下去？」

維辛帕爾有點不好意思，這算是一個重要原因，但他否定了。「不，不是這個原因。」

「那又是什麼呢？是怕我的父親會因此不要我了嗎？」

「如果是這一點，不也值得好好考慮嗎？」

「可我對這一點絲毫也不在乎呀！」

看到魯布馬妮那月亮般皎潔的臉露出了驕傲又頑強的神色，維辛帕爾覺得自己好像在那堅定意志面前顫抖著。他說：「請妳同意我的請求吧！魯布馬妮，我求求妳。」

魯布馬妮還在思索，維辛帕爾又說：「為了我，妳得放棄這種想法。」

魯布馬妮抬起了頭，說：「如果這是你對我的命令，那我會接受它。維辛帕爾，你內心以為我只是一時衝動，才會做這種耽誤自己前途的事。不過，我要讓你看到，這不是一時衝動，而是我堅定的決心。你走吧，但是請記住我的話：只要自尊心和原則不受到損害，千萬別陷入法律的羅網。我會不斷地祈求上帝保佑你。」

火車的汽笛響了起來，維辛帕爾坐進了車廂。車子開動了，魯布馬妮好像捧著世界上最寶貴的東西站在那裡。

3

魯布馬妮有一張維辛帕爾難看的舊相片，放在書櫃的一個角落裡。今天她從車站回來，就把它找了出來，裝在一個襯有天鵝絨的相框裡，原本放在桌上阿南德的相片則被拿掉了。

過去假期裡，維辛帕爾曾寫過幾封信給她，當時她看過後就隨便把它們扔到一邊，如今她把那些信又翻了出來，重新讀了一遍。那些信讀起來多麼有味啊！她小心翼翼地把它們放進箱子，還上了鎖。

第二天，報紙來了。魯布馬妮搶著看，看到維辛帕爾的名字後，她驕傲地微笑了起來。

她每天都要去一趟獨立廳，這已成了她的例行公事。她現在經常參加會議，享受的東西一樣一樣地被她扔掉了。土布做的沙麗代替了絲綢沙麗，她還弄來了手搖紡車，坐下來紡紗，一紡就是幾個鐘頭。她紡的紗愈來愈細，她要用自己紡的紗替維辛帕爾做襯衫。

當時學生們正準備考試，阿南德連抬頭的工夫都沒有。他拜訪過魯布馬妮幾次，每次都沒有坐多久，也許是她的冷漠使他無法坐得更久吧！

時間過了一個月，一天傍晚，阿南德來了，魯布馬妮正準備到獨立廳去。阿南德皺著眉頭說：「現在要和妳談話都不容易了。」

魯布馬妮坐在椅子上說：「你成天看書，也沒有空閒的時間。你知道今天有什麼新消息嗎？獨立廳每天都可以了解到當天的情況。」

阿南德以一個哲學家的中立態度說：「聽說維辛帕爾在農村裡鬧得可歡呢！他找到了適合他的工作，在這裡時沉默不語，到農村裡以後一定能大喊大叫了。不過，人倒是挺勇敢的！」

魯布馬妮看了看他，目光好像在說，他這樣說話未免有點無聊。她開口說：「如果一個人有這樣的品德，那他身上的其他不足之處就都算不了什麼。你大概沒有時間閱讀國大黨的公報，維辛帕爾在農村中喚醒了群眾，那兒一根洋線也賣不掉，沒有任何一個人上酒館，有趣的是，還沒有必要進行監視。現在開始組織起長老會來了……」

阿南德輕蔑地回道：「那妳也應該知道，這代表他的末日也快到了。」

魯布馬妮激動地說：「他做了這麼大的貢獻，就是死也值得。昨天原定要召開一個人數眾多的農民大會，也許全地區的農民都出席了。聽說最近沒有人從農村裡跑來打官司，律師們一個個都心神不安。」

阿南德尖銳地說：「這就是獨立的滋味，地主、律師、商人統統死掉，只留下工人和農民！」

魯布馬妮認為今天阿南德做好爭辯的打算，所以也擺出迎戰的架式。她回說：「難道你希望地主、律師、商人吸窮人的血來養肥自己，對這樣一個非正義現象嚴重存在的社會制度，卻不讓人開口反對它？你是研究社會科學的，從哪種意義上說這樣的制度可以被當成標準呢？在這種情況下，文明的幾條主要原則能夠在最低限度內付諸實施嗎？」

阿南德高聲地說：「文化和財富的占有者過去一直處於社會上的統治地位，今後也仍會如此。當然，其形式也許有所改變。」

魯布馬妮非常激動地反駁道：「如果獨立了，占有財富的人仍占據統治地位，受過教育的階層仍然這樣自私自利，那我要說，不要這樣的獨立更好！今天正是英國富翁的貪婪和受過教育者的自私自利在折磨我們，我們冒著生命危險要排除的禍害，難道只因為它們不是外國的東西而是本國的東西就叫老百姓恭恭敬敬地承受嗎？至少對我來說，獨立不是意味著用戈溫德代替約翰[2]。我希望看到這樣一種社會制度，在那裡，處於不平等地位的人會受到基本的庇護。」

阿南德說：「這只是妳自己的幻想。」

[2] 正如約翰是英國人的普通名字一樣，戈溫德在印度也是普通印度人的名字。

魯布馬妮說：「你至今根本沒有讀過這個運動的文獻。」

阿南德說：「我沒有讀過，也不想讀。」

魯布馬妮說：「這對國家也不是什麼了不起的損失。」

阿南德說：「現在的妳完全不是過去的樣子，妳徹底變了！」

突然，一個郵差把一份國大黨的公報送來放到了桌子上。魯布馬妮迫不及待地打開公報，一看到第一行的標題，她眼中就流露出得意。她下意識地昂起頭來，臉上閃耀著一種不同尋常的光澤。

她激動地站了起來，傲然地說：「維辛帕爾被逮捕了，判了兩年徒刑。」

阿南德冷冷地說：「是在什麼問題上判了刑？」

魯布馬妮驕傲的目光看著維辛帕爾的照片說：「在拉尼耿吉召開了農民大會，是在那裡被捕的。」

阿南德說：「我之前早就說過，要糟蹋兩年的時間。這下子把一生都毀了！」

魯布馬妮指責他說：「難道一個人取得了學位，他的一生就算成功了？全部知識、經驗感受都只在書本裡才有嗎？我認為，維辛帕爾在兩年中體會到有關這個世界和人類特性的經驗，你在兩百年中從哲學和法律的著作裡也得不到。如果你承認教育的目的在於增強毅力，那麼，在民族戰爭中毅力所受到的鍛鍊，是不可能在求得溫飽的掙扎中得到。你可以說：『對我們來說，為了填飽肚子已經夠我們操心了，要再做得更多是不可能的，我們沒有那樣的勇氣，沒有力量、沒有耐心、沒有組織。』這些我都承認，但要挖苦為民族利益而獻身的人，我不能忍受。在維辛帕爾的呼籲之下，今天千千萬萬的人挺起胸膛站起來了。你呢？你有在人民面前站起來的勇氣嗎？那些把你踩在腳底下的人，那些把你看得比狗還低賤的人，為了當他們的僕從，你拚命爭取學位——你把這當光榮的事，我卻不那麼看。」

阿南德的臉紅了，他說：「現在妳已經成了一個老練的女革命家了。」

魯布馬妮仍然激動地說：「如果你在分辨是非的話中都嗅出了革命的氣味，那不是我的錯。」

「今天一定會召開向維辛帕爾致敬的大會，妳參加嗎？」

魯布馬妮以高昂的情緒說：「我一定去，而且我還要講話。明天我還要到拉尼耿吉去，維辛帕爾所點燃的火炬，只要我活著，就不會讓它熄滅！」

像一個溺水的人抓住最後一根稻草，阿南德說：「妳問過自己的父母嗎？」

「我會問的。」

「要是他們不允許呢？」

「在原則的問題上，良心所發出的命令是至高無上的。」

「好啊！今天我總算有新體會了。」

阿南德一面說，一面站起身來，沒有和魯布馬妮握手就走出了房間。他的腳搖晃得這麼厲害，好像馬上就要倒下去的樣子。

這是我的祖國

——我已經很老了，再過十年，我就要一百歲了。

整整過了六十年[1]，今天我終於再一次見到了自己的國家——我可愛的家鄉！當我離開可愛的國家時，命運把我帶往西方。那時我是一個精力旺盛的年輕人，血管裡奔流著熱血，心裡充滿了激情和各種崇高的理想和抱負。不是某一個壓迫者的迫害或法律的裁決把我和親愛的印度分開，不是的，雖然壓迫者的暴行和嚴酷的法律要怎麼治我都可以辦到，卻不能使我脫離祖國——是一種崇高理想和巨大抱負驅使我奔向國外。

我在美國經商，賺了很多錢，並且盡情享受它。我很幸運，娶了一個美麗而賢慧的妻子，她的姿色無人可比，整個美國都讚嘆她的美貌，而她的內心，沒有一種想法不是和我聯繫在一起。我全心全意地為她獻身，對我來說，她就是一切。我有五個兒子，個個俊美、結實、健康，有美好的品德，也讓我經營的生意更為興旺。他們的孩子們——那些天真可愛的小寶寶，當我出發朝覲我可愛的印度時，全都坐在我的懷裡。我拋開了無數的財富、忠實的妻子、孝順的兒子們，以及我的骨血——可愛的孫子們，為的就是能在人生的最後見見可愛的印度母親。我已經很老了，再過十年，就要一百歲了。

1 作者寫這篇小說是一九〇八年，六十年前指的是一八五七年印度大起義前，當時印度還未正式併入英國版圖。

如果說，現在我的內心還有什麼願望沒有滿足的話，那就是讓自己化為祖國的泥土。這個願望並不是今天才出現在心中的，我早就有這個打算——當妻子正用甜蜜的話語和溫柔的姿態讓我開心時，當年輕的兒子們早晨來到我面前向自己年老的父親請安時……常常會有一根針刺扎上我心頭。那根針刺就是，我從自己國家流浪到這裡來，這個國家不是我的祖國，我不是這個國家的人。金錢是我自己的，妻子是我自己的，兒子是我自己的，財富也是我自己的，但是不知為什麼，每當想到印度家鄉的破舊草屋、幾畝祖傳的薄地，以及孩提時代光著屁股的小伙伴們時，這些過去的回憶就不停地折磨著我的心——即使在喜慶的場合，也依然如此。我忍不住這麼想：

唉，老天，要是我在自己的祖國，該多好！

但是，當我在孟買走下輪船，看到穿著黑色西裝、嘴裡說著硬湊的英語的航海員，接著又看到英國商店、電車和汽車，遇到了各種膠輪的車子以及嘴裡叼著雪茄的人們，然後來到了火車站，坐上火車向著我那青山環抱的可愛村莊、我可愛的故鄉出發……我的兩眼已滿是淚水，忍不住傷心地痛哭了一場，因為這不是我可愛的國家，這不是我內心一直朝思暮想的國家，這是另外一個國度，這是美國，這是英國，但不是可愛的印度。

火車穿過森林、高山，越過河流和平原，來到了我可愛的村莊附近。當年這座村莊繁花似錦，溪流縱橫，勝似天堂。我下了火車，內心無比的興奮。

我就要看到我那可愛的老家了，我就要和自己孩提時代的可愛伙伴們見面了。當下，我一點兒也沒察覺到自己已經是個九十歲的老人。

愈走近村子，我的步伐愈快，內心湧現的興奮浪潮無法用言詞表達。我睜大眼睛，望著每個景物。

啊！這就是原來的河道，當年我們每天在這裡洗馬，也在河裡泅水。

但是現在它的兩邊用鐵絲網圍上了欄杆，前面是一座別墅，有兩、三個英國兵背著槍來回巡視，嚴禁牲口下河和人泅水。我走到村裡，開始搜尋童年時代的伙伴，可是遺憾得很，他們都成了死神的祭品。

至於我那棟破草房——曾經，我在它的懷抱裡嬉戲多年，盡情享受童年時的無憂無慮，至今它的樣子依舊會浮現眼前——現在成了一個土堆了！

村子裡並不是沒有人煙，我看到成百的人來回奔忙著。他們談論的話題是法庭、稅務局和警察局的事務；他們的面孔毫無生氣，顯露著張皇的神色，好像被人間的煩惱壓得喘不過氣來——到哪兒也看不到像我青年時代的同伴那樣結實、健壯、俊美且白細的年輕人了。我親手參與修建的摔跤場，如今是一所破爛的小學校，裡面坐著一些昏昏欲睡的孩子，他們面呈飢色、衣衫襤褸、疾病纏身。

不！這不是我的國家，我從那麼遙遠的地方來到這裡，不是為了看這些！這是另外某一個國家，不是我可愛的印度。

我跑到那棵榕樹下，我們曾在它清涼的樹蔭下享受過幼年的時光，它曾是我們童年的搖籃、青年時代休憩的地方。看到這棵可愛的榕樹，我幾乎要哭出聲來，一種令人惋惜、忐忑不安和痛楚的記憶，清晰地浮現出來，我坐在地上哭了好久。

就是這棵可愛的榕樹啊！我曾爬到它的頂端，它的枝條曾當過我們的鞦韆，它的果實比全世界最美味的糖果還要香甜。

我又想起了那些和自己年紀相仿、老是用手臂挽著我的脖子、一同玩耍的伙伴，有時候，他們生我的氣，然後又跟我和好，這些人到哪裡去了呢？

啊！難道我這個無家的旅客，真的就只剩下自己孤單一人？沒有一個伙伴？

如今，這棵榕樹附近是一個警察哨所，樹下的椅子上坐著一個頭戴紅頭巾[2]的士兵，他的旁邊還有十多個同樣戴紅頭巾的士兵，每個人都雙手叉在胸前站著。有一個半裸著身子、已多次挨過皮鞭、餓得要死的人，正躺在地上抽泣。這不是我可愛的印度，這是另外某一個國家，這是歐洲，這是美洲，但不是我親愛的國家，絕對不是我親愛的國家。

在這兒感到失望之後，我又走到了村子的議事棚那邊。當年，那兒曾是我父親和村子裡年長的老人一同抽水煙和談笑的地方；有時還會在那召開長老會會議——長老會的首席長老常常是我父親；我們也常在那平臺上翻筋斗。緊挨著議事棚的是一個大牛欄，當年全村的牛都繫在這牛欄裡，而我們常常在這裡逗小牛犢玩。可惜，現在那個大牛欄也不知哪裡去了，取而代之的是一個種痘站和小郵局。

當年和這個大牛欄連在一起的，還有一個榨甘蔗和熬紅糖的房子。冬天的時候，人們會在那裡榨甘蔗，而紅糖的香味會直衝腦頂。我和同年紀的伙伴們常圍著那裡看人家切甘蔗，一看就是幾個小時，並對切甘蔗工人的迅速動作大感驚訝。我曾在那裡喝過摻和著甘蔗汁的牛奶不下幾百次，附近一些人家的婦女

[2] 英國殖民當局的警察頭上戴紅頭巾。

和孩子們會各自拿著陶罐來到這裡，裝滿甘蔗汁回家。榨甘蔗的機器現在還在那裡，可是榨甘蔗的房子卻已經消失了，取而代之的是一架絞麻的機器，機器的前面是一家賣檳榔和香菸的店鋪。看到這一幅令人心碎的情景，我好傷心。

我向一個樣子看起來受過教育的人說：「先生，我是一個外地的過路人，請讓我在這裡住一晚吧！」這個人把我從頭到腳打量了一番後說：「你到別處去吧！這裡沒有空間。」於是我只好繼續向前走去問其他人，但都得到同樣的答覆。當我問到第五個人時，這位先生把一小撮三角豆放在我的手心裡。三角豆從我的手裡落到了地上，我的兩眼噴出熱淚。

唉！這不是我親愛的印度，這是另外一個國度，這不是我們可愛的好客國家，絕對不是！

我買了一盒香菸，走到一個無人的地方坐了下來，回憶往昔的日子。此時我突然想起，之前要出國時正在修建的一座宗教會館，我連忙趕到那裡，準備好歹在那裡度過一夜。可是令人惋惜又遺憾的是，宗教會館雖然仍在那裡，裡面卻已經沒有窮苦過路人的棲身之地了，那裡成了酗酒、賭博和道德敗壞的淵藪。看到這種情形，我不由得從內心深處抽了一口涼氣。我大聲嚷嚷了起來：「不！不！一千個不是，一萬個不是，這絕對不是我可愛的故鄉，不是我可愛的國家，不是我可愛的印度，這是另外某一個國家，這是歐洲，這是美洲，但絕對不是印度。」

深夜裡，豺狼和家犬都在嚎叫，我懷著一顆沉痛的心來到河道岸邊坐下了。我開始想：

現在該怎麼辦？難道要回到我那些可愛的孫子們身邊去，將未能滿足心願的身體化成美國的泥土？

現在我已經沒有任何國家了。以前，我確實已經離開了我的家鄉，不過，對親愛國家的回憶卻一直留在腦海裡。現在我是無國之人，沒有國家了。我把頭埋在兩個膝蓋中間坐著，一聲不響地想了好久好久。黑夜眼看著快過去了，神廟裡的鐘聲響了三下。我的耳邊傳來歌唱的聲音，心不由得一陣興奮。這是故鄉的曲調，這是我們國家的民謠。我馬上爬了起來，我看到什麼呢？我看到一、二十個年老體弱的婦女，穿著圍褲，手裡拿著水壺，正去河裡沐浴。她們一面走一面唱道：

「我的主啊！請寬恕我的罪過！」

這迷人和激動人心的調子對我產生的影響，完全無法用言詞表達。我曾聽過美國最伶俐活潑、最開朗的美女唱歌，不只一次地從她們的嘴裡聽過比歌還要迷人、滿懷深情的情話；我曾享受過可愛孩子們那發音不準的喃喃學語的樂趣，也聽過禽鳥的悠揚悅耳的啁啾啼聲……可是從這調子中所得到的快樂、興味和興奮，是我此生從來沒有感受過的。我也忍不住哼了起來：

「我的主啊！請寬恕我的罪過！」

當我陶醉在這種曲調裡的同時，又聽到了許多人說話的聲音，看到有些人手裡拿著青銅製的缽，嘴裡禱念著「濕婆」、「濕婆」，「訶羅」、「訶羅」，「恆河」、「恆河」，「那羅衍」、「那羅衍」3，內心又一陣激動。這就是我的國家，是我親愛的印度的生活習慣啊！我高興得手舞足蹈起來，跟著這些人一起走。走過六、七里的山路之後，來到了恆河的岸邊。

每一個印度教教徒都把在這條聖河的激流裡沐浴和死在她懷抱裡當成最神聖的事。恆河離我可愛的村子只有六、七里地，當年，我每天大清早就騎著馬來拜謁一次恆河母親，我心一直懷著再朝覲她的夢想。現在，我在這裡，看見成千上百的人在那冷得令人發抖的水裡沐浴，有些人坐在沙地上念「迦葉德利」的經文4，有些人在念咒祭神，有些人正在額上抹檀香末5，還有些人合唱吠陀的詩句6。我的內心又是

3 訶羅是濕婆的另一個名字；恆河在印度被認為是天上銀河的凡身，是聖河；那羅衍即毗濕奴，是印度教三大主神之一。

4 迦葉德利是一種吠陀詩律，這裡指按這種詩律寫的經文。

5 虔誠的印度教徒，特別是婆羅門，往往會在額上抹上檀香末。

6 吠陀雖是印度上古詩歌總集，但後來被當成宗教經文。

一陣興奮和激動，忍不住高興地叫嚷了起來：「啊，這就是我的國家，這就是我可愛的故鄉，這就是我的印度。」我就是要見她，我就是要化為她的泥土，這正是我長期以來的內心的願望。

我高興得快要發狂了！我把西裝脫了下來，扔到一邊，跳進了恆河母親的懷抱裡，就像一個不懂事的天真孩子，和別人家的人廝混了一整天後，在傍晚投進自己母親的懷裡，依偎在她胸脯上一樣。啊！現在我在自己的國家裡了，這是我可愛的祖國，這些人是我的兄弟，恆河是我的母親。

我在恆河岸邊修了一間草房。現在，除了成天禱念羅摩[7]之外，再也沒有什麼其他的事了。我每天早晚都在恆河裡沐浴，我的願望就是在這兒停止呼吸，我的遺骨要獻給恆河母親的激流。

我的妻子和兒子們一次又一次叫我回去，但是現在我不能拋開恆河河岸與親愛的國家，我要將我的遺體交給恆河。現在，世界上的任何宏願和理想也不能使我離開這裡，因為這是我親愛的國家，是我可愛的故鄉，而我的夢想就是死在我自己的國土上。

7 印度教徒把羅摩當教主來膜拜，念羅摩相當中國舊時念阿彌陀佛。

古蘇姆的五封信

——婚姻儀式的祭火好似成了焚燒她屍體的柴堆，或者該說是：給了她死亡的通行證！

那還是不到一年以前的事。一天傍晚，我正在散步，忽然碰見了納溫先生。他是我的老朋友，是一個不拘禮節又很風趣的人，家住在阿格拉，很會寫詩。我曾參加過幾次他的詩歌朗誦會，像他那樣對詩歌入迷的人我還是第一次見到。他的職業是律師，可是成天想的都是詩。納溫先生很聰明，訴訟案件一到手就能看穿底細，所以三不五時就能接到一些委託，但在法庭之外，他絕口不談有關法院或訴訟的事。法庭圍牆裡面有幾個鐘頭的時間他是律師，一走出圍牆，他就是詩人，道道地地的詩人。你可以經常看到他參加詩歌的集會，討論相關問題。聽人朗誦時搖頭晃腦為之陶醉，朗誦自己的作品時又非常聚精會神；他的聲調很優美，他的詩句能深深打動人心，其詩作的特點是創造一種精神上的美感，同時在抽象中體現具體之美。他每次到勒克瑙來時，總會先通知我，所以今天突然在勒克瑙見到他，我很詫異，於是問他說：「怎麼到這裡來了？都還好吧？也沒先通知我一聲。」

他回答說：「老兄，我已經陷入困境，來不及通知你。況且，我把你家看成是自己家，不必客客氣氣地為我特別做準備。我來是有一件事要麻煩你，你就別散步了，聽聽我不幸的故事吧！」

我慌張了起來，問說：「這話很讓我不安——你的不幸故事？我著實嚇一大跳！」

「先回家去吧！等你心情稍微平靜一點，我再慢慢告訴你。」

「孩子們都還好吧？」

「是，都還不錯，並沒有什麼特別的事。」

「那我們上小吃店去吃些點心吧？」

「不，老兄，現在我不想吃東西。」

我們兩人往我家走去。回到家以後，他洗了臉，我請他喝清涼的果汁，讓他吃檳榔，然後他就開始講起他不幸的故事來了。

「古蘇姆出嫁時你不也有參加嗎？你是見過她的，依我看，讓一般青年產生好感所需具備的條件，她都具備。你的看法怎麼樣呢？」

我斷然地說：「我對古蘇姆的評價比你要高得多。像她那樣靦腆、美麗、文雅又心胸開闊的女孩子，我還沒有看過。」

納溫先生難過地說：「然而，這樣完美的古蘇姆，現在卻因為丈夫的殘酷無情而哭得死去活來。她與丈夫圓房快一年了，這一年來她三次去婆家，丈夫卻不和她說一句話，看到她就反感。我很想把他叫來替他們調解一下，但是他人也不來，也不寫信給我，我不知道癥結在哪裡。究竟是什麼原因使得他這樣冷酷無情？現在我還聽說，他正準備另外結婚。

古蘇姆的情況很慘，你現在看到她也許都認不出來了。成天就是哭，哭之外就沒有別的了。所以，你完全可以料想得到我們有多苦惱——一輩子的美好願望都破滅了！老天爺沒有給我們兒子，但是我們有古蘇姆還是很滿足的，認為自己的命還不錯。我們多麼嬌寵地把她撫育成人，從來沒有說過她，盡量使她多受教育——雖然她沒有大學畢業，但是從思想的成熟度和知識的廣博度來說，比起任何受過高等教育的女子都毫不遜色。

你看過她寫的文章，我認為能像她那樣寫一手好文章的女性是很少的。在有關社會、宗教、政治等方面，她的思想很純正；討論起問題來，她的敏銳連我都感到驚異；在家務方面她也很熟習，所以我家的家務幾乎全由她處理……可是在她丈夫的眼裡，她卻連糞土也不如。

我一再問她說：『妳說了他什麼嗎？出了什麼事？他究竟為什麼對妳這麼冷淡？』她總是哭著回答我說：『他從來沒有和我說過一句話。』我想，也許是從第一天起兩人就產生隔閡了：他也許走到古蘇姆身邊來過，或是開口問過她什麼，而古蘇姆因為害羞沒有和他答話，也可能他還說了幾句什麼，而古蘇姆根本不抬頭。

你是知道的，她是個多麼靦腆的女孩子。這樣一來，丈夫生氣了。我真不敢想像，面對像古蘇姆這樣的女孩子，竟會有人冷漠得無動於衷！可是誰又能奈何命運？古蘇姆寫了幾封信給丈夫，但是那個無情義的人一封回信也沒有寫，還全部都退了回來。我真不懂，怎樣才能使他的鐵石心腸回心轉意。現在我自己不好寫信給他，只有你才能拯救古蘇姆的命。請救救她吧！要不她這一輩子就完了，而且我們老兩口子的命也一起完了——她的痛苦真令人不忍心看下去。」

納溫先生的兩眼濕潤了，我也很激動不安。我安慰他說：「怎麼這麼久一直一個人乾著急，為什麼不早點跟我說？我今天就去穆拉達巴德，我要好好整一整那小子，讓他一輩子也忘不了。我要把他拖來，讓他跪倒在古蘇姆的腳前。」

納溫先生對我的自信心笑了笑，說：「你跟他說什麼呢？」

「這你就別問了，所有制服人的手段我都會試一試。」

「那麼你一定成功不了！他的作風是那樣正派，待人是那樣謙遜，態度是那樣和藹，說話又是那樣動聽，你也許還會成為他的崇拜者呢！他會經常拱著手站在你面前，你的嚴厲態度會被軟化。不過，你擁有一個絕招，你的筆不是有一種魔力，能使許多年輕人走上了正路？喚醒沉睡於內心的人性是你的特長，我希望你代替古蘇姆寫一封使人產生憐憫又能打動人心的信，讓他看了感到羞愧，使他的愛情甦醒過來。我這一生將永遠感謝你！」

納溫先生不愧是詩人，他建議中的詩意多於現實。他讀過我幾篇小說後曾哭過，因此深信我能像個職業的耍蛇者熟練地耍蛇那樣隨意擺布人心。他不知道，並非所有人都是詩人，也並不是所有人都那麼容易感動。他被感動得聲淚俱下的那些小說，另外一些人讀了卻討厭得連書都扔了呢！

不過那時不是說這些話的時候，要不，他會認為是我想把事情推掉，所以我誠心誠意地說：「你考慮得比較深遠，我同意你提出的辦法。雖然你對我在激發人的憐憫心方面是高估了，但我一定不使你失望。我可以寫信，而且竭盡全力喚醒那個青年的正義感。在這之前，如果你不覺得不妥，先讓我看看古蘇姆寫給丈夫的信吧！她丈夫不是把信都退回來了嗎？如果古蘇姆沒有把信撕毀，信一定還在她身邊。我看了那些信就會明白還得在哪些方面做補充。」

納溫先生從口袋裡取出一疊信放在我面前，說道：「早知道你會要看這些信，所以我一起帶來了。你隨意看吧！古蘇姆是我的女兒，也是你的女兒，對你有什麼好隱瞞的呢？」

我開始讀起信來，那些信是用很工整的字寫在散發著香味、玫瑰色的光潔紙上。

我的主人啊！我來這裡已經一個星期了，但一時一刻也沒有闔過眼，整個夜晚都是在輾轉反側中度過的。我反覆地想，你這樣懲罰我，我究竟犯了什麼錯呢？你可以斥責我、詛咒我、罵我，願意的話，還可以擰我的耳朵……我會高高興興地承受這些懲罰，但我忍受不了這種無情。我在你家待了一個星期，我內心抱著什麼心願，老天爺是知道的，我有多少次曾經想問你，請求你原諒我的過錯，可是你只要看見我的影子，就走得遠遠的，所以我沒有與你碰面的機會。也許你記得，每天午後家裡的人都休息時，我總是會走到你的房間裡，低著頭站上一、兩個小時，你卻望也不望我一眼，那時我心中是什麼樣的感受，你大概無法想像，只有像我一樣不幸的女人才能夠體會。我從女性朋友們那裡聽到新婚之夜的故事後所幻想的幸福天堂，你是多麼無情地把它摧毀了啊！

我想問你，難道我對你就沒有任何權利？法庭宣判某個罪犯的徒刑時得宣告他的罪狀，取得證據，還要聽他自己的申訴。可你連問也沒有問啊！如果我知道自己的缺點，以後也可以警惕自己；我可以倒在你腳前，請求你的寬恕。我可以發誓，我一點兒也不知道你為什麼生我的氣，可能是我身上沒有你理想中的妻子應該具備的美德。

的確，我沒有念過英語，不了解英國社會的風俗習慣，也不會玩英國人的遊戲。我還有許許多多不足之處，我承認自己配不上你，你本來應該有一個比我美貌得多、聰明得多、德行高尚得多的人當妻子，但是，我的主人，罪惡才應該得到懲罰，過錯和不足是不該受懲罰的，何況我答應按照你的旨意行事。要是你能愛我，到時你看吧！我會多麼快地彌補我的不足。你那充滿愛意的目光，會使我的容貌煥發光彩，會使我的才智更加敏捷，會使我的命運更為美好；得到你的垂青，我會變得更加年輕。

我的主人，你是否想過，你在生誰的氣呢？一個倒在你腳前向你乞求寬恕的弱女子，一個這世和來世都是你奴僕的弱女子，難道能受得了你的憤怒嗎？我的心很脆弱，你讓我哭泣，除了事後的懊悔，還能得到什麼？你這種怒火所爆出的一點火星，就足以把我化成灰燼。如果你希望我死，我準備去死，只需要得到你的旨意；如果你的心會因為我的死而高興，那我會非常樂意地把自己貢獻在你腳前。不過，有一點我不說出來是放心不下的，那就是儘管我有成百條的缺點和不足，還是有一項優點——我敢斷言，我能很好地服侍你，其他任何婦女都不能像我這般服侍你。你是有學問的人，是開明君子，是心理學專家，你的僕人正站在你面前向你乞求恩典，難道你會把她攆出大門嗎？

你的罪人古蘇姆

看了這封信，我為之撼動。一個婦女竟被迫對自己的丈夫如此低聲下氣，這一點我是受不了的。如果一個男人可以對妻子冷漠不理，那妻子為什麼不能唾棄他？這個壞蛋以為婚姻使他得到了一個女奴隸，他要想怎樣虐待，就可以怎樣虐待，沒有人能拉住他的手，沒有人可以提出抗議？男人可以結第二次婚，可以結第三次、第四次，和妻子不保持任何關係，卻仍然可以同樣殘酷地統治她——他知道，婦女被家族榮譽之類的討厭觀念束縛得緊緊的，除了悲哀地死去，她們沒有其他任何辦法。如果男人也害怕婦女會以眼還眼、以牙還牙，或者說至少害怕被打耳光，他絕不敢這樣大發脾氣。

可憐的婦女多麼軟弱！如果我是古蘇姆，我將以十倍嚴厲的態度來回應他的無情。我要狠狠折磨他，一點兒也不顧慮社會的譏笑。既然社會對婦女受這樣的虐待都能視若無睹，一點也無動於衷，我也絕對不理會它是否高興。

啊！不幸的年輕人，你不知道自己正在多麼無情地毀滅未來嗎？這正是一名男子應該以自己豐富的愛情來填補女子的父母、兄弟姊妹、親友之愛的時候，如果他不能這麼做，又怎能使妻子渴望愛的心靈得到滿足呢？結果只會出現經常發生的情況——女子抑鬱而死。這也正是一個人為往後一生留下永遠甜蜜回憶的時候，女子對愛情的渴望很強烈，當她得到丈夫的愛情，會感到自己的一生有了意義，在這愛情的基礎上，她可以輕鬆愉快地熬過生活中的一切苦難。這也正是內心愛情的春天到來之時，是萌發各種新希望的幼芽之刻——有哪一個無情的人會在這樣的季節裡動刀去砍樹苗呢？這也正是獵人把鳥從鳥巢裡取出來關進自己籠子裡的時候，他用刀子割掉了這隻小鳥的脖子，還能聽到鳥兒清脆的啼叫嗎？

我開始讀第二封信。

我一生中最寶貴的人，在等你的回答等了兩個星期以後，今天我又坐下來埋怨你了。我在寫前一封信的時候，內心完全相信一定能夠收到你的答覆。儘管事與願違，可我仍寄予希望。我的心如今仍然不認為你會故意不給答覆，也許你沒有空，或者你的身體不大舒服，願老天爺保佑。但我又能問誰呢？一想到你可能生病，我的心就顫抖，我對老天爺唯一的祈求是希望你愉快、健康。不回信給我，就不寫吧！反正我哭一下也就能平靜下來。看在老天爺的面上，如果你有什麼病痛的話，請馬上寫信告訴我，我會請人把我送到你的身邊。

我的心害怕傳統的禮教和習俗，在這種情況下，如果你剝奪我服侍你的機會，就是在剝奪我一生中最寶貴的權利。我不會向你提出任何別的要求，就讓我吃最差的東西吧！就讓我穿最差的衣服吧！我絕對不會有絲毫怨言。即使在最嚴重的災難面前，我也會高興地和你一起生活。我既不羨慕首飾，也不想住進豪宅；我既沒有到處遊樂的願望，也不貪圖積累財產。我生活的目標只是服侍你，這就是我生命的理想。

對我來說，世界上沒有任何天神、任何師尊、任何長官。你就是天神，你就是我的師尊，你就是我的君主。請不要把我從你的腳前踢開，請不要唾棄我，我帶著服侍和愛情的花朵，衣角兜著天職和忠貞的供品來到你的面前，請你讓我把這花朵以及供品放在你的腳前吧！朝拜者的任務就是朝拜，至於天神是否領受，這就不是朝拜者會考慮的事了。

我的主人，也許你不知道我最近的心情。如果你知道，一定不會採取這種無情的態度。你是男子漢大丈夫，內心充滿慈悲、同情和開明的思想，我不敢相信你會生像我這樣一個微不足道之人的氣。我值得獲得你的憐憫：我是多麼軟弱，渾身都是缺點，不善於言詞。你是太陽，我是一粒小小的分子；你是大火，我是一棵小草；你是君主，我不過是可憐的乞丐……氣應該生在彼此差不多的人身上，我豈能受得住你生氣的打擊？

如果你認為我不配服侍你，就請親自用手把裝有毒藥的杯子給我，我會當成甘露舉到額前，然後閉著眼睛把它喝下去。既然我的一生已經奉獻給你，那麼不管是讓我死，還是讓我活，這一切都聽憑你。只要我的死能夠讓你寬心，就能使我心滿意足。我只知道自己是你的，而且永遠是屬於你的，不僅這一生，投胎轉世也是屬於你的。

不幸的古蘇姆

看了這封信，我對古蘇姆也開始感到不滿，對那個小子就更討厭了。誠然，妳是女人，根據現在的制度，丈夫的確也對妳有各種權利，但馴服畢竟該有個限度呀！女子也該有自己的尊嚴、該有點自尊心。如果男人要鬧彆扭，就不要理他。人們喋喋不休地對女性進行職責和自我犧牲的說教，使她們的自尊和自信都喪失了。如果男人沒有什麼有求於女子，那女子又為什麼要有求於男人？老天爺給了男子兩隻手，難道就沒有給女子兩隻手嗎？男子有智力，難道女人都是蠢材？

像古蘇姆這樣的馴服，難怪男人的尾巴要翹到天上去了——對她們來說，一旦男人生了氣，就好像世界末日降臨。我認為，不是古蘇姆，而是她那個不幸的丈夫值得可憐，他連對像古蘇姆這樣人間少有的女人都不懂得尊重！我甚至開始懷疑那小子有外遇，陷進了某個女人的情網而不能自拔。

於是，我陸續打開了第三、四封信。

我最親愛的，現在我明白了，我的一生毫無意義。一朵沒人看、也沒人摘的花，又何必要綻放呢？難道只是為了凋謝後落在地上而任人用腳去踐踏嗎？我在你家住了一個月，現在再一次回到了娘家；是公公把我接了去，也是公公把我送回來。

在這樣長的日子裡，你一次也沒讓我見到你。你一天進家門好多次，和自己的弟弟、妹妹有說有笑，或者和朋友一起去看戲，遊玩，卻發誓不到我身邊來。我有多少次傳遞信息、給你哀告了多少次，又有多少次厚著臉皮走進你房間，但是你從不抬頭望我一眼。我真不敢想像一個人竟有這樣的硬心腸！我不值得愛、不值得信任，不配服侍你，難道也不值得可憐嗎？

那天，我懷著多麼深厚的愛，精心地為你做了糖丸，你連碰也沒有碰！既然你這樣討厭我，我不懂自己還活著做什麼，也不知道是一種什麼樣的希望仍維持著我的生命？你給我懲罰，卻不宣判我的罪行，多不公平啊！這究竟是什麼樣的策略啊！你知道，我在你家裡待的一個月裡，最多只有十來天吃過飯。我已經這樣虛弱，一走動，眼前就一陣發黑，好像眼睛已失去光彩，心中似乎早已沒有血在流動。

好，就任你折磨我，怎麼折磨都行！總有一天，這種不公平會有一個結局的。現在，我一切的希望都集中在死亡上了。看來，我死亡的消息會讓你高興得跳起來，感到鬆一口氣。你的眼睛不會流一滴眼淚，但這不是你的錯，只是我的不幸——我前世大概犯過極大的罪孽。我曾想過要像你待我那樣，不關心你、不理你，輕視你，從心裡和你斷絕關係，但不知為什麼，我就是沒有那種力量。

難道藤蔓能像樹一樣站立起來嗎？對樹來說，它不需要什麼依靠，可是藤蔓哪裡有這種力量？藤蔓生來就是要依附於樹，要是把它和樹分開，它就會枯萎。若和你分開，我根本無法想像自己能繼續存在。我生活中的每個行動、每種思想、每個願望都反映著有你的存在，我的生活是以你為中心畫的圓。我是一個以你為一條線串起的花環，沒有了線，花環的花就會脫落散開，掉落在泥土上。

我有一個女友叫希諾，今年她結婚了。當她的丈夫到婆家來時，她高興得幾乎腳都不沾地了。一天不知打扮多少次，臉像盛開的荷花，興奮的心情怎麼也壓抑不住。像是在用興奮的心情向我這個不幸的人炫耀一樣，當她摟著我的脖子時，愉快和狂熱的熱淚似乎也把我淹沒了。

他們夫妻兩人被愛情陶醉了。他們沒有錢，也沒有財產，卻仍滿足於他們的清寒生活。世界上還有什麼東西可以比得上這種如膠似漆的愛情一瞬啊！我知道，這種歡樂和無憂無慮不會維持得太久，有關生活的焦慮和失望將會壓得他們抬不起頭來，但這種甜蜜的回憶會像積累起來的財富一樣，永遠支持著他們。即使在險惡的環境裡，浸透了愛情的粗茶淡飯，吃起來依舊那樣有味；染上了愛情色彩的粗布衣裳，穿起來還是那樣光彩奪目；被愛情的光照亮了的小草屋，仍然那樣的舒適。

當丈夫來了信時，她就好像獲得了寶物一樣。她的哭泣、她的失意，以及她的抱怨中，都有著一種甜蜜的滋味和情趣。她的眼淚是焦急不安和激動的眼淚，我的眼淚卻是失望和悲哀的眼淚；她的不安中隱藏著期待和幸福，我的不安中卻掩蓋著一無所有和無所作為；她的抱怨中包含著權利和感情，我的抱怨中卻只有悲傷和哭泣。

信寫得愈來愈長，心中的負擔卻沒有因此減輕。最近天氣酷熱，父親考慮要把我帶到邁蘇里去。他看我身體虛弱，懷疑我得了肺結核。他不知道，對我來說，別說邁蘇里，就連天堂也是牢房……

不幸的古蘇姆

我鐵石心腸的神！昨天我從邁蘇里回來了。人家說，邁蘇里是一個對健康很有好處又美麗的地方，也許是吧，只是我一天也沒有出過房門——對一顆破碎的心來說，世界是死寂的。

晚上我做了一個很有趣的夢。要告訴你嗎？但又有什麼好處呢？不知為什麼，我現在還是害怕死亡。

希望的一絲細紗至今仍然把我和生活拴在一起。到了生活的花園的大門口，不進去遊覽一番就往回走是多麼令人惋惜呀！裡面有花、有樂趣，只不過對我來說，那扇門卻緊閉著。我帶著多麼強烈的願望，做了多麼充分的準備，為了享受樂趣而前往，可是在我到達時，大門卻關閉了起來。

請告訴我，我死的時候，你會在我的屍體上灑上兩滴眼淚嗎？一個你曾經承擔其終身職責的人，一個你曾經為了作為終身伴侶而挽過其手臂的人，難道連對這樣一個人你都沒辦法給予一點寬容嗎？所有的人都寬恕死者的罪過，請你也寬恕我吧！

請你用你的手擦洗我的屍體，親手在我頭頂塗上朱砂線，親手替我戴上結婚時戴的手鐲，親手在我的嘴裡灑上恆河水，還親自抬我的靈柩走幾步吧！夠了，這樣我的靈魂就滿足了。我會為你祝福，我答應，我會在天神的宮廷裡稱頌你。難道這也是昂貴的交易嗎？只要這點禮貌的行為你就能從所有的職責中解脫出來。唉，如果我能相信你會這樣客氣地對待我，我將會多麼高興地迎接死神的到來！但請放心，我不會冤枉你，不管你多狠心——你絕對不會那麼無情的，我知道，你得到消息後會馬上趕來，也許有一會兒你還會為我的死而傷心哭泣。要是我活著時就能看到這種幸福的場面，那該多好啊！

另外，我若向你提一個問題，能請你不要生氣嗎？是不是有其他幸運的女子取代了我的位置呢？如果是這樣，我向你祝賀。請你把她的相片寄給我，我要膜拜她，我要在她的腳前低頭行禮。一位我不能感動的神，她竟從那裡得到了恩賜——這樣幸運的女子，連她的洗腳水都應該喝下去。我衷心地希望你和她能幸福。如果我能為那位夫人服務，即使不是直接地，而是間接地對你也起點作用的話，該有多好！

你只要告訴我她的大名和她府上的地址，我會立即跑到她的跟前。我會對她說：「夫人，我是妳的奴僕，因為妳是我主人的情人，請妳允許我在這裡棲身吧！我會用花朵鋪妳的床，我會用珍珠來裝飾妳頭上的朱砂線，我會在妳的腳後跟上染上美麗的紅色。」這些就是我一生的目標。請不要以為我會怨恨、會忌妒。當有人從我這裡把我的東西搶走時，我才會產生怨恨，而一個我從來還沒有福氣看成是自己的東西，又怎麼會產生怨恨呢？

還有許多要寫，可是醫生來了，這位可憐的醫生把內熱當成肺結核的跡象了。

被痛苦所折磨的古蘇姆

上面的兩封信已經是我所能容忍的最極限了。我是一個非常冷靜的人，和狂熱是無緣的，像大多數從事藝術活動的人一樣，我並不容易被文字激動。什麼東西出自內心，什麼東西只是為了激動人心而寫的，這個區別往往成為我欣賞文學作品的障礙，但這些信卻使我難以自制。有一個地方的確使我流了眼淚，這裡面的感情有多麼沉痛。

一個自幼由父母用心血澆灌大的女孩子，一結婚就陷進了這樣的苦難！婚姻儀式的祭火好似成了焚燒她屍體的柴堆，或者該說是：給了她死亡的通行證！毫無疑問，這樣的婚姻悲劇已很少有，但在當前的社會條件下，這種悲劇仍無法完全消失。只要男女不處在平等的地位，這樣的打擊將經常發生。摧殘弱者也許是人的本性，我們看到，人們見了咬人的狗就避得遠遠的，而孩子們卻用石頭打馴服的狗來開心。如果你的兩個僕人是一個等級的，那他們兩人就不會發生糾紛，但今天你把其中的一個提拔為官員，把另一個置於他的管轄之下，你就會見識到，那個官員是如何在自己的下屬面前逞威風。

幸福美滿的夫妻關係只能建立在平等的基礎上，我很懷疑愛情能夠存在於不平等的條件下。然而，今天我們所稱的夫妻之愛，不過是主人對待自己的牲口的那種感情罷了！牲口低著頭不斷工作，主人會給牠草料和油渣餅，還會撫摸牠的身體，甚至替牠戴上裝飾品，但只要牲口步子稍微放慢一點，或者說扭著脖子不聽使喚，主人的鞭子便會立刻落在牠的背脊上——這不能叫「愛」！

於是，我打開了第五封信。

正如我所料，你還是沒回我的上一封信，明擺著的意思應該是，你已經決心遺棄我了。隨你的便吧！

對丈夫來說，妻子是腳上穿的鞋，但對妻子來說，丈夫卻像神一樣，甚至還超過神。

女孩子一懂事就開始想像自己的丈夫，我也是這樣。當我還在玩女洋娃娃的時候，你就作為男洋娃娃闖進了我的心扉。我曾替你洗過腳，我曾用花環和祭品殷勤地接待過你。過了一些時日，我有了聽故事和看故事的習慣，於是你又以故事中的主角來到我的家，我在自己的內心裡給了你地位。所以，從童年時代開始，你就總是以某種身分來到我的生活範圍裡。那些思想、感情已經深入我內心深處，構成我存在的每一個分子都滲透了那樣的思想、感情，要把它們從內心排除出去是不容易的，甚至會讓我生命的每一個細胞都隨之而瓦解。

不過，如果這是你的願望，那也只得如此。為了替你服務，我打算什麼都做，不要說什麼空虛和苦難了，即使要毀滅自己我都願意。能夠為你而死是我生活的目標，我已經不顧臉面和廉恥了，我把自尊心也踩在腳底下了，但是你拒絕接受，我就身不由己了。這不是你的錯，肯定是我犯了什麼罪過，使你變得這麼嚴厲。

或許你認為把它說出來也是不適當的，所以才默不回應。除了冷酷無情這一條之外，其他任何處罰我都準備忍受，我會毫不遲疑地喝下你親手給我的一杯毒藥。然而，命運的進程也是很奇特的。過去，要我接受女人是男子的奴隸這條規矩，是存在著障礙的，因為我把女人當成男人的伴侶，當成一個整體不可分割的一半。不過，現在我恍然大悟了……

幾天以前，我讀了一本書。上面寫著——

遠古時，女人就像黃牛、水牛和田地一樣，是男人的財產，男人有權出賣、典當或殺掉女人。那時的婚姻制度是：男方帶著奴隸主的人、貴族的勇士，全副武裝地來到女方家把女人搶走，與此同時，女方家裡的錢財、糧食和牲口——只要他們能拿到手的東西，也都一搶而空。他們把女人搶去以後，給她套上腳鐐，關在自己家裡。為了消除她的自尊心，他們向她灌輸男人是她的神，以及有丈夫是女人最大幸運的說教。幾千年的今天，男人這種原始心態一點也沒有改變，一切古老的制度經過了某種改頭換面或修補仍然沿襲了下來。今天我明白了，那位作者對女人在社會上的處境做了多麼精彩的闡述啊！

現在我誠懇地要求你，這也是我最後的要求：請你把我的信都退還給我。你給我的首飾和衣服，現在對我已無用處，我已經沒有權利保存這些東西，你什麼時候想要，都可以要回去。我已經把它們都裝在一個箱子裡，放到了一邊，清單也放在一起，你可以核對。

從現在起，你不會再聽到從我口裡或筆下發出的怨言了。請你千萬不要以為我對你變了心，或者背叛了你，我將在自己家裡鬱鬱而死，但我的心對你不會有任何反感。把我撫育大的那個環境，其基本特點就是妻子要崇敬丈夫，嫉妒或怨恨都不能從我的內心把它排除掉——我會維護你家族的尊嚴和榮譽。只要我活著，就不會吞沒你放在我這裡的東西，如果能辦到，我現在就可以歸還給你——但我無能為力，你也是出於不得已。我對老天爺唯一的祈求是，不管你在哪裡，都能生活得很幸福。在我的一生裡，我感受到最慘痛的教訓是，生而為女人是一種罪惡——對自己來說是這樣，對自己的父母來說也是這樣，而對自己的丈夫來說，也同樣如此。她在娘家得不到尊重，在丈夫的家裡也受不到尊重。

我的家已經成了一個悲哀的場所。我母親在傷心落淚，父親在傷心落淚，家裡的其他人也都在傷心落淚。由於我一個人，家人感受到多麼深沉的痛苦啊！也許他們會想，要是沒有這個女兒該多好。然而，即使全世界都站在我的一邊，也無法從你那裡取勝的。你是我的上帝，你的判決是不可更改的，對此，沒有地方可以申訴，沒有地方可以呼籲。好了，從今天起，這一章已經結束。現在剩下的有我，還有我一顆破碎了的心，遺憾的是我未能服侍你。

不幸的古蘇姆

不知在痛苦的沉默中坐了多久，納溫先生忍不住問說：「讀過了這些信，你心裡有什麼主意？」

我傷心地回說：「如果這些信對那個人面獸心的傢伙沒能產生任何影響，我的信又能有什麼作用呢？寫出比這些信更可憐、更沉痛的感情是我力所不及的，還有什麼樣的人類感情是這些信所沒有接觸過的？憐憫、羞澀、鄙棄、正義感……在我看來，古蘇姆沒有忽視任何一方面。對我說來，現在最後的方法就是直接找上那個壞蛋的門去，和他面對面說理，盡可能深入問題核心。如果他不能給我滿意的回答，那我就要和他拚個你死我活，或者說——要麼我上絞刑架，要麼他被流放。古蘇姆採取了耐心和頑強的做法，是值得稱道的，請你好好安慰她。我將搭乘今晚的火車到穆拉達巴德去。後天，不管情況如何，我都會通知你。在我看來，那個年輕人是一個道德敗壞又愚蠢的傢伙。」

我不知道自己在不能自制的情況下還發了什麼議論，總之後來我們倆吃過飯，接著就到車站去了。納溫先生坐車到阿格拉，我坐車前往穆拉達巴德。當時他真有些提心吊膽，怕我在一氣之下採取不理智的行動，在我多方解釋後，他的心才平靜下來。

我一大清早就到了穆拉達巴德，並開始進行調查。關於這個青年的品行，我之前的懷疑找不到證據，他的鄰居、學院裡和他接近的朋友都異口同聲地稱讚他。看來，原本令人迷惑不解的事，現在更令人摸不著頭緒了。

傍晚時，我到了他的家裡。他以一種純真的感情跑來倒在我腳邊，真使我不能忘懷。那樣口齒清晰、文質彬彬又溫順的青年，我還未曾見過；外表和內心世界竟有如此天淵之別，我也未曾見過。我略為寒暄和客氣了幾句，便問他：「很高興和你見面，我來是想了解，古蘇姆究竟犯了什麼罪過，你非得給她這麼嚴厲的懲罰？她寫了幾封信給你，你一封信也不回；她還到你家來了兩、三次，你竟連話也不跟她說。這樣對待一個無辜的女孩子，不會太專橫了嗎？」

那個青年很難為情地說：「如果你不提出這個問題，那就太好了。對我說來，回答這個問題是很困難的。我以為你們可以自行猜想得到的答案，現在為了消除誤會，我不得不說清楚。」

說著說著他不作聲了。電燈泡上落下了形形色色的飛蛾，有幾隻蟋蟀甚至跳到我們頭上，然後像是取得了勝利似的跳走了；有一隻大蚱蜢還落在桌子上，也許為了打算再來一個飛躍而在蓄積自己的精力吧！青年拿了一架電扇放在桌子上，電扇一開，就向這些得意揚揚的飛蛾和蟲子展現出：人並不像牠們所想像的那麼軟弱可欺。不一會兒，戰場打掃乾淨了，再也沒有什麼影響我們的談話了。

青年有點不好意思地說：「你也許認為我是一個非常貪心、自私和卑鄙的人，但事實卻是，由於這場婚事，我那比生命還要寶貴的雄心壯志未能實現。我本來是不同意結婚的，不想在自己的腿上套上鎖鏈，可納溫先生老是纏著不放，而我從他的談話中抱定他在各個方面能夠幫助我，才終於答應結婚。沒想到結婚之後，他根本沒有理我，也沒有寫信向我說明，他何時可以安排我留洋。雖然我早就對他表示過自己的願望，他卻認為讓我失望更為妥當——這種背信棄義使我的一切理想都破滅了。對我來說，現在還有什麼出路呢？只有一個法學學士的學位，在法庭上給人跑跑腿！」

我問道：「那你希望納溫做些什麼呢？在陪嫁方面的銀錢來往中，他沒有留下什麼可以使你認為他考慮不周而抱怨的地方，送你出洋的開支也許超過了他的能力。」

青年低下頭說：「那他早該對我講清楚，只要講明了，我何必答應婚事呢？不管他在這場婚事中開支了多少，對我又有什麼好處呢？雙方用掉的一萬多盧比都投到水裡去了，我的理想也跟著幻滅了。我父親現在負了幾千盧比的債，不能送我到英國留學，可敬的納溫先生要是真想送我去留學，他怎麼不能辦到？對他來說，上萬的盧比根本算不了什麼。」

我沉默不語，我心裡自然而然地想著：呸，這個世界！呸，印度社會！妳這裡竟有這樣一種自私透頂的傢伙，他把一個弱女子的一生推向深淵，對她的父親施加無情的壓力，以便取得高級的職位。到國外求學並不是壞事，老天爺給了你這種能力，你儘管去，但是拋棄妻子，還給岳父加上重擔，簡直無恥到了極限。憑自己的能力去留學才值得稱讚，這樣騎在人的脖子上、出賣自己的自尊心去留學算什麼？在這個卑鄙的傢伙眼中，古蘇姆是沒有任何價值的，她只是他達到私利的工具，跟這種本性下賤的人講道理是沒有用的！傳統的觀念已經讓他抓住了我們的辮子，除了向他低頭，我們別無其他辦法。

我乘另一列火車到了阿格拉，把這個情況跟納溫先生說。可憐的納溫先生早先哪裡知道，全部的責任已推到了他頭上。在這經濟蕭條的年月裡，他的律師業務也變得冷冷清清，無法很順利地負擔起五千或一萬盧比的開支，但如果青年早些暗示他，他還是能想出辦法的。除了古蘇姆，他家裡還有誰呢？可憐的納溫先生並不知道這樁事啊！所以當我把這消息告訴他時，他說：「呸！這個體面的人把這樣一點小事鬧得這麼大！你今天就寫封信給他，說什麼時候想出國，到什麼地方去留學，儘管去！我同意負擔他的全部費用，這無情的傢伙整整一年讓古蘇姆哭得死去活來！」

全家都在談這樁事，古蘇姆也從母親那裡聽到了。一千盧比的支票正要寄去給丈夫，就像為了解除危機而送去的救濟款，古蘇姆雙眉緊鎖地對母親說：「媽，妳跟爸說，沒必要寄錢去！」

母親詫異地望著自己的女兒，問她說：「什麼錢？啊！那筆錢！為什麼？有什麼要緊？孩子想留洋，就留洋學習吧！何必阻攔他呢？錢現在是他的，以後也是他的，難道我們還要帶進棺材裡去不成？」

「不，請妳跟爸爸說，一毛錢也別寄去。」

「到底有什麼不對勁？」

「因為這簡直就是強盜們搶劫！這也是一種搶劫行為，把一個人抓走，向他家裡人以贖金的形式勒索一筆可觀的錢財。」

母親以責難的目光看著她，反駁說：「孩子，妳在說些什麼啊？過了這麼多的日子，好不容易等到神的氣快消了，妳卻又想去激怒他？」

古蘇姆生氣地說：「讓這樣的神生氣下去才好！一個這麼自私自利、狂妄自大又卑鄙無恥的人，和這樣的人在一起我是合不來的。若把錢寄去，我就服毒，請不要把這當成兒戲，我看也不願意看到這種人的嘴臉！妳跟爸爸說，如果害怕，我親自去跟對方說，我已經決定獨立生活了。」

母親看到女兒的臉漲紅了，好像對此她既不想再說什麼，也不想再聽到什麼了。

第二天納溫先生把情況跟我說，我情不自禁地跑到古蘇姆那裡把她擁抱在懷裡，我希望看到女子的這種自尊——古蘇姆所表現出來的，正是我心裡所想的，也是我不敢公開表示的。

又過了一年，古蘇姆沒有再寫過一封信給丈夫，也未曾再提起他。納溫先生曾經幾次表示要勸女婿到家裡來，但古蘇姆根本不想聽到丈夫的名字。她獨立的精神是這樣堅定，看到的人都很驚訝。過去她的臉因為失望和痛苦而顯得蒼白無光澤，如今卻露出了自尊和獨立的紅光。

洗衣人

——突然，有一個名叫阿達伊的儐相走了來，在達多拉姆面前停住了，「請問你這上衣和頭巾是從哪兒得到的？」

1

洗衣人伯糾就像其他所有人一樣，熱愛著自己的村子和老家，儘管吃的是粗糙飯食，有時甚至只能吃半飽，他仍覺得老家的村子比全世界都可愛。就算他不得不挨老年農婦們的罵，卻也得到年輕媳婦們稱他伯糾大爺的光榮，紅白喜事總要邀請他，特別是結婚。他在場的必要性並不次於新郎和新娘，他妻子在裡屋受到內眷們的尊重，而他本人則在大門口受到人們接待，當他引著穿花裙、腰間繫著鈴鐺的儐相，自己一手拿手鼓，另一隻手伸到耳邊唱起信口編造的民歌時，那種自豪使他雙眼都像喝醉了酒似的。

雖然他洗一件衣服只能得到半個派薩，但他對自己的現狀仍然心滿意足。話雖如此，地主僕役的蠻橫無理和凶狠態度卻常常讓他覺得難以忍受，以致想離開村子逃到城裡去。在村子裡，除了地主的代理人，還有五、六個聽差，以及不少和這些傢伙勾結在一起的人，伯糾必須為這些人無償洗衣，他沒有熨斗，為了熨他們的衣服，他不得不到鄰村洗衣人那裡去哀求借用。如果送過去的衣服沒有熨平，那可就大禍臨頭了！除了挨打，還得在人家房前站幾個小時，領受一頓臭罵。他們罵的話十分難聽，每個聽到的人都忍不住捂起耳朵，而打那兒過的年輕媳婦們則羞得抬不起頭。

五月的日子，附近的湖和池塘都乾涸了。伯糾天還未亮就得到很遠的一個池塘邊去，但在那裡，洗衣人早已排了長隊等候著。伯糾只能每隔五天去一次，天還沒亮就把要洗的衣服打成包，讓牲口馱著走。可是五月的太陽很毒，九、十點以後就不能站在池塘邊洗衣了，要洗的衣服卻往往還沒有洗好一半，他只得把洗好和沒洗好的衣服一起帶回來。

村子裡老實的雇主們聽他敘述洗衣的苦楚，也就不作聲了，既沒罵他，也沒有人打他。在五月的熾烈的陽光下，他們同樣得澆地、鬆土，搞得自己的腳都裂口，所以明白伯糾的為難。不過，要使地主的代理人滿意可沒那麼容易，對方的人時常找他的麻煩，厲聲對他說：「都七、八天了，還不把衣服送來，難不成我們還在過冬天的日子？現在，衣服穿一天就因出汗而髒得發臭，你怎麼沒想到這一點？」伯糾又是作揖，又是打躬，只能不停地說好話。

甚至有一次，眼看著九天過了，衣服還沒有弄好。洗是洗過了，但還沒有熨，最後沒有辦法，只好在第十天把衣服送到地主代理人那裡。由於心底害怕，他不敢走近。地主代理人一見他就怒氣衝天地罵說：「喂，你這傢伙，還想不想在村子裡待下去？」

伯糾把一包衣服放在椅子上說：「老爺，有什麼辦法？哪兒也沒有水，我又沒有熨斗。」

地主代理人繼續念說：「只有你沒有水，全世界到處是水！如今治你的辦法，除了把你攆走外，再沒有別的了。你這壞蛋，存心想蒙混人，你把衣服借給迎親隊，卻找一些什麼藉口，什麼沒有水呀、沒有熨斗的！」

伯糾肯求說：「大東家，村子是你的，你願意讓我住下去，就住下去，你要趕我走，我就走，但是請不要冤枉加罪於我，我替你們服務了這麼多年，或許有些什麼過錯，但絕不違背自己的良心。如果村子裡有誰敢說我曾經對雇主要過這樣的花招，我可以從他胯下爬過去。你說的那些不光彩行徑，是城裡洗衣人才有的。」專橫是不能和道理並存的，地主代理人又說了一些難聽的話，伯糾又要求他講求公正和開恩，結果仍換了一陣子打。

地主代理人沒有給伯糾跟老主雇們告別的時間。伯糾在喝了八天生薑紅糖水，並於第九天把所有雇主的衣服洗好且交待清楚後，便把自己的東西打包好，讓牲口馱著——沒跟任何人打招呼，就連夜上路到巴特那去了。

2

伯糾進到城裡後，似乎感覺到此處早已為他留了一條活路。他只租了一間房間，就開始洗衣工作。起初，他聽到房租的數字後大吃一驚，在農村裡，他一個月的洗衣錢也沒有這麼多！可是當他了解到洗衣的價錢以後，對房租的昂貴也就不以為意了。短短一個月內，雇他洗衣的雇主數目就超過了他可以計數的能力。城市裡不缺少水，他又很守信用——他還沒有染上城市生活的壞習氣——有時光是一天賺的洗衣錢，就會超過他在農村中工作一年的所得。

不過，幾個月後，他也開始染上城市的生活習氣了。從前他只喝點椰子水，現在開始買水煙袋抽了；原本他總是打赤腳走路，現在穿鞋子了；他開始覺得粗糧妨礙消化，不想吃；過去只在過節時喝點酒，現在為了消除疲勞，他每天都要喝酒；他的妻子也變得喜歡首飾，其他洗衣人的妻子都戴著首飾在街上走，她怎能不如人？孩子們圍著賣零食的小販轉，一聽到叫賣甜食和花生的聲音就待不住。

另一方面，房東又提高了店租；飼料和油渣餅的價格簡直像在賣珠寶；為了填飽替他馱衣的兩頭牛的肚子，就要開支一筆可觀的錢……結果，前幾個月節省下來的錢，現在都花光了，有時甚至入不敷出，但又想不出其他省錢的辦法，於是他妻子開始背著他把雇主們的衣服出租。知道這件事後，伯糾十分生氣地對妻子說：「如果再發現我們家裡有這種事，我會變成最無恥的人。就是因為有人在這方面冤枉加罪於我，我才拋棄了祖宗一直生活的老家。難道妳希望我們也從這裡被攆走嗎？」

妻子反駁他說：「你一天也離不開酒，我要從哪裡弄這麼多錢來啊？你把所有的開支全包下來吧！我又不能額外弄到什麼糖果糕點。」慢慢地，道義的準則開始在需求面前屈服了。有一次，他一連發了幾天燒，妻子用轎子把他抬到醫院，醫生開了藥方，但家裡沒有錢付。伯糾用痛苦的目光看了看妻子說：「怎麼辦呢？藥總是得買的。」

妻子回答他說：「你說怎麼辦我就怎麼辦。」

伯糾問說：「不能向誰借點錢嗎？」

妻子說：「我們跟所有人家都借過錢，借到在這一帶出門都不太好意思，如今還能向誰借？我一個人能辦到的，都拚命去做了，反正我現在也死不了。本來還有一個方法能弄到一點錢，但你自己下了禁令，我能怎麼辦？牛已經餓了兩天，如果有兩個盧比，至少可以餵飽這兩頭牛。」

伯糾無奈地說：「好吧！妳想怎麼做，就怎麼做吧！日子好歹總得過下去，我現在明白了，在城市，講良心的人是活不下去的。」

從那天起，伯糾這裡也做起了和其他洗衣人一樣的勾當。

3

伯糾的鄰居中有一個律師的文書叫達多拉姆，有空時伯糾會到他那裡坐一坐。由於是鄰居，伯糾替他洗衣服沒有收錢。達多拉姆很尊重伯糾，常把自己的煙袋遞給他抽，有時家裡做點什麼好吃的，也會送一些給伯糾的孩子們。當然，他一直都有小心留意，這種應酬的花費可不能超過洗衣服要花的錢。

夏季來臨了，到處都是迎親隊。達多拉姆也要參加一支迎親隊，他做了一個大煙袋來取代原來的小煙袋，買了油漆過的煙管和一雙德里製的鞋子，從律師先生的家裡借來了披肩，從自己的朋友那裡借來了金戒指和金鈕扣。湊齊這些東西並沒有遇到太大的困難，但向人家借衣服穿卻有點不好意思開口，而要新做一套配得上在迎親隊裡穿的衣服實在不大可能——做一件細布的襯衫、絲綢上衣、帶褶印的細紋褲子，以及貝拿勒斯頭巾，是很不容易的事，要花一大筆錢；單單要買帶絲邊的圍褲和貝拿勒斯絲織披肩就是一個大難題了！

一連幾天，達多拉姆一直為這件事苦惱不已。

最後，除了伯糾，他再也找不到其他解決這個難題的人了。於是，當伯糾在傍晚時到他這裡坐坐、聊天的時候，他很有禮貌地問說：「伯糾，我要參加一支迎親隊去迎親，其他的東西我都張羅到手了，可是做衣服是一個麻煩。錢的問題倒不大，托你的福，手頭從來還沒斷過錢。我做的這一行，要說收入，並不多，但是也經常有土包子財主自己找上門。不過你知道，近來結婚的吉日很多，裁縫師傅連抬頭的空閒也沒有，拿雙倍的工錢不說，還要你跑上幾個月。假使你這裡有我合身的衣服，不如借給我穿兩、三天，好歹度過這個難關。一個人發出請帖，並不需要開支什麼，最多是花點印請帖的錢，但是他卻不想想，參加迎親隊的人要做多少準備工作、會遇到多大困難？如果種姓家族內發展出這樣一種習俗——某位先生發出邀請，他就得替受邀請的人準備他們需要的物品——人們就不會這麼隨隨便便發出請帖了。伯糾，你能夠幫我這點忙吧？」

出於禮貌，伯糾回答說：「達多拉姆先生，你拜託的事，我怎麼可能不幫忙呢？不過事情是這樣的，最近由於結婚的吉日很多，所有的雇主都吵著要盡快取回自己的衣服，有的人甚至一天就派人來催了好幾次。我擔心一手把衣服借給你，對方就嚷著馬上要取走……」

達多拉姆說：「哎呀！給他拖個兩、三天有什麼大不了的呢？如果你願意，甚至還能拖上幾星期。你可以說：『還沒有煮呢！』或者說：『碼頭沒有空位。』又或是說：『還沒有熨呢！』你能找的藉口不會少。我們是鄰居，你難道連這點忙也不能幫？」

伯糾回說：「沒這回事，先生，我的一切都可以貢獻給你。請你先挑選好喜歡的衣服，我再把那些衣服好好熨一次。最多不過是挨雇主們的怒斥，或有客人向我動手罷了，有什麼大不了？」

4

達多拉姆衣冠楚楚地參加了迎親隊，在那裡，他穿戴的貝拿勒斯頭巾、絲綢上衣、絲織披肩，都令人留下深刻的印象，不知道的人，還以為他是一個大富翁。伯糾也跟著他去了，達多拉姆很尊重他，替他要了一瓶酒，吃飯的時候，還另外替他帶來了一份。他也不叫他伯糾，而稱他村長先生，畢竟他這一套豪華的裝束是多虧伯糾才弄到手的。

午夜過了，歌舞晚會也結束了，人們都準備去睡覺，伯糾也在達多拉姆的床旁蒙著披肩睡下。達多拉姆脫下了衣服，很小心地掛在衣架上。他準備好了水煙袋，躺著抽了起來。這時，突然有一個名叫阿達伊的儐相走了來，在達多拉姆面前停下，他問說：「先生，請問你這上衣和頭巾是從哪兒得到的？」

達多拉姆用不解的目光朝他看了看說：「你是什麼意思？」

阿達伊說：「我的意思是——這兩件東西是我的。」

達多拉姆帶著有點冒險的口氣說：「難道你以為，絲綢上衣和頭巾除了你有之外，其他的人都不可能擁有嗎？」

阿達伊回說：「怎麼不可能？真主給了誰，誰就穿它，好多人都穿呢！我又算老幾？不過，這兩件東西是我的，如果全市能在誰家發現這樣的上衣，你要罰我多少，我都甘願。我付了十個盧比的手工錢，另外，在這個城市根本不可能找到做這種上衣的裁縫師傅，他剪裁得這樣好，真讓人佩服得五體投地。頭巾上還有我做下的記號，你拿來，我可以指給你看。我只是想問問，你是從哪兒得到的？」

達多拉姆明白，自己再也沒有辯解的餘地了，事情一旦鬧大，會更丟臉，耍手段是過不了關的。於是他很和氣地開口說：「老兄，這你就別問了，現在這兒也不是說這些話的場合。我和你的面子是一回事，你不如認了，這樣的事情在世界上很普遍，如果我要請人做這樣的衣服，就算求上幾百個裁縫也不知道行不行，但是我又非得參加迎親隊不可……你的衣服是不會損壞的，這點我一定會負責，我會比穿我自己的衣服更愛護它。」

阿達伊回答他說：「我倒不擔心我的衣服，托你的福，真主給了我不少。願真主使富翁平安無恙，讓他們萬事如意。我也不想破壞你的名譽，我是你的僕人。我只是想知道，你是從哪裡得到的？我曾把衣服交給洗衣人伯糾，莫非有小偷從伯糾家裡把衣服偷了出來，或者說某一個洗衣人從伯糾家裡拿走了衣服後交給了你，因為無論如何，伯糾是絕對不會親手把衣服交給你的，他不會做這種歪門邪道的事！我自己也曾經想和他打這樣的交道，連錢都放在他手心裡了，但他什麼也不理。先生，他把錢扔在地上，狠狠地說了我一頓，令我茫然不知所措。最近的情況我不知道，因為近來我從來沒有和他談過這方面的事，但是我怎麼也不相信他會違背良心，所以才會一再問你，你到底是從哪裡得到這衣服的？」

達多拉姆說：「關於伯糾，你的這種想法完全正確，他就是如此無私。但是，老兄，身為鄰居，多少也得講點情面吧！他就住在我隔壁，一天到晚都在一起，近來相處得更是密切。他看我急需，心就軟了，就是這麼一回事，其他並沒有什麼。」

關於伯糾的正派無私，阿達伊用了過分誇大的說法，他既沒有把錢放在伯糾的手心裡，同時伯糾也沒有狠狠地斥責過他，但這種誇大其詞的讚美對伯糾的影響，卻遠遠超過了如實講明可能產生的作用——伯糾根本沒有入睡，阿達伊的每一句話，他都聽得清清楚楚，這讓他的良心從沉睡中甦醒過來：「世界上的人都認為我是這麼誠懇、老實且正直的人，而我卻是如此不老實、言而無信！正是因為人家冤枉地把這種罪過硬加在我身上，才不得已放棄了祖祖輩輩居住的農村，但到了這裡來之後，為了菸酒、酥油、零食等東西，我竟然讓良心破產了。」

這次婚禮回去過後，他完全變成了另一個人——或者說，他又重新拾回自己失去的良心。

5

半年之後的一天傍晚，幾個客人來到伯糾家裡，向他的兒子馬爾康提親。伯糾為了聽聽妻子的意見而走進房裡。

他妻子說：「酒從哪裡來呢？你身邊還有錢吧？」

伯糾疑惑地說：「我身邊所有的錢，不都早就給妳了嗎？」

妻子回他：「我用那些錢買了米、豆和酥油等東西，還要做七個人吃的飯，錢全花光了。」

伯糾說：「那我又有什麼辦法？」

妻子生起氣來了，她說：「沒有酒，難道客人會坐下來吃飯？多丟人啊！」

伯糾安撫她說：「丟人也好，名聲壞了也好，反正我買不起酒，最多不過是婚事談不成罷了，談不成就算了。」

妻子提議說：「不是有一件披肩送來洗嗎？把它拿到當鋪裡去當幾個盧比，兩、三天後再用錢贖回來不就行了？體面多少也該設法維持一下，不然大家都會說：『空有個名，連酒也拿不出來！』」

伯糾回說：「妳說什麼？那披肩是我們自己的東西嗎？」

妻子不耐煩地說：「管它是誰的，反正這個時候要解決問題，有誰會去說嘴？」

伯糾拒絕她：「不行，我不能做這種事，我寧可拿不出酒來！」說完他走出去了。

再一次回來時，他看到妻子正從地下向外掏些什麼東西，一看到他就用沙麗的一角把洞蓋住了。

伯糾笑著從房內走了出來。

誠實的賞與罰

——他們血紅的眼睛瞪著巴傑．巴哈杜爾，心中暗暗地說：「好哇！」

1

伯拉瓦稅務區小學的校長——帕瓦尼．斯哈伊老師很愛好園藝，他把空地打成田壟，種上各式各樣的花草，還在大門的牆壁上種了藤蘿，增加校園的美觀。他也讓中級班的孩子替他的花圃澆水和清除雜草，大多數孩子都高高興興地幫忙，甚至還把這差事當成一種休閒娛樂。

不過，班上有幾個地主家的孩子有一種壞習氣，總把這種有趣的事當成強迫勞動。這幾個孩子從小就過著好吃懶做的生活，內心充塞著一種富人的虛榮和傲氣。他們認為勞動是一種低賤的事，所以很討厭這片花圃，每次一輪到他們工作，總會找藉口溜之大吉。不僅如此，他們還教唆其他孩子說：「說什麼——哼！念的是書，做的是勞役！如果要和鋤頭剷子打交道，還有啥必要到學校裡來費腦子念書？我們是來念書，可不是來做工的。」

有時，老師會對他們這種放肆行為嚴加管束，但他們也因此更恨了，最後竟鬧到難以收拾的地步。

某天，這些小傢伙鬼祟地商量一會兒，決定要毀壞那一片花圃。學校上午十點開始上課，這天，他們早上八點鐘就到學校，鑽進花圃開始破壞，有的把花苗拔了，有的把花壟踩了；水溝被堵塞了，花壟上的細埂也被挖掉了。當下他們個個心裡一直擔心被人看見，所以很害怕，然而破壞一片花圃要多久呢？十來分鐘的時間，一片百花盛開的花圃就完蛋了！

事後，孩子們很快地向外溜，但才跑到大門口，就看見了一個同班同學的影子。這是一個家裡很窮、又瘦又機靈的孩子，名字叫做巴傑・巴哈杜爾。由於性格嚴肅、文雅，調皮搗蛋的一伙孩子對他老早就很不滿意了。一看到是他，一伙人可嚇壞了。他們相信他一定瞧見了，而且鐵定會告狀到老師那裡去，這下子把柄被人抓住，事情很不妙。

這個魔鬼什麼時候不來，偏偏這時來？他們彼此示了一下意，把他拉到他們中間來。傑格德・森赫是他們的老大，他走上前對巴傑・巴哈杜爾說：「巴傑・巴哈杜爾，怎麼來得這麼早？我們今天替你們把脖子上的絞索鬆開了。老傢伙經常折騰人，叫我們做這做那的。伙計，請你注意一點，可別跟老師說，要不，是會得不償失的！」

傑伊拉姆接話說：「他難道會跟老師說什麼？都是自己人嘛！我們做的事全為了大家，又不是為自己撈什麼好處。走，老兄，咱們逛逛市場去，看吃點什麼東西。」

巴傑・巴哈杜爾說：「不，今天在家裡沒空念書，我要坐在這裡念念書。」

傑格德・森赫說：「好吧，可別跟老師說呀！」

巴傑・巴哈杜爾說：「我不會主動跟老師說什麼。可是，要是老師問到我，那……」

傑格德・森赫說：「你就說：『我不知道。』」

巴傑・巴哈杜爾說：「我不能說謊。」

傑伊拉姆說：「如果因為你的告發而讓我們挨了打，不揍你我們是不會罷休的！」

巴傑・巴哈杜爾說：「我說了，我不會去告發你們，但老師若問到我，我也不能說謊。」

傑伊拉姆說：「那我們會打斷你的骨頭。」

巴傑・巴哈杜爾回說：「你們有這樣的權利嗎？」

2

十點鐘，學校開始上課了。帕瓦尼・斯哈伊老師看到花圃的慘狀後十分憤怒，雖然花圃被搗毀的確令他難過，但更令他傷心的是孩子們的惡作劇。如果做出這種壞事的是一頭公牛，他也只能遺憾一陣了事，但他不能容忍孩子們這樣調皮搗蛋。於是，當孩子們都在教室裡坐好時，他怒氣沖沖地走了進來，問道：「是誰破壞了花圃？」

教室裡一片沉寂，肇事者們的臉上頓時失去血色。中級班有二十五個學生，他們沒有一個不知道這件事，但是誰也沒有膽量站起來坦白，個個都低著頭，一聲也不吭地坐在那裡。

老師更生氣了，他高聲地說：「我相信這是你們中間某個人的惡作劇。有誰知道的，站起來說清楚。要不，我就從第一個人開始打起，到時可別說什麼無辜挨了打。」

還是沒有一個孩子開口，教室裡一片沉寂。

老師點名說：「德維・帕勒薩德，你知道嗎？」

德維・帕勒薩德回答說：「不，老師，我不知道。」

老師繼續點道：「西瓦達斯，你知道嗎？」

西瓦達斯說：「不，老師，我什麼也不知道。」

老師問到了巴傑・巴哈杜爾，他說：「巴傑・巴哈杜爾，你從來不說謊的，你知道嗎？」

巴傑・巴哈杜爾站了起來，他露出勇敢的表情，眼中閃耀著無畏的光輝。「是，老師，我知道。」老師說：「好極了！」

肇事者們血紅的眼睛瞪著巴傑・巴哈杜爾，心中暗暗地說：「好哇！」

3

帕瓦尼・斯哈伊是一個很有耐心的人，並不會隨意懲罰學生，但懲罰做這種壞事的人，他是一點也不心慈手軟的。他要來了戒尺，分別對五個肇事者打了十下，並罰他們在位子上站一整天，還在品行簿上他們的名字下面做上了黑色的記號。

惡作劇的一伙孩子本來對巴傑・巴哈杜爾就很不滿，今天他的誠實更是讓他們恨透了他。人們在處於痛苦時，便會有一種讓人產生同情心的力量——現在班上大多數孩子都成了肇事者們的朋友。他們開始密謀策劃：「今天要整一整巴傑・巴哈杜爾，打到他再也沒有臉到學校裡來。」「他是我們內部的間諜、叛徒，好一個誠實的傢伙！」「今天要他嚐一嚐『誠實』的滋味。」

這祕密策劃的一幕，可憐的巴傑・巴哈杜爾一點兒也沒覺察，這些製造亂子的人竭力將他蒙在鼓裡。

放學之後，巴傑・巴哈杜爾往家裡走去。路途中有一個番石榴園子，傑格德・森赫、傑伊拉姆和幾個孩子站在那裡。巴傑・巴哈杜爾看見他們，吃了一驚，剎那間也已明白，這些人打算向他找碴。不過，他也沒有辦法迴避，所以只能硬著頭皮往前走。傑格德・森赫說：「來吧，伙計，你讓我們久等了。來，把誠實的『獎品』領回去吧！」

巴傑・巴哈杜爾回說：「把路讓開，讓我走。」

傑伊拉姆說：「嚐嚐誠實的滋味再走吧！」

巴傑・巴哈杜爾說：「我早就跟你們說過了，點到我的名字問我時，我會說實話的。」

傑伊拉姆說：「我們也說過，不給一點關於這方面的『獎品』，是不會放過你的。」

說完，傑伊拉姆就伸出拳頭向他走了過來，傑格德・森赫想抓住他的兩隻手，傑伊拉姆的弟弟西瓦拉姆拿著番石榴的樹枝衝向他。其餘的孩子開始站在四周看熱鬧，他們是「後備軍」，準備在需要的時候替友軍助陣。他們以為巴傑・巴哈杜爾是懦弱的孩子，整一整他，有三個強壯的孩子就夠了——他們都認為這三個人很快就會把他撂倒。

巴傑・巴哈杜爾看到對方拿著武器向自己進攻了過來，偷偷地看了看左右後，很快地衝到西瓦拉姆的面前，從他手裡奪過番石榴的樹枝，立刻後退了兩步，伸著樹枝說：「你們算老幾？給我什麼誠實的『獎品』，什麼誠實的『懲罰』！」

雙方擺開了架式。巴傑・巴哈杜爾力量的確比較弱，但是他非常機靈警覺，此外，對真理的深信更讓他的心堅強有力——為了維護真理，即使要被砍頭也不可以後退一步。有幾分鐘的時間，巴傑・巴哈杜爾東跳西躲，又進攻又後退，然而，番石榴樹枝能夠撐多久？不一會兒，樹枝全折斷了。當他手裡有這個綠色武器的時候，誰也沒有膽量走近他；失去武器後，他仍然用腳和拳頭進行反擊，只是，人數多的一方最後還是取得了勝利。

傑伊拉姆朝巴傑・巴哈杜爾的肋骨打揍一拳，打得他昏了過去，眼睛發直，表情呆愣。孩子們看到這一幕，全都嚇得魂不附體，他們以為他死了，紛紛拔腿就跑。

過了十分鐘左右，巴傑・巴哈杜爾醒了過來。他的胸口受了傷，雖然只傷及表面，卻已經沒有站起來的力氣了。努力了一會兒，他才打起精神站起身，一瘸一拐向家裡走去。

得到勝利的孩子們跑向傑伊拉姆家，一路上，一伙人已七零八落，有的從這邊跑，有的從那邊跑——因為出現了麻煩的狀況。真能到傑伊拉姆家的，只剩三個強而有力的孩子，他們此時才鬆了一口氣。

傑伊拉姆說：「我這一拳打重了……可別真的死了！」

傑格德・森赫回說：「你本來就不該打他的肋骨，要是脾臟破了，就活不了了。」

傑伊拉姆問他說：「老兄，我可不是存心打的，誰知那麼碰巧？你說，現在該怎麼辦？」

傑格德・森赫回答道：「有什麼辦法？不動聲色地等著好了。」

傑伊拉姆又問道：「該不會只找上我一個人吧？」

傑格德・森赫說：「怎麼可能？要坐牢，大家都去。」

傑伊拉姆說：「如果巴傑・巴哈杜爾沒有死，爬起來馬上會去找老師。」

傑格德・森赫接著說：「那老師明天一定會剝我們的皮！」

傑伊拉姆提議說：「所以，我建議明天起咱們別去上學了，退學以後轉到另外的地方就讀。要不就藉口生病待在家裡，等上一、兩個月，事情平息以後再看看。」

西瓦拉姆反問他道：「那考試呢？」

傑伊拉姆說：「啊！還沒有想到考試，只剩下一個月的時間了。」

傑格德・森赫說：「要不，你一定會從這一次考試得到獎學金。」

傑伊拉姆說：「是呀！我為此還下了很大的工夫，現在怎麼辦？」

傑格德・森赫說：「反正不管怎麼樣，級還會升的，獎學金也只能讓給其他人了。」

傑伊拉姆說：「準會落在巴傑・巴哈杜爾手裡！」

第二天學校上課的時候，傑格德・森赫、傑伊拉姆和西瓦拉姆三個孩子不見了。瓦利・穆罕默德的腳上包著紗布，由於恐懼，他一直很緊張，昨天其他看熱鬧的孩子也直打哆嗦，很害怕會牽連遭罰。巴傑・巴哈杜爾跟往常一樣做自己的事，似乎根本不記得昨天的事。他沒跟任何人談起過昨日那場架，反而和他一貫的性格相反，整天顯得很高興，甚至還和昨天的一伙武士們更加親密了——他希望這些人不用心存疑慮——經過一整夜的思索，他才決定要這樣做。傍晚放學時，他已經獲得了寬宏大量的聲譽，他的對手們感到羞愧，而且都對他稱讚不已。

那三個肇事者不僅第二天沒來，第三天也沒有他們的下落。在剛離開家的路上，他們原本還是朝學校方向走，中途卻朝農村的方向去了。成天在那裡的樹下呆坐或玩打嘎兒遊戲，直到傍晚才回家。

雖然他們打聽到，參加那場戰鬥的其他武士們都乖乖地去上學，而且老師也沒有說他們什麼，但心中的疑懼還是不能消除。他們認為：巴傑・巴哈杜爾一定對老師說過了，只等我們去上學，如果去了，肯定要挨打。

這麼一想，他們就不敢去學校了。

5

第四天大清早，三個肇事的孩子正坐在一塊兒思考該到哪裡去時，巴傑・巴哈杜爾走了過來。雖然感到驚訝，但看到他上門來，他們卻心生一點希望。沒有等他們開口，巴傑・巴哈杜爾就先說話了。「朋友們，你們為什麼不來上學？已經快缺三天的課了。」

傑格德·森赫說：「為什麼要去上學？找死嗎？老師會打斷我們每根骨頭！」

巴傑·巴哈杜爾問說：「為何？瓦利·穆罕默德和杜爾加都來上學了，老師有跟他們說什麼嗎？」

傑伊拉姆說：「也許你是放過了他們，但你怎麼會放過我們？你一定會加倍奉還。」

巴傑·巴哈杜爾說：「不然，你們今天來上課試試看啊！」

傑格德·森赫說：「別騙人了！這一定是讓我們挨打的圈套。」

巴傑·巴哈杜爾說：「我又不會跑到哪裡去，那天你給了我誠實的懲罰，若我真的說謊，你們今天就再送我說謊的獎品吧！」

傑伊拉姆說：「你說的是真的？你沒有去告發？」

巴傑·巴哈杜爾說：「有什麼好告發的？我們彼此打了架，你打了我，我也打了你。如果你不一拳把我打倒，我還不是會把你們打跑才罷休！何況，我也沒有到處告發人的習慣……」

傑格德·森赫說：「伙計，不然我們就去吧！不過，我還是不敢相信，也許你只是騙人的，好讓我們遭一頓毒打？」

巴傑·巴哈杜爾說：「你知道我沒有說謊的習慣。」

他用極誠懇和坦率的方式回答，終於打消了三個人的顧慮。巴傑·巴哈杜爾走了以後，他們花了很久的時間一直揣測他的話，最後終於決定今天要去上學。

十點整時，三個孩子到了學校，心裡七上八下，臉色也很緊張。

帕瓦尼·斯哈伊老師走進教室，孩子們站起來向他行禮。他向他們三個人狠狠瞪了一眼，只說：「你們三個人缺了兩天課，注意班上寫下來的考試參考題目，下課後把它抄下來。」

然後，他就專心教課了。

下課後，孩子們有半個小時喝水休息的時間，那三個孩子和他們的同伙聚在一起聊天。

傑伊拉姆說：「我們是冒著險來上學的，不過，巴傑‧巴哈杜爾真的是個說話算數的人。」

瓦利‧穆罕默德說：「我倒覺得他不是人，而是神。如果不是親眼所見，我簡直不敢相信。」

傑格德‧森赫說：「這才是真正的高尚。我們對他太不公正了，我們真的大錯特錯啦！」

杜爾加說：「那麼，我們去向他道歉？」

傑伊拉姆說：「好，你的想法真不錯，今天就去。」

放學後，全班所有孩子一塊兒走到巴傑‧巴哈杜爾身旁。傑格德‧森赫以孩子們之首的身分說：「大哥，我們所有人都是罪人。欺負了你，我們打從心底裡感到慚愧。請原諒我們的過錯，你是高尚品格的化身，我們粗暴、野蠻又愚昧無知，請你原諒我們吧！」

巴傑‧巴哈杜爾眼中含著淚說：「以前我把你們當我的兄弟，現在你們還是我的兄弟，兄弟之間的爭吵，哪有什麼原諒不原諒的啊！」

大伙兒一個一個和他擁抱。這件事傳遍了整個學校，全校的學生都開始崇拜他。他成了這所學校的首腦、領袖和英雄人物——先前他受到了誠實的懲罰，現在他得到了誠實的獎賞！

土邦王公的主事[1]

——他的頭髮成了藍色，眼睛發黃，臉色發紅，身上發綠，好像是從鬼域世界來的一個魔鬼。

1

很不幸的，麥赫達是那種不懂得討主管歡心的人。他一心一意做好自己份內的工作，並希望以此得到讚許，但他卻忘記，除了替主管做事，還應該伺候主管。當其他同事在主管面前獻殷勤的時候，可憐的他卻坐在辦公室裡，埋頭在文件堆中。結果，殷勤伺候主管的人得到提拔，享受賞賜和獎金，而忠於職守的麥赫達，卻以某種罪名從工作崗位上被攆走。

他在自己的一生中已經受過幾次這種慘痛的教訓，因此，這次斯蒂亞土邦的王公給了他一個滿意的職務時，他發誓今後也要看主子的臉色行事，透過替主子唱讚歌來碰一碰自己的運氣，他也的確完美地履行了自己的誓言，所以在不到兩年的時間裡，王公就讓他當了自己的主事。

一個獨立土邦的主事職務是什麼呢？每月五百盧比的薪水，還有很多特權。他可以隨便把大事化小、小事化大，沒有人可以過問。王公成天沉溺於享受，經管整個土邦的責任全在麥赫達身上，所以土邦裡所有官員和工作人員都恭維他，一些富翁還送禮給他，連王公的幾位夫人都奉承他。王公的脾氣很暴躁，和其他王公一模一樣——在軟弱可欺的人面前，有時像隻凶貓，甚至像頭獅子，而在有錢有勢的人面前，他

1 印度獨立前，除了英屬統一行政區外，還有大小幾百個土邦。最大的相當於法國那麼大，這種土邦王公的主事相當於宰相。小的土邦王公相當於一個地主，其主事和一個管家差不多。

卻把責任往麥赫達身上推，甚至痛斥他一通。在這種情況下，麥赫達發誓絕不為自己說一句辯解的話，總是低著頭唯命是聽，如此一來，王公的怒火便得不到燃料，並且平息下去。

在夏季的日子裡，政治代理人要來土邦巡視。整個土邦都為了歡迎他而在做準備，王公把麥赫達叫來吩咐道：「我希望代理人離開這裡時對我讚不絕口。」

麥赫達低下頭很溫順地答道：「王公，我盡力而為。」

「大家都盡力而為，但那種盡力而為永遠不會成功。我希望你堅定地回答我：『一定會辦到！』」

「一定辦到！」

「不要怕花錢。」

「遵照你的命令。」

「可別惹得人家不滿，要不，小心你的腦袋！」

「他一定會對你感激不盡的，王公。」

「對，這才是我希望的。」

「我一定拚命去辦，王公。」

「就是這樣！」

在政治代理人快要蒞臨的時候，麥赫達的兒子傑耶・格里辛回到父母身邊過暑假。他在一所大學裡念書，曾於一九三二年因發表激烈的演說獲罪，被判了半年的徒刑。麥赫達被委任為主事後，初次來時王公還曾特別召見他，並且和他開誠布公地聊過；王公也帶他一起去打過獵，還經常和他一同打網球。王公的政治思想對傑耶・格里辛產生了很大的影響，使他認為王公不僅是一個愛國者，還是一個贊成革命的人，兩人曾深入地討論過俄國的十月革命和法國的大革命。

不過，這一次回來，他卻在土邦裡看到另外一種景象，每個農民和地主都被強迫捐款，警察到每個村子裡去收錢。捐款的數目是主事麥赫達規定的，收錢的任務就靠警察來完成，要申訴也沒有地方可去，到處叫苦連天。幾千名工人無償地在打掃和修繕公共建築、整修道路，商人們在棍棒的威脅下交出糧食。傑耶‧格里辛感到很奇怪。「這到底是一回什麼事？王公的言行怎麼如此不一？他是不是對這些暴行一無所知？還是他下令做準備時，負責執行的工作人員為了有所表現而壓榨人民？」他好不容易忍過了一夜，隔天清早問父親說：「你沒有把這些無法無天的事告訴王公嗎？」

麥赫達自己也對這些不法行為感到懊悔沮喪。就本性上來說，他是個具憐憫心的人，但情勢逼得他無能為力，他難過地說：「這是王公的命令，有什麼辦法呢？」

「在這種情況下，你應該避開才是。你可知道，這裡所發生的全部罪責，都落到了你的頭上，老百姓都認為你是罪人。」

「我是迫不得已，我一再向辦事的人示意，盡可能別對人行凶，但是我不可能到每一個地方去。如果我直接插手，辦事的人或許就會向王公發洩對我的不滿——他們一直在等待這種時機啊！為了掠奪人民，他們需要藉口，他們藏在自己家裡的財物比上繳到王公庫房裡的多得多，我卻毫無辦法。」

傑耶‧格里辛激動地說：「那你為什麼不把職務辭掉？」

麥赫達慚愧地說：「毫無疑問的，對我來說最恰當的辦法就是辭職，但我一生吃了好多虧，現在已經沒有力量再承受挫折了。我要為王公做事，就免不了染上汙點，這是一定的。夾在道德和不道德之間，伺候主人和最高理想之間，我吃盡了苦頭。另一方面，我卻看到這個世界就是對世故的人有利，他們能夠見機行事；這個世界對那講原則和重理想的人來說是不利的……」

傑耶‧格里辛以鄙視的口氣問道：「不然我到王公那裡一趟？」

「你難道認為王公不知道這一切？」

「可能不知道。說不定他了解到老百姓的痛苦之後，會產生一點同情心。」

麥赫達對此能有什麼不同意見呢？他早就在想，不管怎麼樣，能擺脫不義的罪名自然最好不過了。但是，他也擔心傑耶·格里辛的好意規勸會替自己帶來不利，甚至失去現在擁有的名譽和權力。他接著說：「可要注意，別說任何會使王公感到不愉快的話。」

傑耶·格里辛向他保證自己不會說出那樣的話來，他怎可能這麼無知？然而，他哪裡知道，今天的王公已非一年前的王公了，或者說等政治代理人巡視過後，還可能再成為一年前的王公。他不了解，對王公來說，談談革命或社會運動，就像談談殺人、強姦、拐騙事件或花街柳巷誘人的新聞一樣，只不過是種消遣。傑耶·格里辛走到王府的臺階上請人傳話時，才知道王公不大舒服，但當他正要往回走時，王公卻把他叫了進去，也許是想向他打聽電影界的最新消息吧？傑耶·格里辛向他行了禮。

王公笑了笑說：「你來得正好，老弟，你說，你這次有看瑪麗列曲棍球俱樂部的比賽嗎？我陷入一些麻煩的事務，沒有去看，我忙著祈禱，願代理人無論如何都能高高興興地離開。我叫人寫了一個講稿，你也看一看，我把那些什麼民族運動狠狠地教訓了一遍，而且也對解放『天民』[2]挖苦了幾句。」

傑耶·格里辛壓抑著內心的激動說：「你教訓民族運動還說得過去，可是解放天民是連政府都同意的事，政府釋放了聖雄甘地不是嗎？更何況甘地在監獄裡時，政府還給了他和這個運動通信的自由。」

王公露出一種帶有哲思的微笑說：「你不了解，這都是表面裝裝樣子。政府內心其實是認為，解放天民是政治運動，他們正嚴密注意這中間的玄機——如果你能表現出對政府的忠誠，即使超了限度，絕對會有結果的！正如我們欣賞詩人的詩，儘管詩顯得很可笑，儘管詩人有些阿諛奉承或笨拙，但是不可能對他不滿。他把我們捧得多麼高，那他自己在我們的心目中也就有多高。」

2「天民」指最低種姓的不可接觸者，這是甘地在倡導解放不可接觸者時取的一個好聽名字。

王公從抽屜中抽出了一份講稿，放在傑耶・格里辛面前，但是對傑耶・格里辛來說，講稿已經沒有任何吸引力。如果他是一個機靈圓滑的人，一定會假裝表現出認真閱讀講稿的樣子，對其中的措詞和思想感情的表達加以稱讚，並且把這篇講稿和比迦奈爾、伯蒂亞拉王公的演講相比。

可是他對官場的那一套還不懂，認為壞的就公開說壞，認為是好的就公開說好。他還不知道把壞的說成好，或把好的說成壞。他瀏覽了一下講稿後，就把它擱在桌子上，接著開誠布公地高談闊論起來。「我怎麼會了解政治中的玄機呢？但是我想加那格耶[3]的後代是很了解這一套手法的，人為的情緒對他不會產生任何影響，而且，這樣做的人在他心目中的地位還會下降。如果代理人了解到，為了歡迎他，老百姓遭受了多大的苦難，那他離開時也許就不會那麼高興了。另外，從老百姓的角度看來，代理人的高興可能對你有好處，但對老百姓卻只有壞處。」

王公無法容忍誰對他的工作進行任何批評，剛開始時，他的憤怒只從他的問話中隱隱透露了出來，接著是透過講道理的方式，最後終於像地震一樣爆發出來，這使得他那肥大的身軀、椅子、桌子、牆壁和屋頂都顫動了起來。他斜著眼睛看傑耶・格里辛並且吼道：「什麼壞處，說給我聽聽？」

傑耶・格里辛明白了，憤怒的機關槍要激烈地開火了。他鎮定了一下後說：「你比我更清楚。」

「不，我的頭腦沒有那麼靈光！」

「說了你會火冒三丈的。」

「難道你以為我是火藥桶？」

「你最好別問。」

「你非說出來不可，」他的兩隻手不自覺地握緊了，接著又說，「你得馬上說出來！」

傑耶・格里辛怎麼能忍受他這種威脅？在曲棍球場上，他還經常在一些王子面前逞威風，也常嘲諷一

3 加那格耶是古代印度孔雀王朝的一著名賢相、大政治家，著有《利論》一書。

些高級官員呢！「眼下，你心裡對政治代理人有點害怕，所以壓迫老百姓還有點兒提心吊膽。一旦政治代理人完全領了你的情，那麼你會更放縱，再也不聽老百姓的申訴了。」

王公用閃著火光的眼睛看著他說：「我不是代理人的奴隸，為什麼怕他？我沒有任何怕他的理由，完全沒有！我之所以招待代理人，只是因為他是英王陛下的代表。我和英王陛下是兄弟關係，代理人是英王的使臣，我只是照政策辦事。如果我到英國去，英王陛下也會如此接待我。我為什麼要害怕？我是一個獨立土邦的王公，想要絞死誰，就可以絞死誰。我何必怕某一個人？害怕是懦夫的心情，我連天神也不怕。害怕是什麼東西，我至今還不知道。

我不是像你那樣不知天高地厚的饒舌大學生，到處大喊大叫什麼革命、獨立。你知道什麼！革命是什麼東西？你只聽了革命的名字，那樣一副血染的景象你沒有親眼看見過，聽到槍聲，你的心就會發抖。難道你希望我對政治代理人說：『老百姓要破產了，你不必來。』

我不能這樣下逐客令，我不是瞎子，我沒有那麼昏庸無知。關於老百姓的情況我了解的比你多，你只從外表看到他們，我卻經常從內心看他們。你不能讓我的老百姓做革命的美夢，把他們引入歧途；你不能在我的土邦裡播下騷亂和不滿的種子，你得封住自己的嘴，不能從嘴裡說出一個反對我的詞兒，甚至連反對我的氣都不能呵一口……」

西沉的太陽光透過拱形客廳的彩色玻璃，照到王公狂怒的臉，更加深了他臉上的顏色。他的頭髮成了藍色，眼睛發黃，臉色發紅，而身上發綠，好像是從鬼域世界來的一個魔鬼。傑耶・格里辛任性的一面消失了，他從來沒見過王公狂怒的神態。不過，與此同時，他的自尊心卻迫不及待地要回答王公的挑戰。正如對謙恭的回答是謙恭，同樣的，對憤怒的回答則是憤怒。現在，他要衝破恐怖、懼怕、禮貌和情面的各種束縛了，他也對王公怒目而視地說：「親眼見到這種不法行為，我無法沉默不語。」

王公激動得站了起來，好像要撲到他身上似的說：「你沒有任何開口的權利。」

「每一個有頭腦的人都有權對不正義的事發出抗議的呼聲，你不能剝奪我的權利！」

「我什麼都能做到！」

「你不能做什麼。」

「我可以馬上把你送進監牢裡。」

「你不能動我分毫。」

就在此時，麥赫達氣急敗壞地來到房內，他用憤怒的目光看了看傑耶・格里辛後說：「傑耶，給我從這裡滾出去，別出現在我眼前。小心點，別讓我看見你，我不想見到你這個劣種！你吃那口鍋裡的飯，卻想捅破那口鍋？你這沒有教養的傢伙，再開口，我就要喝你的血！」

傑耶・格里辛僧惡的目光看了凶神惡煞的父親一眼，便驕傲地昂起頭、挺起胸，從客廳走了出去。

王公側身躺在搖椅上說：「真是個混蛋，天字第一號的混蛋！我不希望這樣的危險人物留在我的土邦裡，即使一會兒也不行。你跟他說，馬上離開這裡，否則對他沒好處。我是看在你的面子上才容忍下來，是出於對你的人情才沒有下手，不然，我可以立刻懲罰他。

現在你得馬上做出決定，是要主事的職位還是要兒子。如果想要主事的職位，就馬上把他趕出土邦，並對他說，今後不准再踏進土邦一步；要是你愛兒子，今天就離開土邦，不准你從這裡帶走任何東西，一丁點兒都不行——所有一切的東西，都是屬於土邦的。你選擇哪一條？」

麥赫達在盛怒之下對傑耶・格里辛苛責了一通，卻沒想到事情會發展到這種地步。他沉默了一會兒，低頭思索當前的局面。在這裡，他沒有任何辦法、沒有任何幫手，也沒有任何人會聽他的申訴，王公可以把他毀掉，把他像乞丐一樣攆走。想到受這樣的侮辱後還要被驅逐，他發抖了。

在這個土邦裡，他的仇人可不少，他出了什麼事，絕對個個都會額手稱慶。今天在他面前表現出一副可憐相的人，明天就會像獅子一樣向他咆哮。何況他年紀大了，還有誰會雇用他，難道他還得向這個無情的世界低頭嗎？不行，比這種下場要強得多的辦法──還是留下來。他用顫抖的聲音說：「今天我就把他趕走，恩主！」

「不是今天，而是現在！」

「現在我立刻把他趕走。」

「永遠趕走？」

「永遠趕走。」

「好，你回去，半個小時內回報。」

麥赫達回家去了，他氣得兩隻腳直發抖，身上像著了火似的。由於這個劣種，今天不得不忍受這麼大的侮辱；這頭笨驢，到這裡唱起高調來了，現在總該清醒了吧！該明白信口胡說有什麼後果了吧！我為何要跟著他像喪家之犬一樣到處碰壁呢？我當然要珍惜這個職務和榮譽，為什麼不珍惜呢？為此我受了多少年的折磨，吃盡了千辛萬苦。雖然這種不公正的做法不好，但是使人感到不好的事何止這一件？還有千件萬件使人感到不好的事呢！當我自己也束手無策時，又何必為這件事毀掉自己的一生？

他一回到家就喊道：「傑耶．格里辛！」

蘇尼達說：「傑耶比你早到王公那裡去了，什麼時候回來過？」

「現在還沒有回來？他比我還早離開。」

他又來到外邊，開始問僕人，仍然沒有兒子的下落。也許是因為害怕，躲到什麼地方去了，但王公卻吩咐要在半小時內回報。這個劣種不知道在做什麼，自己完了，還要把他也跟著拖下水。

突然有一個士兵拿來一張紙條放在他手裡，他一看，是傑耶・格里辛的筆跡。裡面寫道：「在發生了這樣難堪的事情後，我在這個土邦裡一刻也待不下去了。我走了，比起良心來，你更珍惜自己的職位和榮譽。你就盡情享受這一切吧！今後我再也不會來麻煩你了，向媽媽問好。」

麥赫達把那張紙條拿給蘇尼達看了，他喪氣地說：「不知道他何時才會明白事理，不過這樣也好，他將明白應該如何在世上生活——不到處碰壁，人的眼睛是不會明亮的。我也曾玩過這樣的把戲，現在我不希望讓這種麻煩事毀掉自己的後半生。」接著，他立刻到王公那裡去回報了。

2

這個消息很快就在土邦內傳開了，傑耶・格里辛由於自己的善良心腸而受到人民的愛戴。人們在市場上和十字街頭停下來評論這一事件：「啊，老兄，他可不是個凡人呢！肯定是某一個天神下凡。他走到王公那裡毫不畏懼地說：『請停止強迫勞役吧！要不然，城裡就要出現亂子了！』王公無言以對，一味支吾迴避。這個年輕人真是一頭雄獅，年紀不大，做起事來像一陣旋風。他本來是要一勞永逸地制止這種情形才罷休的，畢竟王公也無路可逃了，聽說，王公還開始哀求他了。正在這時，主事來了，對他下了離開土邦的命令。聽了他父親這種命令，他氣得直冒火，但他對父親沒有採取無理的行動。」

「這樣的父親該槍斃，到底是父親還是敵人？」

「不管怎樣，還是他的父親。」

蘇尼達坐著哭了一整天，就像有人用刀在割她的心。可憐的孩子不知到哪裡去了，連飯也沒吃。這是哪門子舒服享受的生活啊？為它還得拋棄兒子，讓這種生活見鬼去吧！她的心這樣激動不安，真想馬上離開丈夫和這個家、離開這個土邦、離開這個鬼域世界，丈夫要珍惜他的主事地位，讓他死抱著不放吧！即使和兒子一同挨餓，好歹還能時時刻刻看見自己的孩子。

她突然站起來，想去找王公的夫人，她要向夫人去訴苦。老天爺同樣也給了她孩子啊！難道她不可憐一個不幸的母親嗎？以前她曾拜見過王公的夫人幾次，她那顆枯萎了的心因為新的希望而有了生機。

然而，她到王公那裡後，卻見夫人同樣滿臉怒容。夫人一見到她就說：「妳兒子實在太放肆了，一點規矩也沒有，和什麼人該怎麼說話，連起碼的禮貌都不懂！不知道他在大學讀的是什麼，今天還和王公起了衝突。他竟然這樣說：『制止強迫勞役吧！別做任何歡迎政治代理人的準備。』他怎麼能無知到這種地步，不懂得如果真的那樣做了，王公能繼續在寶座上待幾個鐘頭？政治代理人的確算不了很大的官，可畢竟還是英王陛下的代表，好好地接待他是我們的天職。現在不是需要強迫勞役的時候，要等到什麼時候？妳丈夫從土邦得到了領地，這樣優待他為的是什麼？煽動老百姓起來造反難道是好人所為？吃那只鍋裡的飯，卻想捅破那只鍋！

王公是看在主事老爺的面子上，要不，早把他監禁起來了。現在他已經不是孩子，是個成年人了，什麼都能夠懂得，什麼都可以明白。我們要是和當局結下了怨，土邦能維持多久？他又有什麼好吃虧的，總會在什麼地方撈到一個收入百兒八十的差事，而我們幾千萬盧比的土邦可就毀了。」

蘇尼達央求說：「夫人講的都是真理，但這次請原諒他吧！可憐的孩子又羞又怕，沒有回家，不知道躲到哪裡去了。他是我們生活唯一的依靠啊！夫人，我們老夫婦倆會傷心得活不下去的。我向妳下跪，求妳原諒他的罪過吧！誰還比妳更懂得一個做母親的心呢？請妳求一求王公……」

夫人睜大了雙眸望著蘇尼達，好像她正在說一件非常令人驚訝的事。夫人用那因戒指而閃閃發亮的手指捂著擦了胭脂的嘴脣說：「蘇尼達，妳這是說什麼話！要我為那個年輕人向王公求情？可他卻決心毀掉我們呢！妳要我們保護陰險的人嗎？妳有什麼臉說出這種話啊？王公會怎麼說我呢？不行！我不能介入這種事情。他自己播下了種，讓他自己去收苦果吧！要是我有這樣的不肖兒子，我根本不會見他的面，妳竟為這樣的兒子求情！」

蘇尼達兩眼含著熱淚說：「夫人，妳說這種話不合情理……」

夫人撐著坐墊站了起來，用鄙夷的口氣說：「如果妳以為我會同情妳，那就大錯特錯了。妳到我這裡來，想替反對我們的人求情，不正說明妳把他的罪惡當兒戲嗎？如果妳真的明白他所犯過錯的嚴重性，絕對不會到我這裡來。受了這個土邦恩典的人，竟慫恿反對土邦的傢伙，那他本身就是背叛者，除此之外還能叫他什麼呢？」

至此，蘇尼達也有些惱火了，愛子之心像劍一樣出鞘了。她說：「王公的職責不僅是討官員歡心，保護百姓的職責要比這重要得多！」

這時王公走進房來，夫人起身迎接。蘇尼達低著頭，一動也不動地站在那裡。

王公帶著奚落的微笑問道：「是哪一個婦女在對妳說教『王公的職責』呀？」

夫人向蘇尼達望了望說：「這是主事的太太。」

王公聽了夫人的話，頓時勃然變色，咬牙切齒地說：「既然當母親的像一把鋒利的刀子，那麼兒子怎能不成為毒藥呢？太太，我不願意接受妳的教訓，說王公對自己的老百姓應該有什麼職責。好幾代以來，我們一直接受這種教訓。妳最好也聽聽別人對妳的教訓，那就是——僕人對主人的職責是什麼？對那種忘恩負義的人，主人應該採取什麼態度？」

王公一面這麼說，一面怒氣沖沖地走到外邊去，麥赫達正準備回家。王公厲聲地叫住他說：「麥赫達先生，請你注意，你的兒子被打發走了，但我現在才明白，在背叛土邦的道路上，你老婆走得比你兒子還遠，而且我敢說，你的兒子不過是傳聲筒，他只不過傳播了你老婆的聲音。我不希望一個掌管土邦的人，被當成是背叛者的保護傘。你自己也逃脫不了罪責！如果我做出了推測，認為是你自己把這件事煽動起來的，那也絕對不會是我太過分。」

麥赫達不能忍受這種對他忠誠的責難，他帶著異常難受的口吻說：「該怎麼說才好呢？你對我的指責是不公平的，我是完全無辜的。我的忠誠受到如此懷疑，真的感到很難過。」

「忠誠不應該只表現在言詞上。」

「我認為，我已經用行動證明了自己的忠誠。」

「在現在這樣的新狀況下，你需要新的證據來證明。對你的兒子所採取的法律措施，也將施行在你妻子身上。對此，我不希望有任何反對意見，而且此時此刻馬上執行我的命令。」

「但是，恩主……」

「我不想再聽下去了。」

「難道不允許我請求……」

「絕對不行，這是我最後的命令。」

麥赫達往回走時，對蘇尼達非常生氣。他想：不知道你們發的是什麼瘋？傑耶・格里辛不管怎樣都還是個孩子，不懂事，而這個老太婆是怎麼想的？真不知她到夫人面前說了些什麼！誰也不同情我，人人都自以為是。我是怎樣過著艱難的日子，誰也不知道；我是經歷過多少苦難和絕望後，才在這裡得到一點安寧，可他們又製造出來新的麻煩！難不成一切正義和真理都由我們包攬下來了嗎？這幾天發生的事情，不是也同樣在世界各地發生嗎？又不是什麼新鮮事兒。

在世界上，軟弱和貧窮本身就是罪過，誰也逃不脫它的懲罰——兀鷹是從來不可憐鴿子的。擁護真理和正義是人類高尚品德和文明的一部分，誰也不能否認。不過，所有人都只用口頭表示擁護，難道我們不能那麼做嗎？我們同情的那些人，他們也得真正了解其意義才是啊！今天王公要是對那些被強迫從事勞役的人態度好一點，那些人很快就會把自己的苦楚忘得一乾二淨，反過來才會成為我們的仇人。也許蘇尼達到王公夫人那裡去，把自己內心的苦惱都發洩了出來，這頭老笨驢不懂，我們生活在世界上的職責是維護自己的身分和體面。如果我們的命裡本來注定有尊嚴和榮譽，為什麼這樣替人家當奴僕？

不過，現在的問題是打發她到哪裡去呢？她娘家什麼人也沒有，我的老家也沒有人。唉！我還要為這樣的事操心到什麼時候啊？她想到哪裡去，就去哪裡好了，反正她自己鬧的，讓她自作自受吧！

他懷著這種煩惱和痛苦的心情回到了家裡，對蘇尼達說：「最後妳也像那個劣種一樣發瘋了！我說，妳究竟還懂不懂一點事理？難道我們曾賭咒發誓要改造這個世界嗎？有哪一個王公不迫害自己的老百姓？有哪一個王公不掠奪老百姓？別說王公，就是妳、我，以及其他所有人，也不是公正地對待別人的——妳到底有什麼權利雇用佣人，並且不時因為一點小事而懲罰他們？正義和真理是毫無意義的名詞，使用這些名詞，除了對付傻瓜和贏得喝采外，別無其他。妳和妳兒子就是屬於那種傻瓜，而妳不得不接受其懲罰。王公命令妳在三個小時內離開土邦，不然警察就會把妳驅逐出境。

我心裡的打算是，我嘴裡不說任何一句違反王公意志的話。我已經看夠了主持正義的後果，除了自找煩惱和受到屈辱，什麼也撈不到。那些愚蠢的傢伙今天是這樣，以後還會更糟。我毫不保留地告訴妳，我不準備為妳的魯莽行為付出代價，我可以暗地裡救濟妳，除此之外我什麼也不能做。」

蘇尼達驕傲地說：「我沒有必要接受你的救濟，一旦被發覺了，你的恩主又要在你頭上出氣了。你珍惜你的地位和榮譽，就盡情地享受它們帶來的好處吧！我兒子即使成不了什麼大事，總能掙到幾把糧食。我也準備看看你對主人的一片忠誠能維持到什麼時候，你又能昧著良心到何時？」

麥赫達漲紅了臉地說：「難道妳希望我像以前那樣到處碰壁？」

蘇尼達火上加油地說：「不，絕無此意。至今我一直以為你之前雖然到處碰壁，但總是心安理得，以為你身上有種比地位和權力更寶貴的東西，為了維護它情願到處碰壁。現在我明白了，比起良心，你更珍惜地位，那為何要再去碰壁？算了，之後你會時常寫信給我們嗎？還是連這都要王公批准？」

「王公不會這麼沒有道理，連我通信都加以干涉。」

「好吧！老實說，我不相信王公會這樣通情達理。」

「妳現在對自己的錯誤還不感到羞愧？」

「我沒有犯什麼過錯。正如今天我做過的那樣，我倒希望老天爺再給我這麼做的機會。」

麥赫達語帶反感地問她說：「妳打算到哪裡去？」

「到地獄裡去？」

「妳自已犯了錯誤，卻把氣出在我身上。」

「過去我不知道你這麼無恥！」

「我也用這句話回敬妳！」

「那也只能出自口頭，不可能出自良心。」

麥赫達感到羞愧了。

3

蘇尼達離開時，夫婦倆都各自痛哭了一場——

從某種角度來說，蘇尼達等於是被迫承認了自己的錯誤。畢竟，在現實之中，在這種失業普遍的日子裡，麥赫達這樣強迫人民是合理的……

政治代理人光臨了，一連幾天他赴的宴會都很盛大，還盡情打獵了。王公大肆恭維了代理人，而代理人也大肆恭維了王公。王公向他保證自己對英王的忠誠，而代理人把斯蒂亞土邦當成範例，並稱讚王公是正義的化身、為英王效忠的化身。在短短三天內讓土邦虧空了二十五萬盧比之後，代理人告辭走了。

麥赫達先感到非常驕傲，所有的人都異口同聲讚揚他能幹。代理人對他的精明簡直著了迷，他得到了「大公先生」的封號，他的權力也擴大了。他已經把自己的良心擱在一邊，他一直以來所努力的、使王公和代理人都滿意的目標已經完全達成，土邦裡再沒有這樣忠於主人的僕人了。

對於王公說來，他至少有三年的時間可以無憂無慮。政治代理人滿意，還怕誰呢？淫蕩、縱欲和其他種種惡習都愈演愈烈，為了尋找美女，甚至專門成立了一個部門，直接由王公掌握。他任命了一個老練而狡猾的人主管這個部門，這個老奸巨猾的傢伙的任務就是透過恐嚇、引誘和其他種種手段，從喜馬拉雅山地區拐騙、獵取美女，再把到手的姑娘一個一個地送給王公們，並向王公們索取錢財。由於這個職業，這傢伙在各個王公那裡都受到尊敬。

但是也出現了這樣一件事：有一個地方，任何陰謀手段都未能奏效。這個祕密部門決定要千方百計地把這個地方的姑娘弄到手，並準備把完成這項重要任務的責任交給麥赫達，因為土邦裡再沒有比他更忠於主人的人了。王公完全信任他，但對其他的人總有點懷疑，怕萬一受賄之後放走哪個姑娘，或者揭露這件事，甚至是弄巧成拙，而麥赫達，是無論如何也不會搞出亂子的。

晚上九點的時候，麥赫達受到了召見——恩主想念他了。

麥赫達走上王公府前的臺階時，王公正在花園裡散步。一看到麥赫達，王公就說：「請來一下，麥赫達先生，有件特別的事想和你商量商量。這幾天有些人建議在城門前為你打造一座雕像，使你能永遠受到紀念。也許你不會有什麼意見，若你真有不同意見，這裡的人也準備不予理會。你對斯蒂亞所做的寶貴貢獻，誰又能給得起相稱的獎賞？但人們心中對你的崇敬，總可以透過某種形式表示出來吧！」

麥赫達非常謙虛地說：「這都是恩主知人善任，我不過是個渺小的僕人。我所做的一切，只是受了恩惠後的一點報答而已，我是不配接受這種榮譽的。」

王公仁慈地笑了笑說：「你配不配，對此做出決定的權力不在你。麥赫達先生，你的主事身分在這裡行不通。我們不是在尊敬你，而是表示自己的一種誠心。在不多的日子以後，我不在了，你也不在了，那時這個塑像還會用自己無聲的語言向人訴說，人是懂得尊敬自己的創業者的。我對他們說：『那就開始募捐吧！』對了，政治代理人這次寫來的信，還特別提到要向你致敬。」

麥赫達深深感到羞愧地說：「這是他的寬闊胸懷，其實，我是你的僕人，也是他的僕人啊！」

王公花了幾分鐘的時間反覆看了看盛開的花，然後好像想起一件忘卻的往事似的，他說：「稅務特區有一個名叫勒耿浦爾的村子，你到那裡去過嗎？」

「是，恩主，我曾經去過一次。那裡有一富商，我曾在他的客廳裡待過，他是一個好人。」

「嗯，表面上是一個大好人，但內心壞透了。也許你不知道，近來我的夫人身體變得很不好，而我正考慮把她送到療養院去，在那裡她可以解除一切不安和煩惱，舒舒服服地過日子。不過，王府後院必須有一個正規夫人，官員們往往偕同夫人來到我這裡，還有許多英國朋友，也經常帶著夫人來作客，有時一些王公也會陪伴隨夫人光臨，沒有王公夫人，誰來接待這些貴婦呢？對我來說，這不是個人問題，而是一個政治問題，也許你也會同意我的看法。

所以，我打算再婚。那個富商有一個女兒，曾在阿傑默爾受過一段時間的教育。我有一次經過那個村子，看到她站在她家的屋頂上，心中立刻產生一種想法。我想：如果這個美女到我的後院來，一定會增色不少。我徵得夫人的同意後，叫人送信給富商，只是，一些反對我的人卻唆使他拒絕我的求婚。他說，姑娘已結過婚了。我又叫人去說，這沒有什麼關係，我準備好賠償了，但那個傢伙還是不同意。你知道，愛情是一種不治之症，你可能多多少少有過這方面的體會……

總之，你可以想像，我的生活現在已經毫無樂處，睡也睡不著、休息也休息不好、吃飯也感到沒有滋味。這樣繼續下去，再過幾天——請你相信——我會活不下去的。無論是睡著或醒著，那個女子的身影始終在眼前晃動。我一再勸自己，卻沒有效果。不得已，我決定不擇手段了。在愛情和戰爭這種問題上，一切手法都是可以原諒的。

我希望你帶少數幾個可信賴的人一同前往，無論如何都要把那個美女弄來。能高高興興地來，就高高興興地來；如果要動武力才肯來，那就動用武力吧！不必擔心什麼，我是這個土邦之主，在這個土邦裡，凡是我看中的東西，其他人就不能在精神上或法律上對它有任何權利。請你相信，只有你才能保住我的性命，其他任何人都不可能出色地完成這項任務。你為土邦做過許多重大的貢獻，這是這場祭祀盛典最後的祭禮，而你將世世代代被認為是我們王族的家神。」

麥赫達泯滅的自尊心突然甦醒了過來，長期以來在他血管裡凝固的血液忽然大量湧流起來，他眉毛直豎，生氣地說：「你希望我把她拐騙來嗎？」

見他怒形於色，王公努力平息他的怒火說：「絕對不是這個意思，麥赫達先生，你這樣說對我太不公平了。我是把你當成我的代表派過去，為了圓滿地完成任務，你想採取什麼策略，就採取什麼策略——你可以全權處理。」

麥赫達更加激動了，他說：「我不能做這種卑鄙的事！」

王公的眼中開始射出火星，問說：「執行自己主人的旨意算卑鄙的事嗎？」

「違反道義和天職的旨意就是卑鄙的事，沒什麼好懷疑的！」

「提出要和某一個女人結婚，違反道義和天職嗎？」

「你把這叫結婚，是敗壞了結婚的名聲，這是強姦。」

「你頭腦清醒嗎？」

「非常清醒。」

「我可以毀掉你！」

「那你的寶座也安穩不了。」

「這就是你對我恩典的報答？忘恩負義的傢伙！」

「王公，現在你已經越過文明所允許的範圍很遠了。到現在為止，雖然我一直昧著自己的良心執行你的每一項命令，但還是有一定限度，再怎麼樣也不能超過這個限度。你的這種行為是可鄙的，誰要是在這方面跟你合作，就該砍掉他腦袋。我討厭這樣的工作！」

說完他回到家裡，連夜收拾好行李，從那個小土邦逃走了。然而，在此之前，他已先把整個事態發展寫得清清楚楚，寄給了政治代理人。

進擊的老太婆

——老太婆開始跳起舞來，
跳得猶如一個美麗少女陶醉於愛情之中那般激動。

1

這天，從一大清早起，村子裡就熱鬧起來了，連破舊的草屋都好像在歡笑。堅持真理的隊伍今天就要來村裡了。村長戈德依家的大門口撐起了涼篷，許多人都往那裡送麵粉、酥油、蔬菜、牛奶和優酪乳，他們的臉上都顯露出興奮、豪邁和歡樂的神色。

那個餵乳牛的賓達，過去連替巡視官員的下塌處送上半斤牛奶都不願意，今天卻從他們同行那裡收集了兩缸牛奶和優酪乳送過來；燒陶器的陶工以往村子裡有事時總是躲得遠遠的，今天卻送來了一堆陶製器皿；村子裡理髮的和挑水的也都自動趕來幫忙……如果要說有誰不高興的話，那就是老太婆諾赫莉了。她坐在自己的家門口，用那經歷了七十五個寒暑、蒼老又昏花的眼睛望著熱鬧的場面，內心十分懊喪，她身邊能拿得出什麼送到戈德依家門口去呢？又能憑些什麼對他說：「瞧，我送東西來了呢！」她窮得連食糧也沒有啊！

不過，諾赫莉也有過好日子，那時她家裡有錢，人丁興旺，什麼都有，村子是她的天下。當時她總讓戈德依抬不起頭——雖是婦女，但她可不亞於一個男子！她丈夫在家裡睡覺，她卻睡在地頭看守莊稼；打官司時她自己到法庭裡辯護，銀錢出入都由她掌管……但這一切早就被老天爺奪走了。錢沒有了，人也沒有了，只剩下她一個人為自己死去的親人哭泣。

她的雙眼已經不太管用，耳朵聽不太清楚，行動也困難了，好不容易才熬過這輩子最後的一些日子。反觀戈德依他家，卻是那樣吉星高照，現在什麼場合都是他說了算，到處他都有門路，連今天熱鬧的集會也要在他家大門口舉行。如今還有誰來理她諾赫莉呢？想著這一切，她那顆好強的心就像是被石頭重重地壓著似的：唉，如果老天爺不把她家弄得這麼一蹶不振，今天她一定用牛糞水把這草屋粉刷一新，請吹鼓手來奏樂，搭起涼篷，炸上好多油餅，而當那些堅持真理的人們吃喝完畢，她一定還會抓一大把盧比送給他們。

她記起以往的日子，那時她帶著年邁的丈夫從村裡出發，走了幾十里路去見聖雄甘地，那種熱情、那種純真的愛、那種崇敬的心情，就像雲層在天空翻滾一樣，現在又湧上了心頭。

戈德依走了過來，用那已經沒有牙齒的嘴說道：「嫂子，今天聖雄甘地的隊伍要到了，妳也該送點什麼東西吧？」

諾赫莉用像利劍一樣的目光掃了村長一眼，心想：狠心的傢伙，故意來氣我，存心想使我丟臉！她高傲地說：「我要送什麼東西，我會直接交給他們，何必拿出來讓你看呢？」

戈德依笑了笑說：「我不會跟人說的，嫂子。說真的，把妳那裝滿錢的罐子拿出來吧！還要留到哪一天呢？要是有誰一點東西也不拿出來，對村子裡的名聲多不好啊！」

諾赫莉以一種無可奈何的心情回說：「我的小叔子，別在我的傷口上抹鹽啦！要是老天爺有留下點什麼給我，還要等你開口嗎？以前在這個家的門口，修行的、出家的、化緣的，還有當官的……老是來來往往，川流不息呀！但你要知道，一個人的日子總不是永遠一帆風順的。」

戈德依不好意思了起來，滿是皺紋的臉露出苦笑，說道：「嫂子，跟妳說著玩兒，就變臉啦？我不過是跟妳打聲招呼，免得妳事後說：『誰也沒有跟我說一聲呀！』」說完，他就走了。

諾赫莉坐在原地望著他的背影，他那語帶嘲弄的話像條躺在她身邊的蛇，一直使她感到不安。

2

諾赫莉還坐在那兒沒有起身，人們卻嚷開了：「隊伍來啦！」村子西邊塵土飛揚，好像大地正拿塵土當花瓣來迎接這些遠客。村子裡，所有男男女女都放下手邊的工作去迎接他們。不一會兒，遠處露出了迎風飄動的三色旗，像高高坐在寶座上的獨立之神在向大家祝福。

婦女們唱起了吉祥的歌曲，沒多久，就可以看清楚正在行進的隊伍了。他們排成兩行，每個人身上穿著土布襯衫，頭上戴著甘地帽，腋下掛著挎包，空著兩隻手像是準備迎接獨立的到來。可以聽到他們的聲音了！他們豪邁的嗓音正唱著一支熱情、深沉又激勵人心的愛國歌曲：

曾經有那樣的時光，
我們的祖先舉世無雙。
而今天這樣的日子，
我們羞愧得無地躲藏。

曾經有那樣的時光，

我們為尊嚴不畏死亡。
而今天這樣的日子，
我們羞愧得無地躲藏。

村子裡的人搶上前去迎接到來的隊伍。他們的頭上滿是塵土，嘴脣乾裂，臉色黝黑，但是眼睛裡卻閃耀著獨立自由的光芒。

婦女們在唱歌，孩子們在跳躍，男人們正用自己的頭巾當扇子替他們搧風。在這熱鬧的氣氛裡，誰也沒有注意到諾赫莉，她正拄著拐杖站在大家的後面祝福，眸裡噙滿了熱淚，臉上浮現一種自豪，好像她是一位高貴的夫人，好像這個村子是屬於她的，而所有年輕壯士都是她的孩子。這種力量、這種豪邁又興奮的心情，是她從來沒有感受過的。

突然，諾赫莉扔掉了拐杖，而且似乎在扔掉拐杖的同時也把衰老和痛苦的重擔也一起拋開了，她分開人群，擠到隊伍的面前，用充滿愛的眼神朝獨立的戰士們反覆打量，彷彿在用他們的力量來強化自己。然後，她開始跳起舞來，跳得猶如一個美麗少女陶醉於愛情中那般激動。人們不約而同往後退了幾步，形成了一個小小的圈圈，老太婆就在圈子裡展現自己當年跳舞的風姿。在這不平凡的歡樂人群中，她忘記了自己的一切痛苦和憂傷，她那衰朽且一直受風濕症摧殘的四肢，不知從哪裡產生了這樣的活力和生氣。剛開始不久，人們開心地朝她望著，好像孩子們看猴戲一樣，不久，一種神聖感情的激流突然激盪著每個人，他們感覺到整個大地都彷彿隨著這莊嚴的舞蹈而跳動起來。

戈德依說道：「好了，嫂子，別跳啦！」

諾赫莉一面跳著一面說：「你為什麼站著不動呢？來，讓我看看你跳得怎麼樣。」

戈德依說：「現在老了，有什麼好跳的呢？」

諾赫莉停了一下說：「難道你現在仍然覺得自己老嗎？我的衰老好像被甩掉了，看到這些勇士，難道你還沒有渾身是勁？他們下決心來解除我們的痛苦啊！我們的雙手曾不得不白白替當官的工作，我們的耳朵曾充塞著官員的咒罵和斥責，如今那樣的專橫和暴行就要結束了。我和你難道本來就該如此衰老嗎？是飢餓的火燒焦了我們啊！你摸著良心說，這兒這麼多的人當中，有誰一年能有半年的時間吃飽肚子？有誰能有機會聞到酥油香味？又有誰舒舒服服地睡過覺？過去一塊地向政府付三個盧比的地租，現在卻要付十來個盧比，難道土地能出產黃金？農活忙得腰都折斷了，竟然還得活著忍受這一切！如果是別人，要麼起來造反殺人，要麼自己一死了事。感謝聖雄甘地和他的信徒們，他們懂得窮人的苦難，想辦法解救窮人，而其他的人只知道折磨我們、吮吸我們的血！」

堅持真理的人們臉上露出興奮的光彩，內心充滿喜悅，他們用滿懷深情的聲音喝道：

曾經有那樣的時光，
這裡的土地一片金黃。
而今天這樣的日子，
無人如我們貧困淒涼。

3

戈德依家的大門口點著火炬，附近幾個村子的人都聚集在這裡了。

堅持真理的人吃完飯後舉行了大會，隊長站起來說：「弟兄們，你們今天給予的殷勤款待，使我們相信大家身上的鎖鏈很快就要被打斷了。我曾到過東西方許多國家，我可以用自己的親身經驗說，像你們這樣純樸、真誠、勤勞和理智的人，在世界上其他任何國家是沒有的；我還想說，你們是神而不是凡人——一不貪圖享樂，二不貪圖吃喝，你們努力工作，滿足自己的需要，這就是你們的願望，但這樣的神性和純樸卻為你們的權利帶來損害。請別見怪，你們不應生在這個世界上，反倒該在天堂找個自己的位置。土地的租稅像雨季的溪流不斷猛漲，你們吭也不吭一聲；政府的官員勒索你們，你們也默無一言。結果呢？就出現這樣一種局面：他們放肆地掠奪你們，你們卻一無所知；他們從你們手裡奪走一切生計，讓你們徹底破產，可是誰也不睜眼看一看。

從前，千千萬萬的兄弟靠紡紗織布過日子，現在所有布都從外國進口。以前，印度有幾十萬人製鹽，現在的鹽卻從外國輸入，在印度製鹽就是犯罪。印度的鹽這樣多，夠全世界用兩百年，而現在你們單為進口鹽，就要付出七千萬盧比。你們的鹽池裡、沼澤裡到處是鹽，但你們碰也不能碰。也許過了一些日子以後，你們的水井也要上稅了……對這種蠻橫的行為，你們還要繼續忍受下去嗎？」

有一個人說道：「我們算得上老幾？」

隊長說：「這就是你們的錯了。這麼大的國家擔子就在你們肩上，你們才是龐大軍隊、龐大官僚隊伍的主人，可是你們仍要餓死：要忍受迫害，不正是因為你們不知道自己的力量嗎？

請你們相信，世界上不能自衛的人，將永遠是自私自利又橫行霸道的人所獵取的對象。今天世界上最偉大的人物在冒生命的危險，千千萬萬的青年為了解除你們的痛苦也準備付出自己的生命，但那些認為你們孤立無援而肆意掠奪你們的人，怎麼肯放棄到手的獵物？他們正非常嚴苛地對付我們這些為你們的權利而奮戰的戰士，但我們打算承受一切。

請想想，你們準備給我們一些幫助嗎？你們是要像個有志氣的男人一樣挺身而出，使自己免於迫害，還是要像個膽小鬼待在原地不動，繼續詛咒自己的命運呢？也許以後再也沒有這樣的機會了，如果現在失去它，可能將永遠後悔莫及。

我們正在為正義和真理而奮鬥，也要用正義和真理的武器來戰鬥，我們需要的勇士，要能夠從內心排除暴力念頭和憤怒情緒，要對大神懷著堅定的信念，為了最高的職責要能忍受一切……你們說，你們能幫助我們嗎？」

沒有一個人站出來，周圍一片沉寂。

4

突然，人們嚷嚷了起來：「警察！警察來了！」

警察局長帶領一隊人馬衝到人們面前，所有人以一種恐懼的目光和緊張的心情向他們看了看，開始打量躲藏的地方。

警察局長下令道：「把這些混蛋統統給我攆走。」

警察們拿起警棒，不過早在他們動手之前，人們早已一哄而散。有的從這邊跑，有的從那邊跑，紛紛四下奔逃。十來分鐘的光景，村子裡的人幾乎一個也不剩，只剩領隊站在原來的地方，那一支隊伍仍然坐在領隊的身後，村長戈德依則坐在領隊身旁，兩眼直瞪著地上。

警察局長朝戈德依惡狠狠瞪了一眼說：「喂，戈德依，你這傢伙為什麼把這些混蛋留在村裡？」

戈德依用忿怒的目光看了看警察局長，像嚥下一口苦水般地把情緒壓抑了下去。今天如果他的肩上沒有家務的累贅、沒有來往的帳目，那他會回以響亮的反駁。五十年來他為之付出了極大代價的家業，這時卻像一條毒蛇一樣纏住他的心。

戈德依還沒有答話，諾赫莉就從後邊走上前來說：「纏上紅頭巾，你的舌頭也跟著傲氣十足了？什麼這傢伙那傢伙亂叫一氣，戈德依難道是你的奴僕不成？你吃我們的糧食，還向我們吹鬍子瞪眼，卻一點也不感到可恥！」

此時，諾赫莉全身就好像正午熾烈的陽光一樣地在晃動。警察局長愣住了，他沉思了片刻，覺得和婦女爭辯有損自己的體面，於是對戈德依說：「戈德依，這是誰家的老婆子？如果不是怕真主發怒，我一定撕掉她的舌頭。」

諾赫莉拄著拐杖朝警察局長走了過去，繼續說：「何必提到真主來玷汙真主呢？說實在的，你的真主就是你的上司——你卑躬屈膝所奉承的上司！你本該羞愧得無地自容。你知道來這裡的是些什麼人嗎？這是一些為我們窮人準備奉獻出生命的人。你卻把他們說成是混蛋，你們這些貪汙受賄的傢伙！你們教唆人家賭博、偷竊、搶劫，你們陷害好人從中得利，在自己上司面前裝出一副低三下四的模樣，卻反而把這些好人叫混蛋！」

原來已經東藏西躲起來的一些人，聽到諾赫莉大義凜然的發言後又聚集了回來。警察局長看到群眾愈來愈多，拿出鞭子向人群衝去，人們又四散開來。諾赫莉也挨了一鞭子，感到似乎被一顆火球熱辣辣地穿過後背，兩眼一陣發黑，可是她仍用盡自己所剩的一點力氣高聲說：「孩子們，你們為什麼跑呀？難道你們是來赴宴的嗎？或者說是來看什麼把戲的嗎？正是這種懦弱才把他們縱容到得意忘形，你們還要忍受他們的打罵到什麼時候？」

一個警察抓住諾赫莉的脖子狠狠地一推，老太婆往後退了幾步，眼看就要撲倒下去，這時戈德依搶上前扶住她。他說：「何必把氣出在一個苦命的婦女身上呢？伙計，難道奴性已經讓你不再是男子漢了嗎？竟對一個手無寸鐵的年老婦女動手，這不是大丈夫該有的行為！」

諾赫莉倒在地上說：「要是男子漢，為什麼還當人奴僕？老天爺呀！一個人竟能這樣殘忍！如果是一個英國人這麼殘酷無情，那是另外一回事，因為他掌握政權，而你，不過是英國人的僕從，總沾不到政權的份吧？卻高高興興當奴僕。只要揩得到錢，你這種人一定會毫不猶豫地砍下別人的腦袋。」

此時，警察局長開始訓斥領隊了。「你是奉誰之命到這村子裡來的？」

領隊平靜地說：「奉真主之命。」

警察局長說：「你擾亂老百姓的和平生活。」

領隊說：「如果向他們說明他們的處境就是擾亂他們的和平生活，那我們就算擾亂了。」

逃散的人們又一次停下了腳步。戈德依失望地朝他們望了一眼，用顫抖的聲音說：「弟兄們，現在幾個村子的人都聚集在這裡，警察局長這樣羞辱我們，難道你們忍受得了？難道你們還能舒舒服服地睡得著覺？有誰來聽我們的控訴呢？官員們會聽嗎？絕對不會。即使今天我們被打死了，他們也不會有什麼感覺的。這就是我們身為人的尊嚴和榮譽？這樣生存下去多可恥啊！」

剎那間，人群堅定地停下腳步不動了，就像田裡流動著的水遇到了田坎一樣。原本籠罩在人們心頭的恐懼，突然一下子都消失了，他們的臉色嚴厲了起來。警察局長看到他們忿怒的神色，立刻騎上馬，並發出了逮捕戈德依的命令。兩個警察走上前抓住了戈德依的手。戈德依說：「你們何必慌張呢？我不會逃到哪兒去的。走吧，到哪裡去？」

戈德依正要跟著兩個警察動身離開時，他兩個年輕的兒子和另外幾個人一起衝向警察，想把戈德依從警察手裡奪回來，所有人激動地把警察團團包圍了起來。

警察局長說：「馬上滾開，要不我就開槍了。」人們用「印度母親萬歲」的口號回答了他的威脅，而且大伙兒還向前逼近了幾步。

警察局長一看大勢不好，口氣軟了下來，說道：「隊長先生，這些人打算鬧亂子了，這樣做的後果是不太妙的。」

領隊說：「不。只要我們中間有一個人留下來，任何人都不會向你動手。我們對你並沒有任何敵意，我們和你都被踩在同樣一雙腳底下，不幸的是——現在卻站在對立的立場上。」

領隊說完後，接著勸村子裡的群眾說：「弟兄們，我跟你們說過，這是一場正義、真理之戰，我們要用正義和真理的武器進行戰鬥。我們奮戰的對象不是自己的兄弟，也不和任何一個人戰鬥——即使站在面前的不是警察局長，而是某個英國人，我們同樣會這樣保護他。警察局長已經逮捕了戈德依村長，我認為這是村長的榮幸。那些在獨立戰爭中受到懲罰的人都很了不起，並不值得發怒或擔心。你們散開一點，讓警察離開吧！」

警察局長和警察帶著戈德依離開時，人們高聲地呼喊著：「印度母親萬歲！」

戈德依回答道：「弟兄們，老天保佑。你們要堅守陣地，不要擔心，老天爺會作主的。」

他的兩個兒子熱淚盈眶，難過地說：「爸爸，你有什麼吩咐嗎？」

戈德依鼓勵他們說：「不要失去對大神的信念。凡是一個男子漢應該做的，就去做。膽怯是一切缺陷的根本，只要打從內心消除膽怯，就沒有任何人可以奈何你們——真理永遠不會失敗！」

今天戈德依身處警察的包圍中，仍然毫無畏懼，這是他過去從未有過的感受。對現在的他來說，監獄和絞架也不再是可怕的東西，反而成為一種光榮了。這天，是他第一次這麼直接地看到了真理，而這個真理正像盔甲一樣保護著他。

5

戈德依被捕讓村人們感到非常恥辱，警察就當著他們的面把村長逮捕走了，他們卻沒有任何行動。現在，他們有什麼臉見人呢？每一個人臉上都流露出非常痛苦的表情，彷彿村子被洗劫一空。

突然，諾赫莉高聲叫了起來說：「現在大家光呆站在這悔恨有何屁用呀？這一次充分看清自己的可悲處境了吧！或者說還嫌不夠？你們不是都看到了，治我們的不是法律，而是棍棒！而我們竟然這麼丟臉，在受到這樣的屈辱時一聲不吭。如果我們不是那麼自私、不是那麼怯弱，他們怎敢用鞭子抽我們？只要你們仍然願意為奴、仍然聽從他們的使喚，的確還能持續獲得一點食糧，只是一旦你們累壞了，到時就只能挨打了。你們打算挨打到何時為止？你們想像死屍一樣躺著讓兀鷹撕裂到什麼時候？

現在，也該讓人看看，你們同樣是活著的人、同樣該考慮自己的尊嚴了吧？一旦連尊嚴都不存在了，還種田做什麼、掙錢做什麼、活著做什麼呢？難道你們活著就是為了讓自己的兒女也繼續受這樣的欺凌、讓他們也繼續這樣被蹂躪嗎？讓這種軟骨病見鬼去吧！你們總有一天會躺在床上死去，為什麼不在這正義的戰爭中像英雄一樣身亡呢？我是一個老太婆，儘管很多事做不到，但至少可以在這些人睡覺的地方替他們打掃、為他們搧風。」

戈德依的大兒子梅谷說：「大嬸，有我們在，卻讓妳去，那我們可真是白活了。現在有我們——妳的孩子們在呀！我跟他們去，田地裡的事由耿伽管。」

耿伽是他的弟弟，他說：「哥哥，你這樣做不公平，有我在啊！你不能走的，你留下可以經管家務，而我卻張羅不了——讓我去吧！」

梅谷說：「那就讓大嬸決定吧！我們兩人這樣爭要爭到什麼時候？大嬸命令誰去，就誰去。」

諾赫莉得意地笑了笑說：「誰賄賂我，我就讓誰占上風。」

梅谷說：「大嬸，難道妳做決定還沿用法院賄賂的那一套嗎？我還以為妳的決定是公正的呢？」

諾赫莉說：「那怎麼行！我這個快要死的大嬸有了點權利，總想賺點什麼啊！」

耿伽笑著說：「大嬸，我向妳行賄，下次我去趕集時，一定替妳買回東部出產的菸葉來。」

諾赫莉說：「你贏了，就你去吧！」

梅谷說：「大嬸，妳這樣不公平呀！」

諾赫莉說：「法院的判決難道能使雙方都滿意嗎？或者說你能做到雙方都滿意嗎？」

耿伽向諾赫莉行了跪拜禮後，又擁抱了兄長。他說：「明天你傳話給爸，說我跟著離開了。」

有一個人說：「老兄，也讓我報個名，塞瓦拉姆。」

大家一陣歡呼，塞瓦拉姆走來站到了領隊的身邊。

另一個聲音說：「我也報名，帕金辛哈。」

眾人又一陣歡呼，帕金辛哈也站到了領隊的旁邊。帕金辛哈是附近十來個村子裡有名的大力士，他挺著寬闊的胸脯、昂首站到領隊身邊時，就好像站在喜棚裡的一位新郎那般驕傲。

馬上第三個人又說了：「我也報名，庫勒。」

他是村子裡的差役，人們一個個抬眼看他，誰也無法輕易相信——庫勒竟然會報名！

帕金辛哈笑著問他：「庫勒，你怎麼啦？」

庫勒說：「你怎麼啦，我也就怎麼啦！當了二十年的奴隸，夠了！」

此時，又傳來了一個人的聲音。「我報名，伽勒汗。」

他是地主的得力幫手，一個凶狠又粗暴的傢伙——大家都感到迷惑不解。

梅谷說：「你不是拚命掠奪我們，已經發達嗎？」

伽勒汗用深沉的調子說：「老兄，一個人迷了路，難道你就不讓他回到正路上來嗎？過去我吃了他的飯，所以聽從他的使喚，掠奪了你們，興盛了他的家。今天我終於明白了，過去我大大地受騙上當，欺負過所有的弟兄們，現在請原諒我吧！」

五個新戰士彼此擁抱在一起，跳呀嚷呀的，好像他們真正獲得了獨立自由似的。實際上，他們是得到了自由，自由只不過是內心的一種感覺。一旦從心裡消除了依附於人而產生的恐懼，那他就得到自由了。恐懼就是不自由，無畏就是自由——制度和機構不過是一個名義而已。

領隊呼籲這些志願者說：「朋友們，你們加入了獨立戰士的行列，對此，我向你們表示祝賀。你們知道，我們將怎樣去進行戰鬥、將受到各種嚴厲的制裁，但請記得：正如今天你們是如何拋開對家的留戀，也請同樣放棄暴力和忿怒——我們正走向神聖的革命，定要堅持正義的道路。你們準備好了嗎？」

五個人異口同聲地說：「準備好了！」

領隊祝福他們說：「願老天爺幫助你們！」

6

這天，金黃色的美好早晨就像是沉浸在激情裡。在微風輕輕的飄拂中、在淡淡的晨光中，歡樂的氣氛彌漫四方。人們一個個如醉如狂，好像獨立女神在向他們召喚一樣。即使依然是原來的耕地和打穀場、依然是原來的田莊和園林、依然是原來的男女，但是在今天的晨曦中，那種祝福、那種叮嚀，還有那種活力，卻是從來沒有過的——耕地和打穀場、田莊和園林、男男女女，今天都煥發了新的青春。

早在太陽從山頭升起以前，幾個人就聚集在一起了。當堅持真理的隊伍終於要出發時，人們的歡騰聲頓時響徹雲霄。新戰士在向鄉親們告別，他們的妻子臉上淨是難過又堅定的神情，父母熱淚盈眶的眼中露出驕傲，更不用說戰士們那決心犧牲自我的精神……這一切使人們如痴如醉了。

突然，諾赫莉拄著拐杖走了過來後停下腳步。

梅谷說：「大嬸，給我們祝福吧！」

諾赫莉說：「孩子，大嬸跟你們一起走，你要接受我多少祝福啊？」

好幾個人異口同聲地說：「大嬸，要是妳也去了，誰還會留在村子裡？」

「孩子們，今天該是我離開的日子。今天不走，幾個月以後還是要走的。現在離開，我的一生就有意義了；若是幾個月後呆躺在床上離開這個世界，那我的心願就永遠實現不了啦！我有這麼多孩子，服侍他們會使我得到解脫。老天爺保佑，願你們能過上好日子，讓我在這輩子的最後時刻看到你們幸福。」諾赫莉帶著美好的口吻，一面說一面向大家祝福，然後站到了領隊的旁邊。

人們注視這一切，隊伍唱著歌向前出發了。

曾經有那樣的時光，
我們的祖先舉世無雙。
而今天這樣的日子，
我們羞愧得無地躲藏。

諾赫莉高興得腳都不沾地了，好像正駕著祥雲飛向天堂。

P氏語錄

當命運剝奪我們享有某種幸福的時候，我們往往就會產生對那種幸福的憎恨。

——永遠的小說之王．失望的一幕

為了活命，一個人什麼都可以做得出來。愈是難以活下去，壞事也就愈多；愈是容易生存下來，那壞事也就愈少。

——27個傻瓜．兩座墳墓

當我們為未來操心而回憶過去，其實就像一輛車發現前面的路不通只好折回去時一樣懊喪。

——印度漂鳥．妻與妾

我們為了極平凡的工作，總是去找有經驗的人，然而在找一個共同生活一輩子的伴侶的時候，卻把在這方面有過感受的人當作一種缺陷。

——27個傻瓜．馬妮的自尊心

責怪首飾不是我們的目的，但從來沒有一個難看女人，會因為戴了首飾而變美女。

——印度漂鳥．首飾vs.美女

就算每天都發生成千上萬起偷竊、搶劫和行凶殺人的案件，也沒有誰的案子破了——警察不大理會這種事。可是，如果警察嗅到某一事件中有點政治氣味，看著吧！那些警察會何等神經緊張。

——永遠的小說之王．妻子變丈夫

自古以來，說鄰居的壞話就是尋開心的方式。

——印度漂鳥．八卦的老太婆

公正和道德全是財神手中的玩物，他願意怎麼擺布就怎麼擺布。

——27個傻瓜．鹽務官

摧殘弱者也許是人的本性，我們看到，人們見了咬人的狗就避得遠遠的，而孩子們卻用石頭打馴服的狗來開心。

——永遠的小說之王．古蘇姆的五封信

所有人的眼中，都呈現出一種醉態，世界上正發生什麼事，沒有一個人知道。

——印度漂鳥．棋魂

世界上最大同時也是最有害的樂處，就是金錢帶來的樂處。

——27個傻瓜．赫拉姆尼的救命恩人

在奮戰的高潮時，人是感覺不到傷痛的，得等事過之後，才會感到疼痛。

——永遠的小說之王．割草的女人

早上借的錢說好傍晚歸還，可那傍晚永遠不會來。

——印度漂鳥．孟伽的復仇

在沒有幸福希望存在的地方，又哪裡會有痛苦難受呢？

——永遠的小說之王．先知的公正

好人之間嫉妒之心有多深，壞人之間的感情就有多深。

——27個傻瓜．泰古爾的報復

所有重要的決定都是人們在偶然間做出來的，彷彿有一種超越人類的力量把他們拉著走。

——印度漂鳥．愛情懦夫

如果要說哪兒可以發現神性的話，那也只有在愛情裡了。

——永遠的小說之王．情人的猶豫

人類複雜的本性中，還有這樣一點矛盾：登加馬爾希望剝奪利拉應該享有的情愛和歡愉，他自己卻始終全力去追求。利拉才四十來歲就被他認為是老太婆，完全無法引起他的興趣，而他自己已經四十五歲，卻自認為仍是壯年，還充滿朝氣和熱情。

——印度漂鳥・新婚

人往往道聽塗說，就對別人有錯誤的看法。

——永遠的小說之王・單親老母的平靜

城市裡的人很多，但人情很少。

——27個傻瓜・家

以前人民是在外來民族的暴政之下呻吟，現在則是在自己民族的統治暴政之下殘喘。

——永遠的小說之王・世俗之戀與愛國熱情

我希望看到這樣一種社會制度，在那裡，處於不平等地位的人會受到基本的庇護。

——永遠的小說之王・獻身

Story Gallery

Story Gallery